El heredero

José María Merino

El heredero

ALFAGUARA

© 2003, José María Merino
© De esta edición:
  2003, Santillana Ediciones Generales, S. L.
  Torrelaguna, 60. 28043 Madrid
  Teléfono 91 744 90 60
  Telefax 91 744 92 24
  www.alfaguara.com

ISBN: 84-204-6520-8
Depósito legal: M. 1.322-2003
Impreso en España - Printed in Spain

Diseño:
Proyecto de Enric Satué

© Cubierta:
  Félix de la Concha, *Interior de montaña*, 2002
  Óleo sobre lienzo
  Colección particular

PRIMERA PARTE

Isclacerta

1. El Puertorriqueño

Nada existe antes del Puertorriqueño y de la primera Soledad. Al menos, no se cuenta nada de nadie, y ni siquiera parece haber estado ahí la comarca donde se iba a alzar Isclacerta, un terreno montañoso que obliga a la velocidad de los arroyos, de pastizales empinados y grandes manchas de bosque.

Por cercanos que estén en el tiempo, los primeros antepasados que se recuerdan en cada familia, los primeros de los que hay algo que contar, son los que estrenan en lo doméstico la historia del mundo, con ellos nacen también los escenarios y hasta los muebles y los cacharros de la costumbre, la idea de pasillo y paragüero, las singladuras entre el balcón y la galería, el tacto y el aroma identificador de ciertos objetos, y acaso son también ellos los que cometen ese pecado original que sus descendientes estamos obligados a asumir.

Los antepasados con nombre y apellido más lejanos que se pueden contar son el primer hombre, la primera mujer, de un génesis particular que a veces puede ilustrarse con la foto de un rostro extraño, con un palillero de taracea astillado en los bordes, una caja negra donde se encastra un cubierto de plata, cuchillo, cuchara, tenedor y un vaso con iniciales grabadas, un libro de poesía encuadernado con una tela de flores. Antes solo hay oscuridad, un espacio del que nada nos pertenece. Son los primeros antepasados que se cuentan, de quienes se pueden dar datos precisos, los que inauguran el tiempo que sigue corriendo en cada uno de nosotros.

Pablo Lamas —el Puertorriqueño— y Soledad Alonso —la primera Soledad— son, pues, los primeros personajes de mi historia. Unidos ya, o en el trance de una vida que parece destinada a esa unión, con esa predestinación que acaban teniendo los antecedentes de una trama precisa cuando cumple sus pasos. Otros asuntos muy contados por todos eran los que tenían que ver con la propia casa, Isclacerta, su emplazamiento, su forma, los materiales de su construcción, las comodidades que guardaba. La Buli también hablaba a menudo de la casa de muñecas, que presidía su dormitorio como un altar, y era evidente que estaba en su pensamiento tanto como la otra, la grande, aunque no la mentase.

Los dos personajes, la casa grande y la casa de muñecas, tenían en los relatos esa consistencia legendaria que no necesita justificaciones documentales para probar su certeza, aunque de todos ellos acaso los más variados en lances fuesen los que se narraban a propósito de Pablo Lamas.

Un hombre alto, muy alto, y se citaba la altura como si en ello hubiese una señal diferente del mero tamaño, porque esa altura lo separa de sus descendientes, todos de estatura que a nadie puede sorprender por su excepcionalidad, de piel clara y ojos oscuros, decían, poniendo en ese contraste también el énfasis de un signo más allá de los datos físicos, manos grandes y pies muy grandes, fuerte, buen nadador, tenía el gusto de nadar hasta en otoño, y con el agua del deshielo, buen cazador, mató unos cuantos lobos, le gustaba andar por las peñas buscando piedras antiguas, piedras con inscripciones y garabatos, ceceaba un poco, parecía extranjero, sería que se le pegó el habla de allá, añadían, tenía en el hombro derecho un lunar en forma de manzana, era tan valiente que una vez hizo alejarse corriendo a unos bandidos que intentaban asaltarlo deteniendo su carruaje, un tílburi, un carricoche, una tartana, qué va, un coche mayor, tuvo las dos cosas, vivía a lo grande, y sin embargo ninguno de los que contaban aquellas cosas, la Buli, la prima Noelia, mi padre, podía dar testimonio veraz de sus afirmaciones.

Claro que la Buli —mi abuela, la segunda Soledad— era hija del propio Pablo Lamas, pero tenía solo doce o trece años cuando su padre murió, y es dudoso que pudiese retener en su memoria tantos datos precisos sobre sus costumbres, aunque en ciertos puntos es plausible: el testimonio de su aspecto y su manera de hablar, que conservaba en su cartera, muy doblado, el primer billete de lotería que jugó en su vida, que le gustaba mucho madrugar y antes de que nadie se hubiera levantado, sin desayunar, bajaba a solas dando un paseo hasta un lugar del bosque que rodea Isclacerta llamado la Nariz por la forma de una gran roca que hay allí y permanecía inmóvil un rato, mirando la Peña Corona como si leyese en sus claroscuros los augurios del día, pero cómo podía saber esto la Buli si el Puertorriqueño estaba solo, que llevaba un tresillo con tres zafiros de distinto color en la mano izquierda, cada uno tenía un significado distinto y era favorable para las cosas importantes de la vida, la riqueza, la salud, el amor, que quería que le bordasen en las camisas y en toda la ropa interior la I de Isclacerta, que solo calzaba zapatos marrones porque decía que otro color le daba mala suerte, que tomaba el café en tacitas diminutas, a la manera de allá, según él, decía que allá había sido catador de café, en esas tacitas diminutas, se bebe la infusión saboreándola, luego un cigarro para quitar el sabor y otra tacita, y así seis o siete, que subía a lo alto de la Peña Corona y cantaba a grandes voces fragmentos de ópera, y se emocionaba tanto ante el paisaje, las grandes montañas a sus espaldas y el mar macizo e inmóvil de las ondulaciones montuosas extendido a sus pies, y muy vivo al pare-

cer en el esplendor de la luz el recuerdo de las divas que
había escuchado en Nueva York, que se ponía a llorar como un niño, aunque la Buli me confesó que nunca había
acompañado a su padre por aquellas trochas tan altas que
llegaban a la cumbre de la montaña.

La prima Noelia es casi diez años más joven que
la Buli, de manera que ni siquiera había tenido la menor
relación con Pablo Lamas, y además provenía de otra comarca, lejos de allí. Y mi padre, hijo único de la Buli, nieto
por tanto de Pablo Lamas, nació después de la guerra civil,
así que le separaban muchos años de la muerte del Puertorriqueño. Sin embargo, algo debía de haber en aquel
hombre cuando contaban de él tantas cosas, aunque nadie pudo mostrar jamás una sola fotografía, ni la famosa
sortija de los tres zafiros, ni una prenda de ropa en que estuviese bordada la I de Isclacerta, ni quedaba siquiera una
de aquellas tacitas, pocillos, en que tomaba de tres sorbitos
el café muy cargado, ni sus escopetas de caza ni su bastón
ferrado.

Eso sí, le había sobrevivido una pequeña obra pictórica de su mano, el dibujo de la nieve, el único dibujo
que al parecer había hecho en su vida y que había conservado en el block de tapas de hule que siempre llevaba consigo, acaso orgulloso de su obra, pero tampoco quedaba rastro de aquel block, sino solamente la hoja amarronada con
un dibujo de trazos muy desvaídos, un dibujo a lápiz, por
eso se había apagado tanto con el tiempo, la luz se lo había comido casi del todo, de un paisaje en la nieve, una curva del camino, en pleno bosque, solo líneas de las aristas
de los matorrales y de los troncos pero bien simulado el
paraje, alguno de los que rodean Isclacerta.

La Buli ponderaba mucho aquel paisaje, el único
que había hecho Pablo Lamas en toda su vida, insistía, él
mismo había contado que un mediodía de invierno re-

gresaba paseando hacia la casa y ante la imagen del bosque se quedó quieto, extasiado, y sacó el block y un lapicero de los de antes, con funda de plata, y reprodujo la visión en un instante.

La Buli aseguraba, asintiendo con la cabeza después de decirlo, que si se lo hubiera propuesto habría sido un gran pintor. Que su propia afición a dibujar, y no digamos el oficio de su hijo Tomás, mi padre, le venía, precisamente, del talento de su abuelo, lo llevaba en la sangre. Y mi padre miraba a la Buli con una sonrisa suave, sin decir nada. El caso es que él fue quien se ha quedado con el dibujo, lo enmarcó bajo cristal para componer un cuadrito pequeño y lo conserva siempre consigo, esté donde esté, en Madrid, en Lisboa, en Isclacerta, en sus viajes a otros países, lo mete en la maleta con las zapatillas, la linterna y las cosas de aseo, como una pieza más del pequeño equipo para las necesidades diarias.

Tampoco nadie podía probar cuándo había marchado a América Pablo Lamas. Decían que se fue para ayudar a un tío que se había instalado allí a principios de los setenta, en el siglo XIX, naturalmente. No se puede saber si es verdad que tanto su tío como él procedían de la misma comarca en que él fundó Isclacerta cuando regresó a la península. El caso es que por aquella parte no queda ningún Lamas, unos Delama hay en otra parroquia cercana, y unos Llama, pero Lamas ninguno, nadie. Y sin embargo la historia o la leyenda nunca pusieron en duda que fuese de uno de aquellos pueblos, aunque no quedase ningún familiar, y que emigró en el último cuarto de siglo, por los ochenta, para irse con un tío, y que se hizo riquísimo allí a pesar de todos los líos políticos.

En los antecedentes de aquellas emigraciones estaban los enfrentamientos entre carlistas y liberales, los conflictos que habían desgarrado a los españoles durante el siglo XIX. El tío de Pablo Lamas había debido dejar su pueblo originario, e instalarse en la comarca, como consecuencia de algún enfrentamiento que tenía su raíz en sus ideas liberales. También Pablo Lamas fue liberal, y su muerte súbita impidió que fundase en la capital de la comarca donde edificó su casa una biblioteca pública. Lo contaba la Buli con firme convicción, de la misma manera que describía la vida de tío y sobrino en la lejana isla caribe.

Que ellos no podían pretender hacerse con un ingenio de aquellos, una central, no tenían tanto dinero, aunque lo intentaron al principio, formaron parte de una sociedad que fracasó, o se disolvió porque no tenía futuro, además ya los norteamericanos empezaban a arramplar allí con todo, llevaban sus bancos y solo le prestaban dinero a sus compatriotas, que eran los únicos que así podían mejorar las instalaciones.

Que podía haberse casado con una señorita de las que iban a heredar alguna de aquellas centrales, una hija de hacendados del café, del tabaco, del azúcar, otros dieron muy buenos braguetazos, pero él no, bueno, puede que él tuviese algún escarceo, algún romance con alguna de aquellas herederas, quién puede saberlo, además un hombre joven y guapo, en la plenitud de la vida, una se imagina cosas, decía la Buli, una vez encontró una carta muy curiosa entre los papeles de su padre, una carta que parecía rechazar muy educadamente alguna oferta o proposición, quién sabe si amorosa, pues había que ver cómo se guardaban las formas entonces, aunque la verdad es que no decía nada de sustancia, ni siquiera la había conservado, añadía que estaba firmada por una tal Hortensia con tantas vueltas de plumín que cada una parecía un suspiro, y que cuando era niña él mismo le contaba que aquellas isleñas eran muy melosas, muy apasionadas, que un hombre podía caer en sus brazos con facilidad.

El caso fue que él y su tío, instalados en Puerto Rico, se dedicaron a diferentes negocios. Primero vivieron en Ponce, en la parte meridional, Ponce, la perla del sur, decía la Buli, allí donde la dulzura del clima de la isla muestra su extremo, donde nunca hay tormentas ni violentos chaparrones, con una catedral que tiene las torres de plata y preciosas calles, plazas y mercados. Su padre hablaba de Ponce con entusiasmo, con nostalgia, como recordaba con admiración otras partes de la isla, la selva de la lluvia horizontal, las bahías fosforescentes, los altos lagos montañosos.

Primero estuvieron en Ponce, y se dice que hasta construyeron allí la primera Isclacerta, una casa elegantísima en un barrio que llaman del Vigía, el más selecto de la capital, pero luego se fueron a San Juan. Dejaron los negocios del azúcar, de aquella sociedad en que habían participado, la producción hortofrutícola, y en el Viejo San Juan se dedicaron a transportar a la isla cosas que la gente necesitaba, muebles, instrumentos musicales, los turrones, las naranjas amargas para las confituras, las vajillas de porcelana y de plata, perfumes, los libros, los grabados, vino y coñac, los vestidos de moda, zapatos y sombreros, el hierro y los carruajes. Y sacaban de allí el café, el azúcar, el tabaco, el ron, la madera, para los Estados Unidos y también para la península, y para Amberes, Hamburgo, Cherburgo, Southampton.

Que tenían oficina en el puerto con un almacén grandísimo, espacios enormes donde a veces daban bailes para celebrar las fiestas para ellos más sonadas, Nochevieja, Reyes, San José, Nuestra Señora de agosto, el Pilar, hasta San Froilán, con colgaduras y gallardetes de papel coloreado y el escudo de la isla con su corderito hecho de flores frescas, y un órgano portátil, traído de Suiza, grande como un carro y que sonaba igual que una orquesta, tocando valses, polcas, pasodobles y hasta preludios de zarzuela y música de opereta, unos bailes adonde iban muchos oficiales de la fortaleza y del puerto, y comerciantes, y gente de las oficinas de consignación y de los consulados, unos bailes que eran la envidia secreta de muchas hijas de los hacendados, demasiado empingorotadas sin embargo como para bajar al puerto y meterse en un sitio así.

Pues allí se hizo riquísimo, aseguraba la Buli. Cuando edificó Isclacerta mandó construir bajo el sótano un cuartito al que se accedía por una trampilla en el suelo, y del techo de aquel cuartito colgaban las bolsas repletas de monedas de oro que él se había traído cuando regresó a España, pero nadie ha conseguido encontrar jamás la trampilla del cuartín fabuloso.

Que luego la cosa se puso cada vez peor, el enfrentamiento entre autonomistas y conservadores, una ley que llamaron el decreto de Moret y que no sirvió para nada, y con la guerra recrudecida en Cuba, y el Desastre, y el tío muerto de repente, después de la invasión americana, esa guerra que llamaron de las dos semanas, Pablo Lamas había decidido regresar a la patria. Además los norteamericanos habían llegado para quedarse, cambiaron el dinero español por el suyo, se hicieron los amos, bien se la pegaron a los autonomistas y a los de la independencia.

Que sería el año 1900, aunque también pudo ser el uno o el dos, y él andaría ya por la mitad de su treintena, porque se había marchado siendo casi un niño, a los catorce o quince de edad. Regresó y se puso a vivir en la capital de la comarca, al pie de Peña Corona, de manera que aunque no quede por esos lugares ningún Lamas, de allí tendría que ser, si no por qué ir a parar a un sitio tan remoto, apartado de todas las rutas. Vivía de posada, con el médico y otros forasteros distinguidos, y a veces subía con ellos a recorrer las trochas de la montaña, polainas, botas, zurrón, bastón ferrado, un sombrero de fieltro, acaso una escopeta, con el uniforme de aquellos primeros montañeros.

Dicen también que se trajo un criado negro, antiguo esclavo suyo, ya liberto, y hasta cuentan que el criado acabó casándose con una moza de un pueblo de la comarca y que tuvo con ella varios hijos, cada uno con diferentes grados de mestizaje en sus rasgos y el color de su piel, pero parece que eso es tan dudoso como todo lo demás, desde luego la Buli no lo conoció, claro que en la zona se encuentra gente de color, pero es la que ha ido llegando a las minas a lo largo de los últimos veinte años, y que luego se ha trasladado a un lugar o a otro, según las posibilidades de trabajo.

El caso es que enseguida se vio que quería instalarse definitivamente, y todo el mundo supo que iba a hacerse una casa, aunque al conocer dónde pensaba construirla, en la falda de un monte escondido, casi en medio del bosque, en unos prados que no eran de común y por los que pagó una fortuna, empezaron a decir que tantos años al otro lado del mar debían de haberle trastornado la cabeza.

Según las gentes, el lugar no podía estar peor elegido, tan separado de cualquier habitación humana, en unos vericuetos más propios de alimañas que de personas, y aunque él hizo ampliar a fuerza de pico y pala la senda para abrir un paso suficiente, capaz para el acceso de los carruajes, un paso tan bien hecho que es el camino que se sigue utilizando hasta hoy, y entran bien los coches, había que dar muchas vueltas y revueltas antes de llegar al sitio. Para la construcción trajo muchos materiales de fuera, tantas cargas de todo que la gente estaba admirada de imaginar cuál podría ser el resultado.

Pero cómo iban a saber la Buli, o Noelia, o mi padre todo aquello, quién les pudo haber hablado de cosas tan lejanas y tan ceñidas a las circunstancias de un tiempo y un asunto preciso, cómo podían tener noticia de las reticencias del pueblo ante el lugar elegido por Pablo Lamas para construir su casa, quién quedaba de entonces cuando la Buli regresó por vez primera a Isclacerta tantos años después de la infancia, tras la guerra civil, qué sabía de todo aquello Noelia, y no digamos mi padre, que ha nacido en 1942.

Puede pensarse que las propias trazas del edificio y su localización, lo lejano del lugar en que se construyó la casa y lo enrevesado del camino de acceso, debieron generar en ellos mismos la intuición de aquellos juicios adversos y escandalizados, y que ellos habían acabado creyendo que fueron ciertos, pues sin duda el sitio apartado en que se alza la casa tuvo que causar estupor en la gente del pueblo, y aún más en aquellos años primeros del siglo.

La verdad es que el edificio resulta imponente, los grandes muros de piedra, el tejado de pizarra a dos aguas, una escalinata que da paso a la puerta principal, un aire de gran chalet suizo o de casa nórdica que nadie había visto nunca por aquellos lugares, claro que se trata de una casa de indiano, y la proximidad de la montaña y de los bosques, la amenaza de los fríos y de las nevadas, sin duda forzaron a buscar aquellas formas arquitectónicas y olvidar los miradores y las palmeras que los indianos del otro lado de la cordillera ponían en sus construcciones.

Dicen que en dos años quedó construida la casa y sobre el dintel de la puerta inscrita esa palabra que nadie entendía, Isclacerta.

Cuando el edificio se empieza a ver a lo lejos, en el último tramo de la subida, con su tejado en pico, una chimenea en cada una de las dos vertientes, parece la testa cornuda de algún ser agazapado junto al bosque. Más cerca, los vidrios de los cristales brillan bajo el enorme alero y quien se acerca siente en ese brillo la vigilancia de una mirada, y el gesto se une al silencio del bosque como si tanta quietud fuese realmente un acecho. A saber lo que la gente de entonces pensaría, pero seguro que se asombró del lugar y del propio edificio, de ahí los hipotéticos comentarios. La casa quedó al fin concluida y junto a su extraño nombre está también grabada la fecha, 1905.

Desde entonces hubo en la comarca un nuevo topónimo, Casa del Puertorriqueño, más arriba de Tesorico o Teso Rico, que no todos coinciden en la misma forma de pronunciarlo, hacia la parte de Huergas Altas, señalando un punto de aquella geografía montuosa en que se alternan los pastos, las torrenteras y las masas de bosque.

Mas pronto se vio que Pablo Lamas no se conformaba con la posesión de aquella casa, una casa que tenía hasta agua corriente, conducida con tubos de plomo desde la misma fuente de un manantial cercano, que una vez terminada fue llenándose de muebles y objetos, transportados hasta ella en carros de mulas, cuidadosamente embalados en fardos ambiguos que inquietaban aún más la curiosidad del vecindario.

No se conformaba y se puso a buscar mujer. El padre de la novia era un militar, casado con la hija de un hacendado, que Pablo Lamas y su tío habían conocido durante su estancia en la isla, uno de aquellos oficiales que acudían a las fiestas que ellos organizaban en su almacén del puerto. Retirado, el antiguo militar había regresado a España y vivía en la capital de la provincia. Era padre al menos de dos hijas, Pilar, que era la mayor, y Soledad. Parece que tuvo también varios hijos varones que fueron muriendo con los años.

Desde su regreso a la península, Pablo Lamas había empezado a visitar la casa del viejo conocido ultramarino. Bajaba desde el valle en su carricoche y se quedaba en la capital varios días, tal vez también con la necesidad o el pretexto de comprar suministros o instrumentos para la casa que estaba construyendo. Dicen que primero cortejó a Pilar, que era muy aficionada a la música y hasta tocaba un poco la guitarra, pero eso quién podría saberlo. Tal como vinieron luego las cosas, ni el propio testimonio de Pilar hubiera sido fiable. Pilar era una muchacha fuerte y de rasgos grandes y hermosos. Una fotografía que le hicieron algunos años después la muestra todavía joven, con ese desasosiego en los ojos que podría ser la mancha primera del desvarío. Pero también a Soledad, la pequeña, le gustaba la música, y la prueba, bien sólida, es la flauta travesera que se encontró en Isclacerta entre los trastos viejos, envuelta en un pedazo de bayeta y guardada en un estuche negro forrado de terciopelo con una plaquita de plata muy amarillenta que dice «Soy de Soledad Alonso», grabado con letra inglesa.

Que empezase a hablar con la mayor es posible, por pura cortesía, aunque lo probable en aquellos tiempos es que, de dar algún paseo, o de hacer excursiones, Pablo Lamas fuese acompañado de las dos, y acaso también de alguna criada de confianza u otra pariente, para que hiciesen de carabina, como se decía. El caso es que se casó con Soledad, y se la llevó a vivir a Isclacerta.

De las bodas del Puertorriqueño con la hija del militar todos cuentan algo, que fue en la catedral aunque estaba en obras, pero el Puertorriqueño se empeñó y el obispo le dio permiso, que los invitados iban elegantísimos, los hombres de chaqué y las damas con vestidos de gala, con sus joyas mejores y unos tocados que nunca se habían visto en la ciudad, que para el banquete se acotó una parte de los jardines del paseo de la ciudad, y que hasta los que estaban fuera, mirando la fiesta entre las rendijas del vallado, fueron obsequiados con pedazos de tarta.

Y también se cuenta, en eso hay unanimidad, que hicieron un viaje por varios países europeos antes de instalarse en Isclacerta. De ese viaje se trajeron bastantes muebles, un bidé —que, con el resto de los enseres del cuarto de baño, era otra de las leyendas de la comarca— y la casa de muñecas.

La primera Soledad fue la propietaria inicial de la casa de muñecas, y la mayoría de los mueblecitos y de los pequeños objetos provienen precisamente de entonces. Parece que en el tiempo en que Soledad Alonso vivió en Isclacerta se pasaba muchas horas cuidando la casa de muñecas, como si fuese una niña. Ella hizo la ropa de la diminuta cama matrimonial y tejió a ganchillo la colcha, y también fue ella la que tejió en punto de cruz las alfombras del salón y del estudio.

Se cuenta asimismo que el Puertorriqueño tenía el propósito de que el matrimonio alternase sus estancias en Isclacerta con viajes al extranjero, aunque al regresar del que hizo tras la boda se pasaron el invierno encerrados en la casa, con el criado supuestamente negro que había traído de allá y una mujer viuda que les servía en la cocina y en las demás faenas domésticas. La nieve acabó cerrando el camino de la casa y la mantuvo aislada durante más de tres meses, y la gente del pueblo se preguntaba por ellos, pero al fin se supo que la casa del Puertorriqueño estaba tan protegida como bien aprovisionada, y que sus moradores habían resistido sin incomodidad el largo encierro invernal.

En primavera, un pastor que conducía por aquellas trochas su rebaño llevó al pueblo la noticia de que en la casa del Puertorriqueño se oía una música asombrosa en el atardecer. La Buli contaba que en la casa, aparte de aquella flauta casualmente hallada que perteneció a la primera Soledad, hubo al menos un fonógrafo y una pianola, aunque ambos objetos debieron de desaparecer, con tantas otras cosas, cuando la guerra civil. Pablo y Soledad, al caer la tarde, escuchaban la música grabada en los discos del fonógrafo o bailaban a su compás, y ponían piezas en la pianola que hacía funcionar el criado.

La novedad recorrió el valle colmando de admiración a sus habitantes, y la Buli decía, pero cómo iba ella a saberlo, que conforme fue avanzando el buen tiempo mucha gente, sobre todo mozos y mozas, se escapaban a escondidas de sus casas durante el anochecer para acercarse hasta la casa de Pablo Lamas. Ocultos entre los árboles, en el borde del bosque, escuchaban aquella melodía que ponía bajo las estrellas y entre la soledad silvestre una exhalación perceptible y cercana del sonido alegre y ciudadano de la música orquestal y de los bailes de moda, que casi nadie conocía por aquellos lugares.

En el propósito de Pablo Lamas estaba recorrer durante los inviernos, en compañía de su esposa, las hermosas capitales en que aquella música era interpretada en teatros y salones por instrumentistas de carne y hueso, para el goce de los oídos o por el gusto de danzar. Pero con el anuncio de la primavera resultó que el largo encierro invernal había sido propicio para que Soledad quedase encinta.

Entonces mi padre cambió los planes, decía la Buli, y seguramente tendrían parte en ello los deseos de su mujer, y decidió no moverse de Isclacerta hasta que se acercase el tiempo del parto, que debería cumplirse con la llegada de los primeros fríos. Entonces, el matrimonio se instalaría en la capital.

Permanecieron en Isclacerta. Aceptaban la dulzura del buen tiempo como el mejor regalo de bodas, el renacer de los aromas y de los colores, la tibieza progresiva del aire, esa fragancia del heno seco que todo lo impregna en el estío. Luego el otoño fue suave y la pareja se sentía feliz entre la humedad de los prados recién llovidos, con el primer olor a musgos y hongos, bajo los robles dorados y los grandes peñascos que brillan como plata.

Pablo Lamas, aunque ya había alquilado un piso en la capital, cerca de la casa de los padres de Soledad, fue aplazando el traslado. El frío llegó de repente y entonces, cuando había que acelerar los preparativos, una súbita pereza, extraña en un hombre que siempre había sido tan diligente, fue obligando a retrasar el viaje. La Buli dijo que su padre le había confesado una vez que estaban muy a gusto en el monte, y que a él le tranquilizaba saber que el viaje no era largo, apenas veinte leguas de posta, decía, y además había comprado un carruaje mucho más amplio y confortable que el tílburi o el carricoche, que facilitaría el traslado.

Una madrugada, a principios de noviembre, mientras empezaba a caer la primera nevada de la temporada sin que nadie lo hubiese previsto, Soledad se puso muy mal, y todos los síntomas anunciaban que el parto venía adelantado. Pablo Lamas mandó al criado que bajase al pueblo en el tílburi a buscar al médico, mientras él y la sirvienta quedaban en la casa al cuidado de la parturienta.

Las horas pasaban sin que el criado regresase, y Pablo Lamas, cada vez más inquieto, ensilló su caballo y se dirigió al pueblo con un farol colgado del arzón. No paraba de nevar y cuando dejaba atrás el último tramo del camino de su casa la nieve llegaba a las rodillas de la montura. No encontró al médico ni a su criado, que había ido a buscarlo a un pueblo cercano, donde al parecer estaba atendiendo otro caso urgente, y sin dejar de pensar en su mujer, a quien había dejado entre terribles gritos de dolor, emprendió la vuelta a casa, pero a poco de haber iniciado la ascensión del camino el nivel de la nevada que caía sin cesar alcanzaba ya el pecho de su caballo.

El avance se le hizo imposible, y se vio forzado a regresar al pueblo, adonde llegó con dificultad y el ánimo lleno de angustia. La llegada del día no trajo el fin de la nevada, que todavía continuó durante varias horas más. Pablo Lamas buscó en el pueblo cuantos brazos pudo para que le ayudasen a abrirse paso entre aquella nieve que parecía doblar la espesura del monte y había convertido el camino en una muralla, pero cuando vino la noche apenas habían conseguido que la zanja que estaban abriendo llegase a la primera curva del camino, y se vio forzado a esperar. Aquellos fríos primeros cedieron un poco y una semana más tarde, en el tílburi y con ayuda de los mismos hombres que habían intentado limpiar el camino cuando la nevada estaba reciente, consiguió franquear el paso y llegar a Isclacerta.

Dicen que la mujer que atendía la casa, de buenas carnes y colores, parecía un espectro, y que ni tuvo fuerzas para hablar con Pablo Lamas. En la cama matrimonial permanecía el cadáver de Soledad, fallecida en el trance del parto, y a su lado una masa de carne renegrida, el cuerpecito del niño malogrado. La mujer había dejado abierta la ventana para que los cuerpos se conservasen, y se mantenía en la habitación un frío que decía la Buli que se siente todavía.

2. Un paseo

Es raro que haya vida en el universo, pero es aún más raro que tal vida sea inteligente. En una galaxia muy apartada de la que sustenta el sistema solar hubo un astro dotado con ese don extraordinario. Sin embargo, los miembros de la especie inteligente que habitaba el astro eran muy distintos de los seres humanos. Tenían un cuerpo alargado, cilíndrico, anclado en un recipiente lleno de líquido espeso mediante centenares de excrecencias de diverso tamaño. De ese cuerpo alargado, verdoso, surgían extremidades del mismo color, que cumplían funciones prensiles. En lo más alto había un manojo de elementos planos, de irregular simetría, oblongos, verdes, de superficie mate. En el medio de tal manojo asomaba un racimo de pequeñas formas eflorescentes donde se alternaban los órganos visuales y de la percepción con los sexuales. Un grupo de insectos dípteros, parecidos a nuestra moscarda, de color rojizo, volaba continuamente alrededor de la sección superior de su cuerpo, como si formase parte de él.

Los humanos, en su larga y sangrienta guerra contra aquellos seres, tuvieron ocasión de estudiar su naturaleza. Los catalogaron como plantas, de la clase angiospermas, dicotiledóneas. Los especialistas fueron aún más precisos, y señalaron que aquellos vegetales, caracterizados en lo principal por su tallo robusto, alargado y las hojas planas, carnosas, en el extremo superior, aparte de la diferencia de tamaño y otras peculiaridades morfológicas, así como de la indudable capacidad intelectual, eran lo más parecido a la *brassica oleracea acephala* o berza común del mundo terrestre.

La tragedia de aquellos seres fue vaticinada por sus sabios muchos años antes de que se viesen obligados a abandonar el astro en que su especie había surgido y vivido durante infinidad de generaciones. El exceso de población llegó a agotar los minerales necesarios para la vida que contenía el sustrato físico del astro. Se hizo al cabo urgente seleccionar un pequeño grupo que, llevando consigo una colección muy escogida de las semillas de su especie y de otras fraternas o complementarias, y enormes tanques llenos de sustancias nutritivas, para la subsistencia de la tripulación, sería lanzado al espacio en un navío. El grupo tenía la misión de buscar otro astro apropiado en que la especie pudiese fundar una nueva civilización.

El navío, un gigantesco paralelepípedo, utilizaba la luz de las estrellas como combustible para sus motores. Equipado con las mejores máquinas que había llegado a inventar la desarrollada racionalidad de aquellos seres, era capaz de localizar e identificar en el espacio cualquier astro que fuese adecuado para sus fines. Pero muchas generaciones de tripulantes se habían secado y sucedido sin que se hallase Tierra Prometida, que así se titulaba en su jerga el ansiado destino de su viaje.

Uno de tales seres es ese vigía. Inmóvil en su puesto, fija su atención en una máquina. Ésta recoge y ordena todos los datos necesarios sobre las condiciones y calidades de los mundos que el navío encuentra a su paso. Los tripulantes la llaman Denominadora de Astros. Por los indicios de actividad, la máquina está a punto de producir información.

El vigía está pendiente de los olores, sonidos y oscilaciones luminosas que transmite la máquina. El navío está penetrando en un sistema planetario. La máquina Denominadora de Astros está dando información sobre cada uno de los astros que lo componen. Es un sistema rico en planetas que giran en torno a una estrella amarilla. El primero en ser avistado, el más externo, ha sido registrado como *sklakerñ*. Seis planetas más en el interior del sistema, el Denominador identifica a *sklakert*.

Desde el origen del viaje, para registrar cada planeta nuevo que el navío avistaba, la máquina había ido combinando en ocho posiciones todos los signos de la serie básica del lenguaje que utilizaban aquellos seres. El primer planeta registrado había recibido un nombre equivalente al que sería *aaaaaaaa* según el alfabeto latino. El segundo el de *aaaaaaab*, y así sucesivamente. No es posible asegurar que en el lenguaje de aquellos seres existiese la eñe, pero lo cierto es que, hasta entonces, se habían sucedido miles de astros y miles de combinaciones de signos, y ninguno de los planetas encontrados a su paso presentaba condiciones para que la especie pudiese arraigar.

Y de repente, *sklakert*. Es decir, los signos equivalentes a lo que sería ese, ka, ele, a, ka, e, erre, te.

El vigía descubre el registro antes de comprobar las largas listas cifradas que transmiten las características del planeta. Después del primer vistazo, el vigía se siente conmocionado, pues esos seres tienen también capacidad de emoción. Estudia con más detenimiento la información que le transmite el Denominador. El racimo de flores amarillas que corona su tallo se pone a temblar, turbando el pacífico revoloteo de las moscas. ¡Al fin han encontrado un astro que parece adecuado! ¡Al fin esos vegetales pensantes que han errado por el universo en un vagar infinito tienen la posibilidad de arraigar, crecer y multiplicarse!

A través del comunicador que le permite informar al puesto de mando del navío, el vigía transmite la buena noticia:

«¡Tierra Prometida!»

Yo había llegado a Lisboa al final de la mañana, pero el piso de la Rúa do Século estaba vacío, con una inmovilidad más propia de la noche profunda. Predomina en el piso el color pardo, el yeso pintado simulando madera hasta una altura de metro y medio en las paredes del pasillo, los grandes cabeceros rectangulares de las camas, los armarios en que el espejo incrusta su movediza incertidumbre, los viejos aguamaniles con palanganas llenas de desconchones, la cama turca que hace de sofá en un extremo del estudio, debajo de la ventana, desvencijada como el catre de una enfermería pobre, la mesa camilla de oscuras vestiduras a su lado, los grandes baúles. No había encontrado a nadie en la casa, aunque quedaba cierto olor a guisos, cuerpos, residuos, un rastro invisible de vida reciente, y no imaginaba que aquella penumbra olorosa y quieta anunciase una ausencia duradera.

Bajo los efluvios de la vida cotidiana, persistía también el viejo aroma a humedad y frío que yo identificaba con el descubrimiento de la sexualidad, más sorprendente que placentero, cuando siendo casi un niño jugaba a los médicos con la hija de los vecinos, que tenía mi edad y la misma severa y decidida curiosidad hacia los secretos del cuerpo ajeno, en esos momentos infantiles, sobrantes del tiempo real, en que podemos descubrir que hemos entrado en un espacio que no nos pertenece del todo, donde no sabemos movernos bien, como si estuviésemos ciegos o fuésemos tullidos. Siempre que estaba en esa casa de la Rúa do Século había un momento en que percibía aquel olor, y con ello recuperaba el regusto de algunas tardes de otoño en una habitación de la planta baja del edificio, un cuarto casi en desuso en que había un barril para hacer jabón, y donde se guardaban, con muchas cajas de libros, una cama desarmada y un colchón que servía de lecho a la gata de la casa y a su prole. La niña se llamaba Lidia y se escondía allí conmigo en esos ratos perdidos en que a los adultos se les escapan la atención y el control de los niños. Era un olor que, sin embargo, no me devolvía recuerdos exaltadores, porque aquella niña y yo no vivimos allí escenas amorosas sino torpes exploraciones en que no podíamos siquiera imaginar las verdaderas posibilidades placenteras del sexo.

Me sorprendió no encontrar ni un solo cuadro de mi padre, y pude comprobar también que tampoco estaban las cajas con colores, disolventes y pinceles, ni la gran paleta cuadrada que siempre lo acompañan. Esperé un rato antes de ir a comer a una taberna cercana pero regresé enseguida a la casa. Mientras seguía esperando que se despejase el misterio de la inesperada ausencia de mi padre, aproveché para buscar en los baúles unas carpetas de dibujo del tiempo en que él estuvo en París, que mi madre me había encargado como un complemento del viaje. Descubrí primero las curiosas colecciones que diferenciaban a los cuatro baúles, atiborrados de objetos metidos en cada uno según su clase: los de metal —una plancha de carbón, lámparas de aceite, un irrigador, cantimploras—, los de cerámica —orinales, jarrones, un tintero enorme adornado con muchas volutas—, los textiles —un vestido de aspecto regional, sombreros, viejas camisas desgarradas—, los de papel —libros, documentos, carpetas—. Todo estaba guardado allí con el propósito, siempre pospuesto, de trasladarlo algún día a Isclacerta, y los baúles permanecían en un rincón, cerca de algunos caballetes y cajas de pintura, en un amontonamiento que, al quitarles el sentido que pudieron haber tenido cuando servían con naturalidad a las necesidades domésticas, suscitaba cierta inquietante anomalía, un repertorio de gestos a medio terminar, de cansancios derivados de la falta de la necesaria convicción, ese desorden de las cosas que muchas veces refleja el desorden de los ánimos.

En la claridad desvaída del estudio, aquellos cuatro baúles me habían parecido féretros acumulados unos sobre otros en el interior de algún mausoleo, y unían su color a la macilenta madera de los muebles y sus despellejaduras al azogue carcomido del gran espejo, que reflejaba en el lugar la luz de crepúsculo permanente que me había recibido como única señal diurna. En el que guardaba papeles, los dibujos que hallé estaban en un cuaderno en que figuraba el nombre de mi abuela, la Buli, Soledad Lamas. Fue entonces cuando di con *La amenaza verde*, una de las novelitas de quiosco escritas por mi abuelo, y con una caja de cartón en que se conservaba la cartilla militar de mi padre y algunos documentos con el nombre de

mi abuelo, entre ellos otra cartilla militar, uno lleno de sellos de goma declarando su puesta en libertad, otros textos
mecanografiados y manuscritos que tenían aire de prosas
literarias. Me quedé con la carpeta de dibujos de la Buli
y con todos aquellos documentos.

Era ya la media tarde. Me extrañaba tanto que
continuase sin aparecer nadie en la casa que me acometió
la sospecha de un olvido, de algún vacío en mi memoria del
que yo fuese culpable por descuido o por falta de atención,
alguno de esos espacios que el tiempo parece desalojar a
veces de improviso, desorientándonos, así que me dispuse a telefonear a mi madre, no tanto para que supiese que
había llegado a Lisboa como para buscar en ella un confi-
dente de mi extrañeza ante la casa vacía y contarle la falta
de los cuadros cuyo transporte hasta Madrid había sido
el motivo principal de mi viaje. Había tenido que dejar el
coche mal acomodado en un solar salpicado de cascotes y
fui hasta él para recoger el teléfono móvil de la guantera.
Mi madre estaba esperando mi llamada, y su respuesta, a
pesar de la serenidad habitual de su voz, fue un gran chorro de reproches por no haberla llamado antes, por no
haber hablado con mi padre, por no tener conectado el
dichoso aparato, por ser tan dejado. Había en su voz ese
tono tranquilo pero triste que he oído muchas veces de
niño como la muletilla de mis distracciones, una reprimenda cortés y dolorida, al parecer sin esperanza de conseguir cambios en una conducta que sería invulnerable
a tales reconvenciones. Intenté excusarme, pero ella no insistió más, al comprender acaso que mi penitencia estaba
en mi propia situación, tan lejos de Isclacerta, el lugar
adonde mi padre se había dirigido aquella misma mañana,
pues, al parecer, su madre, la Buli, mi abuela, había enfer-
mado repentinamente de mucha gravedad, obligándole
a él a trasladarse allí con urgencia.

Le pregunté qué podía hacer entonces y mi madre titubeó unos instantes antes de aconsejarme que me fuese también a Isclacerta, y que visitase de paso a mi abuela, que tal vez estuviese en los últimos momentos de su vida, si pensábamos además en su edad. Percibí en su voz una nota reservada y quise saber si había sucedido algo más. Me dijo que no estaba segura, pero que cuando le había contado a mi padre que yo iba a hablarle de esos cuadros de Chon Ibáñez que habían aparecido, él se había echado a reír como si la cosa le hiciese mucha gracia. La voz de mi madre se había hecho oscura, como impregnada de unas sospechas que yo ni siquiera podía atisbar, pero dejó de hablar del asunto y repitió que debía irme a Isclacerta. Me iba a Isclacerta, veía a mi abuela, y, por favor, por favor, no me olvidaba de los famosos cuadros, porque mi padre, que según ella tampoco se entera nunca de nada, se los había llevado con él sin recordar que yo me desplazaba hasta allí precisamente para recogerlos. Le conté que tampoco había sido capaz de encontrar las carpetas de los dibujos de París y suspiró audiblemente, repuso que acaso no estuviesen en la Rúa do Século, que no me preocupase. Por fin se despidió de mí recomendándome que no dejase de tener mucho cuidado en la carretera y que no me olvidase de pedir las facturas de todo lo que fuese a gastar.

Había vuelto al piso, pero aquella soledad, el desorden, la luz de la tarde que se depositaba como un reflejo ya muy tenue, demasiado espectral, los olores un poco rancios de la vida cotidiana, el aroma sutil a humedad que había marcado el despertar de mi sexo —la mirada intensa de aquella Lidia de melenita negra, sus manos curiosas, apenas unos pelillos rodeando su pubis—, me devolvían a un tiempo tenebroso, extraño, un tiempo de conciencia imprecisa, enredado en laberintos que prefería dejar lejos del hombre que yo había llegado a ser, y decidí irme de la casa otra vez. Me había metido la novelita en un bolsillo de la cazadora y había salido a la calle errabundo, sin destino preciso, aunque enseguida tomé el mismo camino que había seguido muchas veces, de niño al lado de la Buli, en dirección a la orilla del río.

Al pasar frente a la librería de viejo que regenta el padre de Lidia, miré a través del pequeño escaparate y le vi al fondo con su guardapolvos gris, en la misma figura que yo recordaba de toda la vida pero con el pelo, todavía rizadísimo, completamente blanco. También divisé a Lidia, una melenita parecida a la infantil sobre un cuerpo de mujer. Hitos que marcaban aquel viaje callejero que acababa de empezar, me sentí en la obligación de entrar a saludarles. Sonreí a Lidia, cuya cabeza sobresalía de una de las estanterías que se extendían por el centro de la sala. Imaginaba que sus ojos me estaban mirando, pero cuando estuve más cerca comprendí que no había advertido mi presencia, embebida en la busca de algún ejemplar, mientras junto a ella esperaba un hombre pendiente de su labor, que, engañosamente, también parecía mirarme a mí. Sin decir nada, me separé de ella para acercarme a su padre, y en aquel momento tuve también la sensación de que me estaba mirando y me extrañaba no percibir en él ninguna señal de reconocimiento, mas enseguida comprobé que su mirada, dirigida a un punto un poco más alto que mi cabeza, estaba entretenida en la localización de otro ejemplar. Me quedé muy cerca de él y seguí sin ser advertido, aspirando ese olor solemne y apaciguador a sepultura arcaica de los establecimientos que venden libros usados. Había en la librería más clientes entregados a la silenciosa rebusca, y tras unos instantes me di la vuelta y salí otra vez a la calle, con una confusa sensación de invisibilidad.

La tarde era también templada y luminosa. Había atravesado el Bairro Alto en ese descenso similar al de muchos otros días, entre las callejas absortas y las avenidas que empezaban a cargarse de tráfico. Iba sumergido en mi andar, sin pensar en nada, dejándome conducir por el simple brillo de los raíles del tranvía, como un vehículo más del que yo era al mismo tiempo pasajero, en un deambular sin prisa ante los cafés y las pequeñas tiendas de alimentos, de ropas, de zapatos, de juguetes, bajo los balcones de hierro en que brillaban las flores de los geranios, frente a las comisarías y las iglesias.

Ocupaba en la caminata uno de esos tiempos sobrantes y vacíos que suelen estar empapados en una vaga ansiedad, sin imaginar que mi paseo pudiese seguir un rumbo determinado. Cuando niño, la Buli me agarraba de la mano para cruzar las calles, se detenía conmigo para observar con la misma atención, con igual falta de apremio, los objetos presentados en los escaparates.

La inclinación de la pendiente me había llevado con naturalidad hasta la cercanía del río, mis pasos habían enlazado los rincones del Bairro Alto con el gran escenario de la Praça do Comércio, o Terreiro do Paço, un lugar que yo siempre buscaba en mis recorridos de la ciudad para regalarle a la mirada un remanso después de tanta arquitectura abigarrada y diversa. El rey José I, con su glorioso penacho de plumas sobre el casco, avanzaba majestuoso entre palomas, aplastando serpientes los cascos de su montura, en ese camino simbólico labrado sobre los mortales para los recorridos de las estatuas. Desde lo alto del arco de triunfo, virtutibus maiorum, los ríos Tajo y Duero me observaban con sus ojos de piedra. Mi andadura me llevó por la plaza sin destino preciso, y contemplé las aguas anchas del río en cuyo movimiento parecía prolongarse el impulso del paseo que me había llevado hasta allí. De niño, la visión de aquellas aguas me producía un sentimiento doble, una inexplicable desazón, la

conciencia de que se presentaban ante mí como un obstáculo para llegar a la otra orilla, pero también como otro
camino en que continuar vagando hacia lugares donde
acaso me estuviesen esperando aventuras extraordinarias.
Busqué un sitio para sentarme y saqué la novelita de mi
bolsillo.

Una tapa de los tiempos en que los colores más vivos no eran chillones ni la tipografía podía imaginar la
estridencia de los tonos fluorescentes mostraba un estra-
falario ser vegetal, de esquema antropomorfo, con un tronco nudoso del que sobresalía un manojo de grandes hojas
verdes y ciertas ramificaciones en que sostenía un arma
brillante en forma de pistola, que arrojaba llamas azuladas sobre un grupo de seres humanos. El belicoso vegetal
estaba revestido de una especie de mono transparente y
cubría sus hojas, entre las que había un racimo de eflorescencias amarillas con apariencia de ojos, con una esca-
fandra también transparente. Los humanos, en figuras más
alejadas, llevaban cascos militares y sostenían en sus manos fusiles y armas cortas. El horizonte eran las ruinas de
una ciudad bajo un cielo sanguinolento. *La amenaza verde,* decía en lo alto de la tapa, y debajo estaba el nombre
del autor, Albert Wilson.

Empecé a leer la extraña historia con perplejidad,
y el grotesco navío paralelepípedo cargado de *brassicas
oleraceas acephalas* en forma viva y en forma de semilla
estaba ya cruzando el universo de mi imaginación, pero
cuando aquel ser aberrante anunciaba la tierra prometida
me sobresaltó una ráfaga de motor que venía del agua, el
sonido de un navío real, una de las barcazas de transporte
entre las dos orillas, recortada contra las escaleras en que
venía a derramarse la plaza en la corriente. Descubrí entonces que en el último peldaño había un hombre de espaldas, pisando la lámina de agua que cubría las losas del

escalón, agachado en una postura rara y ambigua. Se concentraba en su actitud un ensimismamiento tan sólido que sentí con emulación que me alcanzaba una ola de quietud, mientras sobre la lenta superficie, más allá de aquella figura que con tanta nitidez contrastaba con el color pardo de las aguas, se iba aproximando perezosamente el pequeño navío de transporte de pasajeros.

Ese color pardo parecía impregnar mi visión de la tarde, pues era un tono parecido al de los muebles y la decoración del piso de la Rúa do Século, y no quise sospechar que el espacio del río era un rincón mayor de aquella misma vivienda que me había recibido dormida y ajena. El barco pasó muy cerca, y en las actitudes pasmadas de sus pasajeros se reflejaba la quietud de la plaza, mi quietud atónita, la inmovilidad del hombre agachado en el último escalón, al lado del agua. El barco cruzó el punto de mayor cercanía y empezó a alejarse con lentitud aguas arriba, y ese cambio de perspectiva me sacó de mi estupor, como si en el río y en la plaza hubiese habido una rotación y la tarde tuviese otro color y otro sonido. Sacudí mi pereza, me levanté y me acerqué al hombre agachado, con la súbita sospecha de que su figura era otra especie de meta, un astro también que encontraba en mi imprecisa navegación por aquella ciudad ajena, lejos de los lugares de mi costumbre. Enseguida vi que la mano derecha del hombre se movía lentamente dentro del agua, como si acariciase a los grandes múgiles de una bandada que merodeaba muy cerca del peldaño. Descendí un poco más y pude descubrir que en la otra mano, hundida también en el agua turbia, el hombre sostenía un gran pedazo de pan que se iba desmigajando mientras los peces se acercaban a comerlo. Era tan inusual aquella estampa de aparente avenencia que descendí todavía más, hasta que mis ojos pudieron encontrar en el extremo del escalón, en el lugar que hasta entonces me había ocultado el bulto del hombre, el cuerpo de dos múgiles dando las últimas boqueadas. En aquel momento la mano derecha del hombre consiguió cerrarse sobre la cabeza de otro y lo sacó del agua, para mantenerlo sujeto por las agallas antes de arrojarlo al escalón, junto al lugar en que se encontraban los cuerpos trémulos de los compañeros.

El hombre me miró con rechazo y me alejé. Me había desasosegado descubrir el secreto de su figura acurrucada, la falsa placidez que escondía, el pescador implacable que se ocultaba tras la apariencia de un hombre dando de comer a los peces de su mano a la orilla del río, en una actitud que recordaba esas revelaciones absurdas y repelentes de ciertos sueños. Mi repentino desasosiego se ajustaba como una parte simétrica a la idea de que los baúles del piso de la Rúa do Século eran ataúdes y su desorden el signo de una fatiga mortal, de una enfermiza decadencia, al olor que me había devuelto a ciertos recuerdos de placer turbio y pegajoso, a la sensación de invisibilidad que había tenido al visitar la librería de Lidia, a la impresión de cosa grotesca, como hecha para turbarme, que me había causado el arranque de la novela de aquel Albert Wilson, mi abuelo Alberto.

En mis años adolescentes había leído algunas novelas del oeste de Albert Wilson, entre las muchas de las conservadas por la Buli en Isclacerta. Suelen estar protagonizadas por un forastero que llega a un pueblo remoto en que los granjeros y ganaderos, gente enfrentada entre sí, están sometidos aparentemente por igual a la extorsión de un grupo de forajidos. Se suceden los duelos entre el forastero y los forajidos, los granjeros y ganaderos van poniéndose de acuerdo y perdiendo el miedo, y al cabo se descubre que los forajidos están a las órdenes del más importante hacendado de la comarca, que pretende despojar de sus propiedades a todos los demás. Desenmascarado y muerto el inductor, vencidos los forajidos, se restablece el orden anterior, con esperanza de reconciliación entre los vecinos. El intrépido forastero y la hermosa hija de uno de los hacendados más importantes se enamoran y acaban casándose. Entre robustos cornilargos y fogosos alazanes, el beso final hace prever un hogar lleno de chiquillos alegres y traviesos. En otro tipo de trama bastante común, el forastero se coloca como *cowboy* en un rancho y desarticula una conspiración del capataz con parte de los otros vaqueros para robar los rebaños, disfrazados de cuatreros. El ranchero tiene una hija muy hermosa, etcétera, etcétera. Creo que la tercera clase, variante de la primera, comprendía historias de un *sheriff* enfrentado a ciertos poderes secretos que, apoyados también en una cuadrilla de bandoleros, pretendían hacerse con todas las propiedades del pueblo. El intrépido *sheriff* contaba con el apoyo de uno de los rancheros y sus hombres. Este ranchero tenía una hija muy bella.

La verdad es que las novelas de mi abuelo, que llegó a escribir casi tres centenares, nunca me parecieron gran cosa, y con el correr de los años había llegado a olvidarlas, hasta encontrarme aquella de aventuras interestelares en el baúl de los papeles. La Buli me había contado que el abuelo había escrito también novelas de amor, éstas con el nombre de Clay Sloman, y algunas de fútbol y de piratas, pero no me había hablado de las del espacio. La imagen de aquellos grandes peces cabezudos, de bocas ávidas y torpes movimientos, que había descubierto mientras el hombre los engañaba, se mezcló con la de las enormes berzas pensantes, sugiriéndome un mundo sórdido de acciones y de ideas. La dulce tarde en aquella hermosa ciudad, en lugar de resultarme placentera, empezaba a confirmar lo peligroso, o al menos poco estimulante, que puede ser lo imprevisto, la mayoría de lo que se sale de la rutina de lo cotidiano.

Me senté otra vez, un poco más lejos, y seguí leyendo *La amenaza verde,* por conocer adónde podía conducir esa trama de berzas invasoras. Tres sabios infatigables, uno mexicano, otro chino y el tercero griego, cada uno en su país, detectan en la noche el navío que se aproxima a la Tierra, pero sus advertencias son desoídas por las respectivas autoridades. Parece que el trío va a tener que enfrentarse a los perversos designios de BBo, MMe y ZZu, las tres berzas principales entre los invasores, mezcla de sacerdotes supremos y generales en jefe que, además de pretender que sus semejantes arraiguen como vida inteligente exclusiva en nuestro planeta, están convencidos de que pertenecen a la especie elegida por el Señor de Señores, La Sublime Berza creadora del universo. Pero empezaba a atardecer y eché a andar otra vez por las calles, subí hasta el castillo de San Jorge para dejarme mecer sobre la ciudad en esa visión que la ofrece también con la mezcla de cercanía e inaccesibilidad propia del volar de algunos sueños.

Había cenado al fin en un restaurante de la Alfama cuando todavía se podía percibir el resplandor del día, y después de otro largo paseo me senté en una terraza de la Praça da Figueira para dejarme llevar por el bullicio de la hora. La larga caminata hacia la casa solitaria me hizo dar más tarde con un baile de ambiente africano, donde también había música brasileña y esos ritmos norteamericanos que se danzan en una sucesión de bruscas y violentas sacudidas corporales. Entré allí para posponer el regreso a la soledad olorosa y húmeda del viejo piso y retrasar un poco más la hora de acostarme. Muchos jóvenes de color con ropas brillantes y pintorescas o con los torsos desnudos se entregaban frenéticos al baile. Unas muchachas que hablaban y reían en la mesa de al lado y celebraban al parecer el cumpleaños de una de ellas me miraban a menudo para concederme sonrisas que me permitiesen participar de su alegría, y yo les sonreía también. Había mucho ruido, pero el espectáculo me levantó el ánimo. El jolgorio rezumaba una actitud de proximidad, como si toda aquella gente perteneciese a un mundo familiar, reconocible por todos, y me hizo pensar, sin que pudiese explicarlo, en aquellos finales irremediablemente matrimoniales y hogareños de las novelas del oeste de mi abuelo, y en la desesperada búsqueda de arraigo de las gigantescas berzas errantes. Tan lejos de sus tierras originales, aquellos jóvenes danzaban convirtiendo el lugar en una emanación de su vitalidad, en un territorio particular en que no eran extranjeros. Yo debía de ser allí el único extraño, el único fuera del unánime gozo, de una comunión que iba más allá de lo musical, y que era también una forma de arraigo.

En la casa de la Rúa do Século las sábanas de la cama olían a cuerpo, aunque en la almohada quedaba también el rastro de un perfume que no me resultaba conocido. La casa estaba fría y apenas dormí cinco horas a trompicones, en un sueño ligero, y madrugué mucho, para intentar llegar a Isclacerta a primeras horas de la tarde.

Me dirigí primero a Oporto y luego fui buscando las carreteras capaces de asegurarme el trayecto más breve. Modestas, serpenteantes entre caseríos y villas todavía amodorradas por el amanecer, solo las recorrían los camiones lecheros y algunas furgonetas con circunspectos operarios. En aquellos parajes ajenos y desconocidos me sentía perdido, como si el trayecto no pudiese llevarme a ningún punto reconocible de mi pasado. Almorcé en una villa solitaria, acurrucada a los pies de un gran templo de muros ennegrecidos, en un comedor casi sin otros comensales, bajo la mirada de una oronda y solícita camarera. A media tarde, un poco después de lo previsto, llegaba a Isclacerta.

Mi llegada había coincidido con la visita del médico, y Noelia, que me había abrazado con fuerza, entre besos mojados de lágrimas, me susurró que la Buli no parecía peor, gracias a Dios, aunque se encontrase muy mal, y que mi padre estaba también con ella, mientras la veía el médico. Decidí esperar a que el médico se marchase y, sin cruzar siquiera el zaguán, retrasando conscientemente la entrada al lugar donde la abuela atravesaba momentos tan malos, me aparté de la escalinata para recorrer con lentos pasos el sendero que llevaba al jardín, al estanque y al huerto, con ese impulso difuso de reconocimiento que nos mueve por los lugares que volvemos a visitar después de mucho tiempo.

Mas en vez de encontrar vivas las imágenes que permanecían en mi recuerdo, se me devolvía la ruina de la antigua vitalidad, una destrucción que no se podía ignorar, un solo mastín renqueante y medio ciego, agujereada la tela metálica de las jaulas vacías, desmoronadas las puertas de las cuadras, transformada en un gran erizo oxidado la bicicleta, del todo desfigurado el espacio que acotó el jardín entre una gran red de zarzales, el estanque rodeado de tal maraña que era imposible acercarse a la orilla para comprobar si seguía existiendo alguno de los carpines que en otros tiempos pulularon en sus aguas, y aquel huerto abandonado al final de otro espacio en que la maleza se había apropiado también de casi toda la superficie.

Al borde del huerto, el descuido había permitido que quedasen al aire las tuberías de plomo que traían el agua desde el manantial hasta la casa. Sin embargo, un rincón me volvía a llevar de repente, como en un guiño que me estuviera directamente dedicado, a ciertos personajes de la novela hallada el día antes en Lisboa, entre los trastos del desvencijado pisito de la Rúa do Século: delante de mí, en la tierra del huerto asilvestrado, erosionada solo por las lluvias, sin trazas recientes de alguna mano que se hubiese afanado labrando los surcos, cubierta por los restos secos y ya irreconocibles de las últimas cosechas, que por el aspecto de los tallos y de los restos de hojas medio pulverizadas, sin duda habían sido antiguas, las berzas, con sus hojas largas y onduladas, alzadas en sus altos tronchos, formaban sobre un extremo de aquella tierra oscura y apelmazada un modesto simulacro palmeral, único plantel vivo y pujante entre tanto descuido.

Las verduras reales eran la estampa viva de las verduras imaginarias suscitadas en las páginas de aquella novelucha que había comenzado a leer la tarde anterior. Pensé entonces que la invención novelesca podía provenir precisamente de ese lugar descuidado, que acaso pudo haber sido, en la imaginación del autor, el lejano planeta exhausto que sus pobladores se habían visto obligados a abandonar, y permanecí un rato contemplando el signo súbito de orden que ofrecía el pequeño ejército enhiesto de las berzas alineadas entre los surcos desvanecidos. Luego seguí caminando y di la vuelta a la casa, hasta atisbar un bulto que poco antes, en el momento de mi llegada, no había descubierto.

Era una mujer sentada frente a un caballete con una tela, justo bajo el gran castaño, en el mismo lugar donde, según Noelia, la vieja losa con inscripciones romanas coincide con el sitio en que está enterrada la primera Soledad. También aseguraban que allí se sentaba Pablo Lamas en el buen tiempo, y que allí mismo murió.

3. Imágenes certeras

A Patricia le sorprende la nitidez con que se conserva en mi memoria lo que viví en Isclacerta, y sobre todo las imágenes de los últimos días, que cuando los evoco se reproducen dentro de mí instante tras instante en toda su certidumbre, con la luz misma que los iluminaba, y los ruidos mínimos del monte, o de un coche, o del motor electrógeno, con sus aromas y golpes de brisa.

Patricia me dice a veces que parece que lo estoy inventando, que Isclacerta debe de ser sobre todo fruto de mi imaginación, no digo que no haya cosas que no sean verdad, pero ese puertorriqueño bisabuelo tuyo, y yo puertorriqueña, ya es bastante coincidencia, lo demás es excesivo, Pablito, y lo bien que todo lo guardas en la memoria, demasiado perfecto, si parece que estuviera escrito, que lo leyeses dentro de ti, como si hubieses sufrido uno de esos traumas que imprimen con fuerza en nosotros la experiencia de lo vivido, pero podría ser creíble si fuese solo la imagen de una situación, no de tantas y tantas, y de tantos y tantos años.

Pero para mí Isclacerta no fue traumática, es una especie de edén, aunque hablar de edén no deja de ser un tópico tonto, no puede haber edén sin árbol de la ciencia del bien y del mal, sin serpiente, aunque Isclacerta era un lugar placentero, y también el placer imprime en nosotros su sello indeleble. Isclacerta puede parecerte un lugar de la imaginación pero es un lugar real, le digo yo a Patricia, y acaso su fuerza está en los secretos que se me fueron desvelando allí, sobre todo durante los últimos días, y en los secretos que no me fueron revelados, que no puedo ni siquiera adivinar, los que murieron para siempre, dejando ese prestigio y esa nostalgia de lo que nunca podremos conocer.

Claro que parece que lo leyese dentro de mí, lo veo con la nitidez de un aparato óptico, de una máquina no sometida a la emoción ni a las distracciones que a los humanos nos perturban. Ahora mismo estoy allí, cerca del castaño, contemplando a la mujer que pinta. Ha colocado un asiento trípode junto al ara y está empezando a pintar de cara a la casa. Es una mujer de treinta y tantos, con buen tipo y de rostro atrayente, moreno, con el pelo oscuro, y tiene los ojos entrecerrados incluso mientras los mueve cambiando el motivo de su atención, de la casa a la paleta y a la pintura, y va encajando sus trazos. Nunca la he visto antes. Me habla de repente, sin mirarme, cuando estoy a cinco o seis pasos de ella. Me saluda, pero sus palabras no me parece que faciliten un acercamiento, y las recibo como un pequeño obstáculo inicial, una barrera de advertencia. Aunque puede ser que extraño su forma de pronunciar, un español raro, gutural, de palpable acento extranjero.

Dice un poco abruptamente que yo debo de ser Pablo Tomás, como si tuviese ya noticias mías y ese conocimiento, que yo no tengo de ella, le diese cierta supremacía sobre mí. Yo respondo preguntándole su identidad, he imaginado que puede estar aquí por alguna relación de Noelia que no conozco, y me contesta que es la mujer de mi padre. También me parece encontrar la señal de una frontera en esa información y en la forma de transmitirla. Mi sorpresa ha tenido que ser visible porque suelta una risa, siempre con los ojos entrecerrados y la boca un poco abierta, dejando asomar los dientes superiores con un gesto que me parece un poco amenazador.

—Me llamo Chon —añade, tendiéndome la mano después de dejar la paleta.

«Fue precisamente su nombre el que me dio la idea», explicará mi padre cuando llegue mi madre y se enfrenten con motivo del enredo. Pero en el momento en que la mujer me dice su nombre no encuentro ninguna relación con el objeto de este viaje que tenía como destino Lisboa y que ha terminado en Isclacerta, tantos kilómetros más lejos.

Estoy a punto de advertirle, por decir algo, que es muy posible que esté sentada encima de una tumba, pero no lo hago, para mantener también mi propio reducto secreto de superioridad. Como si intuyese algo, señala la piedra y dice que tiene aire de losa sepulcral.

—Es un ara —le explico—. Un altar del tiempo de los romanos.

—¿Un altar de la religión?

—Una especie de ofrenda a un dios o a una diosa.

Dioses olvidados, Cosiovus, Deganta, Mandica, Vacocaburius, Vagodonaego. Cuando era adolescente me fascinaban los nombres de esos viejos dioses loados en las aras, me parecían seres invisibles pero reales que debían de seguir presentes entre los solitarios roquedales que un día fueron poblados vivos, aunque ya perdidos todos los adeptos y todos los fieles su existencia tenía que ser muy miserable. Ahora que es posible que todo lo sagrado haya desaparecido del mundo, la referencia de la muchacha me ha hecho recordarlos.

Pablo Lamas, mi bisabuelo, el fundador de Isclacerta, el Puertorriqueño, había tenido por lo que parece la idea de rodear su casa con piedras y restos milenarios, y aparte de aquella ara hincada al pie del castaño hay dos columnas de mármol caídas que debieron de señalar la entrada de ese jardín desaparecido, y un cipo desmochado en la parte de la entrada de los carruajes, antes de la puerta de la estancia que ahora hace de garaje. Es posible que esa ara haya suscitado la leyenda del enterramiento furtivo de Soledad Alonso, apoyada en una costumbre de Pablo Lamas, al parecer verdadera, que después de la muerte de su mujer se iba a sentar ahí en las tardes de verano, y que ahí mismo fue donde se mató. Pero quizá sea cierto que en ese lugar están ocultos los restos de la mujer y de su frustrado retoño.

Miro el cuadro que la chica está pintando. Vagamente figurativo, la casa que alza ante nosotros su sólida mole ha sido un pretexto para la composición de grandes manchas de color que sugieren la forma del edificio. Algo en la imagen que se está elaborando llama mi atención, como si debiese relacionarla con otras pinturas conocidas, pero de una manera demasiado difusa y oscura, lo que demuestra que, pese a la convicción de mi madre de que yo soy la persona idónea para su galería de pintura, el campo de las artes plásticas no es para mí tan diáfano y familiar como convendría. En todo caso, parece pintura de calidad, bien entonada en colores, armónica de formas. No hago ningún comentario ni ella pide mi opinión, y me quedo mirándola mientras sigue afinando unos trazos.

La aparición de Noelia en la portalada, su voz y el aleteo de sus brazos llamándome, impiden que este encuentro se alargue, y siento alivio al alejarme de ella. La abuela ha sabido que estoy aquí y me reclama. Sale ahora mi padre, que apenas me saluda porque acompaña al médico hasta el coche. Cuando el coche se aleja, mi padre vuelve hasta mí con pasos apresurados y me da un abrazo. Hace casi un año que no nos vemos, y ahora apenas nos hablamos, qué tal estás, acabo de llegar, no te encontré en Lisboa, cómo no me llamaste, lo imprescindible para establecer la normalidad del trato familiar. Le digo que mi abuela quiere verme y me dice que sube conmigo, que ya tendremos tiempo de charlar.

En la alcoba de mi abuela reencuentro el frescor que, según ella, es el frío incrustado allí desde la muerte de la primera Soledad. Aspiro el olor de las plantas del monte con que ella perfuma los armarios. Al fondo, donde la penumbra diurna no acaba nunca de ser vencida por la oscuridad, diviso la masa geométrica de la casa de muñecas.

La Buli está muy débil pero me reconoce con un brillo de alegría en los ojos. Nos besamos, murmuramos unas palabras de saludo. Quiero saber cómo se siente pero no me contesta, solo sigue mirándome con fijeza, y en sus labios permanece una sonrisa. Luego cierra los ojos y vuelve la cabeza del otro lado, en gesto de reposo, ausente otra vez de todo lo que la rodea.

Hay ocasiones que, sin que sepamos los motivos, sin aspectos que las obliguen a ser relevantes o significativas, permanecen en nuestra memoria con todas sus imágenes incólumes. En esas ocasiones, hasta la intensidad de la luz, el eco de los sonidos, los olores, siguen vigentes tal como fueron, cuando las evocamos. Aquélla fue una de ellas. Acaso el madrugón, el cansancio del largo viaje, el rápido y sinuoso recorrido de tantas carreteras y de tantos parajes distintos y desconocidos, en lugar de adormecerme habían exacerbado mis sentidos, y mi percepción estaba dispuesta a registrarlo todo con la seguridad de una máquina. O acaso una de esas intuiciones que nos habitan consideró preciso tener conciencia muy clara de lo que estaba sucediendo, en la premonición de todas las revelaciones que me aguardaban.

Vuelvo a ver a la mujer pintando bajo el castaño y hasta recuerdo la disposición de los colores en la paleta, pequeños cúmulos laterales de amarillo, rojo, negro, blanco, verde y un borrón entre verdoso y ocre en el centro. Percibo, tal como era la hora, la luz de primavera, el verde brillante de la hierba frondosa, el color amarillo, blanco y morado de las flores silvestres, los primeros cardos que en ese tiempo son todavía plantitas de ribetes suaves, los pimpollos recientes de los pinos con su verdor renovado, la enorme copa del castaño llena de hojas verde muy claro, recién nacidas, los cuervos jóvenes, de plumas azuladas, que graznan encaramados en un resto decrépito del perdido vallado, Noelia con unas zapatillas azules de lona y una manchita en el vidrio derecho de sus gafas, la casa de muñecas con la mansarda en lo alto, las cinco ventanas de su fachada y su puerta con un dintel de medio punto y un llamador que es un diminuto lagarto de bronce, el cutis de mi abuela terso en las mejillas como el de una muchacha.

Mi padre lleva barba de varios días, muy blanca ya, y tiene también muchas más canas que la última vez que lo vi, hará casi un año. Presenta un aspecto poco aseado, el pelo largo se le desploma en un alero algo desaliñado sobre las orejas, lleva el cuello de la camisa sucio y los dedos de sus manos están embadurnados de pintura.

Dejamos la alcoba de la abuela, bajamos las escaleras y salimos al exterior, a la tarde luminosa. Vuelvo a decirle que he venido desde Lisboa y vuelve a preguntarme que cómo no se me ocurrió llamarle por teléfono antes de salir de Madrid. Le digo que no he visto en Lisboa ninguno de los cuadros que debía recoger y responde que se los ha traído con él, pensaba llevárselos él mismo, no imaginaba que iba yo a ir a buscarlos. Le recuerdo, con fechas y todo, que habíamos hablado de ello quince días antes, pero no se da por enterado. Con aire de confidencia, y sin dejar traslucir demasiada preocupación, añade luego que lleva muy retrasada la exposición, que va a tener poco que mostrar. Yo pienso que eso a mi madre no le va a hacer gracia, aunque quizá sean solo ganas de alarmar, mientras él aprieta las hebras de tabaco en la cazoleta de la pipa con un pulgar teñido de azul.

—También me dijo mamá que tenéis que hablar de unos cuadros nuevos de Chon Ibáñez que han aparecido. Me insistió mucho en esto. Está muy preocupada con ello. Que qué sabes tú.

Se echa a reír.

—¿Chon Ibáñez? ¿No la ves ahí delante, pintando?

En su tono hay también la superioridad burlona que parece darle un conocimiento mayor que el mío que tiene de ciertas cosas. Entonces recuerdo que la forastera me ha dicho que se llama Chon, y puedo al fin relacionar las grandes manchas de la imagen que está pintando con los cuadros que tanto preocuparon a mi madre cuando un cliente se presentó con ellos en la galería. Un cliente de muchos años, amigo de mis padres, orgulloso de haberlos comprado en París muy baratos, pequeños, ella solo dijo que eran bonitos, pero cuando el cliente se marchó se mostró muy nerviosa, aseguró que aquello era imposible, que había que hablar con mi padre inmediatamente. En ese momento tengo del asunto una idea muy confusa, y la turbación de mi madre no ayuda a que me aclare el caso.

Chon Ibáñez fue una pintora muy joven, una de las estrellas de la galería de mi madre, unos cuantos años antes, cuando yo era todavía casi un niño. Una chica que al parecer residía lejos de España, y que tuvo bastante buena acogida entre la crítica. Los cuadros se vendieron muy bien, pero un día se supo que había muerto en un accidente marítimo, uno de esos naufragios pavorosos en que se va a pique un barco cargado con muchos más pasajeros de los que debería haber transportado. La vida truncada de una joven creadora, decía la nota necrológica de un periódico que estuvo pinchada durante mucho tiempo en el tablón, junto al despachito de mi madre.

—¿Pero Chon Ibáñez no había muerto? —le pregunto a mi padre—. ¿Pasa algo raro con esos cuadros suyos que han aparecido?

—A mí me parece que está bastante viva. Y pintando sin parar —responde, y se echa a reír con aire de sorna.

Al fin mi madre no me dio explicaciones sobre el asunto de los nuevos cuadros de Chon Ibáñez, y mientras él arroja al aire las primeras bocanadas de humo, pienso que acaso hubo en los gestos de mi madre, en la forma de mirarme, la constancia de algo implícito que no he sido capaz de interpretar.

El caso es que mi padre mantiene su habitual flema y su silencio, esa distancia que mi madre aborrece, que fue una de las causas principales de su divorcio, según ella repite, sin que yo pueda imaginar por qué se mostró tan alarmada ante la aparición de aquellos cuadros, y qué hace en Isclacerta Chon Ibáñez si es cierto que murió varios años antes.

—Dice que es tu mujer.

Los dientes amarillos de nicotina de mi padre ponen en su risa una sombra.

—Pues lo será, si ella lo dice.

La tarde sigue brillando dorada sobre los prados reverdecidos y el bosque cargado de fresca humedad. En lo alto de la montaña resplandece una mancha de nieve. Es una imagen tan intensa y perfecta que no me parece verdadera, como si le faltase la ligera inconcreción que el tiempo le da a la realidad, como si yo estuviese ante un decorado cuidadosamente dispuesto por el mejor escenógrafo del mundo.

Mi padre se va al garaje a hacer algo que no me explica y yo me acerco a la mujer, que sigue afanada frente a su pintura.

—Me ha dicho mi padre que eres Chon Ibáñez.

—Así me llamo.

—Hubo una pintora con ese mismo nombre que murió hace unos años en la India.

—Pues me parece que no era yo.

Sigue hablando sin mirarme, sus ojos entrecerrados moviéndose sin cesar entre la casa, la tela y la paleta.

—¿Sabes que estás sentada sobre una tumba?

—¿No decías que no lo era?

—No tiene nada que ver. Mi bisabuelo, el que hizo esta casa, estaba tan enamorado de su primera mujer que, cuando ella murió, enterró el cuerpo aquí, para tenerlo cerca.

—¡Qué romántico!

No he podido resistir la tentación de contárselo y me arrepiento de haberlo hecho al encontrar en su voz lo que me ha parecido un sonsonete burlón. Sin hablar más, me alejo y busco en el coche el teléfono móvil. Mi madre está tan estupefacta que me pide un par de veces que repita la noticia. Que Chon Ibáñez, una chica muy morena, bastante mayor que yo, es la compañera de mi padre, dice que es su mujer, y en estos mismos momentos está pintando en Isclacerta, yo la estoy viendo desde aquí, mientras hablo contigo, mamá. Luego se muestra indignada y furiosa, de una manera que yo jamás le he oído antes. Hasta dice palabrotas en francés.

—Y parece que papá no tiene preparada la exposición, pero a lo mejor son ganas de hablar —añado, sintiendo que me estoy vengando de sus reproches del día anterior de una forma demasiado cruel.

No puedo imaginar cuál puede ser su aspecto, porque nunca la he visto tan airada como ahora la escucho. Acaso sus ojos parpadean y sus labios se aprietan el uno contra el otro varias veces antes de que hable de nuevo. Lo hace cuando algo la indigna, aunque sin perder la compostura. Entre su habitual serenidad, este enfado suyo debe de hacerle presentar una estampa insólita.

—El viernes a mediodía estaré ahí.

—¿Vas a cerrar la galería?

—Claro que la cierro. Es un caso de fuerza mayor. Hay que aclarar este asunto. Tu padre me va a oír.

La cosa parece seria pero yo, ignorante y no culpable de lo que sea, lo considero con lejanía y sin inquietud, y hasta me satisface no tener nada que ver con ello.

Estas tardes plácidas de primavera, aunque un poco frías, despiertan en los montes que rodean Isclacerta olores y matices de luz extraordinarios. El bosque renovado me invita a dar un paseo, a recordar los días de verano de la infancia, alguna noche de miedo, cuando por culpa de las historias de Noelia y de mi abuela me parecía percibir los espíritus del monte y del agua, esos que hacen equivocar el rumbo de los viajeros para despeñarlos, esos que cambian sus niños enclenques por los niños robustos de los humanos. Sin embargo vuelvo a la casa y subo las escaleras. Noelia está tejiendo en el cuartín que sirve de recibimiento a la habitación de la abuela. Me dice que la enferma continúa dormida, y que va a restablecerse enseguida con mi presencia. Me siento un momento a su lado.

—¿Tú conocías a esa chica que ha venido con mi padre?

—¡Qué voy a conocer!

—Dice que es su mujer.

—Desde luego, tu padre y ella duermen juntos, en la misma habitación, pero cómo iba a haberse casado sin más ni más.

—Está sentada encima de la tumba.

—Claro que en los tiempos que corren una no debe extrañarse de ninguna cosa.

No dice nada más. Entre los dedos de sus manos, el trenzado de la lana es tan preciso como siempre. Más que un simple enlazamiento de hilo, su tejer rapidísimo es la representación de una escritura diminuta que se va alargando. En la infancia, yo me he sentado muchas veces en este mismo sitio, para mirarla hacer punto mientras ella me contaba historias de la familia y del pueblo. Escuchaba las historias en sus labios pero me parecía que los entrecruzamientos sucesivos de la lana formaban un tejido que las llevaba en su trama, que las dejaba entrelazadas en la pieza, dispuestas para ser transmitidas a quien supiera leer esa forma de mensaje.

—Siempre quise preguntarte por qué de niño me asustabas diciendo que a lo mejor yo era hijo de uno de esos espíritus de las aguas, que me habían cambiado por el auténtico Pablo Tomás.

—Te lo contaba porque tú me lo pedías. No hacías más que preguntar por eso, que cómo cambiaban los niños, si eso era solo aquí o en todos los sitios que tuviesen río. Si hubieses sido más pequeño sí pensaría que tenías miedo, pero ya eras un hombrecito, lo hacías por imaginarte cosas, por sentir el gusto de pasar miedo. ¿A que sí?

Es cierto lo que dice. Durante mucho tiempo, antes de dormir, me gustaba pensar que el verdadero Pablo Tomás no era yo, que era el hijo de uno de aquellos espíritus, aquellos seres misteriosos que musitaban sus conversaciones entre las corrientes, que había sido cambiado por él. Como no podía dejar de ser Pablo Tomás, pues había adoptado su personalidad, encontraba en aquellas quimeras de doble vida un juguete mental que me hacía disfrutar de la angustia de mis ensoñaciones, saberme en dos sitios a la vez, consciente en la cama e inconsciente en alguna parte profunda del bosque, viviendo quién sabe qué aventura, acaso arrojándome sobre un conejo para degollarlo con mis dientes, como un lobo, e imaginaba con una mezcla de placer y horror los pelos del animal en mi boca, el sabor de su sangre.

—Oye, Noelia, ¿por qué sabes tú que esa mujer está enterrada ahí?

—¿Nunca se lo has preguntado a tu abuela?

No quiero decirle que no, porque siempre me pareció que era un asunto para hablar solo con Noelia, un secreto entre los dos. Además, yo he visto la sepultura en el cementerio del pueblo, un cementerio pequeño, estrecho, de tapias altas, atiborrado de panteones, lo opuesto a un lugar patético, romántico o misterioso, un almacén de tumbas que llevan grabada en sus losas la referencia del propietario, Propiedad de la Familia Fernández, Propiedad de Rómulo Cañón, Propiedad de Victorino Montes Martínez. En la tumba de ella, su nombre, Soledad Alonso, una fecha de noviembre de 1906 y un epitafio. Noelia sigue hablando sin esperar mi respuesta.

—Lo sé seguro. Pablo Lamas pidió permiso para que el cadáver quedase sepultado junto a la casa, pero no se lo dieron.

—Yo he visto su tumba. Tú la habrás visto de sobra. Pone algo sobre la nieve.

—«Te encontraré en la nieve», eso pone. Aquí son muy burros, no lo entienden, y eso de los epitafios no se lleva. Pero ella no está allí. Él fue una noche con su criado, removieron la losa, la sacaron del ataúd, la debieron de meter en otra caja, la trajeron y la enterraron debajo del castaño. Lo sé seguro.

—¿Por qué sabes que la sacaron del ataúd?

—Porque el suyo estaba allí cuando enterraron a tu abuelo, pero alguien había echado abajo el tabique de ladrillos.

—¿Pero se puede saber quién te lo dijo?

—¿No te conté nunca lo de mi prima Aurora?

Le digo que no, aunque recuerdo claramente la ocasión en que lo hizo, el verano antes de que yo ingresase en la universidad.

—Tuve una prima, también era prima de tu abuela, que vivía en el Páramo, que cayó tísica y el médico le recomendó estos aires. Estuvo viviendo aquí una temporada, aunque no se curó. Empezó a oír llorar bajito, fuera de casa, algunas noches. Pero no eran los gatos, porque una vez salió y la vio.

—¿Qué vio?

—Vio una figura de mujer, blanca, con el bulto de un niño en brazos, llorando, justo debajo del castaño.

—¿La viste tú?

—¡Jesús me valga! ¡Ni yo, ni tu abuela, quisimos verlo!

—¿Y el abuelo? ¿Estaba el abuelo?

—Tu abuelo decía que aquella chica estaba loca, y que dejásemos el castaño en paz.

Me asombra la precisión con que sigue dando las lazadas mientras habla, asegurando su tarea solamente mediante pequeños vistazos, porque casi no aparta de mí sus ojos.

—¿Quieres saber qué hicimos? Pues encargamos cera del santísimo al del coche de línea, la daba el sacristán de San Isidoro por una limosna, de los cabos de vela, nos la trajo, formamos una cruz con ella y la enterramos

en el mismo sitio en que se mostraba la fantasma, y se acabaron las apariciones. ¿Qué te parece?

—Que ya me lo habías contado.

Y Patricia dice que no es posible que además hubiese fantasmas en Isclacerta, que Isclacerta es para mí como una gran caja de la imaginación en que meto todo lo
que me apetece, lo que saco de aquí y de allá, de lo que me
han contado, de lo que he leído, pero es cierto que una
noche de mi primera juventud Noelia me contó lo del
fantasma que su prima había visto, y que esta otra noche,
cuando visito Isclacerta sin saber todavía que es la última
vez, me lo vuelve a contar con la seguridad de un testigo
sincero.

Se oye un murmullo en el cuarto de la abuela. Me
asomo y la veo inmóvil, en la misma postura en que la
dejé. Parece que habla entre sueños.

4. El primer secreto

Si no fuese por ese murmullo podría pensarse que en la habitación no hay nada vivo. La cabeza de la abuela es tan pequeña que, desde la entrada, a la poca luz, parecería solamente una deformación de la almohada, y su bulto tan escaso que la cama tendría el aspecto de estar vacía, aunque un poco desordenada tras el sueño de alguien que se ha ausentado ya.

Desde que visitaste por primera vez Isclacerta, permanece inalterable en tu recuerdo esta perspectiva de la habitación de la abuela como el punto en que la casa presenta la más certera señal de sí misma. La casa, mientras os acercabais, era una gran cabeza picuda con las grandes orejas, o cuernos, de sus chimeneas, asomada en lo más alto de aquella cuesta rodeada de árboles, y luego la casa se presentó ya enorme ante vosotros, y la sombra de su alero le ponía entre la luz del día un aire soñoliento, que sentiste aumentar cuando penetraste en su espesa penumbra interior.

Tras la escalinata, y el zaguán, y las escaleras, llegasteis hasta la entrada al gran espacio donde descansaba la anfitriona en la inmovilidad y en la sombra, y sospechaste que este lugar era el corazón de la casa, el espacio íntimo y palpitante donde concluía un viaje lleno de emociones, el primer vuelo en avión de tu vida, luego un largo trayecto en automóvil atravesando parajes nunca vistos antes ni en las imágenes de la televisión, extensas llanuras, viejos edificios con veletas en lo más alto, esas grandes construcciones en que se guarda el cereal, aves de enormes alas curvas con las plumas separadas planeando lentamente sobre la carretera, a veces un rebaño de ovejas moviéndose despacio en las lomas cercanas. Os habíais detenido en una ciudad para visitar una casa también oscura, adornada con grandes cortinas que ponían en la sala un aire teatral, donde vivía un hombre pálido, de bigote negro, y almorzasteis una comida de sabores distintos a los habituales, en grandes platos blancos, gruesos, y vasos también gruesos, y largos tenedores muy afilados. Un poco después os encaminasteis hacia las montañas que habían comenzado a asomar en el horizonte, gigantescos volúmenes blanquecinos y picudos que iban dejando percibir cada vez más claramente su cuerpo de roca, alguna mancha blanca de la nieve que todavía permanecía en lo alto, hasta la subida final por las cuestas rodeadas de árboles.

Una sucesión trepidante de imágenes distintas, el vislumbre de lugares y espacios que la imaginación ni siquiera había intuido, parajes inesperados sobre todo para un niño como tú, que habías vivido los ocho primeros años de tu vida sin salir apenas de aquella enorme ciudad donde la vegetación estaba domesticada entre el orden de las calles, en que las superficies de agua quedaban claramente delimitadas por los bordes tallados y geométricos de la civilización urbana. Además, este olor a las plantas que aromatizan las ropas en los armarios concentraba y resumía los olores del monte que habías venido percibiendo a través de la ventanilla del coche, aromas cambiantes que señalaban la presencia de los árboles y de los matorrales, olores gratos que parecían hechos para descansar en ellos como en el sueño de sosiego y penumbra que la casa anunciaba.

También aquella vez había sido la primera que viste a Noelia, nada más llegar, en el momento mismo en que salías del coche. Te había besado, te había llamado parisino, el parisién, había exclamado que eras muy guapo, te había preguntado si hablabas español. Tú respondiste que sí y ella se echó a reír y dijo que mucho mejor, porque en aquella casa nadie hablaba otra cosa, y si tú no lo hablabas a lo mejor te morías de hambre. Había dicho que la abuela estaba en la cama porque tenía mucha jaqueca, pero que subieseis a saludarla, que le daría una alegría veros, que a lo mejor hasta se le pasaban las molestias, y habíais entrado en aquellas estancias de sombra densa e iniciado el ascenso de las escaleras que debían llevaros hasta ella.

Lo amplio de la habitación, el aroma a plantas secas y sobre todo la rotunda figura de la casa de muñecas, en la pared del fondo, haciendo brillar en la penumbra los cristalitos de sus ventanas y los barrotes de las balaustradas. Parecía que la gran alcoba, vislumbrada como el centro de la enorme casa a la que por fin habíais llegado, tuviera además un centro en forma de casa que era precisamente aquella tan pequeña, el lugar más misterioso y venerable de su interior. Ésas fueron tus primeras percepciones, y quedaron impresas dentro de ti en imágenes y sensaciones que se renovarán cada vez que te asomas al cuarto.

Oísteis entonces la voz de la abuela desde la cama, no un murmullo como ahora, sino una voz clara, alta, que confesaba su sorpresa de que estuvieseis ya allí, que hubieseis llegado tan pronto, y te pedía a ti que te acercases mientras se incorporaba. Besos, una caricia lenta de tus mejillas con sus manos suaves, también halagos, a tus ojos, a tu estatura.

Noelia había tenido razón al suponer que vuestra llegada le quitaría las dolencias, porque dijo que se iba a levantar y enseguida estuvo dispuesta, vestida con una ropa clara y el pelo recogido en un moño. Tú eras el punto más importante de su atención y te llevó de la mano a tu habitación, revisó la ropa de la cama y el armario. Estabas un poco aturdido, con una torpeza como de fiebre. Habías descubierto que el viaje era una experiencia física intensa, que tenía tacto y gusto, que suscitaba muchas sensaciones, era como una zambullida que requería conocer la manera de controlar determinadas reacciones mentales y hasta corporales, igual que meterse en el agua exige saber mover los miembros para flotar y respirar de una forma diferente de la habitual.

Hubo una merienda alegre, con alimentos que casi no habías probado antes, que tu padre celebraba con orgullo y tu madre alababa con aparente sinceridad. Se quedaron hablando sentados fuera de la casa, bajo la noche llena de sonidos menudos que tú captabas sin atreverte a buscar su procedencia, sin separarte del grupo, a la vez maravillado y temeroso ante la abrumadora presencia del monte cercano y aquella oscuridad honda como el fondo de un estanque cuya superficie estaba muy lejos, arriba, donde relucían los astros innumerables. Una imagen de fondo acuático que te sugerirá Isclacerta muchas veces, como si tus estancias en la casa y sus parajes fuesen un viaje a un reino que descansa en el fondo de un mar de aguas impalpables. Y dormiste al fin por primera vez en aquella cama con dos colchones, olorosa también a hierba seca.

A los tres días, cuando tus padres se fueron de viaje, sentías que ya formabas parte de la casa y que empezabas a formar parte también de los prados y de los bosques que la rodeaban. La abuela, la Buli, como empezaste a llamarla, favorecía en ti esa sensación de pertenecer a aquel sitio, de no ser extraño en él, te abrazaba a menudo para besarte, para preguntarte si estabas a gusto, reprochaba en voz alta a tus padres que no te hubiesen traído antes. Tú intentabas justificarlos, repetías sin entenderlas, y por eso convertidas en confusos disparates, las razones de tu madre, unos pretextos oscuros que al parecer tenían que ver con algo que no acababa de estar bien asentado todavía.

Ella es una parisina de verdad que veía lo español muy lejano y con el temor de que no hubiese perdido las raíces de barbarie que durante tantos siglos se le han achacado. Todavía, tras haber vivido en España más de quince años, sigue pensando que le faltan hechuras para ser del todo un país europeo, que aún hay mucha diferencia entre los dos lados de los Pirineos, y en aquella ocasión, mientras viajabais hacia Isclacerta, cada vez que veía guardias en la carretera se ponía nerviosa y evocaba con suspicacia ciertos sucesos pavorosos que habían tenido lugar unos meses antes. Con el tiempo tú tendrías ocasión de verlo en la tele, sabrías que se trataba de un guardia de tricornio y gran bigote disparando en el Congreso de los Diputados, de soldados armados apoyándole. Entonces, escuchando a tu madre, intuías que aquello había estado a punto de acabar con algo que era al parecer muy importante, de impedir unas transformaciones valiosas cuyo sentido tú no podías descifrar, sin que tu ignorancia ante el arcano, cosas de mayores, asuntos de los periódicos, te inquietase lo más mínimo.

Tu abuela se echaba a reír al escucharte disculpar a tus padres y te decía que no los excusases, que su hijo había sido siempre muy descastado, que no tenía perdón haber esperado todos aquellos años para presentarle a su primer nieto, y tú te consideraste liberado de tu obligación de defender a tus padres, porque sentías que estabas ya incorporado a la casa y a la costumbre de tu abuela con un vigor que nunca se debilitaría, y que era independiente de la conducta de tus padres.

Fue a los pocos días de llegar cuando descubriste uno de los secretos del Puertorriqueño. Tu progresiva confianza con todo lo de la casa, incluidos los dos mastines, las gallinas y los conejos, los peces del estanque, te había hecho atrevido. Respetabas la casa de muñecas como un espacio inviolable, y todavía te parece escuchar la voz imperativa y estricta de la abuela cuando al mostrártela por primera vez te dijo que aquella casa era lo único que te estaba prohibido tocar, que solo podrías verla si ella te la enseñaba, y eso con las manos en la espalda, pero todo el resto de lo que había en la casa y en sus alrededores empezó a ser objeto de tu curiosidad, sin que nadie te lo impidiese. Y como la infancia no reconoce restricciones para su imaginación, todos los lugares en que pudiera haber un espacio retirado del acceso fácil o cómodo fueron sometidos a tu pesquisa, pues una casa tan vieja, en que las habitaciones tenían palanganas y jarras para lavarse, y chimeneas de leña y estufas de carbón para luchar contra el frío en el invierno, y por la noche, hasta la hora de acostarse, una luz eléctrica que se conseguía gracias a un motor de gasolina que trepidaba en el garaje, podía ocultar muchas cosas, secretos de los constructores, y quién sabe si algún tesoro de aquel fundador que decían que había venido tan rico de América.

A la Buli y a Noelia no le importaban tus excursiones y rebuscas, y hasta te sentías apoyado por su mirada cuando te topabas con ellas en tus merodeos. Solo te aconsejaban que tuvieses cuidado con no hacerte daño, con no mancarte, decían, y si alguna vez te hiciste daño, una caída, un rasponazo, el enganchón de una zarza, lo guardaste para ti como un secreto que era el precio de tu intrépida libertad. Toda la casa fue investigada, desde el desván de paredes vertiginosas, en que los pequeños murciélagos reposaban cabeza abajo entre las vigas, hasta los sótanos en que se conservaba leña, carbón, embutidos colgados, donde se habían ido almacenando cascos de botellas y muchos objetos de labores agrícolas que ya nadie cumplía.

La casualidad hizo que el hallazgo de algo valioso lo hicieses en tu propio armario, al recuperar unos calcetines que, por haber metido en un cajón junto con demasiadas cosas, se habían escurrido hasta caer por la parte trasera. Para encontrarlos sacaste el cajón inferior y debajo de él, sobre la madera polvorienta, descubriste los calcetines, pero también un tesoro escondido, una bolsa de tela gruesa de color rojo oscuro cerrada con un cordón del mismo color, que la rodeaba formando un paquete.

No se te ocurrió avisar a la abuela o a Noelia, ni llevarles el paquete para enseñárselo. En la excitación de haber alcanzado casualmente el don de un secreto, desataste la bolsa y miraste su contenido. Lo que guardaba el paquete eran unas prendas extrañas, una especie de mandil y dos bolsas cortas, imposibles, cada una con dos bocas, pues no tenían cerrada lo que debiera haber sido la parte inferior, un sable pequeño y dos libros. Las dos bolsas desfondadas y lo que juzgaste un mandil, porque tenía cintas en cada uno de los extremos de los lados, estaban bordados con hilos de oro y de colores, haciendo dibujos de objetos, unas palmas, un compás, un cartabón, la imagen de un sol con los rayos serpenteantes, una luna de plata rodeada de estrellas, letras extrañas. Los libros tenían en la portada figuras parecidas, y también el pequeño sable en su funda y en su empuñadura, que parecía de oro. En su hoja había grabada una inscripción en grandes letras rectas que tampoco fuiste capaz de descifrar.

De todo el hallazgo fue el pequeño sable lo que de verdad llamó tu atención, porque aunque tenía casi el tamaño apropiado para ser manejado por un niño era sin duda un sable de verdad, pesado, de sólidos materiales, con una hoja afilada y puntiaguda que podría clavarse en un cuerpo y hasta quitarle la vida. Era un arma hecha para el hijo de un antiguo caballero, imaginaste, y te lo colgaste de la cintura, lo enfundabas y desenfundabas, combatiste sin descanso contra muchos adversarios a la vez. Los piratas de *La Hispaniola* que se habían unido a John Silver en su conjura, o los secuaces de Darth Vader con sus blancas caretas de batracio, eran siempre vencidos gracias a la destreza de tu brazo y a la virtud mágica de tu acero.

Tanto te entretuviste en tu batalla que debieron de extrañarse de tu ausencia y escuchaste de repente la voz de Noelia que te llamaba escaleras abajo. Guardaste el pequeño sable en el cajón, debajo de tu ropa, y metiste en la bolsa el resto del contenido, para entregárselo a tu abuela, que estaba sentada cerca de la huerta, medio dormida, con un libro en el regazo y los dos mastines tumbados a sus pies.

La abuela abrió el paquete y revisó con atención lo que contenía. Le preguntaste qué era y contestó que se trataba de antiguallas, un mandil y unos manguitos de los tiempos de su padre, cosas que él debía de haberse traído de América. También Noelia las tocaba y hacía comentarios sobre la calidad de la tela y la gracia y riqueza de los bordados, que le parecían talmente ornamentos de iglesia. La abuela hojeó los libros sin decir nada, y te sentiste tranquilo al comprobar que nadie parecía echar de menos el sable. La abuela estuvo un rato callada, como si siguiera reposando, y luego te preguntó cómo lo habías encontrado, y se lo dijiste, procurando que no pudiera darse cuenta de que en tu hallazgo había algo que no le habías entregado, para ti el verdadero tesoro, e intentaste ser muy convincente al añadir que aquellos bordados y los libros era lo único que había en la bolsa.

En las tardes como aquélla, de mucho calor, bajabais los tres en el pequeño coche de color amarillo de la abuela hasta un punto del camino cercano al río, y luego llegabais andando hasta la poza, que cuando la conociste te pareció un lugar admirable, aquel espacio enorme de agua transparente e inmóvil, rodeado de árboles pero lleno de luz por el reflejo de la gran roca blanca que se alzaba enfrente como una pared, y cerca, aguas abajo, la ojiva del puente de piedras muy desgastadas.

La abuela te había dicho que su padre, el fundador de Isclacerta, se bañaba allí hasta en el invierno, y que por eso le llamaban al sitio Poza o Baño del Puertorriqueño, y Noelia, entre risas, había añadido que a partir de entonces habría que empezar a llamarla Poza del Francés. Te bañabas cerca de la orilla, inaugurando una diversión que se repetiría casi todas las tardes, algunas veces acompañado de la propia abuela, porque Noelia era muy miedosa del agua.

La tarde en que hiciste el hallazgo de los viejos objetos misteriosos, las dos se quedaron sentadas sobre la hierba de la orilla, mirándote chapotear sonrientes, con la toalla preparada para recibirte cuando salieses. Lo recuerdas muy bien, pues aquella misma noche encendieron una de las estufas del salón y aunque las ventanas estaban abiertas, hacía mucho calor. Aquel fuego tan inoportuno era señal de algo fuera de lo corriente, y ya se sabe que hay en los niños una capacidad singular para intuir lo extraordinario, sobre todo cuando es motivo de inquietud para la gente mayor. Así, después de que te hubieran mandado a la cama, en lugar de quedarte dormido enseguida, como todas las noches anteriores, sentiste sed, o acaso fuese solamente una excusa, y al bajar a por agua te encontraste a la abuela y a Noelia escarbando en las brasas de la estufa con una badila, para acabar de meter en el fuego el extremo de las cintas del mandil bordado.

Al advertir tu presencia, la abuela se quedó un poco sorprendida, pero luego te contó una historia. Entonces no fuiste capaz de comprenderlo, pero sabrías con los años que lo que enseguida te explicó enlazaba con los temores de tu madre en el viaje, con aquellas imágenes de la tele que tan serios dejaban a tus padres, el guardia de tricornio y grandes bigotes pegando tiros al aire y dando voces en una sala circular llena de gente asustada.

Tu abuela dijo que aquellas cosas no eran malas, sino peligrosas, que no convenía tenerlas en casa, que había personas muy ruines que querían mandar en España aunque la gente no los quisiese, y que si llegaban a ser ellos los que más mandasen acaso podrían castigarlas a las dos, a ella y a Noelia, por guardar en casa aquellas cosas. Que ella y Noelia habían vivido una guerra, así dijo, vivido una guerra, y tú no podías imaginar lo que podía ser vivir una guerra pero te sentiste impresionado por una imagen de dolorosa contradicción, y que sabían muy bien que no había que fiarse de nadie, y que había cosas que era mejor destruir, para prevenir disgustos.

Los bordados ardían mal y soltaban un olor muy fuerte. Noelia se acercaba de vez en cuando a la estufa, poniendo una mano delante de la cara para protegerse del calor, y escarbaba con la badila para revolverlos bien entre las brasas. Quemaron luego los otros bordados y los libros, y cuando te fuiste a la cama sentiste mucha angustia al pensar que conservabas aquel hermoso sable, con lo que su posesión podía acarrear.

A lo largo de los días siguientes, el recuerdo del sable te llegaba como un fogonazo suficiente para quitarte la alegría. No pensabas en él, pero la imagen repentina de su forma, la fuerte empuñadura dorada, la hoja cortante y sólida con las inscripciones indescifrables, la conciencia de su escondite en tu cajón, hacían que te detuvieses en lo que estabas haciendo y sintieses un escalofrío.

Unos días más tarde la abuela, mientras te acariciaba el rostro sin perder la suavidad con que habitualmente te hablaba, te preguntó si le habías entregado todo lo que encontraste en tu armario. Tú le confesaste de repente lo del sable sintiéndote liberado de esa angustia que a veces te sobresaltaba. A la abuela el sable le pareció también precioso, y le preguntaste si de verdad no podías quedarte con él. Estuvo callada durante un rato y luego exclamó que lo que ibais a hacer era esconderlo fuera de la casa, en un sitio que solamente vosotros dos conocieseis, y que lo buscases si lo querías cuando fueses mayor. Pero que de eso no deberías hablar con nadie nunca, era un secreto que no podrías romper.

Ahí estará el espadín, piensas, en el mismo lugar en que lo enterrasteis, porque no intentarás recuperarlo, no quieres pensar que todo puede haber sido un relato más, un sueño inventado como el mundo detrás de la casa de muñecas. Ahí estará, en el lugar en que lo enterrasteis, porque la abuela decidió no tirarlo al agua de la poza, a la profundidad oscura que podía vislumbrarse desde lo alto del puente.

No conocías entonces la historia del supuesto cambio de sepultura de la primera Soledad, pero el caso es que la Buli, tras envolver aquel espadín que a ti te parecía un sable en un trapo blanco, y guardarlo en sucesivas bolsas de plástico bien enrolladas, y atarlo muy fuerte con un largo cordel que rodeaba el bulto como una funda, hizo un hoyo junto al castaño, en el lado opuesto al del ara, en la parte de atrás, oculto de la vista de la casa, y allí lo metió. Devolvisteis al hoyo la tierra, pusisteis encima los tapines de hierba que ella había retirado con la azada, arreglasteis el suelo para que no se notase vuestra labor.

Ahí seguirá enterrado, porque no vas a intentar descubrirlo nunca. Te hiciste mayor y olvidaste ese secreto que se ha levantado de súbito en tu memoria al escuchar el murmullo de la abuela desde el vano de la puerta y sentir el frescor de la estancia y el olor a tomillo y romero, y percibir al fondo la casa de muñecas que parece un ser vivo y familiar que hubiese estado también esperando tu llegada.

Y miras la cabeza de la abuela, que es solamente una mancha desvaída, el ligero relumbre de sus pelos blancos como un halo fosforescente, su rumor que pueden ser palabras aunque parecen el gorgoteo de una respiración difícil. Las contraventanas están entornadas y en la alcoba se derrama un chorrito de la luz desganada del atardecer. El aroma a hierbas secas no logra dominar del todo el olor medicinal que afirma la presencia de la enfermedad, y te parece que el rumor de la Buli se ha hecho más articulado, como si estuviese hablándote. Te aproximas y le preguntas si necesita algo, pero compruebas que duerme, que su murmullo son palabras soñadas. Muy cerca, la casa de muñecas parece dormir también, como un ser vivo disimulado bajo la forma de esa miniatura de vivienda que estuviese allí para velar el sueño de la abuela, aunque vencida también por la vejez. Acaso las palabras ininteligibles de la abuela pertenecen a alguna conversación que ahora mismo está manteniendo, joven y alegre, dentro de la casa de muñecas, con alguno de sus invisibles y diminutos habitantes.

Cuando le hablas de Isclacerta, Patricia dice que no pudo haber en ella tantos secretos. Pero todos tenemos secretos, Patricia, le dices, no estamos hechos tanto de lo que recordamos como de lo que queremos olvidar, y eso que queremos olvidar son nuestros secretos. Yo estoy hecho en buena parte de secretos, grandes o pequeños, como tú, como todos, aquel espadín del abuelo era un secreto, y cuando lo encontré tuve una de las primeras cifras de lo que era Isclacerta, de lo que era eso que se llama la realidad verdadera, en todo lo humano hay atadijos parecidos guardados bajo los cajones, solo se cuenta una parte de las cosas, la visible, la que se quiere recordar, el espadín era un secreto, con aquellas ropas y libros rituales, y cuando la Buli y Noelia los quemaron en la estufa estaban actuando en secreto, para hacer desaparecer las pruebas de un pasado que temían, pero Patricia te abraza, te mordisquea el cuello, exige que le cuentes tus secretos, asegura que ella no tiene ninguno, ninguno, nada de nada que ocultar.

5. Un hombre perdido

Ordené las cosas del maletín en mi habitación, la misma en que dormía durante los veranos de la niñez, la madera de la tarima con sus nudos y sus arrugas como el suelo de una cabaña sobre los árboles de la selva, un mueble aguamanil con porcelanas azules en cuyas curvas la luz pone una sugerencia marina, la cama alta y de grandes maderas oscuras igual a la de una ilustración sobre la Selva Negra, de aquellas dibujadas con miles de rayitas diminutas de diferente grosor, una habitación donde los bosques y las montañas que rodean la casa venían a reconciliarse en mis ensoñaciones infantiles con otros paisajes imaginarios, y los relatos leídos en las novelas con los escuchados de la boca de la Buli, de Noelia, de mi padre.

Un vistazo más detenido a los papeles y cuadernos que había recogido en Lisboa me permitió saber que mi padre, hijo de Alberto y Soledad, había sido alistado para el reemplazo del año 63 en la caja de recluta 761 dependiente de la zona de reclutamiento y movilización 76. Había un librito muy parecido en el tamaño, el color del papel y el tipo de letra, en que se ingresaba en caja de recluta a mi abuelo, Alberto Villacé Souto, en agosto de 1922, e inmediatamente se le incorporaba al regimiento mixto de artillería de Melilla. Otro documento impreso en tinta violeta, difusa como acuarela, lo declaraba en libertad, a todos los efectos, en virtud de la amnistía autorizada por cierto decreto-ley, y antes de la firma orlada de improntas de sellos azules y negros, y de la fecha, proclamaba en letras mayúsculas una invocación, por España y su revolución nacionalsindicalista, seguida de dos jaculatorias entre signos admirativos: ¡Viva Franco!, ¡Arriba España! Apenas eché un vistazo al cuaderno de dibujos de la abuela, aunque me llamó la atención que casi todo fuesen imágenes de cardos, y a los otros papeles del abuelo, cartas con tinta de máquina borrosa, manuscritos en papeles ocres.

Para una persona de mi edad, y además objetor de conciencia, como yo he sido, las cartillas de tapas de tela verdosa y el oficio de tinta violácea parecían provenir de un tiempo remoto, perdido en alguna bruma medieval, y de un país extraño y tenebroso inventado en una novela. Guardé el paquete de papeles en el armario, regresé al lugar en que permanecía Noelia tejiendo, me senté otra vez a su lado y la miré embelesada en su tarea, que tenía algo de interpretación musical, de esa maestría de los virtuosos cuando tocan un instrumento, antes de continuar leyendo la novelita de Albert Wilson.

Expertos productores de todas las sustancias capaces de curar la más rara enfermedad o de destruir la vida, los tres sacerdotes generales decidieron al fin hacer llover una lluvia urticante sobre Nueva York.

Escondidos en la cara oculta de la Luna, se sentían seguros, pues su presencia no parecía haber sido advertida por los terrícolas. El plan acordado por los sacerdotes generales era ir dañando físicamente a la población civil de los terrestres, de modo furtivo, para que no supiesen la causa de sus problemas y sufriesen también un fuerte quebranto moral. Para sus bombardeos tóxicos aprovecharían la noche, y llegarían al punto de ataque por medio de sus naves auxiliares.

En Guanajuato, México, el doctor Matamala, tras su indudable descubrimiento de que el navío invasor estaba al acecho detrás del satélite, no encontraba la forma de pedir ayuda a los demás científicos del mundo, después del brusco rechazo, y hasta la burla, que sus advertencias habían encontrado en el ministerio. La noticia inexplicable de que una lluvia compuesta por gotas abrasivas había caído sobre Nueva York, causando muchísimos daños en las personas, incluso muertes entre los seres más débiles, y graves averías en los tendidos eléctricos y telefónicos y en diversas maquinarias, hizo que el doctor Matamala corroborase sus sospechas de que la Tierra estaba enfrentada a una amenaza proveniente del espacio lejano.

«Paulina, hemos de hallar la manera de informar del caso al mundo científico», dijo el doctor a su ayudante, la doctora Blázquez. «Creo que la humanidad está en peligro, pues si no tuviesen protervas intenciones esos visitantes manifestarían claramente su presencia, y sucesos como el de esta lluvia no pueden obedecer a causas naturales.»

La inteligente y hermosa doctora Blázquez estaba en todo de acuerdo con su jefe, y también estaba intentando imaginar la mejor forma de que sus colegas del mundo científico recibiesen la noticia de que un objeto que no podía ser otra cosa que una nave procedente del espacio celeste estaba escondida detrás de la Luna.

Mientras tanto, en su puesto de mando, los tres sacerdotes generales de las berzas invasoras se regocijaban del efecto que su ataque había tenido en la más importante ciudad de la Tierra, y empezaban a preparar nuevas operaciones contra aquel planeta que tenían el propósito de invadir.

—Ese libro lo conozco yo —dijo Noelia.

—Es del abuelo Alberto. Lo encontré en el piso de Lisboa. Aquí no había visto ninguno igual.

—Pues claro que tiene que haberlos. Aquí están todos, si alguien no se los ha ido llevando.

Se quedó con el rostro alzado y me miró con los ojos muy abiertos, como si fuese a decirme algo más. Alrededor de los ojos tenía arrugas profundas, que las lentes de sus gafas ampliaban, y las manos, muy angulosas, salpicadas de lunares. Cerca de ella estaba tumbado el viejo mastín superviviente, con el mismo aire derrotado que la abuela y su casa de muñecas. La vejez se había apoderado de Isclacerta sin que yo lo hubiese previsto, sin que hubiera podido imaginármelo, y yo intuía que era necesario reconocerme también en esas imágenes, no tenerlas como ajenas, no ser solo el visitante de paso a quien no conciernen las aflicciones del lugar al que le han llevado ciertos compromisos, porque mis compromisos estaban hechos también de recuerdos vividos en aquella casa, propios, inevitables.

—En esta misma camilla se sentó él muchas veces para escribirlos. Mientras escribía no dejaba de fumar, Jesús, cómo aprovechaba el tabaco tu abuelo, y bebía mucha agua. También le gustaba tener un ramín de flores a la vista, flores del campo, no vayas a creer. Qué hombre, con aquella cabeza y tan perdido.

El abuelo Alberto interpretaba en la crónica de Noelia papeles diversos, por eso nunca había llegado a imaginarme cómo era de verdad, si es que es posible que la narración de un carácter y de una conducta pueda dar una idea certera o algo cercana al original. No somos capaces de saber cómo somos, enredados en la maraña de nuestros sentimientos, temores y ambiciones, y a menudo nos inventamos un modo de ser y hasta una realidad delirante, cómo poder esperar que los otros nos conozcan. Solo nuestras acciones pueden servir como señal, y hasta ésa es engañosa. Sin embargo, necesitamos ser contados para que tal desorden alcance algún sentido, aunque resulte una falsificación. Aquella tarde, el abuelo Alberto tenía buena cabeza, pero con raras ideas. En otras ocasiones, la misma narradora lo había convertido en un hombre de gran corazón y de un afán filantrópico merecedor de estatuas.

Creo que lo primero que le oí contar de él, cuando yo era todavía un niño, fue que mi abuelo conocía muchísimos cuentos interesantes. ¿Más que tú?, le preguntaba yo, y ella me decía que adónde iba a parar, ¿no has visto todos los libros que escribió? De manera que, en mi recuerdo primero, el abuelo Alberto es el Gran Narrador, aunque aquellos libritos cuyas tapas de colores me gustaba mirar antes de leerlos para imaginar su contenido, me resultaron decepcionantes cuando pude comparar la lectura de su texto impreso en papel negruzco y ramplón con las grandes aventuras relatadas en otros libros.

Imágenes alternativas eran también las de Hombre Valiente y Hombre Imprudente, y ambas se balanceaban alrededor de un territorio, el de la guerra civil, repleto de espesuras sombrías, al parecer peligroso y hostil, donde Noelia no acababa de internarse del todo.

Yo era todavía un niño pero barruntaba que aquellos juicios oscilantes, aquellas versiones contradictorias, ocultaban algún secreto temeroso. Además, comprendí enseguida que debía ocultar mi curiosidad para no alertar a la narradora y permitir así que el correspondiente relato fluyese de la forma más natural posible, que se ciñese a su recuerdo más o menos caprichoso sin que ella se sintiese obligada a ajustarlo a lo que debiera ser mi entendimiento y hasta mi moralidad infantil, sin que lo despojase de los aspectos más dramáticos y truculentos.

El misterio se hacía aún más acuciante porque la abuela Soledad no era demasiado aficionada a hablar de su marido. Mis frecuentes interrogatorios eran respondidos por ella con tolerantes monosílabos, o con frases concisas, respuestas breves en que, aunque nunca dejaba de traslucirse el afecto hacia el abuelo, y hasta la reverencia, apenas se llegaba a vislumbrar un anecdotario ceñido a las tareas de la casa y a las restricciones de la larga soledad. Acabé comprendiendo que también la guerra y sus desventuras se cernían sobre aquellos recuerdos impregnándolos acaso de alguna amargura que mi abuela no estaba dispuesta a saborear otra vez.

Tampoco mi padre hablaba mucho del abuelo, aunque en su caso era evidente que tenía pocas cosas que contar.

Él había estudiado interno, apartado mucho tiempo de Isclacerta a lo largo de cada curso. Decía que era un buen hombre, callado pero cariñoso, que de niño le hacía juguetes con elementos muy humildes, que era aficionado a la huerta, a leer, a pescar, que tenía el gran mérito de haber salido adelante escribiendo aquellas novelas. La cárcel tuvo que dejarlo muy machacado, dijo una vez, y ante mi ávido interés por conocer más detalles añadió que ya me lo explicaría cuando fuese mayor.

Yo había atesorado aquella información y esperé a encontrarme con Noelia, acaso el siguiente verano. Ella se mostró huidiza. En la guerra mucha gente había estado en la cárcel. En la guerra, ya se sabe, soltó luego tajante, dando por supuesto algo que todos los mayores conocían y que no era de mi incumbencia.

Acudí entonces a la Buli, le dije lo que me había contado mi padre y me cogió de las manos mientras me decía una cosa que entonces no fui capaz de entender muy bien, que el abuelo había estado en la cárcel por sus ideas, no por robar ni por matar. Por cumplir con su obligación, con su deber, añadió, haciendo su explicación aún más indescifrable. Y al descubrir la incomprensión que debía de haber en mis ojos, prometió, como mi padre, que ya me lo contaría con detalle cuando fuese mayor.

¿Pero el abuelo era bueno o malo?, quise saber, con esa necesidad de simpleza y claridad que corresponde a los niños. Era bueno, claro que era bueno, repuso la abuela con energía, los malos eran los otros, los que lo metieron preso sin razón ni justicia, y estuvieron a punto de matarlo.

No lo olvidé, y con los años le pedí a mi padre que me aclarase aquellas palabras enigmáticas sobre mi abuelo que habían originado en mí tantas preguntas infructuosas. Tras sorprenderse de mi buena memoria, mi padre me dijo que el abuelo era un hombre bueno pero muy amargado por lo mal que lo había tratado la vida, sobre todo en la guerra, cuando casi lo fusilan sin otro motivo que el haber estado afiliado al sindicato de los socialistas, ser jefe del depósito del ferrocarril, en Bilbao, y no haber abandonado su trabajo durante el asedio de la ciudad por las tropas de los militares sublevados.

—¿Por qué perdido? —le pregunté a Noelia.

En aquel mismo momento, a la doctora Blázquez se le había ocurrido mandar la noticia del asteroide artificial furtivo a través de palomas mensajeras, y la idea era celebrada con entusiasmo por el doctor Matamala, sin considerar que en el tiempo contemporáneo a la ficción existían el telégrafo, el teléfono y la radio. Sin embargo, lo insólito de la idea de la doctora Paulina Blázquez no me parecía tan atrayente como el adjetivo que Noelia acababa de utilizar para referirse a mi abuelo.

—Nunca pensó en cosas prácticas, que si el teatro, que si la poesía, que si los trabajadores, todo menos dedicarse solo al ferrocarril, que era lo suyo. Claro que al salir de la cárcel le quitaron el empleo para siempre, y menos mal que no se lo cargaron, porque aquella gente no tenía piedad. En estas mismas tierras mataron a treinta y ocho vecinos y tiraron los cuerpos a una sima, como si fuesen bestias muertas. La gente conocía el sitio y se lo han callado hasta ahora, sesenta años después. Para que veas.

Suspiró y estuvo unos instantes en silencio, mientras regresaba de aquellos recuerdos. Luego me pidió que le ayudase a preparar un ovillo, y solo cuando empezamos a hacerlo continuó hablando.

—Con lo guapa que era tu abuela, y la de chicos majos que tenía al retortero, mira tú que ir a casarse con él.

Me eché a reír.

—Vamos, Noelia, sería porque le quería.

—Pues muy mal. Además, él la sacaba doce años. Una barbaridad.

—Pues eso te digo, que debió de estar muy enamorada de él.

—Y además, él un trabajador y ella una señorita de la buena sociedad. Una chifladura.

—Eres implacable, Noelia.

—Lo de la diferencia de edad lo disculpo, porque además tu abuela nunca pudo olvidar a su padre, que era también un hombre mayor. Y lo de que fuese un obrero, aunque de los distinguidos, pues lo disculpo también, porque fue una forma de darle en las narices a la bruja de su madre.

—¿En qué quedamos?

—Ahora yo no digo que la gente no se case con quien le dé la gana, o haga lo que quiera, hasta vivir juntos sin casarse, como dicen que hacen muchos, pero entonces era otra cosa. ¿Qué te has creído tú, que yo no tuve quien me tirara los tejos? ¡Vaya si los tuve! ¡Y había algunos que me gustaban! Pero una tiene una categoría, por poca que sea, y se debe un respeto.

—Que tú no creías en el amor, vaya —le dije, pero ni siquiera pareció oír mi insidiosa suposición.

—Las que le hizo pasar ese hombre. Se habían casado un año antes de que empezase la guerra y vivían en Bilbao. Lo del cinturón de hierro no sirvió de nada, y además los alemanes y los italianos bombardearon a modo la ciudad. A tu abuelo lo metieron preso los nacionales en cuanto entraron, y tu abuela ya no supo más de él. Como tenía algunas amistades, después de un tiempo la dijeron que lo habían trasladado a la capital en el tren hullero, y tu abuela se vino para aquí. Ella creía que lo tenían en la cárcel del Castillo. Allí había muchos encerrados, y las mujeres, las madres, las hermanas, supieron que los estaban paseando. Que los sacaban de madrugada para llevarlos a Puente Castro, donde los mataban a tiros. Las mujeres iban a la puerta de la cárcel para ver si sacaban a los suyos. No había otro sitio por donde salir. Estaban allí toda la noche, como almas en pena. Primero intentaron echarlas, pero ellas volvían, y al fin las dejaron en paz, como si no les importase, o a lo mejor les parecía que así eran más dañinos, ¿comprendes?

Asentí con la cabeza. Siempre me han admirado en Noelia las muestras de perspicacia resplandecientes a menudo entre un pensamiento empeñado en aceptar las convenciones sin oponer demasiada resistencia. Acaso las iluminaciones de buen sentido no sean efecto de la inteligencia, sino del corazón.

—Yo estuve una vez allí, con tu abuela, antes de que mi padre me llevase al pueblo. Yo era una chica muy joven, tendría quince años, y todavía a veces sueño con ello. Aquellas farolas que casi no daban luz, aquellas mujeres esperando, sus murmullos y sus lloros cuando sacaban a los presos, esposados, para subirlos al camión. Es un traslado, un simple traslado, los estamos trasladando, decían ellos, y se les notaba el tono de escarnio, porque todo el mundo sabía adónde se los llevaban.

—¿Siempre al mismo sitio?

—A Puente Castro, ya te lo dije, cerca del cementerio. La noche que yo estuve, las mujeres de la plaza reconocieron a dos de los presos y empezaron a gritar, daban unos alaridos que no podías oírlos sin que se te abriesen las carnes, que pensabas que Dios no podía estar escuchando aquello y quedarse mirando, tan tranquilo, Él me perdone por los siglos de los siglos, amén. Echaron a correr detrás del camión, cuando se puso en marcha, iban pidiéndoles que no los matasen, llamándoles palabrotas, cabrones, hijos de tal, y ellos, con el fusil colgado del hombro, se reían como si les gustase. Y luego, de madrugada, si la noche estaba serena, desde la ciudad se podía escuchar el eco de las descargas de los fusiles. Y tu abuela allí noche tras noche, esperando que no tuviese que verlo.

A Noelia se le habían humedecido los ojos y el vidrio de los lentes aumentaba también su brillo, una lagunita entre las asperezas de las arrugas. Me pareció que iba a callarse, pero seguramente sentía, como yo, que ya no podía dejar de terminar su relato, que aquel relato llevaba demasiado tiempo esperando ser narrado.

—Ya te digo que tu abuela tenía recomendaciones, amigos, al cabo la familia era conocida, y aunque no acababa de saber dónde estaba le dijeron, o se acabó enterando, de que lo habían trasladado al cuartel de San Marcos. Habló con el obispo pero no le sirvió de nada, habló con el coronel del regimiento, un coronel que se llamaba Arredonda, ¿y sabes lo que le contó el coronel? Pues le contó que él había tenido un sobrino preso en San Marcos, y que en cuanto lo supo se presentó allí para avisarles de quién era el chico, no se lo fuesen a matar. Nada, mi coronel, no se preocupe, dijo tu abuela que contó que le dijeron, su sobrino está seguro, no faltaba más, márchese usted tranquilo, y que aquella misma noche lo pasearon. Eso le contó el coronel a tu abuela, me lo fusilaron esos hijos de la grandísima.

—Pero a él no lo mataron.

—Tu abuela supo que lo habían vuelto a trasladar a un castillo cerca de Bilbao, o a lo mejor nunca lo sacaron de allí, que lo habían juzgado y que estaba condenado a muerte. Las mujeres pobres, las de los obreros, se tenían que conformar con ir a la puerta de las cárceles o mirar desde lejos San Marcos cada noche por ver si sacaban a los suyos, pero tu abuela se puso a moverse de un lado al otro, por toda la zona nacional, para hablar con unos y con otros y conseguir que liberasen a su marido, o por lo menos que no se lo matasen. Su padre, Pablo Lamas, le había dejado a ella sola un montón de dinero, y se lo podía permitir. Claro que tuvo que darles mucho a los nacionales, y regalar todas sus joyas al movimiento. Para salvar el pellejo, los de la cáscara amarga que no habían sido detenidos dieron hasta las alianzas de boda. Los otros no, los que eran de la derecha de siempre se guardaron sus joyas, para eso estaban los suyos en el machito, y lo conservan, y tienen monedas de oro, y de plata, y joyas antiguas, pero cualquier sospechoso de desafecto, como se los llamaba, tenía que andarse con pies de plomo, ir mucho a misa, confesar, comulgar y ayudar al movimiento nacional como si se tratase del partidario más fervoroso que pudiese tener.

—Mi abuela se puso a buscarlo, decías.

—Tu abuela anduvo de acá para allá, por Burgos, por Salamanca, yo no sé por dónde no estaría esa mujer, y por fin decidió ir a Portugal porque había un cura pariente de su madre que era beneficiado de la casa real y estaba en Estoril con el hijo del rey Alfonso XIII. A la madre de tu abuela, que era de cuidado, no le había hecho gracia el matrimonio de su hija, pero debió de darle alguna carta para su primo el cura, don Pantaleón, o acaso tu abuela fue por las bravas, que ella siempre ha tenido mucho arremango. Y se hizo muy amiga del tal don Pantaleón, tan amiga que cuando murió fue a dejarle a ella el pisito que tenía en Lisboa, claro que tampoco había tenido trato con otros de la familia, eso es verdad.

—¿Y qué pasó con el hijo del rey?

—Que no pudo ayudarla. No sé si llegó a hablar con él pero habló con la gente que le rodeaba, con señores y señoras importantes, y luego se fue otra vez a Bilbao para estar lo más cerca posible de él, y al cabo ya supo que lo tenían en Pamplona, en una fortaleza que le llaman de San Cristóbal, y no la permitieron visitarlo sino después de mucho tiempo, poco antes de que lo dejasen salir de la cárcel. Se quedaron un tiempo en Bilbao, allí nació tu padre, y cuando terminó la guerra mundial se vinieron aquí y se metieron a vivir en esta casa, y después de unos años me vine yo con ellos.

Había enrollado todo el ovillo pero permanecía con él en la mano, entregada solamente a su relato.

—El que protegió a tu abuelo fue uno de aquí, de la capital, que la había pretendido a ella y le había dado calabazas, un chico guapo, apuesto, falangista con mando, de esos que llevaban colgado el pistolón hasta cuando iban al café a jugar la partida. Tuvo al parecer mucho poder en Bilbao y fue el que consiguió que al fin no fusilasen a tu abuelo. Si haría por él, que fue el padrino de tu padre.

—Pobres abuelos.

—De todo eso me enteré bastante después, porque desde que mi padre me llevó al pueblo no volví a saber nada de ella, me pasé la guerra rezando rosarios y bordando unos pañitos en que decía «detente, bala», con un corazón de Jesús, para que les diese suerte a los soldados de Franco. Pero luego supe que, si no hubiese sido por ese chico, Leopoldo Estal, el padrino de tu padre, a tu abuelo le hubieran dado matarile, como se decía. Entonces la vida de la gente no valía nada.

Guardó silencio y pensé que había terminado su relato. En China, un doctor llamado Meng-Li, especialista en botánica aunque también astrónomo aficionado, está muy inquieto porque el asteroide de extraña forma oblonga descubierto por él, y que nadie más parece haber divisado, se ha quedado oculto detrás de la Luna, después de trazar una trayectoria que solo puede explicarse si se trata de un cuerpo artificial. Mas Noelia no ha terminado todavía.

—Uno de esos pretendientes que yo tuve, uno que se las daba de muy hombre y de muy valiente, me contó después de la guerra que donde él había estado fusilaban a los rojos, como les llamaban, con ametralladora, y que el que la manejaba tocaba con el disparador un estribillo muy tonto de aquellos tiempos que decía «una copita, de ojén». Mira tú si serían.

6. Agua de primavera

Estaba bastante cansado de los ajetreos del día y quería acostarme pronto. Antes, Noelia me preparó la cena, huevos fritos de verdad, prometió, pero yo había visto que ya no quedaban gallinas en Isclacerta, y se lo advertí.

—Son de gallinas del pueblo, hombre, de esas que picotean grano en el corral, de esas que llaman ecológicas, o como sea.

También le dije que me había extrañado encontrar el huerto tan abandonado.

—Tu abuela y yo ya no estamos para andar con el sacho ni por afición. Un huerto demanda muchos cuidados, y más riñones de los que nosotras tenemos a estas alturas.

—Quedan esas berzas —recordé, regocijándome en mi memoria con las ocurrencias de los perversos vegetales de la nave invasora, a quienes había dejado mientras preparaban ciertas sustancias fétidas para seguir desmoralizando y asfixiando a los terrestres, en el camino seguro de su aniquilación.

—Las berzas son muy resistentes. Y a nosotras nos encantan los caldos. Las empezó a plantar tu abuelo, que era medio gallego. Le gustaba entretenerse allí, escardar, regar.

Solo hizo cena para mí y susurró que la forastera ya era mayor para saber manejarse. Todavía estaba yo en la cocina cuando llegó mi padre y me preguntó que cómo no había esperado para cenar con ellos dos en el pueblo. Parecía de buen humor y con un tono de intimidad raro en él, como si de repente hubiese abandonado la coraza de su habitual distancia burlona. Me aseguró que se alegraba de verme, que me encontraba muy buen aspecto.

—De modo que estás ayudando a tu madre en la galería. ¿No decías que te gustaba dar clase? ¿No ibas a meterte con la tesis doctoral?

Me encogí de hombros y volvió a decir que ya tendríamos tiempo para hablar. La pintora y él se fueron en el coche y me acosté. Más tarde me despertó el rumor de su charla. Habían regresado y estaban echados en las tumbonas, delante de la casa. El murmullo de su conversación se mezclaba con el eco apagado del bosque y del arroyo y volví a quedarme dormido enseguida.

Me desperté muy pronto, cuando empezaba a amanecer. Nadie se había levantado y la abuela respiraba suavemente al fondo de su habitación. El mastín se sobresaltó al verme, y luego echó a andar con torpeza detrás de mí. Por la dificultad con que bajaba las escaleras, comprendí que estaba en las últimas.

Fuera de la casa se estrenaba la claridad del día, una luz espesa, fluida, que iba disolviendo con lentitud el reverbero neblinoso que rodeaba los árboles y las peñas. La inercia me llevó ladera abajo, camino del río, y descendí por la carretera en una soledad solo interrumpida por la aparición de unas cuantas vacas que subían con lentos andares y aire de indiscutible prerrogativa, ocupando el centro de la calzada.

Junto a la poza el sol relumbraba contra la parte superior de la gran roca frontera. Aquella imagen matinal me ofrecía una perspectiva pocas veces vista antes, pues en la infancia y adolescencia hacía mis visitas al lugar cuando la tarde declinaba, según las viejas costumbres del baño en la comarca, y todo aquello, sin ser diferente, tenía otra luz y otra apariencia de sombras y distancias.

La mañana estaba muy fresca, pero había en el río una imagen tan sólida de pureza, la transparencia era tan atrayente, que me desnudé y me tiré al agua, sintiendo en todo el cuerpo el impacto del frío como un desgarrón. Di unas brazadas fuertes intentando habituarme a aquella temperatura, luchando contra una impresión a la vez irritante y adormecedora, pero el frío me ayudaba a comprender que lo que envolvía mi cuerpo no solo era agua primaveral recién salida de sus manaderos, sino también lo que los ríos tienen de símbolo, su evidencia de pérdida, su promesa de renovación. Asumí que, precisamente en aquellos días, el baño venía a ser la búsqueda de una respuesta, más un acto mental que físico. No estaba inmerso en la corriente para ejercitar mis brazos y mis piernas, sino para practicar mi pensamiento. Dejé de percibir el frío poco a poco porque mi cuerpo se volvió insensible, y busqué aguas arriba el espacio de poca profundidad en que la corriente se precipitaba entre las piedras. Permanecí allí bien agarrado, mientras el torrente se vertía desde mis hombros hasta mis pies atropellándome con su implacable y helada energía.

Ya he dicho que ese lugar se conoce como Poza, o Baño, del Puertorriqueño. Ahí se bañaba Pablo Lamas, para asombro y escándalo de sus apartados vecinos, desde la primavera hasta bien entrado el otoño, en los tiempos jubilosos de la construcción de Isclacerta, y hasta después de la muerte de su mujer.

Con el agua haciéndome sentir su frío ímpetu, acaso yo experimentaba lo mismo que él cuando bajaba hasta la poza fuera del estío, y quizá esos baños que servían para que la gente confirmase la idea de su extravagancia o de su locura eran en él también una manera de reflexionar sobre lo que cambia y lo que permanece. Él podía pensar en toda su vida pasada, verla fluir como veía correr el agua sobre su cuerpo, y aunque al principio no podía imaginar lo que el destino le tenía reservado, había llegado a levantar la casa proyectada, se había casado con una mujer de la que sin duda estaba enamorado, bailaba a solas con ella en su fortaleza, lejos del mundo, en aquellas veladas musicales famosas en la comarca, como un resultado de innumerables combinaciones felizmente trenzadas por las manos diestras del destino. Acaso creía que en lo que estamos viviendo está formándose lo que vamos a vivir, y que nuestro esfuerzo determina el rumbo de las cosas, y quizá esa conciencia de cumplimiento endulzó con una plenitud inigualable la época más dichosa de su vida.

Sin embargo, yo no tenía aún un pasado capaz de dar sentido a mi presente. La niñez, la adolescencia, eran episodios gratos en mi recuerdo, pero en los que no me había correspondido ningún protagonismo, ni el riesgo de tomar decisiones. Tampoco los estudios en la facultad me habían ofrecido algo de verdad diferente a lo transcurrido en mi vida anterior. Estaba Marta, y su recuerdo intensificaba el anquilosamiento de mis miembros helados, porque Marta sí había sido para mí una elección, un episodio nuevo y diferente en mi vida, acaso mi primera salida de mí mismo, mi primera entrega, pero cuando acabamos la carrera y propuso que nos fuésemos lejos para conocer otra vida en otro lugar, yo no había sido capaz de seguirla, de manera que el agua que corría por el torrente con fuerza suficiente como para arrastrarme hasta la poza, apenas me permitía vislumbrar un futuro que no estuviese marcado por los mismos signos de dependencia y de irresolución del pasado.

Había sido mi madre la que me hizo reflexionar sobre los propósitos de Marta. Irse lejos de aquí, ¿no es desaprovechar las oportunidades y hasta los requerimientos que están cerca, en el país y en el ámbito natural? Yo le hablaba de que sobraban profesores de literatura, que los institutos estaban llenos de interinos y que en la facultad era ya difícil hasta encontrar quien te dirigiese la tesis doctoral, pero mi madre sacudía la cabeza e insistía en que yo no necesitaba nada de eso para vivir, la facultad me había dado formación, pero la galería era un trabajo lleno de atractivo, además iba bien y podía ir mejor, si ella tuviese ayuda podría aumentar los compromisos y empezar nuevos proyectos, editar una colección de monografías, atreverse a pequeñas muestras de videoarte, la relación con París era cada día más fuerte y sería posible funcionar en los dos sitios, hasta podíamos acabar uniéndonos a ellos, estaba el mercado latinoamericano, poco explotado desde Europa, pero no quería meter una persona extraña, yo era quien debía ponerme a trabajar con ella, haríamos grandes cosas juntos.

Mi madre, el negocio familiar, el reclamo de los olores y los sabores del cobijo que se reconocen cada día. Sin duda el carácter del Puertorriqueño era muy diferente del mío. Además, por lo visto él era siempre capaz de afrontar nuevas iniciativas, aunque le cambiasen totalmente la vida.

Tras la muerte de su mujer, se encerró en Isclacerta con su criado. Los pastores llevaban al pueblo noticias de su existencia porque lo veían andando por las peñas con su escopeta, o inmóvil en un claro del bosque como un árbol más, o nadando incansable de una orilla a la otra de aquella poza. También otras excentricidades dieron fuerza a su imagen de loco, pues cuando llegaba el buen tiempo volvía a oírse en su casa la música del fonógrafo y de la pianola, y hubo quien dijo haberlo visto alguna noche de luna bailando con su criado a los compases de aquella música en medio del prado. Yo quiero pensar que aquellos simulacros no eran sino un intento desesperado de revivir sus momentos felices de recién casado.

Cuando empezaba el cuarto de los inviernos que sucedieron a la muerte de Soledad Alonso, el pueblo asistió con sorpresa a la reaparición de Pablo Lamas, que bajó en su carruaje, saludó a sus conocidos como si hiciese apenas un par de días que no les había visto, y se alejó luego camino de la capital, de donde no regresaría en todo el invierno.

Al año siguiente, quinto de su viudez, Pablo Lamas se volvió a casar y lo hizo con Pilar, la hermana mayor de Soledad. Que el viudo se casase con una hermana de la mujer fallecida no era raro entre la gente común, pero el Puertorriqueño había ido contra corriente en todas sus decisiones, y aquello fue considerado otro de sus caprichos, aunque también se pensaba que al fin la falta de compañía femenina le había pesado más que su desconsuelo de viudo y que, aunque no hubiese hijos que criar, siempre parecía más segura la compañía de alguien conocido, y además de la familia.

Esta vez el matrimonio se instaló en la capital desde un principio, y solamente subían a Isclacerta cuando el buen tiempo estaba asegurado. El primer hijo, una niña, nació en la capital, y todo el mundo encontró razonable que le diesen el nombre de Soledad, como un homenaje a la primera esposa que, además, era hermana de la segunda. Esta Soledad fue mi abuela, la Buli. Pablo Lamas y Pilar Alonso tuvieron otros dos o tres hijos, pero yo nunca los conocí, porque entre la Buli y el resto de sus consanguíneos, empezando por su propia madre, acabó abriéndose una abrupta incomunicación cuyas razones supe de la boca de la Buli, en los últimos delirios, ya que antes nunca me quiso hablar de ello, y Noelia se limitaba a decir que la madre de la Buli, mi bisabuela, o era una bruja mala, o estaba loca de atar, que no había más que decir del asunto, y que cada uno debía cargar con su cruz como pudiese.

A partir de su segundo matrimonio ya no hay leyendas de su vida, acaso porque el Puertorriqueño residía en la capital la mayor parte del año y cuando estaba en Isclacerta la familia participaba bastante de la vida del pueblo, e incluso asistía los domingos a misa. La leyenda resurge al parecer en el momento de su muerte, en los primeros días de septiembre de 1925, cuando Primo de Rivera sustituía la dictadura militar por la civil.

El lugar, aquel en que se suponía que descansaba el cuerpo de la primera mujer con el del niño frustrado, teñía el accidente de un aura misteriosa y casi romántica. Me han dicho que toda la familia estaba en Isclacerta, a punto de regresar a la capital, y que aquella tarde Pablo Lamas había desmontado una de sus escopetas y la estaba limpiando.

En el tiempo en que yo iba a la universidad, al hablar de este asunto con Noelia, me dijo que aquel accidente había sido muy raro y repitió que a Pilar Alonso, mala bruja o loca de atar, no había quien la aguantase, aunque cuando yo le pregunté si es que pensaba que Pablo Lamas se había suicidado se persignó y rechazó con todo vigor mi insinuación.

—¡Dios me valga! Digo que fue un caso de mala suerte, disparársele así el arma a un hombre que la conocía bien, y además siendo una escopeta. A lo mejor él no estaba de humor aquel día y se fue a donde el castaño por quitarse de en medio, y se puso a trastear con la escopeta por hacer algo, por ahuyentar el aburrimiento, cualquier cosa antes que soportar a aquella mujer que no paraba de dar voces sin ton ni son durante todo el día, que solo sabía hablar gritando.

Mi cuerpo recuperó la sensación de frío en la conciencia de una rigidez dolorosa, ya insufrible, y salí del agua. El sol iluminaba todo el espacio de la poza y sus orillas, y marcaba contra la arboleda apretada bajo el roquedal la figura gris del puente. Había movimiento sobre él, el bamboleo de unas testuces vacunas, y un torso humano inmóvil, el de un hombre que me miraba con fijeza. Lo saludé con un brazo pero se volvió, se puso la aguijada al hombro y rompió a andar detrás de su rebaño con un gesto de sobresalto y disimulo. Al verme en el agua, desnudo a aquellas horas y en aquellas fechas, debió de pensar que yo era un demente.

Tiritaba, y empecé a correr por el prado para entrar en calor e intentar secarme. Nada quedaba ya del Puertorriqueño salvo la casa y unos cuantos relatos. La casa, que los años no habían acercado a ningún espacio residencial, sin otra luz eléctrica que la de un motor de gasolina, pues siempre se retrasaba la decisión sobre las placas solares y la pequeña turbina colocada en el torrente había sido destruida tres veces por las avenidas del agua, hasta que se desechó su instalación, una casa enorme para cualquier familia de nuestro tiempo, sin casi ninguna de las comodidades elementales de la vida moderna, estaba condenada al abandono y a la ruina. De los relatos era yo el último depositario, y pertenecían ya todos a otro tiempo, a sentimientos y sueños que, al menos en su intensidad, acaso se hayan perdido para siempre entre nosotros. Sin embargo, el peñasco, la poza, el puente que decían romano seguían allí, ajustados a un ritmo que me condenaba a ser pasajero y extraño.

La consideración de lo efímero de todo me ha ayudado siempre a aceptar las cosas como vienen, pero a costa de una inclinación al escepticismo y a la inercia. Pensaba aquella mañana en el Puertorriqueño, un hombre que se había pasado la vida emprendiendo viajes que en su tiempo eran verdaderas aventuras de la vida, empeñado en empresas azarosas, entre guerras y sublevaciones, construyendo al fin una casa que era producto de un sueño, para intentar formar allí su propio edén con la Eva que debía ser su compañera, y fracasando. Y, no obstante, sin cejar en su propósito de arraigo, había creado una familia que, al fin y al cabo, ha sido el origen de mi propia vida.

Pensar en el Puertorriqueño, en todo su atrevimiento y esfuerzo, aunque esté ya tan lejos, siempre suscita en mí la admiración y, con ello, un espejismo de desaliento, cierto desasosiego, una vergüenza muy leve pero precisa, como si a pesar del tiempo transcurrido hubiese en su figura un ejemplo que yo estaba obligado a seguir y al que no he sido fiel, un sentimiento que rechazo al punto por absurdo, pero que vuelve a surgir en mí sin que pueda evitarlo, como si siempre estuviese agazapado en algún recoveco de mi imaginación.

Me puse la ropa sobre la piel todavía húmeda y regresé a casa. El sol calentaba y la pintora estaba sentada bajo el castaño, absorta en su labor. Noelia notó mi pelo mojado, mi ropa húmeda, y cuando le conté que me había dado un baño en la poza, con el regusto de travesura que sentía al narrar de niño mis modestas hazañas, me llamó irresponsable. También mi padre estaba en la cocina y, tras hacerme un guiño de complicidad, me dijo que la abuela estaba mejor, y que quería verme. Subí a mi habitación, me puse ropa seca, y luego me fui a la suya y me acuclillé junto a su cama, asiendo las manos que me tendía.

Estaba del todo despierta, lúcida, y se expresaba con coherencia, aunque en voz muy baja. Pidió que le hablase de mi vida, de lo que estaba haciendo, de los proyectos que tenía, y no quise preocuparla contándole mis dudas, mis indecisiones, mis temores. Le dije que me dedicaba a la galería. Que allí había mucho que hacer, y que mi madre necesitaba alguien de confianza que le ayudase.

—¿Y qué es de tu novia? ¿Tampoco esta vez has venido con ella?

La Buli llamaba novia a Marta, con la que yo había pasado en Isclacerta unos días un par de veranos, a poco de terminar la carrera. No quise desengañarla del todo y le contesté que seguía fuera de España, en una universidad, dando clases, que estaba terminando la tesis doctoral.

—Eso tenías que hacer tú, ver mundo, debes aprovechar ahora que eres joven.

Me pidió luego que le abriese bien la ventana, que dejase entrar la luz y el aire, y que separase la pared frontal de la casa de muñecas, para que pudiese contemplar su interior desde la cama.

Para la abuela, esa casa de muñecas, mucho más que un juguete o un hermoso objeto decorativo, e incluso más que la reminiscencia furtiva de un altar a unos dioses penates, era el espacio de toda Isclacerta donde ella se recluía para vivir más intensamente. La primera vez que estuve allí pasaron bastantes días, ya me había llevado a la poza, habíamos subido hasta el nacimiento del río y recorrido muchos de los alrededores de Isclacerta, y no me había mostrado todavía la casa de muñecas. Se lo recordé una vez y me contestó muy seria que primero tenía que hacerme bien a todo, así mismo lo dijo, hacerme bien a todo, y que no se me ocurriese que aquella casa era para jugar.

Por fin, una mañana, en el momento en que terminaba ciertas tareas escolares, a lo que me obligaban todos los días, tal como les habían prometido a mis padres, Noelia me indicó con mucho secreto que subiese a ver a mi abuela a su habitación. La Buli estaba sentada en una silla enfrente de la casa de muñecas, que tenía a la vista su interior.

—Ven aquí, Pablo Tomás.

Me colocó entre sus piernas, apoyándose contra mi espalda y rodeándome con sus brazos, y se puso a hablar de manera muy solemne, contándome los orígenes de aquella casita antes de empezar a explicarme lo que era cada mueble y cada objeto.

Aquel día comprendí lo importante que la casa de muñecas era para la Buli. Y ahora que han pasado los años, ahora que Isclacerta está tan lejos, cuando tras cruzar el océano ha llegado al hogar de Patricia y mío esa misma casa de muñecas, después de instalarla en el dormitorio, sobre una caja de madera que he forrado con una tela aterciopelada, siento que es un talismán cargado de virtudes y de secretos, y que su propiedad me confiere muchos privilegios, incluso algunos que acaso nunca seré capaz de imaginar.

La mañana en que llegó a esta casa americana el enorme cajón tardé un rato en suponer lo que contenía, y solo lo imaginé al firmar el recibo del transportista, al mismo tiempo que leía el nombre de mi padre. Desclavé por fin las maderas y apareció la casa de muñecas, con el mismo aspecto que tenía en la habitación de la Buli en Isclacerta. Retiré todo el embalaje, la abrí de par en par y, todavía vacía de todos los muebles y pequeños objetos que iban a ocuparla, que ya la ocupan, me senté en el suelo para contemplarla, y cuando llegó Patricia la hice sentarse a mi lado, la abracé como la Buli me había abrazado a mí aquel día, reviví aquel momento y le conté su historia, como si de la vivienda miniatura se desprendiese una irradiación segura de Isclacerta que mis sentidos eran capaces de recoger para convertirla, palabra por palabra, en las mismas historias que la Buli me había contado.

7. La sangre dulce

Señor editor:

Le escribo a Ud. para manifestarle nuevamente mi indignación y mi más enérgica protesta por el atropello de que he sido objeto por parte de su empresa.

A principios del presente año les remití a ustedes, por correo certificado, el manuscrito de mi novela *La sangre dulce*, envío del que ni siquiera tuve acuse de recibo, por lo que entendí que mi obra no era de su interés. Claro que tampoco he recibido respuesta a mi anterior carta de reclamación, por lo que imagino que esa actitud de imperturbable y descortés silencio debe de ser el estilo y la norma de la casa.

Lo que no podía imaginar es que mi manuscrito iba a ser reproducido, en sus aspectos más importantes, en la novela titulada *Trópico de sangre*, galardonada en esta ocasión con el premio que anualmente convoca su editorial y cuya noticia es transmitida con notable reiteración por la prensa diaria y semanal y las emisoras de radio de todo el país.

Para empezar, la acción de la novela que ustedes han premiado no solo transcurre, en su parte principal y más dramática, en la misma época que la mía, el segundo período de la guerra de Cuba, sino que presenta el mismo ar

gumento, mutatis mutandis: en mi novela se
trata de los amores furtivos de la hija de un
hacendado español, enemigo de los revolucionarios, con un oficial mambí herido en una escaramuza, al que oculta, protege y cura; en la
suya, de los amores de un oficial español herido que se pierde en la manigua y es recogido
y atendido en secreto por la hija de uno de
los hacendados que más fervorosamente colabora con las fuerzas mambises.

Por otra parte, se conserva en la obra
que ustedes han premiado, con la misma estructura de capítulos interpolados, la referencia que había en la mía al tiempo anterior
a la abolición de la esclavitud, momento de la
niñez de ambos protagonistas.

En mi anterior carta expliqué al porme-
nor todos los puntos que en ese aspecto están
directamente plagiados de mi original; ahora
me limitaré a aludir a los más escandalosos:
la denuncia que hace el esclavo Manuel Jere-
mías de la fuga que preparan sus compañeros es
similar a la del negro Resurrección en mi novela; en la persecución del único esclavo que
consigue escapar, los lugares que atraviesa el
fugitivo están descritos con los mismos sus-
tantivos y adjetivos que la huida del esclavo
Valdez en mi manuscrito; la negativa del llamado en su libro don Agustín Olmos —Florentino
Priaza en el mío— a comprar, con la negra Sa-
cramento, a sus hijos pequeños, pretextando
que son mayores de tres años, es la misma que se
presenta en mi libro, aunque la negra se llame
Penitencia —a veces, como se ve aquí, el pla-

gio ofrece ribetes burlescos, señor editor—.
En resumen, el modo como está presentada la
vida diaria de los esclavos en la plantación,
sus comidas, horarios, dedicaciones festivas,
es idéntico a lo que yo escribí en mi libro.
¡Hasta se conserva mi descripción de la vestimenta, vagamente inspirada en documentos
oficiales y reelaborada por mi invención!

Lo mismo se puede decir de la emboscada
en la Trocha, cerca del blocao, y de la desesperada carga a machete de la brigada del Mulato
Mendívil. Ídem de la conversación entre los in-
surrectos a propósito de la ayuda de los trabajadores norteamericanos del tabaco, véase
página 142, segundo párrafo. ¡Todo ha sido vil-
mente copiado, todo me ha sido robado!

El plagio es tan sangrante que para com-
probarlo es suficiente abrir la novela por su
primera página. La mía comienza así: "El eco
del Grito de Baire sobresaltó a la capital a
las pocas horas". La suya, "El Grito de Baire,
conocido inmediatamente en toda la isla, llenó de temor a la capital".

Su silencio añade escarnio al plagio,
y le aseguro que no dejaré de denunciarlo.
Aunque para sobrevivir con mi familia, mi
pluma se vea obligada a ejercitarse en muy modestos empeños, yo soy escritor, y lo que hago
sale de mi esfuerzo imaginativo y de mi trabajo
diario. Ese otro que se dice escritor, por muy
conocido que sea, es un individuo indigno,
pues se ha prestado al peor de los latrocinios, y
verá con este motivo su nombre desacreditado en
los periódicos de mayor difusión, a los que,

por no haber recibido de ustedes ninguna satisfacción tras mi primera carta, remito copia de
ésta.

Y usted, señor editor, que tanto se ufa-
na de haber "trabajado infatigable y honesta-
mente desde que entró con las tropas nacionales a liberar la capital de España", según sus
propias palabras en pomposas declaraciones pe-
riodísticas, verá también su nombre adornado
con el baldón de esta denuncia que ante la opinión pública presento, llevado por el desam-
paro y por la legítima cólera que siento al ver
que el producto de mi ingenio, millonariamente
retribuido, va a parar a manos espúreas tras
una tortuosa y delictiva maniobra de expolio.

Impresa en uno de aquellos papeles ocres, copia
muy desvaída de un original mecanografiado, esta carta
de mi abuelo estaba entre los documentos que yo había encontrado en uno de los baúles del piso de Rúa do
Século.

Su lectura me admiró, pues modificaba la idea
que yo tenía de mi abuelo como modesto plumífero que
se había buscado en las novelas populares de poca calidad una ayuda para la supervivencia, al presentarme de
modo inesperado un personaje con otras ambiciones literarias, y además con nuevos fracasos que añadir a su triste biografía.

Revolví entre los papeles para comprobar si aquella carta había tenido respuesta y la encontré, en otro fo-
lio cruzado por las cicatrices de los dobleces, también en
papel mecanografiado con una tinta que se había difumi-

nado en cada letra marcando el texto con diminutos borrones sucesivos:

Acusamos recibo de su autotitulada carta-reclamación, informándole de lo siguiente:

1.º Nunca ha tenido entrada en esta casa editorial la carta a que alude.

2.º Asimismo, nunca llegó a nuestras manos el supuesto original que, con el título *La sangre dulce*, dice habernos remitido a principios de este año.

3.º Sedicente escritor, debería usted conocer que ningún argumento es nuevo en el mundo de la literatura, ni tampoco escasas las coincidencias de tramas y personajes.

4.º Por otro lado, la esclavitud en las colonias españolas y su abolición, y la guerra de Cuba con todos sus dramáticos sucesos, están descritas en los libros de historia y en abundante documentación a la que puede acceder cualquier lector interesado.

5.º Debe también señalarse que el estilo del autor a quien usted denuncia, reconocido y consagrado por crítica y público, brilla en "Trópico de sangre" con toda su personalidad inconfundible.

6.º Esta casa editorial ha advertido a la agencia de noticias del Estado de su pueril y gratuita denuncia, que además de buscar publicidad para su persona está dictada por el resentimiento de quien, según nuestros informes,

ha debido purgar en presidio su antipatrióti-
ca conducta.

7.º Si persiste en su actitud, y por es-
timar que ciertas alusiones a nuestro Director
General podrían ser reputadas insidiosas, esta
casa se verá obligada a ser ella quien le denuncie a usted ante la jurisdicción competente.

La pintora había buscado otra perspectiva para su
tarea, pero pintaba de nuevo el edificio, y mi padre me
explicó que estaba preparando una serie de cuadros sobre
Isclacerta. La tarde era muy cálida, llevé una tumbona al
prado, la coloqué en el filo de la sombra de la casa, y me
eché allí mirando al cielo. Limpio de nubes, era también
como un torrente de agua limpia y primaveral, y me zam-
bullí de inmediato en él. Mi padre se tumbó a mi lado,
pero tardé unos instantes en advertir su presencia. La percepción del humo de su pipa me devolvió a la tumbona
y a la conciencia del momento.

—¿Tú sabías que el abuelo había escrito una novela sobre la guerra de Cuba, una novela de verdad, quiero decir, no esas noveluchas de quiosco?

—No tenía ni idea.

Mi padre hablaba con la misma pereza que yo.

—He encontrado unas cartas en Lisboa. El abuelo acusa al editor de habérsela plagiado, y tiene todo el
aspecto de ser cierto.

—No lo sabía.

—Luego te las enseño. Al abuelo tuvo que darle
el doble de rabia, porque al plagiario, que no he podido saber quién fue, al parecer un escritor bastante conocido, le
concedieron un premio de mucho dinero.

No había una sola nube. Era un cielo sin incidentes, vacío como la nada de los filósofos, y su contemplación aturdía, porque invitaba a olvidarse de todo, a dejarse perder, a no creer en el pasado ni en el futuro. Una parte de mi mente estaba allí dentro, fuera del tiempo, y la otra continuaba ordenando las palabras de mi conversación con mi padre.

—Parece que el pobre abuelo tuvo siempre mala suerte.

Mi padre no dijo nada.

—¿Qué tal humor tenía? —pregunté, con el propósito de mantener encendido aquel diálogo.

—Ni bueno ni malo. No era un hombre alegre, pero tampoco de mal carácter. Bastante apacible —repuso mi padre tras unos instantes de silencio.

—¿Cómo te llevabas con él?

—La verdad es que siempre estaba un poco ausente, como concentrado en sus cosas. Hay que tener en cuenta que había cumplido ya los cuarenta años cuando yo nací. Quiero decir que tenía un carácter reposado, de persona mayor.

—¿No te reñía?

—Nunca me riñó por nada. Casi siempre que hablaba conmigo era para enseñarme algo, para recomendarme una lectura, aunque nunca esas novelas que él escribía. Yo creo que le avergonzaban un poco, pero como le habían dejado sin trabajo al terminar la guerra, gracias a eso y a lo poco que le quedó de herencia a mi madre pudieron ir tirando.

—¿Estaba resentido?

—Si lo estaba, nunca lo manifestó. Claro que no debía de tragar a los falangistas, ni a los militares, como no tragaba a los curas, ni quería saber nada de las cosas oficiales, pero hablando solía ser muy discreto.

Ni una nube. Estaba boca arriba y lo único que podía divisar era el cielo limpio. Los rayos de sol, oblicuos ya a esa hora, fluían sobre mí sin que pudiese conocer su orientación, el punto del que procedían ni adónde iban a parar. Yo estaba por encima de la luz y de la sombra, lejos del contraste de claridades y penumbras que marca el ras de la tierra.

—Una vez, de niño, me dijiste que había quedado machacado de la cárcel.

En el sonido de la voz de mi padre fue evidente la distorsión producida por un bostezo.

—En todos los sentidos. Después tuvo siempre mala salud, y mi madre dice que antes de entrar en la cárcel estaba fuerte como un roble. Le dejaron tocados para siempre los riñones de las palizas.

—Pues es como para estar resentido.

Esta vez, su voz sonó mucho más clara, más despierta.

—Pero no lo fusilaron. Primero se libró de los paseos. Luego estuvo condenado a muerte, pero se salvó, y todo porque hubo quien le ayudó, entre los mismos que lo habían encerrado.

—Algo me ha contado Noelia.

Dije que el cielo tenía la pureza y la transparencia del agua del arroyo aquella mañana, y yo me sentía inmerso en su infinito fluir azul, y digo que también estaba frío, tan frío como las heladas aguas de la poza, pero que yo no podía comprobar con mis sentidos, sino con mi mente, ese frío intenso e imaginario que me permitía también aislarme y reflexionar con mayor claridad. El Puertorriqueño, el abuelo, mi padre, todo pasaba sobre mí como una corriente veloz, y la voz de mi padre era el eco de ese transcurrir. Porque mi padre tenía aquella tarde una disposición a hablar inhabitual en él, y pensé que acaso sus palabras, que debía de mascullar sin quitarse la pipa de la boca, eran un regalo que me estaba haciendo, a falta de otra cosa. Continuó hablando.

—Cuando yo era niño decían que había sido una guerra entre hermanos, una guerra dentro de las mismas familias. Al abuelo le salvó la vida mi padrino. ¿No te acuerdas de él?

Claro que lo recordaba. Ya he relatado que la primera vez que viajamos a Isclacerta mi padre se había detenido en la capital de la provincia para ir a visitarlo y que conociese a su mujer y a su hijo. Mi recuerdo infantil de él, encuadrado en grandes cortinones que parecían las embocaduras de un pequeño escenario teatral, eran un bigote oscuro en un rostro muy pálido y una sortija en una mano que lanzaba chispitas cuando la movía. Hasta que mis padres se separaron, la visita al padrino de mi padre se hizo costumbre invariable cuando pasábamos hacia Isclacerta. A mí, deseoso de llegar, aquella parada no me impacientaba, porque aquel hombre siempre me daba dinero para que me comprase lo que quisiese, haciéndome experimentar con ello una peculiar sensación en que se mezclaba el compromiso de la responsabilidad y el gusto de la libertad, tras fijarse en lo que había crecido, preguntarme por los estudios y repetirme, muy seriamente, que no me olvidase de que yo era español, y que ser español era un asunto muy importante, en una alusión a la primera visita, cuando le dije que yo era francés, porque había nacido en París.

—El padrino siempre me quiso mucho, y aunque ellos dos no se hablaban, el abuelo nunca puso trabas a que yo fuese a visitarle, y hasta que me quedase unos días en su casa. Y te aseguro que mi padrino era lo opuesto al abuelo. Era una mezcla de todo eso que llaman las Españas negras y reaccionarias, falangista de los de camisa vieja, franquista apasionado, y también amigo de curas y frailes.

—Como tipo de derechas no tenía desperdicio.

—Ni siquiera tenía sensibilidad artística. La buena literatura le parecía algo superfluo, si no dañino. Solo consideraba el arte como algo que servía para adornar lo solemne. Pero a mí me quería mucho, y el abuelo no se metía en nada. Yo le contaba lo que el padrino me hablaba de lo frugal y trabajador que era el Caudillo, de lo sufrido que es el soldado español, de lo valientes que fueron los conquistadores de América, del submarino Peral y el autogiro De la Cierva y otros grandes inventos nuestros, y lo único que hacía era encogerse de hombros y aconsejarme que nunca me fiase de lo que me contaban, fuese quien fuese el que lo hiciese. Que no dejase de leer libros, muchos libros. Pero no contradecía al padrino porque, al fin y al cabo, yo dependía del padrino para mi educación. Mis padres residían todo el año aquí, en Isclacerta, y yo estaba interno en un colegio religioso de la capital, y todos los gastos de mis estudios los pagaba el padrino, por pura generosidad, aunque tenía dinero, porque era propietario de muchas tierras, y hasta me dejó al morir un solar que dicen que vale una fortuna, y cada día más. Él me compraba los libros, la ropa, me regaló una bicicleta, un arco, lo que quería, hasta el primer estuche de pinturas que tuve en la vida me lo regaló él. Él hubiese querido que estudiase Derecho y que me hiciera abogado del Estado, pero cuando le dije que iba a estudiar Bellas Artes no puso ninguna pega, aunque mi decisión le contrariase.

—¿Y el abuelo? ¿Qué quería el abuelo que estudiases?

—Al abuelo le daba igual. El abuelo se conformaba con saber que leía libros, para no comulgar con ruedas de molino, como él decía. Cuando le conté que quería ser pintor me contestó que era natural, porque desde niño me había gustado dibujar, y quiso saber si mi padrino me iba a pagar también la carrera. Le contesté que sí y solo dijo que, a pesar de todo, no dejase de leer.

La sensación de vacío se acrecentaba por la falta de pájaros. Eso fue un descubrimiento que hice entonces, una escasez en que no me había fijado de niño ni de adolescente. El vuelo de un pájaro sobresaltaba siempre la mirada como algo raro, un impacto visual poco frecuente.

—Solo una vez desautorizó mi padre al padrino. Mi padrino me solía preguntar por la familia, cómo estaba mi madre, qué hacía mi padre, cómo se las arreglaban aquí arriba sin luz ni otro medio de transporte que una bicicleta y un burro que se llamaba *Platero,* naturalmente. Una vez me preguntó si nunca íbamos a misa y yo le dije que aunque pudiésemos no iríamos, porque mi padre decía que las cosas de iglesia eran inventos de los curas para engañar a la gente, y mi madre estaba de acuerdo con él. Entonces mi padrino se puso furioso, exclamó que había que ir a misa, y cumplir con los mandamientos de la Santa Madre Iglesia, y que no se podía ser un sin Dios, que de ahí venían todos los males del mundo, añadió, con mucho énfasis. Era más o menos lo que decían en el colegio, pero aquello lo tomaba yo sin demasiada credulidad, como un componente más de las cosas que teníamos que oír o aprender obligatoriamente, porque formaban parte de los programas escolares, pero que sabíamos que apenas tenían verdadera relación con la vida diaria. Sin embargo las palabras de mi padrino habían sido tan verosímiles, dichas de una forma tan áspera y severa, que cuando estuve de vuelta a casa se lo conté a mi padre, tu abuelo. Él también se puso muy serio y me contestó que si mi padrino me volvía a hablar de aquello le dijese de su parte que los curas, las misas y todo lo que provenía de la Iglesia, eso sí que era la mayor desgracia de la humanidad, la peor peste de nuestro país. No solo de la católica, de todas las iglesias del mundo, y las peores las monoteístas, de todos los curas, frailes, popes, pastores, imanes, de todo tipo de sacerdotes. Que ahí estaba la culpa de casi todos los males de la sociedad de la gente, eso era lo que justificaba que en el mundo hubiera tanta miseria al lado de tanto derroche, y tanta falta de libertad en todos los aspectos de la vida, y tanto fanatismo, y que era mejor estar sin Dios que tener a ese Dios que, por medio de los curas, permitía tanto dolor y tanta injusticia. Lo dijo de una forma que yo mismo me escandalicé.

Se quedó en silencio, mientras yo seguía flotando en el espacio sin límites. Su voz fluía también entre el azul y parecíamos dos bienaventurados en un Cielo sin dioses, hablando con serenidad de las cosas terrestres, de asuntos que habían sucedido mucho tiempo antes y que no tenían trascendencia alguna.

—Menudos tiempos. Entre el uno y el otro, no sé cómo no me volví loco. Mi padre aborrecía a los curas, pero dejaba que fueran ellos quienes me educaran. Mi padrino era un fanático político y religioso, pero permitía que mi padre me impusiese su agnosticismo y su evidente asco al gobierno de Franco. A lo mejor ese tipo de contradicciones son fundamentales para tener a la larga un pensamiento liberal, si consigues superarlo. A lo mejor por eso mi generación pudo hacer el cambio a la democracia sin sangre ni graves quebrantos.

Estuvo callado otro rato, y pensé que se había agotado el chorro de su inesperada locuacidad, pero luego comenzó a hablar otra vez.

—Claro que yo, de joven, fui también muy revolucionario, porque, en el fondo, yo pensaba que mi padre tenía razón, que había más lógica en lo que él creía.

Al fin y al cabo tu bisabuela, que era muy meapilas, muy amiga de curas y frailes, y también muy conservadora de ideas, se portó con mi madre, tu abuela, su propia hija, en contra de la moral cristiana y hasta de las leyes humanas y divinas.

—¿Pero se puede saber qué fue exactamente lo que hizo?

—Echarla de casa en cuanto murió el bisabuelo, y luego quitarle la herencia. ¿Te parece poco?

—¿Pero no es suyo esto?

—¿Quién iba a quererlo? Esto no le interesaba más que a ella, y lo tasaron como si valiese una catedral. Con esto y cuatro perras quisieron cumplir con mi madre. Se aprovecharon de que el abuelo estaba preso. Menos mal que después de la muerte de su madre, tu abuela pleiteó con los canallas de sus hermanos y consiguió sacar lo suficiente para vivir hasta ahora. Pero el pobre abuelo ya había fallecido.

Estos líos familiares en la tierra y yo arriba, volando por el espacio como un cometa, rodeado de ese vacío que es lo más parecido al lugar sin tiempo ni dolor de donde venimos y al que hemos de regresar.

—¿Y dónde podría estar esa novela del abuelo, esa novela que le robaron?

—¿Quién puede saberlo? Es la primera noticia que tengo.

—También encontré la cartilla militar del abuelo, y la tuya.

—Hay que reconocer que has hecho unos cuantos viajes en el tiempo. ¿No te ha dado vértigo?

Volvió a guardar silencio unos instantes. Luego comprobé que aquella noticia le había interesado, le sacaba de su perezosa disposición. En el cielo vacío apareció de repente su cabeza, los pelos blanquecinos desparramados sobre sus orejas, y una mano arrancó la pipa de su boca. Sus palabras sonaron claras por primera vez:

—¿La cartilla militar del abuelo? ¡Pues me gustaría echarle una ojeada!

8. Casa de muñecas

No es un juguete. Eso mismo me dijo mi padre. Me colocó así, tal como estás tu ahora, sentado él en esta silla, yo apoyada en el asiento, me envolvió con los brazos y me habló con la cabeza puesta sobre mi hombro, la barba me raspaba un poco, en eso tú sales ganando. No supe por qué lo decía hasta mucho después, y acaso tampoco lo decía por lo mismo que yo creo. En realidad es mucho más que un juguete, es un cuento en forma de cosas, es una colección de recuerdos, es un sitio para esconderse sin tener que moverse ni agacharse, es una entrada a sitios que tú mismo puedes descubrir.

Estaban en Londres cuando la vieron en una tienda y mi tía Soledad dijo que toda su vida había soñado con tener una casa de muñecas. Solo decir eso y mi padre supo que se la iba a regalar, porque era la primera vez que oía de su boca expresar con tanta convicción un deseo. Ella al principio se opuso, dijo que había hablado por hablar, que no había que hacerle caso, que cómo iba a comprarle aquella casa, que ella ya no estaba para jugar con casas de muñecas, pero él se la compró e hizo que se la enviasen a la casa en que iban a empezar su vida matrimonial, esta misma donde nos encontramos ahora. Y la casa de muñecas fue el motivo de que, desde entonces, además de visitar museos, y pasear por jardines, e ir a conciertos y espectáculos, anduviesen buscando cositas y objetos para amueblarla, la cama y un par de cunas para las habitaciones, un tresillo y un piano, y un arpa, y una mesa

y sillas de comedor, cuadritos, ese cuadrito de flores, ese
que si te acercas es un paisaje con montañas al fondo, y
lámparas, y la cocina con sus muebles, su fregadero, sus
cacharritos de cobre, de loza, de latón de verdad. Todo lo
fueron comprando y decía mi padre que sin duda había
despertado en la tía Soledad un gusto antes desconocido.

También decía que quién sabe si en el fondo los
humanos no vemos en las miniaturas una réplica de nuestro mundo más tranquilizadora que el verdadero, un em-
pequeñecimiento en que se concentra una solidez que a
nuestro tamaño no acabamos de comprender, si no por
qué los belenes, preguntaba, aparte del motivo religioso
y todo eso, por qué reducir a miniatura los campos, las
montañas, las casas, los caminos, los animales, los pastores, los reyes, los adoradores, por qué hacer del nacimiento de Dios una escena con figuritas de seres humanos, la
vaca y el buey, y más lejos aún, miniaturas ha habido
siempre, las han tenido los griegos, los romanos, los hin-
dúes, y casas de muñecas se han encontrado en muchos
enterramientos, en las tumbas de los egipcios, de los az-
tecas, en fin, que tal vez las casas de muñecas nos ayudan
a entendernos mejor, a no temer tanto ese misterio de la
vida que no podemos alcanzar, al ver en una dimensión
del todo abarcable las paredes que nos rodean y nos pro-
tegen y poder poner en la palma de la mano los muebles
que nos sirven para sentarnos a comer, los platos y las ca-
zuelas de cada día, las camas en que dormimos cada noche,
porque el mundo reducido hasta ser tan poca cosa nos permite descansar el pensamiento en sus pequeñas dimensiones, tranquilizarlo, como esos círculos llenos de figuras
geométricas que en algunas religiones orientales se con-
templan durante mucho tiempo y sirven para encontrar
un lugar mental en el centro del aparente desorden de todo, un lugar donde las innumerables cosas del mundo,

diferentes entre sí, se convierten por fin en una sola, y nos permiten a nosotros formar parte también de esa unidad de lo diverso y, si no entenderlo, al menos encontrarnos mejor en el mundo infinito del que formamos parte.

El caso es que la tía Soledad descubrió en esas miniaturas de la casa de muñecas un entretenimiento que la absorbía tanto como la lectura de novelas, a que era muy aficionada, tanto como escuchar música y acaso tocarla, porque aunque mi padre no me dijo que supiese tocar algún instrumento, quizá no tuvo ocasión, un día encontramos una flauta dentro de un estuche que llevaba su nombre. Ella misma tejió las colchas de las camas a ganchillo, hizo pañitos minúsculos con hilo de coser, utilizando alfileres en lugar de agujas de punto, y también esa alfombra del salón, en punto de cruz, sobre la que está la mesa del comedor. Claro que yo también he hecho otras cosas, las cortinas, algunos cuadritos, pegué la cinta de terciopelo que hace de alfombra corrida en las escaleras, que me dio mucho trabajo, porque es muy difícil trabajar con cosas tan pequeñas y en lugares tan angostos.

Siempre que contemplo el interior de la casa me parece que mi mirada tiene una percepción de tacto, como si mis ojos fuesen las yemas de unos dedos palpando aquí y allí, percibiendo la forma de las cosas, un tacto que llega a sentir el mismo tacto de las manos y de los ojos de la tía Soledad, como si un espacio tan pequeño y abigarrado fuese capaz de conservar todavía la vibración de la mirada y de las manos que ella debió de posar por todos esos rincones durante tantas horas. Mi padre me dijo que había que mirarla con las manos a la espalda, pero con el tiempo, y sobre todo a partir del momento en que me la dio, cuando cumplí los ocho años, como un regalo de mi primera comunión, fui teniendo más libertad y ya iba empezando a tocar las cosas con muchísimo cuidado, mejor

dicho, a aprender a tocarlas, porque una casa de muñecas
es un instrumento delicado, y lo mismo que tenemos que
aprender a utilizar las manos para tocar y manejar todas
las cosas, fíjate en un libro, parece tan sencillo pero cada
uno de los dedos tiene su cometido y todos ellos deben
armonizarse para sujetar las pastas mientras pasamos las
hojas, y no digamos un instrumento musical, en que es
decisivo poner los dedos en el lugar exacto, y la presión
que hay que darles, y la rapidez de movimientos, las manos también tienen que aprender a entrar en las habitaciones de la casa de muñecas sin tirar las cosas. Eso mismo
debes aprender tú, a usar las manos como pájaros pequeños capaces de volar ahí dentro sin rozar siquiera los muebles ni las paredes, y entonces puedes llegar a coger los
cacharros que están puestos al fuego, a abrir los cajoncitos del aparador, a acariciar las cuerdas del arpa. Tus manos son la primera forma en que entras en la casa de muñecas, son tu persona empezando a asomarte a ella, la única
persona visible, porque en esta casa no hay muñequitos.

Mi padre me dijo que quiso comprar un caballe-
ro, una dama, sus hijos, una cocinera, una institutriz, con
la cabeza y los demás miembros de porcelana y el cuerpo
de trapo, que podían vestirse y desnudarse, cambiarse de
ropa y ponerse en un lugar o en el otro de la casa, tum-
barse, sentarse, pero que la tía Soledad no quiso que hubiese en la casa ningún muñequito, ninguna figura real,
porque ella prefería imaginarse a sus habitantes, y yo he
comprendido que debieron de ser sus manos, mensajeras
de sus ojos, aprendiendo a deslizarse como diminutas aves
por el espacio entre los muebles y las lámparas las que empezaron a desvelar el secreto de los interiores y los personajes que los habitaban. Que ella pensaba en los pequeños habitantes de la casa lo demuestra que los armarios
conservan bastantes ropitas, sobre todo femeninas, mu-

chas cosidas por ella misma, otras debieron de traerlas también de Londres, enaguas, camisas, medias, vestidos de raso y faldas de terciopelo, sombreritos en sus cajas cilíndricas.

Cuando mi padre me regaló la casa la trasladaron desde este cuarto, que era la habitación de mis padres, al cuarto en que yo dormía, que es la habitación que tú utilizas, y desde que yo empecé a jugar con la casita fui imaginando quién podía vivir en ella, y yo tampoco quise que mi padre me regalase muñequitos. Al principio acostumbré a mis manos a moverse dentro de las habitaciones sin tirar las cosas, y no sabes lo difícil que es, y la rabia que da cuando tiras algo y luego no eres capaz de volverlo a poner en su sitio, porque no consigues sujetarlo con los dedos, y mientras lo intentas tiras todo lo que está alrededor. Pero poco a poco, mientras iba consiguiendo más destreza, cuando ya era capaz de mover las manos dentro de la casa de muñecas como si volasen, mis manos fueron convirtiéndose en otra cosa, había cada vez una parte mayor de mí que entraba con ellas, y al final era yo misma, yo entera, la que estaba dentro de la casa, como si fuesen mis ojos, mis oídos, mis brazos, mis piernas, todo mi cuerpo, un cuerpo a la medida de las cosas de la casa, similar al de esos muñequitos que ni a la tía Soledad ni a mí nos gustaban.

Primero me imaginé cosas ajenas, cosas inventadas, propias de cuentos o de novelas, que la casa estaba en un puerto de mar, en aquel Ponce, la perla del sur, o en el Viejo San Juan, las ciudades de que tanto hablaba mi padre, con las casas de grandes ventanas abalconadas, y patios llenos de flores, papagayos, el adoquinado de las calles azul como el cielo, imagínate, y que el señor de la casa, el marido, el padre, era un capitán de marina que viajaba mucho, que iba a Europa pero también a Asia, que en sus viajes había ido trayendo los muebles, de caoba, de roble, de nogal, y los objetos, los espejos, el reloj de pared, un paragüero, un gramófono de La Voz de su Amo, un telescopio para mirar el firmamento. Tuvieron una niña y un niño. Los padres dormían en la habitación azul, la que está frente al cuarto de baño, la niña y el niño en la habitación amarilla. Tenían una cocinera, una doncella, y todas las tardes venía a darles clase una profesora de francés. La señora de la casa organizaba reuniones con sus amigas para tomar el té y jugar al bridge. Yo me inventé los nombres de todos.

Al principio lo que pasaba en la casa era muy sencillo, muy rutinario, levantarse, lavarse, cocinar, dar clase, dibujar, leer, jugar. Luego empezaron a complicarse las cosas, la casa se quedaba casi vacía porque salían de compras, iban al colegio, unos días estaba el padre y otros no, unos días tenía humor alegre y otros se mostraba taciturno, unos eran festivos y otros laborables, la mamá tenía jaquecas o recibía cartas con malas noticias de su familia que la entristecían, o con noticias de nacimientos y bodas que le mejoraban el humor, los niños a veces se ponían malos, anginas sobre todo. Y más complicadas: el niño se puso enfermo de la gripe terrible que hubo poco antes de que yo naciese y acabó muriéndose, e hice un ataúd pequeñito con cartón y lo enterré debajo del nogal, junto a la lápida antigua, y la familia estuvo de luto durante mucho tiempo y todos los domingos llevaban flores a la tumba. Una vez el padre estuvo a punto de naufragar y hubiera sido una tragedia, porque un capitán tiene que hundirse con su barco. Luego la niña empezó a dar clase de piano, era adolescente y se enamoró del profesor, que era un joven muy guapo y muy tímido. Las cosas sucedían en un tiempo pasado, antes de que yo hubiese nacido.

Tanto me hablaba mi padre de mi tía Soledad que un día pensé que ella, aunque había muerto en su ser de mayor, en su ser pequeñito, invisible, podía seguir viviendo dentro de la casa de muñecas. La idea me dejó tan maravillada que tardé un poco en acostumbrarme a ella, y hasta me impresionaba atreverme a ponerla en práctica. Aproveché que terminaba el verano e hice que la familia que vivía en la casa se mudase a otro sitio, y dejé la casa de muñecas sin habitantes para que, cuando yo regresase a Isclacerta, la tía Soledad se instalase allí, entre los mueblecitos. Yo sabía que me pusieron el nombre de Soledad en recuerdo suyo, pero con los años fui descubriendo que en los sentimientos de mi padre, al haberme puesto ese nombre, no solo había la conmemoración de una persona muy cercana y querida que había desaparecido, sino algo más, el propósito de un recuerdo permanente y vivo. Cuando estábamos solos él y yo, muchas veces me decía que cómo me parecía a la tía Soledad, que tenía la misma manera de mirar y de moverme, de reírme, que se la recordaba más cada día que pasaba, como si la tía Soledad estuviese viva otra vez.

Un día, con mucho secreto, mientras paseábamos por el bosque, él y yo, y fíjate que conmigo era con la única persona de la familia que salía a pasear, claro que mis hermanos eran todavía muy pequeños y a mi madre no le gustaba, enseguida se cansaba, pues aquella tarde mi padre metió la mano en el bolso y sacó un estuche y me lo dio diciendo que era para mí, y cuando lo abrí, dentro había una pulsera preciosa, en forma de aro grueso con algunos brillantes incrustados y la palabra Soledad grabada en el medio con letras muy grandes. Mi padre me dijo que era la pulsera que él le había regalado a la tía Soledad cuando se casaron, y que me la daba para mí, pero que la guardase bien porque no quería que nadie supiese que me la había dado, ni siquiera mi madre, dijo, y aquello hizo que el corazón me retumbase dentro del pecho, porque era un secreto sólo entre él y yo, un secreto de esos tan íntimos que una no imagina que vaya a tenerlos en la vida, y menos con su propio padre. Claro que la guardé muy bien, en un paquetito detrás del armario, entre la madera y la pared, en un sitio que era imposible que nadie lo pudiese encontrar, pensando que ya me la pondría de mayor, pero en el tiempo que me la pude poner, después de casarme con el abuelo, se sublevó Franco con los militares, y metieron a tu abuelo en la cárcel, y su vida estaba pendiente de un hilo, así que cuando los nacionales pidieron que entregáramos las joyas para ayudarlos, yo les di hasta esa pulsera, porque no me hubiera perdonado a mí misma quedarme con ella y que me lo mataran.

Pero lo que te contaba es que al volver aquí la siguiente vez, desde el primer día jugué a que la casa de muñecas era Isclacerta y la tía Soledad vivía en ella, después de regresar de un largo viaje alrededor del mundo. Vivía sola, porque mi padre no podía estar con ella, mi padre tenía su familia, que éramos nosotros, pertenecía al mundo diario, al de los que soñábamos, no al soñado. Como ves, en el salón de la casa de muñecas hay una vitrina con conchas y caracolas de los mares del sur, y un mueble aparador esquinero y, al fondo, medio oculto por el primer tramo de las escaleras, otro mueble con dos puertas que podría haber tenido dentro baldas para guardar una vajilla, o una cristalería, o manteles, pero que al principio me extrañó que estuviese vacío, hasta que pensé que podría ser el disimulo de una salida secreta de la casa, uno de esos armarios de las comedias clásicas y de las antiguas novelas de miedo que en la tapa trasera tenían una salida oculta. Una salida al exterior, naturalmente, a un paisaje que era la montaña de Isclacerta pero como puesta cerca del Viejo San Juan de que hablaba mi padre, sobre unos valles que iban descendiendo hasta acabar en la costa, con lo que mi casa de muñecas encontró de nuevo el lugar marítimo que le había asignado al principio, aunque más tarde volví a cambiar el paisaje y fue otra vez este mismo que nos rodea, con muchas cosas maravillosas.

El caso es que yo estaba entusiasmada con mi casa de muñecas y hasta conseguí unas lamparillas de aceite, unas mariposas de luz, y por la noche, cuando todos estaban dormidos, para evitar que me viesen, pues de haberlo notado me lo hubieran prohibido y tal vez hasta me hubieran quitado la casa de muñecas, por el gran miedo que había a los fuegos, yo encendía las lamparillas ante la casa, con las paredes abiertas de par en par, y miraba desde mi cama las habitaciones, a la luz amarilla y movediza, muy débil, y vivía horas y días enteros con la tía Soledad y sus amigos en aquella casa. Organizábamos bailes de disfraces, jugábamos a la gallina ciega y a esconderse por las habitaciones, preparábamos meriendas deliciosas, bajábamos hasta la costa de paseo, y una tarde conocimos al capitán de un enorme velero alemán de casco de acero, el último velero que se había fabricado en el mundo, que se llamaba Pamir, que nos invitó a un viaje a los mares del Sur.

Sin embargo, enseguida me di cuenta de que debía tener mucho cuidado con lo que contaba de mi casa de muñecas, pues a mi madre, a quien no le hacía mucha gracia que me pasase tanto tiempo ante ella, se me ocurrió decirle que a veces me imaginaba que estaba dentro de la casa, por juego, solo eso le dije, que me había imaginado que podía estar preparando un guiso muy rico en uno de esos cacharritos frente al fogón, y se enfadó mucho, se indignó, porque mi madre consideraba pernicioso todo lo que oliese a libre imaginación. Ella decía que en el mundo solamente debíamos entender en la cabeza de dos asuntos, y el segundo subordinado en todo al primero: la fe, que nos servía para conocer a Dios y cumplir los mandamientos y obedecer al Papa y a la Iglesia, y los saberes de nuestra profesión u oficio, que nos servían para ganarnos la vida y ser útiles a los demás, siempre que fuese un oficio o profesión digna de respeto, de lo que quedaba excluido cuanto tuviese que ver con lo artístico, sobre todo novelas y teatro.

La vez que mi madre manifestó aquellas opiniones, de modo beligerante, mi padre se echó a reír y le respondió que los seres humanos también tenían derecho al honesto esparcimiento, y ella repuso que, si de ella dependiera, todos los pueblos de la Tierra estarían organizados un poco como los monasterios de la antigüedad, y unos cuantos sacerdotes santos y sabios, ayudados por caballeros piadosos, armados para defender a la colectividad y castigar a los que se portasen mal, enderezarían a la gente a sus obligaciones religiosas y civiles, y dirigirían sus ocios, de los que no se excluirían diversiones como ciertos juegos de mesa, el parchís, la lotería y las cartas sin apostar dinero, algunos deportes como la equitación, el tiro de cuerda, el alpinismo, que dicen que nos acerca a Dios. Ella creía que la imaginación sacaba a la gente de quicio, la excitaba para arrancarla de sus espacios naturales, hacía que los pobres quisiesen ser ricos y los convertía en anarquistas y comunistas, y que las doncellas suspirasen por los calaveras y las casadas no se conformasen con sus legítimos maridos. De todo tenía la culpa la imaginación, estimulada por los libros, los que escribían filósofos resentidos que querían encaminar a la rebelión a los hombres y a los pueblos, y las poesías y las novelas que despertaban en la gente sueños que en el mejor de los casos eran inútiles, y no había más que ver el ejemplo de don Quijote, que todo el mundo sabía que había enloquecido por leer novelas. También la música, la que no sirviese para rezar, reblandecía el alma y hacía que la gente, sobre todo la más joven, quedase desarmada ante muchas tentaciones. Por eso, cuando hablan de que ella era muy amante de la música, creo que están equivocados, a no ser antes de que yo naciese y con grandes cambios posteriores en su forma de ver el mundo. Cuando paseaba con mi padre él me decía a medias palabras que, si iba a tener confesor fijo, anduviese con ojo con el que elegía, porque el padre agustino que se había hecho consejero espiritual de mi madre iba a acabar organizando nuestra casa desde el confesonario. Así que tuve que tener mucho cuidado con que nadie, salvo mi padre, se apercibiese de mi relación con la casa de muñecas, no fuese a suceder que me la quitasen, como al fin resultó.

Pero te hablaba de los muebles, de lo que la tía Soledad podía sentir ante ellos, por ejemplo los más primorosos de todos, ese armario estilo reina Ana, ese buró Biedermeier, esa cómoda Chippendale, y yo me imaginaba que los había comprado en sus viajes, ella había escogido cada uno con mi padre, había abierto los cajoncitos, había guardado cosas en ellos, los había cambiado de sitio, en días concretos, días de lluvia o de sol, de ruidos en la casa y olores a comida y palabras al fondo del pasillo que alguien pronunciaba y la sangre latiendo en las sienes de todos, sin considerar que habría un momento, como aquellos míos en que yo me inventaba las fiestas de los habitantes de la casita, los bailes, las excursiones, o este mismo en que estamos tú y yo, en que ella ya no estaría aquí, aun sin considerar que su muerte habría de adelantarse tanto, arrebatándola en su primer parto, en plena juventud, como llegará un día en que yo no estaré y tú mirarás esta misma casa de muñecas recordando este momento e imaginando esos rastros invisibles de nuestra mirada que se posan sobre los de la tía Soledad para impregnar todos los mueblecitos y los pequeños cacharros de una evidencia de cosa vivida que les da una pulsación particular, parecida acaso a la de las cosas reales pero mucho más concentrada, más intensa por su pequeñez.

Ahora en la casita hay además más cosas que cuando mi padre me la regaló. Claro que también han desaparecido algunas muy valiosas, durante el tiempo en que me la quitaron, una cubertería de plata, imagínate el tamaño de los cuchillos y las cucharas y los tenedores, una vajilla de Limoges de verdad, un violín precioso, pero cuando tu abuelo y yo nos instalamos aquí trayéndonos la casita, después de que él saliese de la cárcel, aparte de escribir, y buscar leña, y cuidar los animales, y trabajar en el huerto, él dedicaba mucho tiempo a hacer cosas para la casita, botones que convertía en platos, taburetes, estanterías, ese baúl, tallando pedazos de corteza de pino, con una navaja y mucha paciencia, y un poquito de pintura, y barniz, iba completando el ajuar, y según te vaya contando de qué están hechas muchas de esas cosas te vas a morir de risa, ese orinal es de miga de pan, esas piedras preciosas que adornan la bandeja del juego de café son trocitos de lenteja y semillitas pintadas, él también aprendió mucho de la casa de muñecas, que casi todo lo que tiramos se puede aprovechar para hacer cosas que sirvan otra vez a otro tamaño, para otro mundo, de manera que aunque nunca pude saber si tu abuelo entraba como yo en la casa de muñecas y salía a un exterior imaginado por él, como hacía yo, por la puerta disimulada dentro del armario del salón, acaso sí lo hacía, organizaba fiestas de disfraces y excursiones con gente, a lo mejor en un mundo donde se podía hablar con libertad y había partidos y sindicatos y a nadie lo encarcelaban por sus ideas y la gente escogía a sus gobernantes votando, y Franco y los suyos no habían existido, pues lo cierto es que dedicó muchas horas a fabricar la batería de cocina con pedacitos de hojalata y a recortar estanterías para los armarios, y a completar con escayola los muebles sanitarios, que la bañera se había roto y faltaban pedazos para restaurarla.

En realidad, la casa de muñecas había sido muy importante entre él y yo, y se puede decir que si no hubiese sido por ella nunca nos hubiéramos casado, lo que son las cosas, porque no nos conocíamos ni teníamos relación alguna el uno con el otro, yo era una señorita de la sociedad y desde que mi padre había muerto mi madre restringió sus amistades a las personas de nuestra clase menos abiertas y más aficionadas a las cosas de iglesia, y él era hijo de un trabajador del tren, criado en uno de los barrios de la capital, que había ido a trabajar a Bilbao y allí se había hecho perito ferroviario, aunque le gustaba mucho leer, la poesía, el teatro, el arte, y desde luego que era de izquierdas.

Le conocí por casualidad, porque no me llevaba bien con mi madre, aunque eso no venga al caso, desde la muerte de mi padre ella me había metido interna en otra ciudad, lejos de mi casa, con unas monjas retorcidas, odiosas, llenas de pensamientos sucios, enemigas de todo lo que a mí me gustaba, figúrate, y cuando estaba en casa, por ejemplo en vacaciones, hacía cosas que sabía que le molestaban a mi madre, y cuando salí del internado y volví a vivir con ella procuraba seguir en aquella actitud. Yo no quería ser mala, te lo prometo, pero parecía que era lo que tenía que hacer para cumplir sus expectativas, ajustarme a su idea inamovible de que yo era díscola, eso que se llamaba ligera de cascos. Entre otras cosas, procuraba no salir con los chicos y las chicas de mi edad que a ella le parecían adecuados para mí.

En fin, a tu abuelo lo conocí en una sesión de teatro que puso en la ciudad aquella compañía que llevaban García Lorca y otros poetas y pintores. Era bastante mayor que yo y eso me gustaba. Además tenía buena planta, y unas facciones muy masculinas. Simpatizamos, y, a veces, cuando estaba en la ciudad, porque ya te digo que él trabajaba en Bilbao, salíamos juntos a pasear, yo aprovechaba que Noelia estuviese también en la capital para que nos acompañase, y todavía nos hicimos más amigos cuando llegó la República y me fui de casa porque mi madre quería meterme otra vez en un convento, y me negué, además yo podía vivir sola porque mi padre nos había abierto a cada uno de los hijos una cartilla con bastante dinero y una autorización para disponer de él a partir de los veintiún años.

Lo que más rabia me dio fue que no me dejaron llevarme la casa de muñecas. La habían trasladado desde Isclacerta hasta la capital y mi madre me dijo, de paso para herirme, que iba a venderla por lo que le diesen, que era un trasto que solo servía para ocupar sitio y coger polvo. Yo se lo conté a tu abuelo, todavía no éramos novios, y la noche de la Señora de agosto, nunca se me olvidará, en que todos los de la casa estaban de veraneo, organizó el rescate de la casa de muñecas con algunos de sus amigos. Entraron en el piso por la buhardilla, metieron dentro de cada habitación de la casita bien de puñados de papel de periódico, para que las cosas no se moviesen, la envolvieron en tela de arpillera, la descolgaron por el patio con un cabrestante y se la llevaron en un carro al barrio de Trobajo, donde la tuvieron escondida en una cuadra hasta que Alberto y yo nos casamos. La idea del rescate había sido de él, y desde entonces le tuve por el hombre más extraordinario del mundo.

9. Confidencias

Se pone fresco y entramos en la casa. Mi padre y Chon se van al garaje, donde tienen los trastos de pintar, a preparar unos lienzos, y yo cojo la novela de mi abuelo y me siento un rato junto a Noelia, quietos y silenciosos los dos como muñequitos obligados a permanecer inmóviles ante la diminuta mesa camilla de una casa de muñecas. El médico ha dicho que la abuela seguirá igual y hay un aire de espera no demasiado optimista, aunque nadie exprese lo que piensa.

Tampoco hay demasiado optimismo en el Consejo Superior de la Federación de Naciones Terrestres, mientras sucesivos fenómenos inexplicables siguen sumiendo a las más grandes ciudades del mundo en un terror desconcertado. Las palomas mensajeras que enviaron el doctor Matamala y la doctora Blázquez han ido encontrando diferentes destinos, una ha llegado al otro lado del río Grande, otra a un perdido laboratorio de la selva costarricense, otra ha sido blanco certero de la puntería de unos jóvenes aprendices de pistolero.

El mensaje estaba escrito en esperanto, lengua que comenzaba a ser universalmente conocida, de uso habitual en la comunidad científica. El mensaje advertía de la aparición del asteroide. En contra de las leyes de la gravitación universal, el objeto se había ocultado detrás de la Luna. Al parecer, permanecía allí escondido. ¿Podía existir relación entre la presencia de dicho cuerpo y los devastadores fenómenos que estaban sufriendo las megápolis de la humanidad?

También por medio del esperanto comunicaron su descubrimiento el sabio chino y el griego. El primero utilizó para lanzar su mensaje cierto código fijado por el sube y baja de los barriletes o cometas que hacían volar los niños de una escuela cercana. El segundo empleó el correo ordinario. Así empezó a difundirse la noticia entre la comunidad universal de los sabios, y el acecho telescópico de la Luna y sus alrededores ocupó a muchísimos astrónomos de todo el mundo, que al fin detectaron la aparición de las pequeñas naves bombarderas.

Mi padre me invita a cenar en el pueblo y me parece una buena ocasión para mostrarle esa carta del abuelo en que volvía a denunciar el plagio que había sufrido, y la contestación que recibió. Me encuentro recopilándolo todo como un escolar ufano de sus trabajos, y me sorprende la facilidad con que he sentido abrirse entre mi padre y yo un resquicio para la mutua confianza. También me llevo las cartillas militares, admirando una vez más el aspecto arcaico del papel, de la emborronada tipografía, de las cubiertas en una tela caqui y vulgar que el tiempo no ha estropeado.

El pueblo, en los dos o tres años que yo habré dejado de acercarme a él, está muy cambiado, no más grande pero sí más abigarrado en casas y pisos, y ya muy oscurecida la clara fisonomía rural que tuvo cuando yo era niño. Hay más bares, y el escueto neón y los mostradores de tablas han sido sustituidos por un decorado que recuerda las viviendas montañesas de las películas norteamericanas. Además, alambres de espino acotan estrictamente los campos ondulados que lo rodean, acaso para prevenir la instalación de tiendas de acampada o el paso de los automóviles para todo terreno.

Mi padre hojea su cartilla militar sin decir nada, pero con una mirada que denota sorpresa, como si fuese la primera vez que la ve. En la del abuelo encuentra anotaciones que le admiran.

—¿Pero no te has fijado en quién es ese comandante mayor de Melilla que firma aquí en febrero del 23?

Repaso la cartilla y en esa firma escueta, de tinta que se ha vuelto gris desvaído, no encuentro nada especialmente digno de atención.

—¡Franco! ¡El mismísimo Franco!

Sí, parece decir eso, la efe está muy clara, la erre es suave, aunque los rasgos verticales de la ene y la ce tienen idéntica hechura, y todos seguidos, tal como están, podían formar una eme. La a se lee bien, y también la o, aunque es mucho más pequeña. Desde la o y tirando a la izquierda, bajo el nombre, un solo rasgo oblicuo compone la firma, pero no veo nada extraordinario en todo eso y recibo la excitación de mi padre con sorpresa.

—¡Esta cartilla es casi un compendio de historia del primer tercio del siglo! ¡Y en la hoja final está la movilización del abuelo en el treinta y cuatro, me imagino que por la revolución de Asturias, y por fin la revista del treinta y seis, en Bilbao, en el regimiento de ferrocarriles!

El descubrimiento lo tiene maravillado durante mucho tiempo, y escruta con cuidado, una por una, las hojillas oscuras de la libreta. Al fin consigo sacarlo de su atento repaso y le hago leer las cartas entre el abuelo y el editor. Mientras las lee, mueve la cabeza conmiserativo, y luego repite que desconoce la existencia de esa novela y lo que hubiera podido ser de su manuscrito. Al parecer, mi abuelo no era nada cuidadoso con sus borradores.

—Quizá utilicé el reverso de las hojas para dibujar. Yo aprovechaba todos los papeles que caían en mis manos, y en casa de los abuelos no había muchos en blanco.

Esta tarde la tal Chon me resulta más simpática que los días anteriores. Tal vez esta pequeña excursión al pueblo le ha soltado la lengua, pues está habladora y menos cortante, o quizá yo vi desaire donde solo había timidez. Me aclara su procedencia, dice que nació en Marruecos, hija de un español y de una mujer árabe. Su padre es un antiguo legionario que al dejar el servicio militar consiguió un camión y se dedicó al transporte por carretera, y que acabó teniendo una empresa pequeña pero próspera.

—Mi padre dice que se fue a Marruecos por el nombre de un pueblo que nunca encontró. Sinara, o algo así. Un asunto relacionado con sus tiempos de estudiante, y con alguna experiencia amorosa que era como un gran error de su vida, aunque él nunca quiso contármela. No es que no le guste vivir en Marruecos, pero no ha dejado de jurar que es un exiliado sentimental.

Debe de tener por lo menos diez años más que yo, aunque no lo parezca.

—Mi familia árabe rechazó esa unión, no quiso saber nada más de mi madre.

—¿Eres musulmana?

Pese a lo directo de la pregunta, contesta sin reparos, dice que no sabe bien lo que es, que es las dos cosas, musulmana y cristiana, o ninguna de las dos, ni musulmana ni cristiana.

—¿Crees en Dios?

La pregunta es también muy directa, demasiado, pero su franqueza en la primera respuesta ha despertado mi curiosidad a costa de la cortesía, o tal vez es que sigo vengándome un poco de nuestro primer encuentro, con la inmunidad que me da la presencia de mi padre. Tampoco evade la respuesta. Dice que cree en Dios, pero que su Dios no puede ser el de los cristianos ni el de los mahometanos.

—¿No dicen que son el mismo?

—Dicen eso, pero son ganas de hablar. Si fuesen el mismo, sus creyentes no estarían tan enfrentados. Cada religión tiene su dios y piensa que es mejor que el de los otros. Y por ser uno, ese dios no ha hecho a la gente más buena que esos dioses de los paganos, que eran tantos. A mí me encantaría ser una buena musulmana, porque me siento una extranjera en mi propio país, pero para ello debería renunciar a demasiadas cosas en que creo.

—¿Y cómo te llamas? ¿Qué nombre es Chon?

Mi padre dice una palabra que no entiendo, y ella no me la aclara.

—Yo tengo un nombre árabe, pero desde niña mi padre me llamó Chon, y con Chon me quedé, como cualquier Asunción, Anunciación, Purificación o Resurrección de las que hay en España. Pero ya te digo que yo no soy ni marroquí, ni española, ni francesa, que también he vivido mucho en Francia. Me siento más árabe que otra cosa, pero no tengo casi nada que ver con la gente de mi país.

En los días que vamos a convivir en Isclacerta descubriré que su apariencia huraña no se ajusta a su verdadero carácter. Esta noche todavía me cuenta más cosas sobre ella. Así sabré que estudió Bellas Artes en Madrid, y que recién terminada la carrera volvió a Marruecos, con un compañero español.

—A mi padre no le pareció bien, él que tanto critica la situación de la mujer árabe. ¿No decís que en todas partes cuecen habas? Pero yo tengo pasaporte español.

El muchacho y ella habían vivido mucho tiempo juntos, en una furgoneta, pintando por el alto Atlas y al sur, los desfiladeros, los oasis, el desierto, las grandes fortalezas de adobe, a la vez rotundas y frágiles, en que las manos reales y las de la imaginación tan bien se conjuntaron, las casas coloreadas. Al contarlo ella transmite imágenes que parecen provenir de un tiempo mucho más lejano, acaso porque en su relato, a través de su tono de voz, se conserva la fascinación por lo que de legendario tienen esos lugares que yo he conocido con la impresión de que estaban encerrados en un tiempo remoto. Pero el compañero fumó más de la cuenta, decía ella, y al fin había emprendido en solitario una vida mística, retirado del mundo. Ella, tras varias idas y venidas, se había instalado en Casablanca, donde vivía de dar clases de dibujo en un colegio francés.

Luego llegaré a saber que lleva pintando muchos años, que ha hecho alguna exposición en París, con buena acogida, y que fue en París donde mi padre y ella se conocieron.

—Lo primero que me llamó la atención fue su nombre —dice mi padre.

Pone en su mirada un aire de complicidad, una mueca que se corresponde con un lenguaje de guiños y de gestos que no soy capaz de entender, una comunicación jovial pero un poco nerviosa, que al principio he achacado a su relación física, imaginando que viven una especie de luna de miel, pero que luego me ha parecido más compleja, una clase de juego particular, la permanencia de un sobreentendido que yo nunca hubiera sido capaz de descubrir por mí mismo.

Para ser un día laborable, hay en el pueblo bastante animación. Acaso haya quien está de vacaciones, aunque parece ese bullicio casual e improvisado por la gente que coincide en un punto estratégico del recorrido, tras haber salido cada uno de ellos de su casa en el coche, con esa desazón que se aplaca al poner ante el tiempo una veloz barrera de kilómetros. No hace un frío que se pueda llamar invernal, pero en la gran chimenea arde una pila de leña y, con las mangas de la camisa arremangadas, la gente consume ese calor como un producto más del establecimiento.

Volvemos a casa, me acuesto y sueño mucho, sueños tan extraños que me despierto dos veces con la vívida impresión de haber tenido una experiencia verdadera y no soñada, una sensación tan acuciante que tomo notas a propósito de ambos sueños, para poder reconstruirlos al día siguiente. Lo único que voy a encontrar en mi cuaderno es una frase que dice algo así como «reloj en hora» y otra que resulta solo un garabato ininteligible.

Por fin, en la mañana del jueves mi padre me enseña los cuadros que ha pintado para la exposición. Son ocho, de los que solo hay tres medianamente grandes.

—Le he dedicado demasiado tiempo a Chon —dice mi padre, sin que yo consiga delimitar dónde se separa la excusa de lo meramente jocoso—, pero este verano voy a pintar sin descanso, así que dile a tu madre que esté tranquila.

—Se lo puedes decir tú directamente, porque viene mañana, para hablar contigo.

—No me ha dicho nada.

—Me lo dijo a mí.

Mi padre me mira con extrañeza.

—¿No te he contado que aparecieron unos cuadros de Chon Ibáñez, la otra, la que murió? Creo que quiere hablarte de eso. Está muy preocupada.

No dice nada, pero al rato saca un caballete al exterior, lo coloca a unos pasos de Chon y empieza a trazar el bosquejo de una pintura. Comprendo que mi padre tenga tan abandonada su propia obra, cuando veo el tiempo y el interés que dedica a la de la mujer, consejos, comentarios que ella escucha con atención mientras él señala partes del cuadro. Incluso después de haberse puesto a pintar parece interesarse mucho más por lo que ella hace que por lo que está haciendo él mismo.

—Nos juntó la pintura, pero también la dialéctica norte contra sur, no vayas a creerte —ha dicho la noche antes, en aquel hotel con aire de cabaña de leñadores—. Todo, excepto el sexo.

Ella, entonces, se echa a reír, pero veo que ha enrojecido.

—Además, ella sigue siendo una rebelde, y yo no he perdido nunca el espíritu del sesenta y ocho. ¿No te he contado que de aquélla yo estaba en París?

A veces le he oído hablar de ello como de una gesta épica, pero sin duda es una experiencia muy particular, muy limitada a alguna gente de su generación, y nada de lo que me ha contado nunca a propósito de aquello ha llegado a parecerme de mucha más importancia que cualquier otro alboroto estudiantil, aunque acaso en aquél los medios de comunicación empezaban a estrenar sus posibilidades en el mundo de la televisión. Ahora ha hecho otra broma sobre la escasez de ciertos pigmentos, que parecen ir anunciando el fin de la pintura al óleo.

—Ya no fabrican el rojo inglés, ¿te imaginas? Irán retirando colores poco a poco, hasta que solo quede la pintura acrílica. Luego empezarán a eliminar los colores acrílicos. Pero mientras existamos nosotros, los pintores de caballete, las instalaciones a base de adoquines y cristales rotos no tienen el triunfo asegurado del todo.

Reclinado en una tumbona frente al sol de la tarde, yo les veo hacer, les escucho mientras una gran mortandad sigue abatiéndose sobre buena parte de los habitantes de las capitales más importantes del planeta. Llevo ya leída media novela y no soy capaz de imaginar cómo Albert Wilson va a resolver el asunto. La trama no me está interesando demasiado, lo que yo quiero es vislumbrar la parte que afecta a la personalidad del abuelo Alberto, los sentimientos de su vida vivida, no de su vida imaginaria, que están detrás de esa peripecia espacial, dónde quedan las cicatrices de la cárcel, la bilis de la derrota y la humillación. Quizá en esos pintorescos enredos para la comunicación entre los sabios y en los gobiernos que se niegan a escuchar sus advertencias haya una alusión al complot permanente de los poderosos, apegados al discurrir de su puro interés de cada día, por encima de la consideración de cualquier otro valor. Pero la hipótesis me parece demasiado rebuscada si quiero derivar de ella una alusión a su caso particular. También me pregunto sobre la razón de haber inventado esas berzas pensantes, si acaso habrá habido en ello la alusión burlona a la misma calificación con que algunos denominaron determinada corriente literaria, mas la novela es anterior a ese fenómeno. Luego me inclino a creer que esos seres tienen que haber sido un producto directo del entorno de mi abuelo, y recupero la impresión que recibí el día de mi llegada, cuando la visión de las berzas como única plantación del huerto me hizo recordar el exhausto planeta que han abandonado los monstruosos extraterrestres. Obligado a escribir más de una novela al mes, mi abuelo ha tenido que buscar los temas con rapidez y sin demasiadas contemplaciones. Sin duda las berzas que él plantaba en su propio huerto, con ese aspecto de grupo ordenado y la vaga sugerencia de penacho militar que presentan conforme su tronco va quedando desnudo de hojas, le hicieron imaginarse la forma extraña de inteligencia extraterrestre que metió sin más en su novela.

—Sin embargo, la decadencia es evidente, y las nuevas generaciones prefieren la tranquila vida del ejecutivo. Ahí tienes a mi hijo, preocupado por lo escaso de mi obra, no por lo que pudiera significar de esterilidad creadora, sino al creer que puede chafarle una exposición.

Intento descubrir también en mi padre algún eco de la derrota del abuelo, como me parece ver en algunos aspectos de su conducta la osadía que fue característica del bisabuelo fundador. Mas no puedo imaginarme en este hombre, que tan poca importancia parece dar a las menudencias de cada día, al prolijo escritor de ficciones de quiosco que fue mi abuelo, al cuidadoso labrador del huerto, al paciente granjero de ese corral que muestra, incluso en sus ruinas, la variedad que tanto ayudó a la supervivencia de Isclacerta en los años difíciles.

—Ya te recordaré esas palabras cuando editemos el catálogo —le digo, poniendo aire de severidad.

El tono ligero me ha facilitado el reencuentro con este hombre del que siempre me he sentido tan ajeno, y la relación con esa mujer que es su pareja, y acepto continuar utilizándolo. Además la mañana es todavía más cálida que la de ayer y siento que la luz y el calor de primavera convierten en insignificante todo lo que no sea aceptar esa caricia solar y aspirar el aroma que hace exhalar de toda la vegetación que me rodea. También continúo leyendo la historia de las berzas teocráticas e invasoras.

Las maniobras secretas de hostigamiento y aniquilación progresiva de la especie humana estaban teniendo mucho éxito.

Reunidos en el tabernáculo, los miembros de la tríada gobernante deliberaban.

«Ha llegado el momento de que arraigue la primera generación», dispuso BBo.

«Debe buscarse el sitio más adecuado», precisó MMe.

«Y protegerlo de cualquier peligro», concluyó ZZu.

Iba a establecerse la primera colonia en el planeta. Las máquinas analizaron diversas zonas, y al fin propusieron varios lugares idóneos para la aclimatación, por la humedad y la riqueza del suelo. Destacaba uno en que había miles de ejemplares de una especie fraterna, aunque carente de razón, que se extendían por todas partes. Los humanos se alimentaban con ella.

«Aquí será la primera germinación, para gloria del Señor de Señores y su especie elegida», decidió BBo, la más anciana de las tres berzas gobernantes.

El preboste señalaba la parte noroeste de una península, en el extremo de uno de los continentes septentrionales del planeta.

Aquella misma noche, uno de los navíos auxiliares de la nave capitana, que por su forma los terrestres llamaron El Féretro cuando por fin la descubrieron, descendió hasta el lugar elegido. Se diseminaron grandes cantidades de anhídrido carbónico, y la gran zona quedó despejada de vida animal. A continuación, los invasores plantaron las primeras semillas de su colonia. Para defenderla de cualquier intrusión, montaron gran número de baterías artilleras armadas con proyectiles que, al explotar, esparcían una sustancia abrasiva, destructora de la vida y de las armas humanas, ya fuesen aéreas o terrestres.

La repentina aparición de aquella zona conquistada por sorpresa y defendida tan fieramente por un enemigo invisible causó asombro y preocupación en la Tierra. Ni los gobernantes ni sus generales eran capaces de imaginar qué era lo que estaba sucediendo en aquel lugar, y tampoco pudo saberlo el ejército norteamericano, que había sido informado de los acontecimientos. La consternación se hizo universal.

No puedo adivinar hasta dónde la invención del abuelo Alberto está escrita en serio, dentro de las convenciones del género, o si toda ella es una broma, un texto sarcástico para distanciarse con ironía de ese trabajo, de escritor a pesar de todo, que le ayudaba a sobrevivir. Mas tengo que dejar la lectura porque Noelia viene a decirme que la abuela ha vuelto otra vez en sí y quiere charlar conmigo.

La abuela ya no recuerda que la he saludado al llegar a Isclacerta, ni que ya hemos hablado de mi trabajo en la galería. Es como si me viese por primera vez. Me he agachado para besarla, y ella sujeta mi cabeza. Me arrodillo junto a la cama y murmura a mi oído palabras que no entiendo. Huele a la vez a enfermedad y a colonia, y tiene las mejillas y las manos muy calientes. Separa de repente mi cabeza y sujeta mis mejillas entre sus manos, en un gesto que me devuelve a mis años infantiles.

—Hay un maletín en el armario, en la parte de abajo. Un maletín de color malva, de piel de serpiente.

Repite varias veces la información y pide que le alcance el maletín, que se lo lleve hasta la cama. Ha vuelto a desplomar la cabeza en la almohada, con los ojos cerrados, y tarda unos instantes en abrirlos después de que yo haya dejado el maletín sobre la cama. Me mira entonces y musita que saque una llave que lleva colgada del cuello y que lo abra. Busco la llave con cuidado. Bajo el camisón, la Buli, que fue siempre tan cuidadosa con su ropa, viste una camiseta muy amarillenta de sudor. Sus carnes blancas, llenas de flaccidez, me ofrecen el cuerpo de una criatura extraña y desconocida. En el maletín, encastrado a lo largo de las paredes interiores, hay un juego de frascos con el tapón metálico oxidado, un cepillo repelado, un peine, un pulverizador viejo. Hay también dos sobres alargados.

—Coge unos sobres que hay.

Un sobre tiene escrito mi nombre y el otro el de Noelia, con torpe letra en que se adivina la mano de mi abuela, los rasgos deshechos por la vejez.

—Cuando todavía me podía mover, lo que sobró del pleito lo puse a nombre de Noelia y al tuyo, mitad y mitad. Una cuenta para cada uno. Ahí están los talonarios.

—Venga, abuela, qué cosas tienes.

—Ésa es vuestra herencia. Mi hijo Tomás no necesita nada de nada. Para que tú te hagas doctor, y para que Noelia tenga un dinero cuando yo falte.

—Vamos, abuela, no te vas a morir.

—Claro que me voy a morir. De ésta no salgo. Y ya lo estoy deseando.

No sé qué contestar y le pongo una mano en la frente.

—Tú descansa y no pienses en esas cosas.

—Esta casa solo la puedes usar tú, tengo que arreglarlo con el notario, tienes que decir al notario que venga, aunque me parece que ya se lo mandé escribir. La usas tú, no puede venir nadie más, si tú no quieres. Pon de una vez esas placas solares. Y no dejes que se hunda.

—Pero si te encuentro muy bien.

—Bobadas. Esto se acabó. Lo único que siento es no creer, no poder soltar todo lo que me remuerde la conciencia, todo lo que me pesa, y quedarme tranquila de una vez.

—¿Por qué no vas a estar tranquila?

—A veces me parece ver a tu abuelo junto a la casa de muñecas. No sé si será que viene a buscarme, o si son imaginaciones mías. Ojalá sea él de verdad. Fuimos muy felices hasta la guerra. Luego las cosas se torcieron.

Queda callada y al poco rato noto que está dormida. No sé qué hacer con el maletín y al fin meto en él los sobres, lo guardo otra vez en el armario y le paso a ella por la cabeza el cordoncito con la llave, que escondo entre sus arrugas llenas de grandes lunares desvaídos. Noelia me mira salir con ojos curiosos y me quedo de pie ante ella.

—¿Tú sabías lo del maletín?

—¿Lo de las cuentas? Claro que lo sabía. Tuve que ir con ella a hacerlo. Se puso muy pesada.

—¿Tú crees que está tan mal?

—Mira, Pablo Tomás, creo que está en las últimas.

Lo ha dicho con naturalidad, pero las palabras han sonado dramáticamente, y nos quedamos los dos en silencio, como enmudecidos por una declaración que no esperábamos. Luego, Noelia sigue hablando.

—Ojalá viviese muchos años más, con la cabeza bien y buena salud, pero la vida es así. ¿No ves la cara de circunstancias del médico? Y menos mal que la deja morirse en su cama, como debe ser.

Salgo otra vez de la casa y veo a mi padre y a Chon pintando, y su imagen enlaza con la misma imagen vista antes de subir a ver a la abuela, y siento que siempre han estado ahí, y que parece imposible que su presencia pueda ser tan efímera, borrarse como la de mi abuela con su pamela y su vestido de flores cuando la piel no le colgaba bajo un cuello lleno de arrugas y jugaba con los mastines entre el verdor resplandeciente del prado.

10. Yvonne

Es también muy temprano, la mañana brota luminosa y todo duerme en Isclacerta. La abuela se está acabando sin sobresaltos, poco a poco, y como le han puesto una sonda para la orina no da demasiado trabajo, excepto el de la cuña para sus necesidades mayores, que Noelia sabe meterle bajo los riñones con destreza. Me he despertado pensando que mi madre va a estar aquí a mediodía, y he conectado el teléfono por si se le ocurre llamarme durante el viaje. Con el móvil, cojo la toalla y salgo de la casa decidido a bajar hasta la poza y darme otro baño filosófico, y ahora mismo, mientras lo evoco poniéndolo por escrito, estoy nadando de una orilla a otra, ahora mismo me encuentro nadando otra vez en la poza, como dicen que hacía el Puertorriqueño durante un par de horas, en el intento de conseguir esa anestesia que me permitirá luego colocarme bajo el torrente y alcanzar unos instantes de iluminación, el cuerpo del todo insensible, como deben de ser acaso las condiciones cuando la mente se encuentra en el umbral de la muerte.

A esta misma hora iniciará mi madre sus preparativos. Sea lo que sea lo que vaya a hacer luego, se toma el tiempo preciso para maquillarse y pintarse, para cepillarse el pelo rubio, todavía sin canas, para recogérselo luego, para vestirse las suaves y pequeñas ropas que cubren su piel como otra piel brillante. Sus movimientos son parsimoniosos, tienen el aire de un ritual religioso, prueban una fe inquebrantable en los dioses propiciatorios de la belleza. De niño me fascinaba contemplar esa ofrenda marcada por la final exhalación de perfumes, y procuraba asistir silencioso y expectante a las maniobras de su arreglo diario. Una vez se me quedó mirando de repente, en mitad de uno de aquellos breves desplazamientos que eran los pasos de una danza íntima, y tomándome con suavidad de un hombro me llevó hasta la entrada de su habitación. Ya te has hecho mayor, dijo, dejándome al otro lado de la puerta, sin que yo supiese qué responder.

No sentí aquello como un signo de crecimiento, sino como una ceremonia de expulsión, la pérdida de un privilegio, y aunque hace ya muchos años que no contemplo esos pequeños ejercicios de maquillaje posteriores a su aseo, sumergido de nuevo en esta agua que trae hasta mí el frío de las peñas ocultas, recordando ahora mi inmersión mientras la escribo, pienso en ello y comprendo que mi atención más joven quedó hipnotizada por la magia de aquella intimidad. Seguramente me confortaba como a los fieles confortan los ritos de sus sacerdotes ante los altares, y me queda su ausencia como una pequeña amputación, como el menosprecio de la sacerdotisa de mi culto que decidió practicar su adoración a solas.

Después de conocer a Marta, mi madre hizo un comentario que hubiera sido malévolo si el tono de su voz no indicase cierta atención amistosa: si esa chica se arreglase un poco su aspecto mejoraría de forma considerable. Por su parte, Marta dijo que sin duda mi madre era una parisina de verdad, las mujeres de París cuidan mucho su apariencia, ¿no cuentan que allí hasta las porteras se ponen un sombrero?, aunque no tengan cuarto de baño en la casa, les parece imprescindible ofrecer una imagen atractiva, pero yo le contesté que he conocido muchas españolas menos aseadas que mi madre, que se olvidase de las porteras, por favor, y que en París ya están rehabilitados y modernizados casi todos los viejos edificios.

Con el tiempo he llegado a corroborar que mi madre tiene una idea religiosa del cuidado físico, o tal vez ha depositado en esa devoción todo su sentido de trascendencia, sin que por ello deje de mantener ciertos lazos con el catolicismo de sus mayores. Y acaso en ese cuidado encuentre también la unión entre el todo y lo diverso que el Puertorriqueño, según la Buli, decía que había en la contemplación de la casa de muñecas.

Mi madre es dulce y Marta es dulce, pero desde el primer momento hubo entre ellas poca simpatía. Yo me sentía halagado de pensar que fuesen celos, aunque luego comprendí que esa idea era una petulancia mía, porque entre ellas había nacido una rivalidad más impersonal, un sentimiento de rechazo mutuo más ajeno a puros intereses individuales y directos, eso que se llama antipatía natural, la intuición de pertenecer a mundos diferentes y en pugna.

Pero ambas son dulces, pacientes, y nunca manifestaron con claridad el pensamiento que tenía cada una sobre la otra, y yo, tan cercano a las dos, se lo agradecí. Cuando Marta y yo empezábamos a salir, al llegar el verano, le conté que me iba a la Costa del Sol quince días. Ella me propuso que nos fuésemos juntos, pero le dije que esos días se los reservaba a mi madre.

No me digas que te vas de veraneo con tu madre, exclamó. ¿Por qué no?, pregunté, ¿por qué no iba a ir con ella? Hombre, Pato, dijo Marta, ya eres mayorcito para marcharte de vacaciones con tu mamá, y gesticulaba como si fuese notorio que a mi edad era rarísimo, una excentricidad o algo enfermizo, hacer una cosa así. Pero yo no podía aceptar que no lo entendiese. Le aclaré lo que acaso no era necesario aclarar, aunque lo hice porque recordé entonces con vergüenza una historia muy comentada en mi casa con medias palabras de una profesora de la escuela de Bellas Artes, compañera de mi padre, que se fue de viaje de novios con su marido y la madre de él, y un día descubrió que su marido y la madre de él eran amantes, que nos alojábamos en habitaciones diferentes, que muchas noches nos separábamos para estar con gentes distintas, que a veces teníamos aventuras con personas que íbamos conociendo, mi madre más que yo, pero ella seguía diciendo que le parecía rarísimo, y admirable, añadió, esa relación de un hijo de más de veinte años y su madre.

Tampoco Marta le gustó a mamá. Desde que salí de la adolescencia mi madre, a falta de un padre que me aconsejase en esos asuntos cuando era preciso, me informó con seria prolijidad sobre lo que tenía que hacer en mis relaciones con las chicas, si es que llegaban a ser sexuales. Ella me facilitó mi primera caja de preservativos, y su interés en orientarme en un asunto tan delicado era grande, y me turbaba a mí más que a ella. Tienes la suerte de una madre moderna, no convencional. Aprovéchate de ello. Pídeme consejo. Ahora el sexo puede ser peligroso, pero no por ello hay que rehuirlo, es uno de los regalos de la naturaleza, decía, con autoridad más de profesora que de madre. Le gustaba saber con qué chicas me reunía, quería que fuese limpio, ya que no elegante, y siempre que iba a salir de fiesta o de baile me hacía mudar de calzoncillos y me metía un preservativo en el bolsillo.

Sin embargo, cuando supo que mi relación con Marta había cuajado, las cosas fueron un poco distintas. Primero, se burló cariñosamente de mí cuando le conté que era el primer chico con el que ella se había acostado. Te creo, si tú me lo dices, ¿pero no es un poco raro en una chica de más de veinte años?, preguntó, y en sus ojos había un brillo burlón. ¿Por qué iba a serlo?, me opuse yo, con tanta convicción que soslayó el asunto y nunca más se refirió a ello. Mas solían aparecer en su boca comentarios sobre el desaliño de Marta, dejó de preocuparse de mi aspecto y nunca me volvió a recordar la conveniencia de cambiarme de calzoncillo. Además, a veces me entregaba pequeños objetos para que se los regalase a Marta como regalitos suyos, una crema contra el acné, una barra de labios, un lápiz para retocar los ojos, una manopla de esponja para la ducha, un desodorante, que yo guardaba porque mostraban más claramente su condición de pequeños agravios que de dádivas menudas.

Al fin, cuando Marta decidió aceptar la beca que le ofrecían en una universidad de los Estados Unidos e insistió tanto en que me marchase con ella, y yo no quise acompañarla, creo que mi madre se sintió liberada de un agobio. No sé si, de no tratarse de Marta, hubiera hecho tanta presión sobre mí para que no me fuese, mas, desde el momento en que fueron definitivas la partida de ella y mi renuncia a seguirla, se mostró mucho más amistosa con Marta, todo lo dulce que puede llegar a ser, nos invitó a almorzar varias veces en restaurantes estupendos y hasta le regaló a Marta una preciosa agenda de bolsillo que sustituyese las modestas libretas que solía utilizar para sus anotaciones.

No me fui con Marta, y sin duda en esa renuncia tuvo mucha fuerza la consideración de la soledad de mi madre. Claro que ella nunca me lo decía, pero a veces, inconscientemente, se le escapaba como un suspiro una reflexión, lo sola que se encontraría si no estuviese yo a su lado. Conociéndola como la conocía, yo pensaba que nunca me lo hubiera dicho si creyese que con ello podría coaccionarme, que lo exclamaba sin pensar, también como una especie de jaculatoria de agradecimiento a la providencia. Y a mí me hacía sopesar su situación, porque era cierto que si no fuese por mí estaría doblemente sola, pues mi hermano Jean Jacques era entonces un hijo virtual, por no decir casi inexistente. A veces Jean Jacques me hace darle vueltas a esa idea de arraigo que tanta importancia tuvo en la vida del Puertorriqueño, porque acaso sea en él en quien permanece más viva.

Jean Jacques nació tres años después que yo, pero es notable lo muy diferentes que somos. Para empezar, así como yo acepté hablar las dos lenguas de mis padres desde mis primeros balbuceos, él de niño nunca quiso hablar otra cosa que francés, y se ha puesto a estudiar español ahora, cerca de los treinta años, cuando en la empresa informática en que trabaja empiezan a tener intereses en México. Parece que al principio mi padre intentó luchar contra aquella inflexibilidad lingüística, sin conseguir ningún resultado. También puede que no necesitase el bilingüismo tanto como yo, pues desde muy niño yo era su intérprete para resolver los asuntos básicos de la comunicación familiar, pero el caso es que fueron pasando los años y nunca aprendió español. Su inclinación idiomática se correspondió también desde muy pronto con una decidida entrega a la parte francesa de la familia. Visitaba habitualmente a mis abuelos Jacques y Annette, vivía con ellos largas temporadas y nunca conoció a la Buli ni visitó España, aunque pasaron los años suficientes como para que lo hubiese hecho, y no es porque no fuese aficionado a viajar. A veces me decía que le gustaría conocer Sevilla, pero con el mismo tono con que se puede hablar de Estambul, de Bombay o de la Isla Margarita. El arraigo francés de Jean Jacques fue tal desde su infancia que mi abuelo Jacques lo conoce como «mi nieto», frente a la calificación de «mi nieto español», que yo le merezco.

Lo curioso es que mi madre no se sentía herida por ese alejamiento. Cuando iba a París se encontraba con él, y madre e hijo mostraban tanto cariño mutuo como si fuesen uña y carne, claro que mi madre en París se zambullía en su hábitat natural, y yo a veces pensaba, y el tiempo me dio la razón, que si el negocio de la galería no le fuese tan bien y Madrid no estuviese tan cerca de tantas playas buenas, mi madre regresaría a París, porque en España nunca ha dejado de sentirse extranjera: en la calle capta olores desagradables que yo no soy capaz de percibir, descubre apariencias peligrosas en individuos que son pacíficos transeúntes algo desharrapados, siempre comenta que las calles están sucias, y no deja de mirar con prevención el género hasta en la más selecta carnicería del mercado de Chamartín. Pero sin mí hubiera estado sola, doble o triplemente sola, y aunque nunca le ha faltado alguna aventura amorosa de vez en cuando, sobre todo en los años más jóvenes, durante esas vacaciones playeras que tanto le gustan, no tenía amigos permanentes ni, como ella reconocía, se acostumbraba a otra compañía hogareña que la mía.

Llega el momento en que, aunque he dejado el torrente y he intentado bracear en la poza, ya los miembros no me responden. Salgo del agua y me seco frotando bien el cuerpo con la toalla. Hay en el aire un anuncio veraniego, porque la hora es mucho más cálida que el anterior día en que me bañé, y que está señalada por el paso de la vacada por el puente. Esta vez no saludo al pastor sino que es él quien alza el brazo, como aceptando la extravagancia del desconocido que viene a bañarse aquí y reconciliándose con ello. Suena el teléfono, es mi madre, y me satisface mi previsión. Le transmito la invitación de mi padre a comer en el pueblo y le indico el lugar de la cita, pero ella avisa de que llegará con tiempo de sobra para acercarse hasta Isclacerta antes de comer.

No recuerdo la separación de mis padres como una perturbación dramática en mi vida, porque su relación conyugal debió de ir enfriándose con lentitud. Además, mi padre continuó siendo uno de los artistas principales de la galería, de manera que, a partir de la separación definitiva, no le vi menos de lo que le veía en los últimos años del matrimonio, ya que siempre ha sido muy viajero, con largas estancias en lugares remotos, y pasarme sin verlo varios meses era habitual incluso en el tiempo en que él y mi madre no se habían divorciado todavía.

Ellos dos, por lo que mi madre me contó, se habían conocido a finales de los años sesenta, en París, cuando mi padre vivía con gran entusiasmo una revolución que, según mi madre, tuvo el encanto de las operetas, pues parecía algo serio sin serlo en absoluto, tenía música pegadiza, y ayudaba a que saliesen a la luz los sentimientos románticos de la juventud de aquel tiempo. Siempre según mi madre, ella nunca vivió el amor más intensamente que durante aquellos días, entre barricadas, soflamas llenas de poesía cósmica y social y la íntima certeza de que ni la cosa iba a ir demasiado lejos ni nadie iba a perecer en el intento. Hay un cuadro de mi padre de aquella época en que se reproduce la textura y el aspecto de una pared con una gran pintada en que, en letras mayúsculas, se cruza el nombre de mi madre con el suyo, sirviendo la o de Yvonne como enlace entre las dos palabras, y encerrada la a de Tomás en el círculo que la convierte en el símbolo anarquista.

Fue por entonces cuando se unieron, y vivieron juntos. Mi madre trabajó un poco de todo, en la ordenación de una biblioteca, de telefonista en una agencia de viajes, de taquillera de teatro, aunque ya entonces empezó a colaborar con la galería de arte que orientaría su definitiva profesión. Mi madre dice que no se las arreglaban solo con su sueldo, pues a mi padre su generoso padrino no dejó de mandarle dinero ni en los momentos en que él más despreciaba tales ataduras burguesas.

Nacer yo y casarse ellos casi fue la misma cosa, porque el abuelo Jacques y la abuela Annette, por muy liberales que fuesen, no estaban satisfechos con que su Yvonne se convirtiese en madre soltera, si además tanto ella como mi padre estaban dispuestos a seguir manteniéndose unidos. Tres años más adelante nació Jean Jacques. A mi padre le fue muy bien, consiguió fama y clientes, y en el 82 se instalaron en Madrid. Creo que fue a partir de entonces cuando su relación fue estropeándose, aunque todavía tardarían ocho años en divorciarse de modo oficial. Distante hasta las pocas veces que está al lado, dice mi madre de él, y no deja de tener razón.

El caso es que, de toda mi familia, solo siento cercana a mi madre, ella es la que me da una idea de lo que una familia puede tener de integración en esa línea extraña que nos enlaza con algo real y palpitante, por oscuro que sea. Cuando Marta lanzaba sus dulces insidias sobre los mimos que mi madre me daba y mi fidelidad ejemplar de hijo, yo no tenía más remedio que asumir que era cierto que me veía obligado a una atención particular hacia mi madre que acaso no fuese común, pero que tampoco nuestro caso era generalizable, ella tan lejos del ámbito de su origen personal y familiar, y yo como único miembro del nuestro. También he pensado que quizá esta actitud mía era la sustitución de la falta de otra conciencia de arraigo, y que aunque yo pudiese ser muestra de lo que se podría llamar un exceso de celo filial, no venía a ser tan raro dentro del comportamiento de los seres humanos. Seguramente que, ante el vértigo del tiempo que pasa atropellándonos, todos intentamos encontrar un punto al que sujetarnos, una forma de anclaje, y para Marta el arraigo estaba en su rigurosa entrega al estudio. La historia y la literatura del siglo XIX hispánico era y debe de seguir siendo su particular territorio de arraigo, y aunque tú, Marta, creas vivirlo como un puro episodio racional, algo no del todo sustantivo en tu existencia, es sin duda una ensoñación, una forma de delirio, todo lo equilibrado y pacífico que quieras.

El bilingüismo de mis años infantiles permanece en mi recuerdo como el primero de los grandes sueños de mi experiencia, dividido entre un doble requerimiento que me obligaba también a mí a desdoblarme para mostrar dos diferentes personalidades. Que aquello se produjese sin desgarraduras no impedía una intuición secreta de que dentro de mí habitaban dos seres diferentes, una especie de juego al que me complacía a veces entregarme mientras ejercía mi habilidad idiomática, dos seres a los que podía también atribuir dones distintos y hasta contrapuestos.

La historia de esos espíritus de las aguas que había escuchado en Isclacerta me hizo ahondar aún más en la doble percepción que podía cobijarse bajo mi personalidad, y durante muchos años, incluso después de haber llegado a la adolescencia y de haber conocido, con las primeras angustias del sexo, mi segura e irremediable individualidad, jugaba muchas noches a imaginar que el verdadero Pablo Tomás había sido secuestrado por uno de aquellos espíritus femeninos de las aguas, al fin y al cabo nuestra casa estaba muy cercana al canal Saint Martin, una dama evanescente y blanquecina como la bruma y el hielo que, sacándolo de su cuna, se lo habría llevado a su guarida acuática, para dejarme a cambio a mí, su propio hijo enclenque, este que yo había venido a ser, y que la mejor prueba de mi verdadero origen, a falta de otras carencias físicas, estaría en la debilidad de mi carácter, esa aparente apatía que me ha marcado desde niño, mi falta de interés por las actividades violentas y los grandes esfuerzos, mi decidida preferencia por todo lo que pueda propiciar la ensoñación.

Mientras tanto, el verdadero Pablo Tomás ha crecido en esa gruta acuática, familiarizándose con los limos y las algas del fondo, con los seres que pululan en los abismos, y no puedo imaginar cuál es su idea del mundo ni sus aptitudes, y ni siquiera si un día va a aparecer ante mí para arrebatarme mi sitio tachándome de impostor, aunque acaso estemos comunicados por un secreto enlace mental que me permite a mí muchas veces pensarme inmerso en una profundidad que difumina las perspectivas y pone en las miradas de quienes me rodean un aire de bestias acuáticas con el que no puedo identificarme.

Marta, si pudiese ahora hablar contigo te recordaría lo que una vez me dijiste: que parecería que yo prefiero imaginar a vivir. Yo te contesté entonces que imaginar es otra forma de vivir, y tú te echaste a reír, pero ha pasado el tiempo suficiente como para comprobar que la mayoría de la gente más joven de hoy prefiere los viajes y las aventuras de la tele y del ordenador a las que hay que llevar a cabo con el esfuerzo personal. Fíjate, acaso lo que a mí me pasa es que, en mi aparente abandono, me he adelantado un poco a esa actitud de ensueño perezoso que está en el modo de vivir de la gente más joven de este tiempo. Y me encuentro hablándote en voz alta cuando me pongo en marcha de vuelta a Isclacerta.

Cuando llegue, veré a lo lejos a la pintora ante su caballete, como una figura incorporada para siempre al paraje. Desde la ventana de mi habitación, con la ropa de la cama desplegada fuera del alféizar, Noelia me contemplará inmóvil.

Ahora puedo soñar otra vez, imaginar que Isclacerta es una casa de muñecas, solo un juguete, y un puro juego lo que nosotros, los muñequitos que la habitamos, estamos creyendo vivir.

11. Una resurrección

Aún no es mediodía, pero la sombra ha menguado ya mucho y he subido hasta la casa en la corriente de la luz. El calor no ha tenido fuerza para abrumarme, pero sí para disolver mis pensamientos y dejarme solo sensaciones, el esfuerzo de la subida como si estuviese empleando mis músculos en la fabricación de un objeto palpable, mientras resisto la apetencia de la penumbra clara del bosque como una sed que se pospone. Así, cuando llego ante la casa ya solo siento, no pienso, siento que todavía tendría tiempo para adentrarme en el bosque, en busca de algunos de los lugares que narraban Noelia y la Buli. Sin embargo, esta inundación de sol en torno a la casa, el edificio como una isla sólida entre las olas de claridad, me invita a quedarme a su resguardo.

Me tumbo y dejo que sea mi imaginación la que haga esos recorridos que señalaron ciertas aventuras infantiles, el sendero sinuoso que lleva a la Nariz y luego al prado de los Platillos y a la cueva de los Colores, para acabar encontrando al final la Poza del Puertorriqueño. No pienso, siento, recibo imágenes de un contar que yo mismo, niño, adivino falaz, casi burlón. Esa enorme piedra verrugosa no puede ser la nariz de un gigante enterrado, y yo lo sabía, y además era difícil imaginar los dos agujeros, los cañones, pero yo quería conocer hasta la última cuestión de esa falacia, divertirme con esa mentira de la Buli, que inventaba un inmenso rostro sepultado bajo nuestros pies, ya petrificado por el paso de los miles de años, un cuerpo tan grande que la Peña Corona sería una de sus rodillas, un gigante que habría llegado hasta allí siguiendo el rastro de una dama pintada en un retrato que se llevó volando de una habitación una urraca ladrona, añadía Noelia.

Ambas dejaban correr sin restricciones su fantasía, y me parecía advertir que su pugilato para llegar más lejos en el disparate no buscaba solo entretenerme a mí, sino que se convertía en un juego entre las dos, dando muestras de una confianza y hasta de una complicidad a la que yo era ajeno. Mas yo aceptaba la certeza de su ficción, del mismo modo que en otras ocasiones aceptaba la certeza de su verdad, aunque entre el balanceo de ambas certezas mi memoria se debata ahora sin saber muy bien en cuál de las dos encontrar el hilo que puede explicarme con claridad esto que soy yo.

Con la imaginación, dejo la Nariz atrás y llego al prado de los Platillos, señalado por varias marcas circulares de hierba reseca, de gran diámetro. La Buli dice que son huellas de enormes máquinas voladoras, redondas como platos, que descienden aquí algunas noches, venidas de no se sabe dónde, y vuelan otra vez antes del alba. Tampoco se sabe a qué vienen, acaso a buscar los tesoros de la montaña, calderos de oro llenos de piedras preciosas de los antiguos, o esas perlas de agua dulce que guardan ciertas conchas ocultas en el corazón de las fuentes. Yo paso las manos por la hierba seca de la huella sabiendo que es solo un cuento, y quiero conocer más de ese cuento, agotar todas las posibilidades que son capaces de imaginar la Buli y Noelia. Pero me quedo dormido y sueño con la voz de mi madre que suena como un grito de llamada, y al despertar descubro que la voz es real, aunque apenas un murmullo, en el lugar en que pintan Chon y mi padre.

Mi madre está impecable, como recién salida de su alcoba, con un vestido que parece acabado de planchar. Otros pensarían que se ha detenido antes de llegar, que se ha arreglado el pelo, que ha sacado del bolso su espejito para retocarse la pintura de los ojos y de los labios, e incluso que ha entrado en alguno de los bares de la carretera con su maletín para cambiarse de ropa y sustituir la que llevaba mientras conducía por este vestido de reflejo metálico, pero quien lo pensase estaría del todo equivocado, pues yo, que he estado tanto con ella, conozco su aptitud, sin duda asombrosa, para permanecer durante muchas horas en su oficina o al volante del automóvil sin que se altere un ápice ese aspecto de pulcritud perfecta conseguido con la maestría de sus manos y la sabiduría en el reposado movimiento de sus músculos y de sus miembros. Desde muy niño la he oído decir que reír envejece el rostro, y creo que esa opinión deja traslucir un control de su cuerpo que está en lo más hondo de sus convicciones. Me incorporo al grupo, todavía en el trance del saludo, y mi madre y yo nos besamos. Me pide que saque su maletín del coche y me anuncia que trae una carta de los Estados Unidos que ha llegado para mí.

Mi madre es dulce, y al conocer que Chon es marroquí ha empezado a hablar con ella en francés, en lo que no puede tomarse sino como un gesto de deferencia, pero mi padre pasa al español con brusquedad. Mi madre asume el cambio y, como una respuesta, alude de inmediato a ese asunto tan importante al parecer para ella, pues la ha traído hasta aquí abandonando sus obligaciones y un fin de semana tranquilo y urbano. Mira a la pintora y le habla con firmeza.

—¿Usted sabe que hubo otra pintora, que falleció hace años, que se llamaba también Chon Ibáñez?

Mi padre suelta una carcajada y mi madre vuelve hacia él sus ojos con disgusto.

—Perdóname, claro que está al tanto de todo. En la comida hablaremos de ello. Pero antes echa un vistazo a sus cuadros, a ver qué te parecen.

—Voy a arreglarme un poco —responde ella.

Busco su maletín. En el sobre que me trae hay un remite con el nombre de Marta. Mi madre besa a Noelia en ambas mejillas y luego le entrega un paquetito, dice que es un perfume, y en los ojos de Noelia hay un chispazo de complacencia. Mi madre pregunta por mi abuela y escucha con aire de mucho interés lo que Noelia le cuenta. Se instala por fin en su dormitorio, el último del piso, una cama con retorcidas columnitas en las cuatro esquinas, un gran mueble tocador con cacharros color de hueso. En el gesto de su cuerpo al entrar en la habitación hay una cautela de espeleólogo.

—Dios mío, esto sigue igual que en el siglo diecinueve —susurra mi madre en francés.

Es lo mismo que ha dicho y repetido las escasas ocasiones en que ha venido a Isclacerta. Yo llevo la carta de Marta a mi habitación y la dejo encima de la cama. Es un sobre abultado, y al abrirlo veo que contiene un texto mecanográfico y varios folletos, pero debo dejar su lectura para cuando regrese, después de la comida, porque mi madre ya está a la puerta, con una blusa, un pantalón y el pelo suelto sobre los hombros, arreglada con admirable rapidez.

En el garaje, sostenidas por medio de tablones y otros apoyos, se muestran las pinturas de Chon, siete u ocho, y mi madre las contempla con detenimiento y un aire que interpreto como aprobatorio. Cuando termina el recorrido no dice nada, y le pregunta a mi padre por las suyas. Mi padre se echa a reír otra vez.

—Ésas quedan para después de los postres.

Nos vamos a ir a comer en el coche de mi padre. Yo sigo sin saber lo que está sucediendo. Mi padre y mi madre caminan juntos, unos pasos delante de nosotros, hablando en voz baja, y antes de entrar en el coche me parece entender, por el tono de su voz, que mi madre se opone a lo que mi padre le dice. Luego, mi padre se detiene, y mientras nosotros llegamos hasta ellos habla de forma que podemos oírlo:

—Lo que tengamos que decir lo pueden oír Chon y Pablo Tomás. No hay ningún secreto. Todos estamos al tanto.

Yo no declaro mi ignorancia y permanezco callado. Mi madre no vuelve a hablar en todo el trayecto y está ensimismada, sin contemplar siquiera el bosque soleado que rodea las curvas del camino. Tras haber sido testigo de su reacción de hace unos días al teléfono, aquel estallido excepcional en ella, comprendo que ha tenido tiempo para recuperar la calma, y sin duda su silencio se corresponde con ese control de los impulsos propios que apenas la he visto perder. Habla por fin cuando, ya sentados en el comedor del hotel, estamos esperando que empiecen a servirnos.

—Para mí, el asunto Chon Ibáñez terminó definitivamente —dice entonces, con frialdad—. Me gustaría saber a qué viene todo esto.

—Ese asunto lo empecé yo, y con el mismo derecho lo reanudo, si me da la gana —responde mi padre—. No necesito para nada tu conformidad.

Mi madre habla suavemente, como si comentase la calidad del vino que nos han servido, que paladea con gesto indescifrable tras beber un sorbo.

—No debes olvidar que Chon Ibáñez era una artista de la galería.

—Pero esto es como el novelista que un día decide continuar la trama de una novela que publicó años antes —sigue diciendo mi padre—. Puede haber una segunda parte de la misma ficción. La segunda salida de Chon Ibáñez.

—La diferencia es que Chon Ibáñez hizo exposiciones y que hubo bastante gente que compró sus cuadros. No pueden aparecer cuadros suyos de repente sin que yo los tenga catalogados. Además, apenas se parecen a los que pintaba ella.

—Eso ha sido solamente una broma, mujer, un mensaje indirecto que te mandé, no quería que te enfadases.

Entonces intervengo para que sepan de una vez que no entiendo nada de lo que están hablando. Mi madre no parece inmutarse, o acaso le da igual, pero en el pequeño sobresalto de mi padre, en la perplejidad de su mirada, me parece advertir que mi ignorancia del asunto le deja confuso y peor asentado en la sólida seguridad que antes mostraba. Al fin mueve los hombros con gesto resignado y me narra lo que pasó, esa historia que desconozco, y mi madre interviene a veces para completar lo que él dice.

Quiero recordarlo y transcribirlo como si fuese un cuento, y lo bueno del ordenador es que puedes llevar a cabo inmediatamente todos tus caprichos tipográficos:

Casi quince años antes de aquel día, también una mañana de primavera, Tomás Villacé, que estaba pasando unos días en una playa malagueña con su mujer, se levantó de humor jovial y comenzó a pintar un cuadro muy diferente de lo que era su estilo. Dijo luego que, como en la famosa melodía, había soñado con aquella pintura, la disposición de los colores, la gran forma eflorescente. Si había soñado algo más, no lo manifestó, y cuando terminó aquel cuadro volvió a la serie de pinturas que estaba haciendo en esa época. Pero un mes más tarde, aposentado en Lisboa, pintó otro cuadro del estilo de aquel que había hecho tras el sueño, y la pintura intermitente, esporádica, de ese tipo de cuadros se convirtió en una serie que iba elaborando en las interrupciones de su trabajo habitual. Las pinturas tenían gracia y fuerza, pero su esposa y galerista las veía con preocupación, pues diferían mucho de lo que su marido había venido pintando, no tenían nada que ver con la evolución que había ido llevando su estilo.

«Esto no lo pinto yo», le dijo al fin su marido. «Esto lo pinta una mujer.»

El pintor hablaba con toda seriedad y su esposa le escuchó sin responder, pero no lo tomó a broma. El pintor decía que aquella mujer llegaba hasta él como un soplo muy suave de brisa, él la sentía en las manos y en el rostro, y luego dentro de él, y dejaba lo que estaba haciendo para colocar otro lienzo en el caballete y ponerse a pintar lo que ella quería. Así fue creciendo la colección de los cuadros que pintaba la mujer, y empezó a firmarlos con el nombre de Chon.

«Se llama Chon, pero no puedo acabar de aclararme con su apellido. No sé si es Lisarte, Ortega o Vázquez.»

A su mujer el caso empezó a inquietarla, porque temía que la injerencia de aquella alucinación caprichosa y fantasmal retrasase la obra que su marido debía preparar para la exposición de otoño, pero se fue tranquilizando al comprobar que Tomás Villacé continuaba pintando a buen ritmo sus propios cuadros, y que además, de vez en cuando, producía otra de aquellas sorprendentes pinturas del personaje fabuloso que se había inventado.

«Chon Ibáñez», le dijo un día el pintor a su mujer, «ése es su nombre completo». Y ella se echó a reír por primera vez desde que a su marido se le había ocurrido aquella invención.

El día de la exposición del pintor, que fue muy celebrada, al final del acto, algunos amigos y clientes tuvieron ocasión de conocer, en el almacén de la galería, los cuadros que el pintor llevaba a cabo bajo la identidad de Chon Ibáñez. El pintor no desveló la autoría de las obras, y las copas bebidas en la inauguración le inspiraron la historia de la tal Chon Ibáñez, una muchacha residente en alguna parte de la India remota, que él había encontrado en un viaje y que, al margen de todos los contactos profesionales y comerciales, se dedicaba allí a pintar entregada a una vida sencilla, casi ascética, ejemplar en una persona tan joven, veintipocos años, aunque también era la edad romántica, apropiada para apartarse del alocado episodio occidental.

Uno de los presentes preguntó si los cuadros estaban a la venta, y el pintor, sin un momento de titubeo, dijo que sí, pero que los precios parecerían sin duda risibles a cualquier entendido, y señaló una cantidad que despertó la codicia de los que allí estaban, de modo que, entre aquella noche y la siguiente semana, todos los cuadros de Chon Ibáñez habían sido vendidos, y los clientes asiduos de la galería esperaban una nueva remesa de aquellas pinturas tan excelentes como baratas.

La mujer del pintor sentía una satisfacción agridulce, porque le habían quitado de las manos aquellos cuadros, pero la cotización de los que el pintor firmaba con su nombre auténtico era muy superior. Por su parte, el pintor estaba exultante al comprobar el éxito de su invento. No le importaba el poco dinero, porque sentía una gran plenitud al haber puesto en el mundo, además de sus propios cuadros, a todo un artista, distinto de él hasta en el sexo, y con su propia obra.

Algunos críticos y gente cercana a la galería tuvieron interés en conocer más cosas de la tal Chon Ibáñez, mas Tomás Villacé reiteró lo que había dicho de ella, su firme voluntad de mantenerse al margen de la vida artística y social, su sentido casi clandestino del vivir. No sabía si le enviaría más obras, y mucho menos si estaría dispuesta a preparar una exposición.

Sin embargo, Chon Ibáñez seguía poseyendo al pintor de vez en cuando, como una nube de euforia delirante que se apoderaba de él, y volvió a pintar en secreto aquellos cuadros misteriosos, tan alejados de su modo habitual de trabajar. Un día comunicó a su mujer y a los allegados a la galería que era posible que Chon Ibáñez enviase una colección de cuadros para que fuesen expuestos, pero que le había advertido, muy tajante, que ella en ningún caso iba a desplazarse para asistir al *vernissage*.

En aquella época Tomás Villacé fue muy feliz, y cuantos lo rodeaban recibieron las emanaciones de aquel bienestar. Cuando se celebró la exposición de Chon Ibáñez, un gran retrato fotográfico de la autora, algo borroso pero en un paraje de indudable exotismo oriental, presidió un rincón de la sala, sobre la ofrenda de un ramo de flores. Los cuadros eran excelentes y los precios seguían siendo muy atractivos, y en pocos días todos los marcos de las pinturas tenían el circulito rojo que mostraba que habían sido vendidas.

Casi cuatro años, con otras dos exposiciones, duró la aventura de Chon Ibáñez. Entre los conocidos que tenían relación con publicaciones, no solo dedicadas al arte, empezó a haber bastante interés en conocer a aquella artista huraña, creadora de tan hermosas imágenes. Tomás Villacé, encantado con la verosimilitud y fama de su invención, urdía nuevas tramas para seguir manteniendo viva la afortunada ficción, pero su esposa Yvonne declaró su negativa rotunda a permitir que prevaleciera lo que calificó de impostura grave. Si Tomás Villacé insistía en seguir con la invención, ella declararía la verdad.

«Además», añadió, «los engañados se sentirán muy satisfechos de haber comprado cuadros tuyos en el diez por ciento de su valor».

La cuestión, que habría de ser muy perjudicial para la armonía de los cónyuges, fue resuelta al cabo por el propio Tomás, que no aceptó desvelar el secreto de su invención y optó por el fallecimiento de Chon Ibáñez. También en esto fue imaginativo y meticuloso, y unos meses más tarde, con ocasión del naufragio de un barco de pasajeros en la costa de Orissa, cerca de Balasore, en que hubo muchas víctimas, llegó a las agencias la noticia de que la pintora española Chon Ibáñez, residente en la India y muy estimada por los especialistas, había muerto en el accidente.

Ése fue el fin de Chon Ibáñez. Hubo alguna ocasión en que, a pesar de la muerte del personaje, Tomás Villacé sintió la tentación de volver a pintar uno de sus cuadros, pero ya no pudo. El juego se había terminado del todo, como si aquella muerte inventada de un personaje ficticio hubiera sido la muerte verdadera de una persona real. Como si hubiese sido verdad que el pintor, con su actitud expectante, había inspirado la creatividad de algún ser invisible, impalpable, que, con la ficción de la muerte de Chon Ibáñez, se hubiese alejado de él para siempre.

Tomás Villacé tuvo un gran sentimiento de pérdida y durante mucho tiempo añoró aquella rara forma de inspiración como si en ella hubiera estado su personalidad verdadera de artista.

—¿Así que aquí tenemos de nuevo a Chon Ibáñez? —pregunto yo.

—Exacto. Y esta vez los cuadros son suyos de verdad. Claro que ya no son iguales, pero hay que tener en

cuenta que han pasado quince años, muchos en la historia de un artista. De todos modos, estos cuadros son buenos. ¿O no?

Mi madre afirma con la cabeza, no sé si a su pesar. Está comiendo sin ganas.

—Lo primero que me llamó la atención fue ese
nombre, Chon, sonoro como un golpe de tambor, un nombre que yo llevo injertado no sé cómo, el de esa pintora
que un día me salió de dentro como si hubiese estado
hasta entonces escondida en alguno de los pliegues de mi
alma, en mis recovecos. Fue precisamente su nombre el
que me dio la idea. Luego vi la pintura y no solo me pareció buena, sino que me recordó un poco aquellos cuadros que pintaba mi Chon secreta por mi mano. Quise
conocerla, conocerte, y cuando te vi pensé que eras sin
duda tú la Chon que yo me había inventado, o soñado.
Ella me contó quién era, me explicó su origen. ¡Y vino a
resultar que el segundo apellido de su padre es Ibáñez!
¡Ahora que me vengan a decir que la naturaleza no imita
al arte!

—Yo solo firmaba Chon.

—Y ha empezado a firmar con el nombre completo.

Mi madre dejó el tenedor en el plato y nos miró
con el gesto muy serio.

—¿Quieres decir que Chon Ibáñez ha resucitado?
¿Que ha retornado de entre los muertos?

—No, querida, Chon Ibáñez no ha resucitado porque no murió. Esa noticia no era correcta, pero ella, tan
lejos de España, nunca pudo conocerla y desmentirla. Siguió viviendo su vida en paz, siguió pintando, modifi-
cando su estilo. Con el tiempo se trasladó a Egipto y hoy
vive en Marruecos. Un viaje me ha permitido reencontrar-
la y traerla conmigo. La ventaja de esta recuperación es

que los periodistas, y los críticos, podrán conocerla. Mi invención, mi sueño, se ha hecho carne y hueso.

—Y pintará en exclusiva para mi galería —añade mi madre.

—Me parece justo —responde él.

Estoy teniendo una imagen inesperada de ellos. La historia que mi padre ha contado acaso no debiera terminar con la muerte de Chon Ibáñez y su definitivo secreto, sino con el desvelamiento de la verdad, aunque toda ella se ha sostenido en un espacio de ficción que no hace demasiado violenta la impostura. Sin embargo, la tranquilidad con que mi padre pretende convertir a la Chon Ibáñez verdadera en una prolongación de la ficticia me produce un desasosiego que va más allá de los reparos morales más evidentes, el engaño público, la falsificación de la personalidad para aprovechar un éxito conseguido mediante el simulacro. Me parece que el proyecto contradice lo que yo pensaba que era la idea del mundo de mi padre, la conciencia de que el arte, libremente pensado y realizado, sirve para hacernos entender la realidad, para darle un sentido, pero que nunca debemos falsificar la realidad por medio del arte. Y siento una repentina emoción de rechazo, como si aquellas dos personas que preparan su fraude con tanta frialdad no fuesen mis padres, sino unos extraños con los que me veo obligado a compartir un almuerzo en los azares de un viaje.

—¡Pero todo es un gran embuste, una falsedad! —exclamo al fin, sin poder contenerme.

—¡Es una ficción! —replica mi padre—. No es verdad ni mentira, es un invento de la imaginación, como una novela. ¿Es mentira una novela? ¿O una película?

Intento argumentar que la novela, el cine, el teatro, desarrollan sus quimeras o sus espectáculos sin pretender anular las barreras que separan lo fáctico de lo imaginario.

Son mundos distintos, paralelos, y la ficción está más conseguida cuanto más diferente es de la estricta realidad, sin falsificarla. Pero mi padre lo tiene al parecer muy claro.

—Don Quijote se vuelve loco por leer novelas, y él entra en la realidad para vivir una ficción convencido de que es verdad, y nosotros estamos algo condicionados por esas aventuras suyas, hasta los que no las hemos leído directamente. ¿Son una falsedad todos esos escritores que imaginó Pessoa? ¿Es una falsedad aquel otro pintor, el Jusep Torres Campalans que inventó Max Aub?

—Pero ellos nunca buscaron seres de carne y hueso para hacerlos pasar por sus invenciones.

—Seguramente fue que no los encontraron. Nunca tuvieron esa suerte.

—Pero yo no soy una invención —dice entonces Chon.

Hasta ahora ha hablado muy poco, y su voz pone en la conversación una resonancia inopinada. Mi padre queda en silencio y la mira con extrañeza.

—Perdóname, Tomás, ahora ya lo he entendido todo muy bien. ¿Por qué no olvidar a esa pintora inventada? Yo soy real, pinto, tengo mis propios cuadros.

—La invención sería la que te daría la fama, un pasado considerable como artista. La invención te hace doblemente real.

—¿Es que no puedo presentar mis cuadros en esa galería solamente yo, tal como soy, sin otras historias?

—La invención hace que vayan a interesarse por ti, a comprar tus cuadros. Ahora que se habla tanto de lo virtual, tú vas a ser virtual y real a la vez —remacha mi padre.

Mi madre es dulce, pero ahora habla con tono concluyente.

—A mí este juego tampoco me hace feliz, porque si se descubre ya no es lo mismo que antes, cuando eran cuadros de Tomás Villacé pintados bajo la simulación de otra artista. Ahora ya no es Tomás Villacé el autor, por baratos que venda tus cuadros tú eres una desconocida, de manera que tu obra, de descubrirse el caso, ya no está avalada por su mano.

En la dulzura de mi madre aparece la energía de quien defiende su negocio.

—Y una cosa tiene que quedar bien clara. Solo puede existir una Chon Ibáñez, y más en mi galería, que es la que hizo exposiciones hace años. Si aparece una pintora que se llama Chon Ibáñez no puede ser otra que aquélla, por coherencia, aunque todo esto sea tan absurdo y poco racional. Y si expone una Chon Ibáñez en otra galería que no sea la mía, haré pública toda la verdad del asunto. Ésas son las cartas con que hay que jugar, no hay otra baraja posible. O aquella Chon recuperada en mi galería, o ninguna otra en ningún sitio. Además, buenos pintores de tu edad ya tengo todos los que necesito. Lo lamento mucho.

12. Carta de Marta

Querido Pato, ha pasado mucho tiempo y te tengo un poco desatendido, mi vida, pero ahora te voy a escribir una carta bien grande, largota, para que veas que no te olvido. Ya notarás que estoy lo que se llama un pelín exultante, por lo menos jubilosa, la verdad es que hacía mucho tiempo que no me sentía tan bien, y la razón es que ya tengo trabajo fijo aquí, un contrato con un sueldo decente, y sin que haya terminado todavía la tesis. Ésa es precisamente la espina de la rosa, pero ahora quiero olvidarla. El lugar es precioso, te estoy escribiendo desde la biblioteca, junto a una pared que es todo cristalera, y veo a la izquierda la montaña cubierta de arbolado que trepa casi por encima de mí y a la derecha el valle que va descendiendo, la línea de la carretera que se retuerce en curvas perfectas, esas casitas que parecen de juguete, que son de juguete, de madera rellena de aislante, por eso en las películas de terror la mano de Freddie Kruger o del monstruo que sea puede atravesar las paredes de un puñetazo con tanta facilidad, aquí no hay albañiles, sino solo carpinteros, y hasta el ladrillo visto viene en grandes paneles que se cortan con sierra, porque parece ladrillo pero no lo es, igual que las baldosas que simulan barro cocido, esas que ahí llamamos catalanas, creo, tampoco son baldosas, y hasta algunos muebles están hechos de papel prensado, imagínate, más duro que algunas clases de madera, eso sí. Es la carretera que lleva al pueblo, y más abajo empiezan los campos de tabaco. Yo creo que a ti, que te gusta tanto la montaña, este lugar te encantaría, Pato, tienes aquí unos bosques de Caperucita que impresionan, tienes un lago donde la gente navega a vela, pesca, y creo que se baña cuando el tiempo es más cálido, aunque me han asegurado que por aquí no hace el frío pelón de Madison y de Columbus, inhumano, atroz, el soplo ártico helando la mitad del año la ciudad y dejándote ateridos cuerpo y alma. De manera que aquí me tienes para un par de años por lo menos, para terminar mi tesis, eso es lo más urgente, eso es lo que a veces me pone nerviosa, que me saca de quicio, vamos, y leer, y escribir, para ir cogiendo experiencia, para ir haciendo méritos y prepararme para regresar algún día no muy lejano, espero, si no a España sí al menos a Europa, a alguna universidad que tenga más cerca de casa y donde encuentre un ecosistema más familiar, ya me entiendes. Hasta hace poco, los últimos meses, se puede decir que he estado de los nervios, porque mientras vivía de las becas, dando mis clases y preparando mis *papers,* aunque sabía que mi situación era provisional, no sentía ninguna ansiedad, excepto ante las extorsiones de los dos últimos años, insidias, torturas sádicas de un ser dañino llamado, iba a decir su nombre completo pero voy a castigarla en esto, no lo diré, M. M., emplearé con ella la damnatio memoriae como el senatus populusque romanorum hacía con los malos emperadores, una profesora que ejercía en mi anterior universidad y que a pesar de ser mujer odia a las mujeres, si fuese un hombre su actitud no sería tolerada ni cinco minutos aquí, pero siendo mujer tiene garantizada la coartada biológica. Aquí todo es hablar de derechos, pero en la vida cotidiana la gente traga lo que sea si no tiene más remedio, sobre todo si la rebelión le puede costar el puesto de trabajo, la prueba es que las demandas por vejaciones, acoso sexual y todo eso suelen ser siempre muy a toro pasado, ¿no te has dado cuenta? Pero esa siniestra M. M. queda ya atrás, y ahora estoy rodeada de gente encantadora, casi toda, quiero decir, pues claro que hay de todo, como en todas partes, pero antes déjame terminar esto que te decía, que de becaria, salvo el gaje del oficio de tropezar con algún mal bicho como la M. M., no tenía esa ansiedad que me entró cuando supe que llegaba el día de empezar a buscar trabajo, los años de becaria habían transcurrido plácidos comparados con el momento en que comprendí que aquello se iba a acabar, y que tenía que solicitar, iba a decir aplicar, y no te imaginas la cantidad de palabras anglosajonas que castellanizo, eso del espanglis es aquí natural para nosotros y a nadie debiera escandalizarle, digo solicitar ya un puesto de trabajo. Tengo buen expediente, en España y aquí, y tenía bastantes esperanzas de conseguir contrato en una buena universidad, de manera que fui muy selectiva en los sitios que escogí para pedir, no demasiados, todos en la costa este, no lejos de New York, a las menos horas posibles de España, más bien al sur por aquello del clima pero sin hacerle ascos a Nueva Inglaterra, y menos mal que entre tantas universidades de renombre se me ocurrió pedir también alguna más oscura, sobre todo si el lugar en que se encontraba me sonaba con esos nombres míticos que hemos conocido en la literatura. Digo menos mal, porque uno de ésos ha sido precisamente mi destino. Pero sigo yendo por partes. De todo lo que había solicitado me contestó solo media docena de universidades, primer chasco, y luego más papeles que enviar, y al fin las correspondientes citas para entrevistas en eso que llaman aquí el mercado de esclavos, que se organiza siempre durante los últimos días del año, cada vez en una ciudad diferente. Y nervios, y nervios. A las chicas nos empezaron a decir que tuviésemos mucho cuidado con nuestro aspecto, nada de escotes, faldas largas, o suficientemente protectoras, porque como las entrevistas suelen desarrollarse en habitaciones de hotel y a la entrevistada le puede tocar sentarse en la cama, hay que procurar no enseñar demasiado las rodillas, es decir, evitar todo lo que pueda parecer procaz, y no digamos el pelo, que la que no lo tenga corto debe sujetárselo en un moño, porque el pelo suelto puede considerarse también, al parecer, un signo de ligereza, si no de liviandad. Ya sé que te estoy hablando de este país, pero no te puedes imaginar lo que aquí hay debajo de las apariencias, lo que es el país real detrás de su imagen pública. Y cuidado con la forma de hablar, con los gestos, a mí lo que me decían me recordaba lo que dice mi abuela de las monjas que la educaron a ella, dar sensación, ya que no de total mansedumbre, al menos de cierta docilidad, de buena capacidad para las relaciones, de discreción, de simpatía, sin pasarse, claro, sin excesiva extroversión, y no pintarse las uñas, algo de brillo, algo de maquillaje de fondo, ojo los labios, ojo los ojos. Tuve esas seis entrevistas y fui medio histérica a las seis, y no salí contenta de ninguna, miento, no salí contenta de cinco, porque de todas ellas una fue peculiar, para empezar no tenía lugar en ninguno de esos hoteles gigantescos y modernísimos sino en un hotel antiguo, apartado, al que tuve que ir en taxi, no te imaginas lo bonito que era el interior, y en la habitación de la cita me esperaban tres profesores mayores, uno chino, otro blanco y el tercero de color. El español era el blanco, pero los otros dos pertenecen también al departamento. Fueron amables, me invitaron a un café, no tenían prisa, charlamos de muchas cosas, además de lo académico, de España, de mis aficiones, de mi experiencia americana. Se reían, y yo con ellos, y al salir de la entrevista, yo mucho más contenta de lo que había salido de las otras, y entre el ambiente navideño de la ciudad, imagi-

né que esos tres señores eran en realidad los tres reyes
magos, y que me darían suerte. Y claro que me la dieron,
porque de todas aquellas entrevistas resultaron solamente
dos nuevas citas más formales, luego me he enterado de
que cuando mis entrevistadores habían ido pidiendo informes por teléfono la que habló con ellos fue la perversa
M. M., por su papel en el departamento, y siempre me
puso a parir y les dijo que allá ellos si le daban trabajo a
alguien tan indeseable como yo. Dejemos esa triste historia, el caso es que tuve que ir a la propia sede de las dos
universidades interesadas, y una de ellas era la de mis tres
reyes magos. Aprovecho para contarte que yo había oído
decir que en estas contrataciones las mujeres estábamos
favorecidas, pero no sé de dónde ha podido salir eso, porque, en mi universidad, a los que han llamado sobre todo es a los chicos, aunque no presenten mejores currícula
que las chicas. Si alguna vez se nos dio preferencia debió
de ser pura casualidad, vaya usted a saber, en el Año de la
Mala Conciencia, que a mí desde luego no me ha tocado. Se ve que no han podido olvidar que las chicas podemos quedarnos embarazadas, o simplemente que debemos
atender un hogar, acaso el de algún preclaro profesor de
universidad, y las aguas han vuelto a su cauce. Con decirte que a un tal Xáuregui, niño mimado y sicario de la
pérfida M. M., lagarto, lagarto, lo llamaron de quince sitios, está dicho todo, aunque lo cierto es que es un sujeto
que lo único que tiene es desparpajo y talento para copiar
de aquí y de allá, y estoy segura de que antes de llegar a
los USA no había leído ni una novela ni un poema en su
vida. Y aquí, imagínate, puro refrito. O sea, que a los varones, cabezones y enchufadones se los aprecia aquí tanto como ahí, porque en todas partes cuecen habas, Pato,
aunque tanto se hable de las virtudes intelectuales de estas
universidades. Claro que también las chicas podemos te-

ner nuestra oportunidad. Te dije que me llamaron de dos sitios, viajé a los dos, uno era una universidad grande, si te digo el nombre te vas a decepcionar cuando conozcas el otro, el definitivo, así que no te lo digo, en ese primero la plaza que a mí me ofrecían tenía ya alguien incrustado, una profesora visitante, y además doctora ya, que tuvo la falta de elegancia de asistir a mi conferencia e incordiarme al final con preguntas de mala uva, aunque creo que la hice callar, y otro candidato doctor, varón, con experiencia, fuertemente apoyado por un profesor de allí que también se dedicó a incordiarme al fin de mi charla, aunque procuré defenderme y creo que no me salió mal del todo. A la otra universidad, a ésta, que cuando habían llamado para pedir informes sobre mí resulta que la M. M. no estaba en el despacho, viajé después, y el viaje fue un poco aventurero, el último tramo, si vas por el aire, hay que hacerlo forzosamente en una avioneta, pues los aviones normales no tienen pista suficiente para entrar en el aeródromo local. A continuación recorrí en un taxi las cuestas que conducen al campus, ¿y sabes lo que vi?, pues junto a la carretera, al pie del bosque, un gran anuncio de alfombras ¡con las figuras de tres camellos! Te prometo que me pareció un anuncio personalizado, como ahora le dicen, un recuerdo expreso de los tres reyes magos afables, cercanos, reposados, que me habían recibido en aquel hotel confortable y antiguo de New Orleans. Pero pásmate, porque hay más en esto de los signos. La nueva entrevista y la clase que yo tenía que dar iban a ser por la tarde, y aproveché la mañana para echar un vistazo a los posibles alojamientos que podía encontrar en el caso de venir definitivamente a esta universidad. Me dieron unas cuantas direcciones y en la primera casa que visité, fíjate lo que te digo, en la primera que visité, resulta que la señora, la *land-lady,* como le decíamos de estudiantes en Inglaterra, los veranos, muy locuaz y *friendly*, tras enseñarme el posible apartamentito, unos precios carísimos, no te imaginas, y es que muy cerca están las pistas de invierno adonde vienen a esquiar los milloneris, y en verano es también sitio de vacaciones, total que ves unas casas fastuosas, aunque también una enorme explanada donde se alinean las caravanas en que vive una gran parte de la población fija, los que no autorizan a que el aeródromo se pueda ampliar y que entren los aviones grandes, para que los turistas acomodados y los millonetis se fastidien, porque aquí la lucha de clases se dirime en unos niveles que no te imaginas. Una compañera mía fue a viajar en los autobuses de la Greyhound, donde se traslada de ciudad la gente pobre, cuando una de las entrevistas del mercado de esclavos. Se había puesto un abrigo de piel y muchas joyas e intentó pagar con tarjeta de crédito, y la mujer de la taquilla le aplicó el reglamento con un sentido burocrático escandaloso y le dijo que por haber llegado un minuto después de que se cerrase el plazo para abordar, ¡faltaban catorce minutos, Pato!, no le daba billete, y aunque ella se puso furiosa no se lo dio, y cuando le pidió que le diese billete para el siguiente autobús, el último del día, la taquillera le contestó que no se lo daba tampoco por haberse insolentado con un oficial público, con lo que mi amiga no pudo salir aquel día. Lucha de clases, Pato, la castigó por ir en plan señorona y sacarle la tarjeta de crédito, porque aquí, aunque no lo parezca, casi todo el mundo tiene muy claro dónde está, hay pocos que se chupen el dedo, no sé si llamarlo lucha de clases, o lucha de razas, porque la taquillera era de color, o por lo menos enfrentamiento sordo, algo de lo que aquí nunca se habla, como si el asunto ya hubiese quedado zanjado después de haber inventado lo del pensamiento políticamente correcto. Pues como te iba diciendo, la señora al fin se empeñó en enseñarme sus trabajos manuales, porque se acababa de inscribir en un curso de cerámica y esas cosas, y cuando bajamos al sótano, donde había instalado su taller, cerca de las lavadoras, ¿sabes en qué se estaba entreteniendo? ¡En pintar las figuras de escayola de tres reyes magos montados en sus camellos! En fin, que me dije que tantos signos de reyes magos debían de ser augurios favorables, tuve mi nueva entrevista, di mi clase, les gustó mucho, a la semana me enviaron el contrato, lo firmé, y aquí me tienes desde hace un mes. He pasado de la guerra psicológica y las vejaciones de la innombrable y asquerosa M. M. y sus esbirros y pelotas, como ese tal Xáuregui, a un clima de bastante distensión, aunque la verdadera paz solo llegará cuando termine por fin mi tesis y me dejen defenderla, que no te imaginas lo que es estar metida en un rollo así. El territorio que abarca la universidad es tan extenso y accidentado que a veces doy clases por televisión. Mi colega más cercano es un joven de nuestra edad, Nicholas, gay, que cuando llegué estaba muy deprimido porque su compañero estaba a punto de dejarle, pero parece que la armonía reina de nuevo entre los dos y el chico, que es muy guapo y buena persona, me está ayudando de verdad en las cosas de la vida diaria y de la universidad, porque todavía no tengo coche y no sé lo que haría si él y su novio Bill no me echasen una mano. El profesor chino es un encanto, empezó a construirse una pagoda con sus propias manos y al fin lo ha hecho, uno de los monumentos curiosos de la zona. El profesor moreno, quiero decir, el que es de raza negra, para que me entiendas, resulta que es más español que tú y que yo, pues puede demostrar que un Fierro de la expedición que Hernán Cortés envió a lo que luego sería Nuevo México, la que fundó Santa Fe, es directo antepasado suyo, y él, por cierto, se llama Anthony Fierro, y se siente parte de la expedición aquella, y se refiere a los norteamericanos, con los que los suyos llevan más de cuatro siglos, diciendo «estos gringos», para que luego vengan hablando de identidades étnicas y zarandajas de ésas. Le encanta pescar en el lago, como al chino, y ya he ido con él y su mujer, una mexicana de nombre Lupita, te lo juro, a pasar un domingo sobre las aguas. El español, Felipe, está a punto de jubilarse, y es un seductor de primera, aunque respetuosísimo, tiene la colección de cine europeo en vídeo más completa que he visto en mi vida y también me ha invitado a comer en su casa un par de veces, con su mujer, una señora norteamericana de bisabuelos alemanes. Y tras tomar el primer contacto con mis alumnos, la mayoría con lo que no sé si llamar pelo de la dehesa o pelo de la montaña, que sería la dehesa de este país a efectos de ese pelo metafórico, he vuelto a meterme con la tesis, porque parte de mi compromiso es tenerla terminada el próximo otoño, a principios del invierno a más tardar, pero qué tortura esto de la tesis, no te lo puedes imaginar. Y ahora, a lo que voy, a lo que es el motivo principal de esta carta, querido Pato, ya sé que ha pasado mucho tiempo desde lo nuestro, ya sé que cuando yo decidí venirme aquí, aunque ninguno de los dos lo quería, resultó una ruptura de lo que nos unía, pero cuando he vuelto a España y nos hemos encontrado lo hemos pasado muy bien juntos otra vez, y me parece que tú sigues sin nadie fijo, claro que tienes que cuidar de tu mamá como el hijo tan bueno que eres, un tesoro de hijo, hijo, Pato, pero yo sigo también sin compañía, libre como el aire, y voy al grano. El rey blanco se jubila, como te digo, y mientras reorganizan el departamento van a ofrecer una beca que yo creo que está bien de dinero para lo que hay aquí y el perfil es el de una persona como tú, porque tu experiencia en el mundo de la pintura moderna en estos años hace que puedas ampliar tu currículo académico, en el que te dieron al menos tan buenas notas como a mí, y abrirlo a una parte de estudios culturales, que como sabes están muy de moda por estos rumbos. Además, te defiendes en inglés lo suficiente y el francés es tu segunda lengua. Y me digo, y te digo, ¿por qué no pides la beca? ¿Por qué no te vienes un par de años a estas montañas, a este lago? Cerca hay una reserva india con indios de verdad, que por lo visto en algunas ocasiones celebran fiestas y dejan entrar visitantes, y viviríamos estupendamente recorriendo estos montes, y leyendo, y trabajando, y escuchando música, y dándonos un achuchón de vez en cuando. ¿Por qué no te lo piensas? Queda un mes, y claro que no te puedo garantizar que la beca va a ser tuya si la pides, pero tienes a tu favor muchas cosas, primero, que este paraíso está tan retirado de los campus —¿o se dice cámpuses?—, dijéramos mundanos, que no es fácil que pida esa beca nadie con tan buen expediente académico y lo demás que tú tienes, la práctica en una galería de arte contemporáneo en una capital europea, segundo, que aquí estoy yo dando la vara, y aunque haya bastante objetividad, como debe ser, un profesor del departamento avalando a un candidato siempre es algo digno de reflexión por el comité que tiene que decidir. Y ahora, sin ningún egoísmo por mi parte, dejando a un lado todo lo sentimental, a ti te vendría estupendamente cambiar de aires, Pato, yo no digo que no cuides de tu mamá cuando lo necesite, cuando sea una ancianita, que será sin duda una ancianita deliciosa, de tarjeta postal, preciosa, y ojalá yo lo vea, pero ahora es una mujer en el momento de su plenitud, Pato, no fastidies, no tiene ni los cincuenta años, dime qué necesidad hay de que estés todo el día a sus faldas, si hace falta alguien en el negocio que lo contrate, lo que sobra es gente con ganas de trabajar, pero tú te tienes que airear un poco, aquí hay cosas dignas de ver, podemos escaparnos de vez en cuando a New York, tienes que conocer Chicago, Boston, alucinarías en el Museo del Espacio del Mall de Washington, hasta nos podemos hacer una escapada a California, y verás que San Francisco es todavía más bonito que en las películas, este país tan extraño, gigantesco y decisivo para todo el mundo hay que conocerlo, Pato, sobre todo si tienes esa oportunidad. Rellena los papeles, aplica, Pato, no te enganches tan pronto a una vida sedentaria, a lo archiconocido, que ya tendrás tiempo de sobra dentro de unos años, Y además, ¿no estábamos a gusto juntos? ¿No nos entendíamos bien en todo lo importante? ¿No nos encontrábamos felices mano a mano? ¿Es que has dado con alguien para discutir las pelis y las novelas que te dé más cancha que yo? ¿O es que ya, con el rollo de la galería y el cuidado de tu pobrecita mamá, ni vas al cine ni lees libros? No me fastidies, Pato, rellena esos papeles y mándamelos. Tampoco es algo para toda la vida, ni siquiera para los dos años previstos, puedes cancelar el compromiso cuando termine el primer período, si no te encuentras a gusto. Anda, hazme caso y mándame los papeles rellenos y firmados. Besazos de

Marta

y muchos recuerdos a tu mamá. Dile que ya me he hecho más cuidadosa de mi aspecto, que uso una crema defoliante buenísima y que el cutis me ha mejorado mucho. ¡Ah! Y que me pinto los ojos un poco, de vez en cuando.

P.S. ISCLACERTA. No hay ningún misterio, y el que tu abuelo hubiese tenido relaciones con alguna secta esotérica cuando estuvo en América, como pensabas, igual que debió de hacerse masón, no creo que tenga nada que ver con el nombrecito. He encontrado en Corominas/Pascual, en la voz Isla, un pequeño debate a propósito de la «Isla». Ponen en duda cierta afirmación de Wilhellm Meyer Lübke sobre el sentido del portugués y castellano «ilha» frente al francés antiguo «isle» y el catalán «illa», pero lo que aquí importa es que Iscla es Isla, ni más ni menos, y la palabra completa, iscla más «certa», parece hablar de una verdad, de una certeza, como para contraponerla a otra que no sería «certa», ¿acaso la isla de Puerto Rico? Pero vete tú a saber lo que pasaba por la cabeza de ese bisabuelo tuyo cuando empezó a pensar en el nombre que le podría dar a su maravillosa mansión. A propósito, ¿qué tal tu abuela y esa señora tan hacendosa que la cuida? Dales recuerdos míos, no te olvides. Antes de venir aquí pasé unos días en New York, en casa de una amiga, y aproveché para hacer algunas visitas turísticas que tenía pendientes, y uno de los sitios en que estuve fue en Ellis Island, la isla de Ellis, estamos cansados de verla en las películas, empezando por alguna de Chaplin de cine mudo, ese lugar en que concentraban, por no decir estabulaban, a los emigrantes en el momento de su llegada a los Estados Unidos. Pues resulta que ahora han convertido el edificio central en un museo de la emigración, una conmemoración de toda la gente que pasó por allí entre finales del siglo XIX y el año 1954. Te encantaría ese museo, y espero que te animes a aplicar, digo a solicitar la beca, y lo visitemos juntos algún día. A mí me recordó un poco la casa de muñecas de tu abuela, a ver si me explico. En el museo hay muchas secciones, incluso puedes repetir, uno por uno, en grandes pasillos y estancias alicatadas de azulejos blancos, todos los pasos sanitarios, policiales, fiscales, educacionales, laborales, todo el proceso inquisitorial que los emigrantes se veían obligados a soportar, y hay muchas secciones dedicadas a grupos de emigración específicos. Pero lo que más me llamó la atención fue la parte en que, en grandes vitrinas, se presentan reunidos los objetos cotidianos de familias de diferentes orígenes culturales, camisas, zapatos, fotos, relojes, petacas, rosarios, abanicos, cafeteras, breviarios, alfileteros, qué sé yo, digo que me recordó la casa de muñecas de tu abuela porque cada puñado de aquellos objetos era como la miniatura de la vida de una familia, italiana, checa, noruega, judía, griega, de muchísimos lugares, los objetos concentraban una gran expresividad sobre la vida de cada día de las personas que los usaron, y digo que me acordé de la casita de muñecas de tu abuela porque acaso en ella se encuentre también un particular museo de la emigración, unos objetos que representan la primera llegada, el propósito de instalación de la familia. Y me acordé de ti, que seguramente tendrías mucho que decir con tu manía del arraigo y del desarraigo. Otra cosa me encantó. Al parecer, Ellis Island estuvo abandonado durante varias décadas, pero cuando decidieron restaurar el lugar para montar el museo no tiraron los trastos viejos que había desperdigados por todas partes, sino que tuvieron una idea genial. Primero, hicieron muchas fotos de cómo estaban las salas y las habitaciones, y los alrededores de los edificios, todo polvoriento, lleno de cosas rotas, oxidadas y mugrientas. Luego colocaron esas fotos en las paredes de una de las salas, la verdad es que allí hay sitio para todo, y en el centro, también en enormes vitrinas, amontonaron a la buena de Dios esos somieres, lavabos, percheros, archivadores, bidones, máquinas de escribir, sillas metálicas, palanganas, ajados, orinientos, destartalados, yo qué sé lo que hay allí metido, pero entre las fotos que recuerdan aquellos objetos en la soledad de su abandono de años y el amontonamiento museístico de los mismos cachivaches, se forma una imagen de inutilidad y desolación terriblemente conmovedora. A mí aquello, no sé por qué, me recordó un poema de un poeta que me encanta, Antonio Gamoneda, que dice

La naranja en tus manos, su resplandor ¿es para
[siempre?
Cerca del agua y del cuchillo, ¿una naranja en la
[oquedad eterna?
Fruto de desaparición. Arde su exceso de realidad
[entre tus manos.

Tienes que verlo, Pato, tengo que traerte hasta aquí. Con esta carta y los formularios te envío un folletito de Ellis Island, y de la Estatua de la Libertad, que se visita en el mismo viaje, en unos barquiros, ferries, que salen de Battery Park, y aquel día iba en mi mismo viaje una pareja de recién casados vestidos todavía con la ropa de la ceremonia de boda, y en la isla de Ellis la chica tiró el ramo al mar. Todo un poco misterioso. Hay un sitio para comer, con una gran terraza exterior llena de mesas, pero con el buen día que hacía la gente estaba dentro de la sala, entre ese olor a comida basura que no hay quien lo aguante. Yo agarré mi hamburguesa y mi coca-cola y me senté fuera, en la terraza, mirando al mar y a Manhattan, ¡y una gaviota enorme, coja para mayor inri, una verdadera fiera, llegó como un rayo a mi mesa y me arrancó la hamburguesa casi de la boca! ¡Entendí por qué no había nadie comiendo fuera! ¡Y descubrí que *Los pájaros* no es una película fantástica!

No lo pienses mucho, Pato, no le des muchas vueltas, ven, te espero.

13. El día confuso

Al volver del almuerzo, la lectura de la carta de Marta me hizo recuperar con mucha intensidad los recuerdos de nuestros días juntos. A Marta y a mí empezó a unirnos el gusto del cine y el de ciertos novelistas antiguos. Antes de encontrarnos en la facultad ya nos habíamos visto muchas veces en la filmoteca, y coincidíamos con frecuencia en la admiración o el aborrecimiento hacia determinadas películas, más allá de las opiniones establecidas. Entre la gente de nuestra generación, éramos lectores raros de Turgueniev, Austen, Tolstoi, Maupassant, Stendhal, Chéjov, Galdós y Clarín. Cuando ingresamos en la facultad, contribuyó a anudar nuestra relación el autobús que nos llevaba, porque vivíamos cerca el uno del otro. De la complicidad que favorecían nuestras aficiones comunes habíamos ido pasando poco a poco a la confianza de los cuerpos. Marta decía que yo era el primer chico con quien se había acostado, acostado del todo, remataba, y también para mí fue ella la primera muchacha con la que tuve una comunicación del sexo no solo completa, sino sosegada, en que las caricias se demoraban y el tiempo se alargaba mientras estábamos sumergidos en el mutuo regocijo. Dicen los lamas que el sexo puede ser también una forma de vencer el deseo, y creo que, para Marta y para mí, eso que se llamaba concupiscencia, más que una exaltación, era un camino de serenidad, y que, en el conocimiento cada vez mayor de lo que mutuamente nos complacía, encontrábamos la conciencia de ir alcanzando nuevos grados de la sensación que más puede hacernos vislumbrar ese latido a la vez efímero e infinito que está en la entraña misma de lo biológico.

Todo eso te lo conté a ti, Patricia, Patty, casi todo, pero tú querías saber más, querías saber cómo nos besábamos Marta y yo, y repetir los mismos besos, dónde nos tocábamos, y ensayar las mismas caricias, qué hacíamos con nuestras manos, con nuestros dedos, con nuestras lenguas. Parecías un poco avergonzada por tu curiosidad, pero luego descubrí que no era vergüenza sino excitación, que no era ingenuidad sino osadía, te excitaba reproducir aquellas mismas actitudes, porque, además, era atreverte a ir conquistando cada vez más un terreno ajeno. Así fui reproduciendo contigo lo mismo que había descubierto con Marta.

Aunque habíamos considerado la confianza y la intimidad de los cuerpos como un paso adelante en la intimidad de las mentes, los cuerpos hablaban su propio lenguaje, no necesitaban argumentos ni razones para expresar su simpatía, su compenetración, y su familiaridad progresiva construía una forma de proximidad entre nosotros que antes no habíamos podido ni siquiera imaginarnos. Patricia me respondía que eso es precisamente el amor. Sin embargo, Marta y yo nunca hablábamos de amor, acaso porque muchos jóvenes de nuestra generación huíamos de emplear ciertas palabras que nos sonaban grotescas cuando sospechábamos que se usaban como si, por el mero hecho de existir, de haber sido inventadas alguna vez, pudieran imprimir un sentido diferente o especial a la propia realidad, en lugar de conformarse con nombrarla. Como si pronunciada la palabra «amor», las relaciones entre la gente se cargasen de virtudes mágicas antes inexistentes. Te digo que nunca hablábamos de amor, y no tengo duda de que lo que nos unía no podía tener otro nombre, pero no queríamos pronunciar esa palabra, quizá también para que nuestra relación preservase todas las garantías de la libertad que nos parecía el valor más importante en la vida de cada uno.

Esa unión nuestra de amigos íntimos duró desde tercer curso hasta el fin de la carrera. Marta, después de unos intentos inútiles de colocarse en la universidad o en algún instituto de enseñanza media, empezó a pensar en irse fuera de España para aprovechar alguna de las ofertas de becas de universidades extranjeras, sobre todo norteamericanas. Ya conté que su primera idea fue que nos marchásemos juntos, pero que siguió adelante después de que yo desistiera de acompañarla. No pude aducir ningún compromiso entre los dos para intentar hacerla desistir, y aunque creo que ambos sentíamos con auténtica pena nuestra separación, dejamos que se produjese como resultado de esa independencia de nuestras personas que no había más remedio que aceptar como lo más natural del mundo. Además, Marta decía que ella iba como pionera, a abrir camino, y que estaba segura de que, si las cosas iban bien, lograría convencerme para que la acompañase.

Primero Marta estuvo ausente seis meses, y en el breve espacio de su regreso a Madrid recuperamos los regocijos y las dulzuras de nuestra amistad, así en las charlas y los paseos como en las caricias. Esta cita intermitente se convirtió en una costumbre que había durado cuatro años, mientras Marta iba cumpliendo sus compromisos universitarios. Pero el último año ya no nos habíamos visto, la preparación de su tesis doctoral le exigió una entrega sin interrupciones, y en la época de las vacaciones navideñas había tenido que cumplir con las requisitorias de lo que ella denominaba en su carta el mercado de esclavos, para tratar de conseguir un puesto de trabajo que no fuese de simple becaria. Y puedo decir que, aunque sin ella me sentía muy desarticulado, poco animoso, al fin me había acostumbrado a su ausencia, y había aceptado que nuestra relación, que tenía todas las trazas del amor, no estaba obligada por sus reglas.

Sin embargo, su carta me conmocionó, y esto nunca te lo he contado, Patricia, fue para mí una fuerte sacudida sentimental, acaso también porque me encontraba en Isclacerta, con aquella disposición a considerarlo todo sin prisa, buscando signos e indicios significativos para entenderme mejor. Su carta añadió confusión a los sucesos, me hizo sentirme desorientado y lejano. A través de su texto la había encontrado a ella muy cercana, casi su voz resonando en aquellas palabras escritas, la expresión de sus ojos que la frecuencia de la sonrisa empezaba a rodear de ligerísimas arrugas, su forma de mover las manos y los hombros para darle apoyo a una afirmación. Era como soñar viéndola a ella, todo lo que la carta contenía presentaba esa verosimilitud dudosa de algunos sueños cuando somos capaces de percibirlos desde ese umbral de la conciencia que nos permite saber que son sombras alejadas de lo real, aunque parezcan tan sólidos y convincentes. Pero la carta estaba allí, con los folletos que me anunciaba y los prolijos documentos de solicitud de la beca. Nunca como entonces había sentido la nostalgia de Marta, y me pregunté por qué yo no estaba con ella en aquel valle de que hablaba, junto a esas montañas boscosas y la reserva india, imaginándome un paisaje de cumbres nevadas, florestas espesas, azules extensiones de agua y una leve llanura, acaso la ondulada cabeza de una loma, en la que se agrupaban los tipis de la tribu.

A la sacudida de mis sentimientos ante la carta de Marta se unía otra inquietud de distinto signo, menuda pero insistente, el desasosiego que me había dejado la discusión sobre el asunto de Chon Ibáñez. No podía apartar de mis reflexiones dos imágenes de mis padres que no me gustaban, la de mi padre en su delirio de pigmalión y la de mi madre mostrando una mezquindad casi sórdida ante la obra de aquella pintora marroquí. Ambas conductas habían iluminado bruscamente la galería de arte a una luz inédita, la de negocio organizado para vender cuadros como cualquier otra mercancía, en que, más allá de la calidad de las pinturas, el talento de los autores y la sabiduría en su selección, existían elementos e invenciones que podían darle a las obras un valor inmerecido.

Tras leer la carta de Marta, todavía en el sobresalto de su lectura, con el mal sabor de la invención de mi padre y del pragmatismo comercial de mi madre, fui a echar un vistazo a la abuela. El médico no había venido aquel día y Noelia me dijo que seguía descansando, un poco ida pero sin molestias, que a la hora de comer había tomado un puré y un yogur y había preguntado por mi padre y por mí, pero confundiéndonos. Tuve la intención de quedarme un rato haciéndole compañía a Noelia, y leí unas líneas de *La amenaza verde,* que estaba encima de la mesa camilla.

Cerca de la comarca conquistada y colonizada por los invasores vivía un veterinario llamado J. Piñeiro. Era colombófilo y aficionado al esperanto. Por curiosos caminos, J. Piñeiro había recibido uno de los mensajes de Matamala y Blázquez. Una de las palomas de éstos, desorientada, había ido a parar a un barco que hacía la ruta New York-La Habana. Tras haberse hecho con el mensaje, el piloto del barco, incapaz de entenderlo, se lo dio a un compañero que llevaba un carguero desde La Habana hasta el puerto de Vigo. Este hombre lo guardó para dárselo a un primo suyo, aficionado a tales rarezas. El primo era J. Piñeiro.

«Te traigo este mensaje, que llevaba una paloma. No hay quien lo entienda», informó el casual portador.

«¡Es esperanto! ¡Y habla de cosas que pueden ser importantes!», exclamó J. Piñeiro.

Mas no estaba de humor para quedarme allí encerrado ni para seguir la novela de mi abuelo, y me marché. En el prado, mi padre y mi madre estaban sentados ante la pequeña mesa de plástico, repasaban papeles y facturas con tanta atención que apenas se fijaron en mí cuando salí de casa y me encaminé al bosque, para estar a solas un rato en el sendero de mis aventuras infantiles. Al llegar a la Nariz trepé a lo más alto y me senté. Un cuco lanzaba su llamada en un punto lejano y el eco parecía ensanchar la dimensión del bosque y hacerlo ocupar todo el espacio posible, solo acotado por la luz del espacio celeste y el sonido del torrente. La aventura de las berzas pensantes de mi abuelo me hizo contemplar con otra mirada los grandes árboles que me rodeaban, imaginar que fuesen plantas con pensamiento y sentimiento, con sus raíces enredadas en los cimientos de los grandes peñascos blancuzcos, y acaso también corroídas por esa desazón tan humana de no haber encontrado el sitio que de verdad nos pertenece.

Más adelante descubrí que el matorral se había apoderado del prado de los Platillos, ya no quedaba lugar para las marcas de quemaduras, ni sitio para el posible aterrizaje de aquellos buscadores de tesoros, tan infatigables cuando yo era niño. El descenso me condujo ante la cueva de los Colores, el lugar en que brotaba un manantial escaso de agua templada y acaso ferruginosa que corría sobre un lecho rojizo en que proliferaban ciertas algas de distintos tonos, verdes, marrones, violáceas, amarillentas. Sobre el manantial abría su boca una gruta y en sus paredes lo rojizo y lo anaranjado creaban un fuerte contraste con el blanquecino acantilado en que se abría. Las invenciones de la Buli y de Noelia querían que aquella gruta fuese el resto reseco de la herida que mató al gigante de la Nariz, por donde había brotado su sangre durante cientos de años. El matador había sido otro gigante descomunal que buscaba también a la dama del retrato, un rival amoroso, o no, porque la búsqueda de la dama podía tener otros fines, ella era señora de muchos secretos, el caso es que de este gigante, del matador del otro, mis informantes no podían decirme otra cosa sino que se fue lejos, muy lejos, y que se contaba que todavía vivía en Asia, decía la Buli, entre las montañas más altas del mundo.

Y allí, sentada ante la boca de la cueva, junto al manantial, estaba Chon. No me agradó encontrarla, pero ella me había visto también a mí, y me acerqué. Ya he dicho que la historia de la apócrifa Chon Ibáñez y las pretensiones de mi padre de seguir manteniendo la ficción mediante la colaboración de aquella mujer eran otro motivo de que la tarde me resultase tan extraña, como interferida por algunas corrientes de sueños deformes e imprecisos que estropeaban la coherencia de la vigilia. La mujer me dijo que había seguido un sendero y yo le conté que tal sendero era el que de niño me llevaba, con Noelia y la Buli, hasta el lugar de los baños. No le hablé de la Nariz, ni del prado de los Platillos, ni de aquella corriente de agua tan cercana a nosotros que se escurría por el cauce multicolor. Sentía hacia aquella mujer una antipatía que no podía explicarme, casi rencor, y ni siquiera le regalé la noticia de que aquella agua estaba caliente, aunque yo tenía sumergida una mano para reconocer su tacto.

Por evitar su compañía, le informé de que la poza de los baños estaba un poco más abajo, bastante cerca, y que yo regresaba ya a casa.

—Vuelvo contigo —dijo.

No hablamos durante un trecho. Al fin fue ella la que empezó, preguntándome qué me parecía la idea de que se convirtiera en la falsa Chon Ibáñez. La miré con ademán adusto, al pensar que aquella pregunta era una burla o una impertinencia, porque me parecía que yo había mostrado claramente mi rechazo, pero descubrí que no parecía interesarle mi respuesta, siguió hablando, y a continuación me dijo si yo creía que ella podría a su vez desaparecer luego durante unos años, antes de que volviese a surgir una nueva Chon Ibáñez. Comprendí entonces que su parlamento era un ejercicio retórico encaminado a su propia reflexión.

—A mí esa historia no me gusta nada —respondí—, creo que quedó bien claro. Me parece una farsa sin ninguna gracia. Ya la realidad es lo suficiente confusa como para que nos empeñemos en desfigurarla todavía más.

Se detuvo. Estábamos junto a la Nariz, en un punto en que podía imaginarse un inmenso rostro sepultado debajo de nuestros pies. Me dijo que a ella tampoco le gustaba nada, después de haberlo comprendido todo bien en el almuerzo. Que durante un tiempo había sido un pasatiempo, un juego particular entre mi padre y ella, un juego extravagante, que ella no había entendido con total claridad y al que no había dado demasiada importancia. Pero que al reconocer todos los extremos y consecuencias del asunto en el juicio de los demás, y comprender su verdadero alcance, se había sentido un poco lastimada, su papel quedaba reducido a un simulacro, a un engaño, a poner las imágenes de una pintora inventada, de un fantasma.

—Además, creo que debe de ser de mal agüero hacerse pasar por alguien que ya ha muerto, aunque nunca hubiese existido realmente.

—¿Entonces no vas a ser Chon Ibáñez?

—Si fuese del todo europea a lo mejor lo veía de otro modo. En mi caso, no puedo dejar de sentirme marroquí, y me parece que entrar así aquí sería como entrar en patera, igual que tantos compatriotas, sin papeles, o con los papeles falsos.

—¿Qué piensas hacer?

—Me da pena tu padre. Lleva divirtiéndose con la idea desde que nos conocimos.

A mí de pronto me dio pena ella, y no hablamos más. El sol era ya anaranjado y el cuco continuaba incansable haciendo resonar su llamada en el centro del eco. Al llegar a la explanada de la casa, mi padre y mi madre ya no estaban sentados ante la mesita blanca. Subí al cuarto de mi abuela, y supe por Noelia que se habían metido en el garaje y estaban mirando cuadros. Noelia nunca daba su opinión sobre las pinturas de mi padre, y con los años yo había llegado a pensar que no era capaz de ver sus imágenes, del mismo modo que ciertos primitivos no tienen la mirada entrenada para identificar las figuras que muestran las fotografías.

—Hazme un poco de compañía, anda —me dijo—. Vienes a ver a tu abuela y te pasas el día pendoneando.

La amenaza verde mostraba su extraña portada como un signo que me estaba directamente dirigido, me senté enfrente de Noelia y me puse a leer haciendo un gran esfuerzo de concentración para olvidar aquellas novedades de la jornada que tanto me habían desconcertado. Así que volví a entrar en el librito de hojas ásperas y oscuras, en el momento en que se produce la primera escaramuza entre las naves auxiliares de El Féretro y los aeroplanos de la Fuerza Aérea de Intervención de la Federación de Naciones Terrestres improvisada para el caso por los humanos. Las escuadrillas humanas son arrasadas, pero no sin que hayan conseguido derribar una de las naves invasoras.

Se buscaban cadáveres entre los despojos de la nave. Solo había restos de aquellas extrañas plantas.

«Mi capitán, esto debe de ser un depósito alimentario», transmitió por el teléfono el cabo de la patrulla. «Solo hay berzas, berzas enormes.»

Uno de los soldados sintió un apretón en su pierna. Pudo comprobar que una de aquellas grandes berzas se había agarrado a su pantalón. La sujeción parecía una zarpa vegetal. Una zarpa que brotaba del tallo de la berza. Como las otras que había tiradas en el suelo de la nave, aquella planta estaba muy dañada por las explosiones. El soldado se soltó de la garra y se quedó mirándola despacio. Le parecía que había en aquella berza algo raro, y llamó al cabo. Pudieron comprobar que el vegetal se movía, temblaba. También parecía emitir un sonido agudo. El sonido surgía del penacho de flores blancas que había en mitad de las hojas.

«Mi capitán, hemos encontrado una berza que tiembla y parece resoplar», dijo el cabo.

«¿No hay nadie más ahí?»

«Nadie, mi capitán.»

«Pues traeros esas berzas. Y que quede alguien vigilando, para que nadie se acerque a la nave.»

Es a continuación cuando, al analizar el cuerpo de la berza moribunda, y luego los de sus compañeras, los sabios terrestres van comprendiendo, horrorizados, la naturaleza de sus implacables invasores. La emoción hace que el doctor Matamala y su ayudante se abracen, porque el navío adversario ha sido derribado sobre México y es en México D. F. donde tiene lugar la autopsia de los restos, aunque con asistencia de sabios de muchos otros países, y en ese abrazo habrá un latido que irá más allá del permanente entusiasmo científico, y obligará a que, a partir de entonces, el doctor y su encantadora ayudante se miren con ojos menos obnubilados por las puras materias de su investigación.

BBo, MMe y ZZu no están nada satisfechas. Les inquieta sobremanera que su naturaleza biológica haya sido descubierta por los humanos. Temen la capacidad de éstos para fabricar sustancias peligrosas para las plantas, sustancias que puedan resultar perjudiciales para su especie.

«La fructificación de semillas en Primer Plantón está siendo muy esperanzadora», señala BBo.

«Habría que continuar la implantación», aduce MMe.

«Debemos ordenar que se multipliquen los plantones», concluye ZZu.

«¡Crearemos nuevos plantones en todas las zonas idóneas del planeta, protegidos también por cinturones corrosivos!», exclaman por fin los tres, al unísono.

Pero leía con desgana, sin que me divirtiese el modesto esperpento perpetrado por mi abuelo Alberto, porque mis pensamientos estaban puestos en otra parte, en una biblioteca de grandes cristaleras abiertas a una montaña cubierta de bosques y a un valle que recogía las aguas tranquilas y transparentes de los manantiales en un gran lago. Mis pensamientos imaginaban a Marta contemplando el paisaje mientras me escribía esa carta en que me transmitía un mensaje de deseo que había encontrado su exacta reproducción dentro de mí.

—¿Hasta cuándo se va a quedar tu madre?

Noelia se había puesto a cortar con cuidado el hilo de su labor. Tras su apariencia inocente me pareció intuir una señal burlona, como si resumiese en su pregunta un mensaje cifrado en que se aludía a la incomodidad de mi madre ante las arcaicas instalaciones de Isclacerta, pero también a su infatigable atención a las exigencias económicas de su negocio. Pues ella estaba delante cuando, tras interesarse por la salud de la Buli, mi madre me pidió que le diese todas las facturas de mis gastos, sonriendo con toda su dulzura al añadir que todo eso podría perderse en unas manos tan descuidadas como las mías.

—No creo que se quede mucho aquí. Aguantará hasta el domingo, si llega —respondí, asumiendo una probable complicidad.

—Esto siempre le vino pequeño. Claro que qué quieres, viniendo de un París, siendo una parisina de pura cepa.

Hablaba sin levantar la vista de su labor. Yo la miraba tejer y la contemplación de su trabajo, tan humilde y meticuloso, tan verificable en sus resultados materiales, me ponía en paz con la realidad en aquel día confuso.

—Yo también soy un parisino de pura cepa —le dije.

Levantó entonces los ojos y su gesto sonriente, que era una señal conciliadora y amistosa, quedó ampliado por las lentes de las gafas en una imagen fugaz.

—¿Tú no has perdido nada de vista, verdad? —le pregunté.

—¡Qué más quisiera yo! ¡Pero todo se acaba en esta vida! ¡Cada día veo menos, oigo menos, y tengo menos fuelle! ¡Tejo casi a tientas, pero lo hago porque no sabes tú lo que me entretiene! ¡Y empiezo a sentir todos los huesos del cuerpo!

El tiempo que estuve con Noelia no consiguió disipar mi desasosiego. Cuando me acosté no acababa de quedarme dormido, y la jornada hacía girar una y otra vez en mi cabeza sus flujos y reflujos, su luz primaveral y las sombras de mis recientes experiencias. La carta de Marta, su propuesta, su petición, el oscuro mensaje de deseo, seguía dando vueltas dentro de mí, y yo sentía también el deseo de su boca, de sus senos, de su sexo, de sus suspiros, de sus susurros, con el mismo dolor lacerante en todo mi cuerpo que el agua de los manaderos invernales de la Poza del Puertorriqueño, pero así como el agua acababa adormeciendo mis sentidos, el deseo de

Marta no se aplacaba, hacía que el cuerpo me doliese cada vez más.

Tenía la ventana abierta y a la luz lunar la explanada ofrecía una inmovilidad plata mate. La masa oscura del bosque estaba llena de brillos, y volví a pensar en aquellos árboles que, a pesar de estar anclados al suelo, acaso sentían una desazón parecida a la mía. Me calcé dispuesto a bajar, pero al pasar delante de la habitación de la abuela oí que murmuraba, como si estuviese hablando con alguien, y me asomé. Ante la casa de muñecas, que tenía la pared abierta, dos vasos con lamparillas de aceite encendidas reflejaban su fulgor tembloroso en las aristas del armario y en las maderas del armazón de la cama. La abuela hablaba sola y entré en la habitación para acercarme a su voz. La luz lunar se mezclaba con la de las lamparillas y aclaraba el bulto de su cuerpo, los rasgos de su rostro. La Buli presentaba ya el aspecto de pájaro agonizante que conservó hasta el final, un pájaro caído del nido, con el cuello roto, la cabeza pelona vencida de un lado y en los ojos corrida casi del todo la cortinilla del apagón definitivo.

—¿Eres tú, Tomás? —murmuró.

Acercando mucho mi cabeza a la suya, le dije que no, que era Pablo Tomás, y le pregunté si quería que llamase a mi padre.

—No, quédate tú, quédate, Tomás.

La pobre abuela ya desvariaba y no era capaz de distinguir lo que quería ni lo que decía. Me acurruqué junto a su cama y me agarró las manos con avidez, como si le alimentase su contacto.

—Hay muchas cosas que no sabes, Tomás, hay muchas cosas que tengo que contarte.

—Tú tranquila, abuela, descansa, ya me las contarás.

—¡Tantas cosas! Lo de la primera Soledad, lo de la bruja de mi madre, lo de tu abuelo. Siempre esperando la ocasión de contártelas, siempre, y ya ves, me voy a morir sin haberlo hecho.

—¡Qué te vas a morir! ¡No te mueres!

—La bruja de mi madre. Eso no puedo dejar de contártelo. Ahora viene a ponerse ahí delante como si estuviese segura de que no lo voy a decir, pero lo voy a contar, bruja, vaya si lo voy a contar.

—Anda, calla, que te cansas.

—Hay muchas cosas que quiero echar afuera. Está también lo de aquel pobre chico, el huido, aquel que vino a morir a esta casa.

—Ya me lo contarás otro día.

—Dicen que la primera Soledad, mi tía, está enterrada debajo del castaño, eso yo no lo sé, pero allí hay un hombre enterrado, era muy joven, casi un niño, lo enterramos entre tu padre y yo, tu padre confiaba del todo en mí, era un hombre buenísimo, era un hombre de los que ya no quedan en el mundo. Y me quería mucho, Tomás, muchísimo.

Hablaba con un bisbiseo.

—Andaban por los montes, huidos, por eso les llamaban huidos, qué te creías, con la guardia civil buscándoles para matarlos como a lobos. Yo le dije a tu abuelo, no me metas aquí a ninguno, ni se te ocurra, bastante tuvimos con lo tuyo, menudo calvario, pero él no podía dejar de ayudarles, por lo menos a los que habían sido amigos suyos, que nunca los metió en la casa, eso sí, pero luego supe que había hecho un cobertizo junto a las cuadras, muy disimulado, con un catre, había que entrar por detrás del gallinero. Y les dejaba comida donde la losa que hay bajo el castaño, en una caja de lata, pan del que cocíamos, tocino, unas cebollas, lo que podía, siempre dejaba algo por si pasaban por allí, metida en el suelo, y ellos lo sabían, la caja estaba vacía a menudo. Una noche me despertó diciéndome que tenía que ayudarle, y ahí afuera había dos hombres con arma larga, uno estaba herido, y entre los tres lo metimos en aquel cobertizo, meterlo fue un engorro, entonces supe que lo había hecho a escondidas, sin decirme nada, lo tumbamos en el jergón y Alberto intentó sacarle la bala porque era mañoso para todo, casi todos los cacharros de la cocina de la casa de muñecas los hizo él mismo con pedacitos de madera, a punta de navaja, y miga de pan, pero no consiguió nada, el chico, porque era un hombre muy joven, murió aquella misma noche. A la luz del día se veía el corral sucio de sangre y yo me puse a regarlo y a rastrillarlo por si venían los guardias, pero era otoño y antes de que llegasen Dios mandó llover chaparrón tal, truenos y relámpagos que no te imaginas, de manera que cuando aparecieron estaba la tierra bien lavada y no quedaba en el suelo ni rastro de la sangre del herido. Los guardias buscaron por todas partes, miraron la casa, las cuadras, pero no fueron capaces de dar con el escondrijo, y parecía que se iban pero no acababan de irse. Tuvieron vigilada la casa dos o tres días antes de cansarse y marcharse, y cuando el abuelo estuvo seguro de que ya no andaban por allí fue a donde el castaño, que allí la tierra estaba mollar, se pasó toda la mañana cavando la fosa, y por la noche, que se puso a llover a cántaros otra vez, acercamos el muerto en el burro, bien de trabajo que nos costó pujarlo, el pobre ya apestaba, y allí lo enterramos, allí reposa, si es verdad que allí está enterrada mi tía Soledad con su nene al menos tendrá algo de compañía, como si aquel sitio del castaño llamase a los muertos, porque allí mismo estaba sentado mi pobre padre aquel día, que es lo que te quería contar, que nunca te lo he contado y de repente quiero que lo sepas, que se entere esa bruja de que no me voy a llevar el secreto conmigo.

La abuela abría y cerraba los ojillos, pero yo solo podía ver la veladura blanquecina de sus iris, unos ojos que no parecían vivos, los ojos de cerámica de una imagen.

—Anda, abuela, descansa. Ya está bien por hoy.

—Dame un poco de agua. Y déjame, que ya tendré tiempo de sobra para descansar. Lo que quería contarte es que yo escuché el tiro y llegué enseguida, porque estaba al lado, entre los robles, yo siempre cerca de mi padre, y ella tenía la escopeta en las manos, ella, Tomás, mi madre, esa bruja mala que viene ahora a mirarme, esa bruja que me quiere quitar otra vez mi casa de muñecas.

Me apretaba las manos y yo no hacía nada por desprenderlas, y estuve a su lado mientras su susurro se iba debilitando hasta convertirse en un soplo que con lentitud se acompasó a un respirar de sueño. Me solté entonces de su apretón y salí de la alcoba, dispuesto a regresar a mi cuarto, pero las oscuras confidencias de la Buli me habían desvelado.

Bajé las escaleras, salí de la casa, y quedé inmóvil en medio de la explanada, bajo la noche que también bisbiseaba esas historias que no sabemos entender.

14. Pilar

El primero de los vómitos, que le sobrevino cuando atravesaba el pasillo, anunció el embarazo. La alfombra pudo limpiarse, en la pared quedó indeleble un rastro oscuro. De pronto los olores familiares, los más inocentes aromas, se habían convertido en hedores. Le daban arcadas, y empezaba a sentir el cuerpo dividido en dos mitades enfrentadas en una creciente hostilidad. Le decían que tenía que comer mucho y, a pesar de su asco por la comida, se esforzaba por cumplir tales consejos. Engordó, y la visión ante el espejo de aquel cuerpo señalado por la gravidez, en lugar de alegrarla, la entristecía.

Conforme fue acercándose el momento del parto lo iba temiendo más, porque no podía apartar de la imaginación lo que le había sucedido a su hermana. Procuraba no quedarse nunca sola, y Pablo atendía sus exigencias, se pasaba mucho tiempo en casa, y hasta abandonó, después del almuerzo, la tertulia del casino a que antes asistía diariamente. Por fin llegó el momento del parto, una noche calurosa de julio, y la maldición con que el dios bíblico había castigado a las mujeres se cumplió en ella fielmente, pues fue un alumbramiento largo y doloroso, y la comadrona acabó aconsejando que llamasen a un médico. La niña nació en las primeras horas de la mañana, sonrosada, y a Pablo aquel cuerpecito iluminado por la luz primeriza le pareció un augurio feliz.

«Se llamará Soledad», dijo Pablo, abandonando todos los nombres que habían barajado a lo largo del embarazo, Providencia en honor a la abuela, Camino por la patrona de la ciudad, Pilar por la propia madre de la criatura. Con la niña en los brazos y a la luz naciente del día Pablo dijo «Se llamará Soledad», y Pilar, en el regusto del primer momento de descanso después de tantas horas fatigosas, no hizo otra cosa que asentir con una vaga sonrisa antes de quedarse dormida.

A todo el mundo le pareció bien aquel nombre, como un homenaje a la esposa, hermana, hija, tan tristemente desaparecida, y tampoco Pilar mostró que no le agradase, pero como si el nombre hubiese marcado a la niña con unas señales concretas, mientras la iba viendo crecer le parecía encontrar en sus facciones y en la forma de su cuerpo los rasgos cada vez más reconocibles de su hermana Soledad.

Pablo estaba deslumbrado ante aquella primera hija. No se cansaba de mirarla y mecerla y apenas se separaba de ella, de manera que en los primeros años de la vida de la pequeña abandonó sus tertulias, sus partidas de caza, sus esporádicos viajes, y se entregó a su atención como un ermitaño se dedica a su vida piadosa. Otros hijos varones fueron naciendo en ese plazo, pero la pequeña Soledad seguía teniendo las preferencias del padre.

Mientras no hubo en la casa más niños que Soledad, Pilar había aceptado sin reparos el absorto interés de su marido por la primogénita, pero la llegada de los nuevos hijos le hizo sospechar una diferencia exagerada entre el cariño que el padre mostraba hacia sus nuevos vástagos, si lo comparaba con el que parecía sentir hacia la hija mayor.

Cuando nació Ramiro, el tercero y último de los niños engendrados después de Soledad, Pilar pudo descubrir con claridad la diferente actitud de su marido hacia sus descendientes. El niño vino al mundo con una infección de oídos que, por lo que lloraba, debía de ser muy dolorosa para él, y la infección, que los médicos no conseguían curar, duró varios meses, causó mucha fiebre al pequeño y acabó poniéndolo al borde de la muerte.

Un día la enfermedad había llegado a un punto en que, desahuciado el niño por los médicos, toda la familia esperaba su fallecimiento y se había reunido en la casa para despedirlo, entre rosarios y sollozos. Pero aquel día era la víspera del cumpleaños de Soledad, que le había pedido a su padre como regalo un juguete especial, uno de los raros juguetes que llegaban desde el extranjero a manos de algún niño de la ciudad para causar la envidia de todos los demás. Pablo había encargado con tiempo el juguete a uno de los comerciantes amigos, y días antes del cumpleaños supo que el juguete había llegado ya a Valladolid y que lo enviaban a la ciudad, pero aquella víspera, el día funesto en que toda la familia velaba lo que parecían las últimas horas del niño enfermo llorando y rezando, el juguete no había llegado aún, y Pablo, ante el escándalo expresado por su mujer y la censura velada del resto de los miembros de la familia, decidió ir él mismo a buscarlo, porque su hija Soledad no podía quedarse el día de su cumpleaños sin el regalo que tanto anhelaba.

Salió a media mañana en el carricoche, y regresó a la misma hora, al día siguiente. Traía el famoso juguete, y buscó a Soledad para entregárselo con su beso de cumpleaños antes de pararse a preguntar por el enfermito. El niño no había muerto todavía, pero lo hizo a últimas horas de aquel mismo día. Desplomada en un sillón de la sala, harta de llorar, Pilar vio a su hija Soledad entrar sonriente en el lugar, ajena a la tragedia que enlutaba a los mayores de la familia, con el ansiado juguete entre los brazos, aquella muñeca exótica que su padre había ido a buscar para ella.

Soledad tenía entonces seis años y Pilar, mientras la contemplaba con los ojos llenos de lágrimas y el pecho agobiado por los sollozos, encontró en ella con toda certeza a la hermana desaparecida. Las facciones y gestos que durante aquellos años eran un signo familiar, un simple recuerdo, se convirtieron de repente en la segura señal de la otra persona. Comprendió que la primera Soledad estaba renaciendo en la otra, y tuvo un repentino pánico que interrumpió sus lágrimas y que le hizo olvidar por un instante la causa de su pena.

Desde aquel día, Pilar fue escrutando en su hija esa otra personalidad resucitada que se le había revelado. Su escándalo por el viaje de Pablo a Valladolid a buscar un juguete para Soledad mientras el niño agonizaba había originado un resentimiento que no se borraba de su recuerdo y que no intentó ocultar. Pero detrás de su actitud no solo estaba la herida del menosprecio que su marido había mostrado hacia el pequeño enfermo y el dolor de la familia, sino un sentimiento horrible, monstruoso, de estar asistiendo a una resurrección encaminada a arrebatarle otra vez el amor de Pablo.

Cuando Pablo Lamas había venido de Puerto Rico para instalarse en su comarca natal, con la idea de erigir una casa y crear una familia, ella había sido el objeto primero de sus delicadezas. Su padre recordaba con admiración y afecto a aquellos dos españoles que habían llegado a tener tanta importancia en el tráfico comercial de la isla, y ponderaba las fiestas del puerto, que eran una de las diversiones verdaderas en San Juan, por más que muchas muchachas de la buena sociedad las mirasen como poco refinadas. A su propia esposa, la que había de ser madre de Pilar, de Soledad y de los demás hijos, hija de un hacendado cafetalero, entonces recién casada con el oficial, aquellas fiestas le parecían demasiado populacheras, aunque fue en una de ellas donde ambos se conocieron. Ya de vuelta a España, desde el primer momento en que Pablo Lamas visitó su casa, el antiguo oficial se esforzó por hacerle los mejores agasajos.

Pilar era una muchacha seria, religiosa, buena lectora del Kempis y otros libros de devoción y reflexión espiritual que le proponía su confesor, y cualquiera que se relacionase con ella podía vislumbrar fácilmente lo sólido de sus convicciones morales y la seguridad con que afrontaría la consolidación de un hogar. En sus visitas, Pablo Lamas mantenía con ella la mayor parte de la conversación, o al menos la parte más seria, la más sustanciosa, la que trataba de asuntos referentes al orden social, a la meteorología y a las ceremonias piadosas y rituales del culto propias de la época correspondiente. Con Soledad, las charlas eran de mucho menos fuste, pues la muchacha solía preguntar al indiano por los lugares exóticos de aquella isla donde ella había nacido pero que había dejado siendo muy niña, su fauna y su flora, sus playas y sus montañas, ese paraje tan extraño como maravilloso que llamaban la selva de la lluvia.

A veces, las dos hermanas se iban de excursión fuera de la ciudad con el indiano, en su pequeño carruaje, a visitar una iglesia pintoresca, o un paraje celebrado, o a merendar en el campo. La primera vez los acompañó la madre de las muchachas y en lo sucesivo fue con ellos una criada respetable, que llevaba en la familia muchos años de servicio.

En la casa, el oficial y su esposa suponían que el interés de Pablo Lamas por visitarlos tan a menudo y darles nuevas de la construcción de aquella residencia palaciega que estaba levantando en la montaña era el precedente seguro de un acto formal que no debería tardar mucho en ocurrir, la petición de la mano de la hija mayor. Pilar no quería hablar de ello, pero guardaba también esa secreta convicción, pues aunque el indiano no había hablado nunca directamente en términos de cortejo, encontraba signos inequívocos en su modo de dirigirse a ella, en la modulación de sus palabras, en su forma de mirarla, y procuraba comportarse del mismo modo al hablar con él, para manifestarle también de ese modo sutil e indirecto que aceptaba sus galanteos y que correspondía a su interés amoroso.

Un atardecer, en lugar de celebrarse la acostumbrada visita semanal del indiano en el salón de la casa, las dos hermanas, su madre y aquella criada distinguida estuvieron solas mientras el cabeza de familia y Pablo Lamas permanecían conversando en el pequeño despacho en que el antiguo oficial tenía una mesa de escritorio con una escribanía de plata y en las paredes cuadros con mapas, su sable curvo de artillero, una vitrina con las condecoraciones que había merecido en su carrera y un par de sillones para sentarse a fumar puros de la isla que seguía consiguiendo a pesar de las violentas transformaciones políticas y comerciales. Al final de la charla, Pablo Lamas entró en el salón para dar a las damas un saludo de despedida, y cuando se hubo ido, el amo de la casa, muy alegre pero dejando traslucir su confusión, anunció que el indiano le había pedido la mano de Soledad.

Y tantos años después, ya Soledad muerta, recompuesta su propia relación con el indiano, constituido en su compañía un hogar que consolidaban las virtudes cristianas, Pilar se veía obligada a asistir, como si viviese una pesadilla, a lo que podía ser la repetición del expolio.

A partir de aquella revelación, Pilar empezó a ver el trato entre padre e hija de una forma muy diferente a como lo había hecho con anterioridad. Al principio, en la preferencia decidida de Pablo por la primogénita había encontrado, además de la ternura de una paternidad recién inaugurada, la recuperación de aquel retoño perdido con la primera esposa con ocasión de la tempestad de nieve que a él le había impedido estar a su lado en los momentos finales. Ambas razones, si no lo justificaban del todo, hacían al menos tolerable el amor tan distinto en grado que parecía sentir Pablo hacia la hija en comparación con el resto de sus retoños. Pero la preferencia, que siempre había suscitado en Pilar cierto repunte de celos, se convertía de pronto en una inclinación turbia, no en el amor del padre por la hija, sino en una evocación del amor de Pablo hacia la primera Soledad.

Desde el momento de tal revelación, Pilar hizo lo posible por estorbar la solitaria comunicación de los dos, y empezó a ver en su hija una rival, no una nueva Soledad nacida de su vientre, sino la primera Soledad encarnada en ella para robarle otra vez el amor de su marido.

Sin embargo, su acecho no conseguía impedir la intimidad progresiva de padre e hija. Pilar tenía que cuidar de la casa y organizar la vida de todos, y había muchos momentos en que el control de tantas cosas permitía que Pablo se reuniese con su hija, o saliese con ella para llevarla de paseo, o a algún espectáculo. Esas ausencias, esas lejanías, eran las que más amargaban a Pilar, que veía cómo su rival, creciendo cada día en belleza y en gracia, iba formando con Pablo un espacio exclusivo de los dos en que ella no podía tener sitio alguno.

Intentó que los dos hijos varones, que iban saliendo de la primera infancia, se incorporasen a las excursiones de Pablo y de Soledad, y muchas veces salían los cuatro juntos, pero la mayor edad de la niña, su juicio despierto, la convertían sin remedio en el exclusivo interlocutor del padre, el único con quien podía conversar sin caer en la total puerilidad. Y era además notorio que Pablo disfrutaba mucho hablando con su hija, del todo ajeno a lo que sucedía en el pensamiento de su mujer.

En la intimidad conyugal, Pablo solía celebrar el generoso buen sentido, la inteligencia candorosa con que su hija iba descubriendo las cosas del mundo. Estaba muy feliz de ser padre de aquella hija cada día más inteligente y más hermosa, y se lo decía a su mujer, que sentía desgarrársele el alma cuando, para culminar sus alabanzas, su marido le aseguraba que aquella hija se iba pareciendo muchísimo a su hermana Soledad.

Con ocasión de la primera comunión de Soledad, Pablo Lamas hizo trasladar la casa de muñecas de la habitación conyugal a la de la niña, consolidándola así como heredera del juguete. Pilar sintió tanta rabia que aquella misma noche estuvo a punto de destruir la casa con sus manos. Además, tenía que sufrir ella sola el dolor de sus sentimientos, porque sabía que no era caso de contárselo a su confesor. Comprendía que todos aquellos celos, la percepción del regreso de la fallecida, la seguridad en la misteriosa usurpación, eran asuntos que, dichos en alta voz, contados a un tercero, no podían ser creíbles.

Fue consciente de que todo el asunto estaba en manos del demonio, y que ese camino que ella debía transitar a solas, sin poder descargar en nadie lo que sabía, formaba parte de todo lo que el demonio urde para hacernos más doloroso este valle de lágrimas. Rezaba mucho, no dejaba de comulgar ni un solo día, pedía a Dios fuerzas para resistir, y en la solicitud de su hija, que era muy cariñosa en sus actitudes con toda la familia, y se acercaba a menudo a ella para besarla y abrazarla, no veía una mirada cálida e inocente sino una socarronería inspirada por el propio enemigo de Dios.

El último de los veranos de Isclacerta, a Soledad le llegó por primera vez su menstruo. Las criadas que los atendían se mostraron muy alegres y Pablo recibió la noticia con gesto melancólico, y le confesó a su mujer que aquello le hacía sentirse viejo de repente, pero para Pilar era el anuncio de la derrota definitiva. Soledad estaba ya en casa con olor y poderes de mujer hecha y derecha, y ella perdería el hogar que había intentado construir, como estaba segura de haber perdido el amor de su esposo.

Se acercaban los días de regresar a la casa de la capital. Una tarde, Pilar descubrió en la conducta de su esposo un aire furtivo, inusual, que la alertó. Era la sobremesa y Pablo y su hija se alejaron para pasear por el sendero que llevaba hasta el lugar de los baños, en el río. Pilar dejó que desaparecieran y, sacrificando su siesta, se dispuso a seguirles, con una determinación que fue capaz de vencer sus pocas fuerzas y el andar desmañado a que la obligaba su gordura. Continuó con dificultad sendero abajo, y al fin los descubrió al pie de una enorme peña cónica que se alzaba en un claro del bosque. Se habían sentado el uno junto al otro y hablaban sonriéndose.

Pilar se acercó lo más posible, hasta que estuvo tan cerca que podía escuchar el rumor de su charla, aunque no fuese capaz de entender lo que decían. Estuvieron así un rato, hasta que Pablo sacó de la chaqueta un estuche redondo. Lo abrió y Pilar pudo ver que en sus manos brillaba un objeto que parecía una pulsera. Seguían sonriendo al colocarse Soledad la pulsera en la muñeca, y rieron cuando fue evidente que le quedaba grande. Y padre e hija se abrazaron y se besaron como si entre ambos se hubiese acordado un pacto solemne, antes de seguir descendiendo por el sendero.

Pilar regresó a la casa y presenció los juegos de los niños sobre el espacio de hierba, ya entonces medio seca, que rodeaba la casa. Rezaba el rosario distraída, con la imaginación puesta en esa pulsera brillante que Pablo le había entregado a Soledad, temiendo saber de qué se trataba. Al día siguiente, cuando Soledad salió de la casa, Pilar entró en su habitación dispuesta a encontrar aquella joya aunque tuviese que revolverlo todo, pero no tuvo que hacer muchas pesquisas, porque el estuche estaba encajado detrás del armario, en un punto fácilmente atisbable. Al abrirlo, Pilar reconoció la pulsera de oro macizo, con el nombre de Soledad grabado en grandes letras entre dos filas de brillantes diminutos, con que Pablo Lamas había conmemorado la petición de compromiso de su hermana.

Pilar supo que aquella pulsera era el símbolo mismo de su derrota total, el grillete que, sin sujetar su muñeca, la encadenaba al infortunio. Revivió la tarde en que Pablo Lamas, en la primera visita tras la reunión a solas con su padre, había ofrecido aquella joya a su jubilosa hermana, y ella se había visto forzada a disimular entre sonrisas y comentarios valorativos toda la humillación de su alma. Y aquella humillación estaba otra vez allí, enlazando su alma con su propia mano, pero no vivida como entonces, sino de la manera tortuosa y enmarañada de una pesadilla.

Entonces pudo haberse levantado, haber mirado a Pablo Lamas de arriba abajo, con desprecio, haciendo patente la afrenta de que se sentía víctima, al haber dado a sus visitas y a sus excursiones un aire de galanteo que, por ser ella la mayor, todos habían interpretado engañosamente, al haber ocultado con tanta doblez el destino del verdadero galanteo que se disfrazaba bajo las apariencias. No lo hizo, pero podía haberlo hecho. Eligió el disimulo y el silencio, tragarse su dolor y rumiarlo en secreto como una de esas enfermedades tan vergonzosas que nadie debe conocer, ni siquiera el médico, aunque nos acaben llevando a la tumba. Pero ahora no podía hacer nada, porque ella era el único testigo de su desdicha, la única víctima de una injuria que nunca dejaría de ser secreta, porque no tenía sitio en la lógica y en la razón de la gente.

Oprimida por aquella angustia, dejaba pasar las jornadas y ya ni rezaba ni espiaba a la Soledad renacida. Faltaban solamente un par de días para el regreso a la ciudad, llegaba el momento en que las criadas debían afanarse doblemente para dejar cerrada la casa, y una tarde Pilar despertó de su siesta sintiendo mucha extrañeza ante el lugar y la luz. La casa y sus alrededores estaban en silencio y supuso que niños y criadas habían ido a dar un paseo por los senderos del bosque. El tiempo era aún cálido, pero ya las nubes empezaban a quitar fulgor a la tarde. Salió al prado y vio que su marido, sentado bajo el castaño, pasaba un trapo por los cañones de una escopeta.

El lugar era el mismo en que, según contaban, pues ella nunca quiso preguntárselo a Pablo, él había enterrado el cuerpo de la primera Soledad. Pero aquella Soledad ya no estaba allí, oculta debajo de la tierra, aquella Soledad había regresado de la muerte, ella misma la había vuelto a engendrar en su propio cuerpo, ella la había parido y alimentado con la leche de sus pechos. Aquella Soledad iba creciendo, se había hecho ya mujer, y había recibido otra vez de manos de su enamorado la pulsera que era señal de su compromiso.

El dolor de los celos era tan fuerte que pensó que su corazón reventaría enseguida. Pero antes quiso hacer lo posible por concluir esa historia que no se podía contar. Entró en casa y en el armero descubrió las otras escopetas, por las que su marido sentía menos preferencia, las preteridas, tantas como sus hijos varones, los hijos que aquel padre apenas consideraba, absorto en el amor de Soledad.

Las armas de guerra, las de caza, habían sido familiares para Pilar desde la niñez, y no tuvo dificultad para colocar un cartucho de posta en una de las escopetas y disponerla para el disparo. Disimuló la escopeta a su espalda porque no quería que Pablo Lamas pudiera imaginar lo que iba a hacer. En su propósito no había ningún deseo de venganza contra él, un hombre bueno, un hombre al que seguía amando. No quería que él advirtiese su intención, porque no quería hacerle sufrir ni un solo instante. Cuando estuvo junto a él, Pablo alzó los ojos, la saludó con una sonrisa y le dijo que terminaría enseguida. Pilar esperó a que bajase los ojos y estuviese otra vez entretenido en su labor. Entonces agarró con firmeza la escopeta que llevaba oculta, la acercó con rapidez al pecho de su marido y disparó.

15. Noelia

Estuve paseando durante mucho tiempo. Primero intenté hallar aquel cobertizo de que me habló la Buli, el lugar en que había muerto el guerrillero, pero la luz de la luna confundía los restos derruidos del corral y de las antiguas cuadras en una sucesión de bultos indescifrable, que las zarzas apenas visibles defendían con eficacia de garras vivas. Me dirigí luego al castaño, cuya sombra era acaso, con la forma de la casa, la más sólida de todas las figuras de la noche. Mi imaginación mezclaba muchas historias en mi cabeza y me abandoné a ellas, en aquel lugar que era una de las encrucijadas de Isclacerta. A la luz de la luna yo pensaba que bajo mis pies, no lejos de aquel espadín que me regaló de niño el tacto de los sables piratas, estaban los cuerpos de la desdichada Soledad y de su hijo nonato, y el del joven huido, y que allí mismo, junto al ara que parecía más blanca al claror lunar, le había llegado la muerte al Puertorriqueño, por mala suerte según la leyenda, aunque la abuela, quién sabe si en el puro delirio, acusaba a su madre del crimen. Pensaba en las dos esposas del Puertorriqueño, y la noche, tras la extraña confesión de la Buli, puso en mi cabeza intuiciones de tragedias secretas. Imaginé la historia de Pilar desde un terrible delirio de celos, cautiva de la sospecha de reconocer en su hija a la hermana muerta, el gran amor de su marido, y ejecutora al fin del asesinato del Puertorriqueño.

Me llegaron de repente las ganas de dormir, como si un hechizo hubiese caído sobre mí desde el ramaje invisible del árbol, y regresé a la casa. Mi sueño estuvo aquella noche lleno de pesadillas, aunque al despertar sólo fui capaz de recordar una de ellas. Yo me encontraba junto a la Nariz y el suelo empezaba a temblar. La Nariz iba saliendo con lentitud de la tierra, hasta que comencé a vislumbrar el rostro del gigante. Eché a correr cuesta arriba entre el terremoto y por fin llegué a la explanada y me refugié dentro de la casa, pero enseguida descubrí que no estaba en el edificio de Isclacerta sino en la pequeña casa de muñecas de la abuela, entre aquellos muebles diminutos, aunque su tamaño y mi estatura se ajustaban con naturalidad a las mismas proporciones. Se empezó a separar la pared que da al sur, a la parte en que está la fachada de Isclacerta, y comprendí que alguien estaba abriendo la casa de muñecas. Eran las manos del gigante de la Nariz, que acercó su cabeza y me miraba con fijeza. Cuando desperté, tuve la seguridad, intensa aunque se desvaneciese con rapidez, de haberme convertido en una miniatura y estar encerrado en un espacio que no se correspondía con las verdaderas proporciones de la realidad. Como si fuese verosímil que una mano monstruosamente grande iba a separar de repente la pared y los ojos correspondientes al ser que la movía se clavarían en mí como lo habían hecho los grandes ojos de mi sueño.

Era más tarde de lo habitual y escuché en la explanada un murmullo de conversación. Mis padres estaban colocando unas cajas de cuadros en el maletero del coche de mi madre, y cuando fui a su encuentro supe que mi madre regresaba aquella misma mañana, y que iba a llevarse con ella las pinturas de mi padre, para aprovechar el viaje. Estaba atildadísima, elegante, como siempre, con ese aspecto que es una reafirmación diaria de fe en la guerra contra el tiempo y en la inmutabilidad del propio encanto. Me pidió que la tuviese al tanto de la enfermedad de la abuela y que regresase a Madrid en cuanto me fuese posible. Me besó, se puso al volante y se fue.

A la luz refulgente de la mañana, mi padre, con el pelo en desorden, sin afeitar, tenía aire preocupado.

—Yo tampoco puedo seguir aquí eternamente, tengo en estas fechas un montón de líos.

Repuse que yo podía quedarme algunos días más, a ver cómo se desarrollaban las cosas. Aunque mi madre prefiriese tenerme con ella, lo más complicado de la última exposición de la temporada, una colectiva, estaba hecho, y mi presencia en Madrid no era ya tan necesaria. Sentía curiosidad por conocer qué habían acordado por fin en el asunto de la pintora ficticia, pero no me respondió directamente, y mostró en sus palabras mucho mal humor, antes de darme la espalda con brusquedad.

—¿Tú crees que esos Albert Wilson, Clay Sloman, Percy Smith, etcétera, los supuestos autores de las novelas del abuelo, eran un fraude? ¡Te hubiera agradecido que te guardaras tus opiniones para ti solo!

El médico llegó aquel día muy pronto, mientras yo estaba todavía delante de la casa, sorprendido de aquella reacción de mi padre. Era un hombre con el rostro muy tostado por el sol, de grandes manos, que se tocaba con una boina, ofreciendo menos aspecto de facultativo que de labriego acomodado. Avisé a mi padre de su llegada y asistimos los dos al reconocimiento de la enferma, que mientras duró no acabó de despertar del todo, y nos confundía a mi padre y a mí. El médico guardó sus instrumentos y cuando salimos de la habitación contestó a las preguntas de mi padre con mucha flema, como si pensase cada respuesta, informándole de que la enferma estaba muy mal, sin duda en un estado del que no se recuperaría, aunque seguía pensando que ingresarla en un hospital solo iba a hacerle más incómodos sus últimos momentos, empezando por el propio traslado. No sabía decirnos cuánto iba a durar, pues podía mantenerse tal como estaba lo mismo una semana, que dos o tres.

—No creo que esta señora llegue al verano, pero no puedo decirles más —añadió, antes de marcharse.

—Yo tengo muchas cosas que hacer estos días —repitió mi padre cuando el médico se hubo ido—, y tú puedes irte también, si quieres. Le voy a dejar otro teléfono a Noelia, para estar más seguros, y si pasa algo nos plantamos aquí en unas horas.

La llamita del encendedor hizo saltar una súbita chispa de su cigarrillo en la primera bocanada. Lo recuerdo todo con nitidez, porque aquellos días en Isclacerta permanecen dentro de mí con la precisión de algo que me estuviera sucediendo todavía, y he descubierto que tanta exactitud en el recuerdo se debe a que fue entonces, en aquellas jornadas, cuando al observar lo que veía y considerar lo que escuchaba con una voluntad de esclarecimiento que nunca antes había tenido, se me manifestaron muchas de las claves de mi vida, de forma que, como digo, aquellos días en Isclacerta fueron para mí como iluminaciones, respuestas, y permanecerán siempre en mi memoria con la misma claridad de cosa revelada.

Mi padre y Chon se fueron apenas una hora después de la visita del médico, tras el afanoso almacenamiento de los cuadros de la mujer en la parte trasera del coche todo terreno de mi padre. También ella parecía malhumorada, y se marcharon casi sin despedirse de mí, aunque mi padre le dio a Noelia prolijas instrucciones sobre lo que tenía que hacer para avisarle en el caso de que la abuela se pusiese peor.

—¿Tú no te vas a ir? —me preguntó Noelia.

—Yo no tengo prisa, por ahora.

—¡Así me gusta! Los tres solitos, como aquellos veranos. Pues hoy comerás conmigo, por fin.

Le pregunté si tenía que bajar al pueblo a comprar alguna cosa, pero me aseguró que había en casa todo lo necesario, y supe entonces que mi abuela le había enseñado a Noelia a conducir, que manejaba el coche para hacer los recados y que, según se ufanaba, en la casa nunca faltaba de nada. Dijo que iba a preparar la comida, pero antes, con mucho misterio, me llevó hasta el cuarto que servía de antesala a la alcoba de la abuela y sacó del cajón de la cómoda una carpeta atada con cintas.

—¿No estabas buscando cosas escritas por tu abuelo? ¡Pues ahí tienes!

Los ojos de Noelia brillando tras los lentes, todavía uno de los cristales marcado por una pequeña mancha. La mesa camilla con sus faldas de un terciopelo señalado por los arañazos del tiempo. La cómoda cuya madera ha puesto de color de miel la luz de los años. Una lámpara que fue de petróleo y que ahora lleva dentro una bombilla como un extraño huevo en nido ajeno. El calendario de grandes números, en rojo los festivos, con una cartela en la parte superior que anuncia una empresa de transportes por carretera. Los dos sillones de mimbre pintados y repintados a lo largo del tiempo, con una pátina que los jaspea de blanco y marfil. Una pintura que representa un velero navegando a todo trapo en el crepúsculo, el horizonte interrumpido a un lado por la línea oscura de los acantilados que remata un faro blanquecino en un extremo. Las puertas entornadas del cuarto de la abuela, dos hojas de nogal envejecidas también con nobleza, que siguen dando testimonio de la habilidad del ebanista. Las grandes cortinas a juego con las faldas de la camilla en el tejido y en los costurones del uso, embocadura de la escena inmóvil y reluciente de la explanada y el bosque, más allá de la ventana. El canto de un pájaro insistente, incansable. El sonido de la respiración trabajosa de la abuela.

Todo está preciso en mi recuerdo, o en él permanece la seguridad de recordarlo así, como si en aquellos días mis sentidos se estuviesen abriendo por primera vez a la percepción de las imágenes, de las texturas, de los colores, de los ruidos. Y el aroma a plantas secas se mezcla con el de las manzanas, y el del bosque, que llega de fuera.

Abrí la carpeta que Noelia me entregaba y encontré un fajo de papeles en que se alternaban el manuscrito y la mecanografía, algunas tarjetas postales de color sepia, Fortaleza de El Morro, Plazuela de La Rogativa, la catedral de Nuestra Señora de Guadalupe. En mi rápido hojear descubrí algunas palabras que me dieron señales de la novela plagiada, aunque me pareció que todo aquello eran piezas incompletas.

—¿No había más? —le pregunté.

—Tu abuelo usaba esos papeles para encender la chimenea. No debían de importarle mucho.

Dejé la carpeta en mi habitación con los demás documentos del abuelo y salí a descubrir a la luz del día lo que el confuso fulgor lunar no me había permitido ver. Pero la buena iluminación no aclaraba demasiado aquellos espacios con restos de pilotes y vallas de madera medio derruidas en que se enmarañaban las zarzamoras. Nada en el espacio de los antiguos gallineros hacía suponer que existiese el escondrijo de que me había hablado la Buli la noche anterior, pero fui paciente en mis pesquisas, arranqué con ayuda de una azada los matojos que se enredaban en los restos de los ponederos, aparté las tejas caídas y conseguí dejar libre de obstáculos el tinglado de madera, apoyado en el muro de la casa, que había servido como soporte a la parte interior del gallinero. Tras una inspección cuidadosa de las tablas, pude encontrar al fin la parte móvil que debía servir de puerta y la hice girar con un empujón.

El escondrijo aprovechaba un saledizo que en aquella parte presentaba la estructura de la casa, tal vez obligada por el nivel del terreno. El voladizo no sobresaldría ni un metro, pero había sido suficiente para habilitar allí una estancia minúscula, con una especie de banco adosado al muro de acaso medio metro de ancho que debía de ser el jergón de que hablaba la abuela. El armazón estaba hecho con troncos de madera apoyados en dos patas, un trenzado de cuerda hacía las veces de somier y un saco de paja reventado mostraba lo que había servido de colchón. Por algún punto imperceptible al primer vistazo habían entrado pájaros en el reducto y habían anidado junto al techo, y el colchón estaba cubierto por sus menudos excrementos. De todas las historias de Isclacerta, ésta, tan nueva, recién conocida, mostraba a las claras las pruebas de su verdad. En el suelo había una escudilla de aluminio y bajo el camastro el correaje que acaso ciñó las armas y cartucheras al cuerpo del guerrillero.

Fui a buscar la toalla y bajé a bañarme a la poza, embelesado en aquella sensación nueva de estar descubriendo por vez primera la forma de muchas cosas y el sentido certero de las historias. Era mucho más tarde que otros días, y aunque el agua seguía igual de helada el sol ponía en la ribera un reverbero veraniego.

El agua alrededor de mi cuerpo me devolvía de nuevo sensaciones que mi bisabuelo había sentido igual, con el mismo dolor en la piel, una molestia que parecía penetrar en el cuerpo antes de irse desvaneciendo en la dormición muscular, como mis ojos, al medir el espacio angosto del escondrijo, habían recibido la misma imagen que tuvo su constructor, mi abuelo, cuando terminó de fabricarlo. Claro que somos islas de pensar y de sentir, pero todos nuestros pensamientos y sensaciones han sido experimentadas ya por otros que estuvieron aquí antes, aunque cada uno las sienta como si fuese la primera vez, como si se tratase del primer ser humano sobre la Tierra. Cada uno de nosotros recorre un camino bien conocido, al menos en sus principales accidentes, por todos los que han pasado primero. Nadie vive nada de verdad nuevo y diferente, como nadie tiene de la muerte una experiencia distinta de la conocida por todos los que han muerto ya.

Llegué a comer con mucho retraso, pero Noelia me esperaba, resignada. Me dijo que la abuela no había despertado, pero que estaba tranquila, y después de la comida recogí de mi habitación la carpeta con los papeles del abuelo que Noelia me había dado, me senté delante de la casa, en el borde del sol, y me disponía a revisarlos, pero una pereza confianzuda, amistosa, me envolvía con su firme abrazo paralizante.

Noelia me llevó un café y me invitó a subir a hacerle compañía un rato.

—Tanta guardia acaba siendo cansada, no te vayas a creer. Además, a esta hora se está mejor arriba.

La luz de aquel cuarto, ahora menos blanca. Por la oquedad entre las hojas de la puerta es posible atisbar el interior de la casa de muñecas, al fondo, con la pared abierta de par en par. Tres pisos, dividido cada uno en dos espacios. Hay un hueco central para la escalera, cubierta de una alfombra de terciopelo sujeta a los escalones con barritas de cobre. Se percibe vagamente abajo, a la derecha, el relumbrar de los cobres y de los platos en la cocina, al fondo un cilindro negro que debe de ser la chimenea, y a la izquierda, al otro lado de la escalera, los minúsculos brillos de la vajilla diminuta colocada sobre la mesa del comedor, unas chispitas al fondo que marcan la presencia de pequeños daguerrotipos colgados de la pared, los bultos de los muebles. En el primer piso, a la derecha, el dormitorio principal, una cama dorada, un icono, un lavabo, un armario de dos puertas, y al otro lado del descansillo, donde hay un teléfono de pared, el cuarto de baño con espejos y plantas, y el singular cuerpo cilíndrico de una extraña ducha. En el último piso, el abuhardillado, la escalera desemboca en una sala de costura y lectura, donde hay estanterías con libros, una mesa de despacho, un tiesto que simula alguna clase de palmera, un gramófono, discos, cacharros antiguos, pequeñas esculturas, y al otro lado el cuarto de los niños, un caballito de madera, muñecas, osos, un carrito, pero todo desdibujado entre la oscuridad y la lejanía. Y frente a mí, Noelia, tejiendo otra vez con esas agujas que van enhebrando el hilo de la madeja con sus palabras y su respiración.

—¿Tú sabías que el abuelo escondía a los guerrilleros en un cobertizo que hay detrás del gallinero?

Se me quedó mirando con aire pensativo.

—Cuando yo vine aquí ya no había huidos de ésos. Los habían matado a casi todos. Otros se escondieron en sótanos, en desvanes, y no volvieron a salir hasta que no murió Franco y vino el rey.

—El abuelo les dejaba comida donde el castaño. A lo mejor ese fantasma de la primera Soledad que veía tu prima la enferma, la tísica, era la figura de alguno de esos huidos, que venía a buscar comida.

—Ca. No sé si venía un fantasma, pero te digo que ya no quedaban huidos por estos montes cuando yo me vine a vivir aquí.

—¿Por qué viniste?

Respondió a lo que le preguntaba dándome fechas, datos sobre lo que hacían mi abuelo y mi abuela, referencias a las pequeñas construcciones agrícolas que mi abuelo había ido añadiendo, a las exigencias de previsión de leña, forraje y otros suministros para el invierno, a las largas veladas de charla y lectura que vivían los tres, y barrunté en su evasiva un nuevo secreto que despertó mi curiosidad.

—¿Pero tú por qué te metiste aquí, Noelia? ¿Qué se te había perdido a ti aquí?

—Qué sé yo. Estaba soltera, y ya no era tampoco una niña, y la única persona de la familia con la que había tenido un trato cercano, y a gusto, había sido con tu abuela, y yo tenía que trabajar para comer, porque mi gente eran los parientes pobres de la familia, así que quién mejor que ella, aunque fuese por estos andurriales.

Siguió cosiendo en silencio. Mientras la convicción de los sabios terrestres a propósito de los designios de aquellas grandes berzas pensantes se iba haciendo cada vez más segura y temerosa, tuve la certeza de que Noelia me ocultaba algo que debía completar las razones de su exilio a aquella casa perdida en la montaña. Y de repente, cuando el profesor J. Piñeiro, provisto de un potente anteojo, tomaba notas sobre lo que sucedía en aquella área impenetrable, defendida por las terribles armas que disolvían con ácido todo lo que intentaba penetrar allí, Noelia comenzó a hablar sin levantar la mirada de su labor.

—Fíjate, ha pasado tanto tiempo que lo había olvidado, como había olvidado también la vergüenza que antes sentía al recordarlo, un gran pecado, un pecado atroz que no se me podía perdonar.

—¿Vergüenza, Noelia? ¿Por qué, si se puede saber?

—No sabes lo que ese recuerdo me ha hecho llorar, y llorar, durante años, precisamente hasta que se me borró de la memoria, y tú me lo has hecho recordar, y visto ahora casi me parece mentira aquella vergüenza terrible.

—¿Pero qué clase de vergüenza?

—De pensar en matarme, no te digo más.

—¿Pero por qué razón?

—Digamos que por una relación con otra persona.

Me quedé callado, sin atreverme a seguir preguntando, pero con la mirada puesta en ella, que no dejaba de tejer, tan tranquila. Continuó hablando sin mirarme, me decía que yo acababa de despertar aquella vergüenza, y que a aquellas alturas lo veía todo tan ridículo, tan mezquino, que le parecía que no le había sucedido a ella, que había sido un sueño de esos que te dan la ilusión de ser verdad pero que resultan solo eso, una ilusión sin fundamento. Y me siguió contando cosas que yo ya sabía, que en su casa eran los parientes pobres y todo el mundo tenía que trabajar, pero que ella no podía ponerse a servir, eso me lo confesaba por primera vez, no podía ponerse a servir porque hubiera sido una humillación para la familia, su padre tampoco dejó que emigrase a Alemania, a Francia, a Suiza, como tanta gente del pueblo, chicas que con el tiempo se casaron allí, uno de su pueblo, que según ella era más bruto que un arado, emigró a Suiza, allí estudiaron sus hijos y llegaron muy lejos, y hace unos años se supo que el mayor de los hijos de aquél, a quien llamaban Curto, que era el mote de su familia, los Curtos, se había casado en Inglaterra con una chica que conoció trabajando en las oficinas de la Comunidad Europea, la hija de un lord, y en la capilla del palacio, nada menos, como decían las invitaciones, para asombro de la gente. De manera que tenía que buscarse la vida en otros empleos. Como tenía algo de instrucción, lo que había estudiado con las monjas, estuvo un tiempo en la capital de lo que llamaban institutriz, que estaba tan mal pagado como todo el servicio doméstico, y encima había que hacer de niñera con pretensiones, porque decía que tenía que aguantar a los niños como cualquier criada y además tomarles las lecciones. Pero por lo menos estaba en la capital, podía ir al cine de vez en cuando, y hasta al teatro si llegaba alguna compañía, o sea, que no se sentía mal del todo, aunque en las casas en que trabajó, de gente enriquecida en los negocios de después de la guerra, chatarra, suministros al ejército, la miraban por encima del hombro y la alojaban en unos cuchitriles infames. Un día surgió la posibilidad de regresar a su pueblo y su padre, al que le gustaba tenerla bien atada, eso decía ella, no desaprovechó la ocasión. Había en el pueblo una señora soltera, la última descendiente de una familia que había tenido mucha riqueza y nombre en la comarca, a la que se conocía como la Señorita, ya estaba mayor, llena de achaques, y necesitaba alguien que le hiciese compañía, que leyese para ella, que rezase con ella el rosario, que la sacase a misa y a dar algún paseíto. Así que con la Señorita se había estrenado como dama de compañía. Le leía el Kempis, *Pequeñeces, Boy y Jeromín* del padre Luis Coloma, *La niña de Luzmela* y *La esfinge maragata* de Concha Espina, *La hermana San Sulpicio, Maximina y Riverita,* de Armando Palacio Valdés, estas últimas eran las más bonitas de todas, le hacían llorar al leerlas. De forma que Noelia estaba bastante a gusto en aquel trabajo, y aunque cuando empezó se iba a dormir a su casa por las noches, con el correr de los meses ya se quedaba en la casona, en una habitación preciosa para ella sola, y dormía en una cama con dosel, como las princesas de los cuentos. Resultó que la Señorita era muy aficionada a las cosas de iglesia, no solamente la misa, sino cualquier ocasión de asistir a algo relacionado con acontecimientos religiosos era para ella una verdadera fiesta. Por entonces llegó al pueblo un párroco nuevo, un hombre muy joven, acaso tendría la misma edad que Noelia, dice que muy joven para ese puesto, y su juventud enternecía a toda la parroquia aún más cuando decía misa y rezaba, pues no habían visto en la vida nadie que lo hiciese con tanta devoción, tan entregado a sus deberes, y debiendo atender varias parroquias a la vez, si no estaba en el pueblo diciendo misa, casando, bautizando o despidiendo a un moribundo, se le veía montado en su mula por esos caminos, con el maletín de los sacramentos, en dirección a otro sitio donde tenía que cumplir su obligación. Y ahora te lo diré, me dice, y casi me da la risa, añade, y cuenta al fin que entonces le hubiera parecido que el diablo le ensuciaba la boca por decir aquello del cura guapo y enternecedor, y exclama que qué cosas les hicieron llegar a pensar, Dios mío, e insiste en que era un hombre guapísimo, uno de los hombres más guapos y apuestos que ha conocido en toda su vida y, además, y asegura que le gusta decirlo ahora, que no se hunde el mundo ni siquiera es pecado venial, la sotana le hacía todavía más atractivo, y a todas las mujeres del pueblo les parecía igualmente guapo, aunque solo entre las más íntimas se atreviesen a comentarlo, y me promete que, por su parte, en esa imagen suya no había idea de pecado alguno, ella su belleza la sentía como un don divino, ¿pues no es propio de los ángeles y de los santos y santas la hermosura? ¿No es la belleza cosa de estar cercanos a Dios, de su contacto? ¿No decimos feo como un pecado, más feo que un diablo? El caso es que Noelia, cuando miraba a aquel sacerdote, se sentía un poco trasladada a ese mundo de la belleza divina, y él debía de notar su arrobo, porque me cuenta que le hacía objeto de ciertas preferencias, o al menos eso le parecía a ella, y se le ha puesto encarnada la cara, y a algunas de sus amigas, por insinuaciones, enseguida supo su nombre, una palabrita amable, una sonrisa, una vez que se le cayó una flor de las que le ponían a la Virgen se la regaló, claro que como objeto piadoso, y así, de manera que, cuando estaba en el pueblo, ir con la Señorita a la iglesia, para ayudar al párroco en lo que fuese necesario, era para Noelia mejor que cualquier película, mejor que la más bonita pieza teatral del mundo. Pero me dice que era una atracción sin pecado por parte de ninguno de los dos, Pablo Tomás, y que todavía siente alegría en su corazón al evocarle, ahora que ha perdido la vergüenza, era casi rozar ese estado de gracia que dicen que tienen los bienaventurados, y no sé cómo pudo verse tan sucia cuando aquello pasó, no puede comprenderlo, pero eran tiempos en que la suciedad y la vergüenza lo embadurnaban todo.

Yo seguía pendiente de ella, mirando su relato irse trenzando en anudamientos pequeños, exactos los unos a los otros, a lo largo de aquel tejido azulado. Guardó silencio unos instantes, como si acabase de hacer un ovillo y se dispusiese a enhebrar las agujas otra vez, y continuó repitiendo que ayudaban al cura siempre que podían, y debía de ser el mes de las flores, fechas más o menos similares a aquellas en que ella y yo estábamos allí mientras la abuela agonizaba, y una tarde de domingo se encontraban ella y el cura juntos en la iglesia terminando de vestir el altar, la Señorita había salido ya a la plaza porque dentro hacía un poco de bochorno, Noelia estaba en lo alto del altar acabando de colocar unos ramos, iba a bajar pero alguien había retirado unas gradas de madera que le habían ayudado a subir, dice que no había en la iglesia nadie más que el cura y ella, ya ni se acuerda de su nombre, o sí, don José Luis, el padre José Luis, solos él y ella, o al menos eso creían, y le echó los brazos para ayudarla a bajar, y conforme se tocaban sus cuerpos esa atracción que sentían les hizo apretarse como si los hubiese unido un imán, y sin conciencia de lo que hacían se dieron un beso, no creas que de esos del cine que parece que se están comiendo el uno al otro, que se devoran, dice, un beso lleno de ternura, los labios rozaron los labios, solamente, un beso puro y casto si los hay, y al punto, en aquel mismo instante, se separaron horrorizados de lo que había sucedido, aquella ceguera que les había dado, ni siquiera se volvieron a mirar, y Noelia salió corriendo de la iglesia, con el corazón dando saltos dentro de su pecho como un animal asustado.

—¿Y eso fue todo? —pregunté yo, un poco decepcionado por lo nimio de la aventura.

Aquella misma noche vino el padre de Noelia a casa de la Señorita y ordenó a su hija que saliese, que quería hablar con ella. Olía mucho a vino, y tenía un gesto muy torvo. La llevó a los corrales y se puso a darle bofetadas y puñetazos mientras la insultaba, la llamaba zorra y pendón, decía que sus líos con el cura andaban en lenguas de todo el pueblo, que en la taberna no se hablaba de otra cosa, que alguien les había visto haciendo guarradas en la propia iglesia. La castigó como a una bestia, pero lo peor fue que la habladuría llegó aquella misma noche a oídos de la Señorita, y sin dar ni pedir explicaciones quitó a Noelia de su servicio, ni siquiera habló con ella, su vieja criada, que nunca la había mirado con buenos ojos, cuando llegó el día siguiente, nada más levantarse, le dio unos duros de parte suya en la cocina y le dijo con mucho retintín que allí ya no se la necesitaba.

Noelia estaba tan llena de vergüenza que no sabía qué hacer, los insultos de su padre, los lloros de las mujeres de su casa, los gestos de burla soez de las gentes del pueblo, ni una sola amiga le quedaba que la mirase a la cara después de aquello.

—Como te dije, hasta pensé en tirarme al tren, no sé cómo se me ocurrió escribir a tu abuela para pedirle que me tuviese con ella una temporada, me contestó enseguida aceptando mi compañía, con una carta muy cariñosa. Y aquí me vine, una temporada, luego el otoño, el invierno, otro año, nunca me dijeron que me fuese, y aquí me quedé.

Detuvo su labor y se quedó unos instantes mirando por la ventana, antes de continuar.

—Hasta ahora no lo había recordado y al pensar en aquella vergüenza, al pensar que estuve a punto de matarme por ello, al ver tan claro lo que fue, casi no me lo puedo creer, casi me dan ganas de reír, aunque a lo mejor esta noche no pueda dormir, de la rabia.

16. Nuevos relatos

Noelia había acabado de contarme su historia y no supe qué contestarle. Sus ojos estaban húmedos y yo sentía en mi pecho el eco de su congoja. Quedó absorta en su labor y me fui a mi cuarto con la carpeta de los papeles del abuelo, para guardar en ella los que yo tenía. Permanecí allí un rato largo, consciente de mi huida, y me puse a hojear los papeles nuevos, observando su textura afinada por el paso del tiempo, que los había adelgazado y hecho quebradizos, que había dejado un poco desvaídas las palabras escritas o impresas en ellos, dándoles esa condición espectral que los años acaban imprimiendo en todo lo que sobrevive demasiado.

Sin embargo, no podía olvidar a Noelia, tan indefensa en la historia que me había contado, sin duda víctima todavía de aquel viejo malentendido que con tanta justeza definía la mezquindad de un tiempo para mí muerto, pero que seguía boqueando en todos los que, como ella y mi abuela, se habían visto obligados a sufrirlo.

—Creí que te habías ido a dar un paseo —me dijo cuando regresé.

—Solo había ido a buscar unos papeles del abuelo, para juntarlos con estos que me diste.

—A lo mejor hay más. Ya te diré dónde buscar.

—¿Tú no supiste nada de una novela que había escrito, que pasaba cuando la guerra de Cuba?

—¡Qué voy a saber! Tu abuelo no daba explicaciones acerca de lo que estaba escribiendo.

—La mandó a un concurso y se la robaron.

—Pues es la primera noticia que tengo, pero cada minuto nace un sinvergüenza.

Entre los nuevos papeles del abuelo encontré bastantes textos curiosos, aunque casi todos incompletos, y un cartel cuidadosamente doblado, de un papel ocre y muy basto, en que estaba impresa la figura de un barco de tres palos con el velamen desplegado y un par de chimeneas echando humo, la bandera ondeando en el sentido contrario al lógico, que anunciaba la ruta de Asturias a América en los vapores correos transatlánticos de A. López y Cía. El cartel avisaba que para Puerto Rico y Habana el vapor *Coruña* saldría de Cádiz el treinta de agosto, a la una de la tarde, que su capitán era don Isidoro Domínguez y que, además de admitirse carga y pasaje, se expedirían también billetes combinados para Mayagüez, Ponce, Santiago de Cuba, Gibara y Nuevitas, transbordando en Puerto Rico a otro vapor de la empresa.

Yo buscaba algún indicio de aquella novela que le habían plagiado y hallé fragmentos manuscritos que debían de tener relación con el asunto. Había uno sobre «una hierba que llaman tabaco, la cual es a manera de planta y tan alta como hasta los pechos de un hombre el tallo, que echa unas hojas tan luengas como un palmo y anchas como cuatro dedos», recogido, al parecer, por la nota que lo acompañaba, de la *Historia general y natural de las Indias,* de Fernández de Oviedo.

Sobre el tabaco había muchas anotaciones más, como la transcripción de unas «Instrucciones que deberán observar los factores subalternos de la Factoría de Tabacos de La Habana en los pueblos de aquella isla», en que se hablaba de la formación de casas de guano, de regar clara la semilla para que no nazca espesa, de escardar el semillero varias veces para lograr posturas o plantas lozanas, de chapear la tierra desde principios de agosto, de guataquear tierra al tabaco cuando éste tenga humedad, de enmagullar y encujar las hojas de dos en dos, de la calentura que le entra al tabaco enterciado después de hechos los manojos.

Al lado de las instrucciones transcritas, mi abuelo había hecho anotaciones con letra pequeña: chapear es cavar, decía; guataquear es arrimar; cuje: vara horizontal para colgar las hojas tras la recolección; enterciar: empacar. Como digo, era un trabajo meticuloso, que mostraba el interés del escritor por acopiar datos certeros sobre un asunto que sin duda estaba muy presente en la novela.

En otra cuartilla se hablaba del azúcar, de los ingenios dedicados a su producción, del olor de los hornos, de las carretas que acarreaban la caña en el tiempo de cortarla. Ojo —decía una anotación—, algunos ingenios llevaron camellos de Canarias. Ojo —decía otra—, algunos ingenios se artillaron para que no los incendiasen los independentistas.

Imaginé que la hacienda que parecía ser el escenario principal de la novela se dedicaba al azúcar o al tabaco.

Muchos aspectos militares estaban recogidos en otras hojas. Por ejemplo, la trocha, esas franjas fortificadas de más de doscientos metros de ancho y cien kilómetros de largo que construyeron los militares españoles para aislar a los cubanos independentistas, estaba descrita con mucho detalle, e incluso había una cuartilla donde se veía un esquema gráfico dibujado con cuidado, en que estaban anotados todos los elementos de la trocha que la fortificaban y que defendían la carretera central: «pozos de lobo», caballos de frisa, alambradas, pozos de tiradores, fortines de piedra y madera, trincheras, puestos artilleros, torres ópticas, heliógrafos. También hablaba de los grandes fuertes que se construyeron a lo largo de la trocha cada kilómetro, y entre ellos otros más pequeños, y blocaos.

Había una relación de las armas utilizadas en la guerra, una cuartilla con casi veinte siluetas de machetes, anchos, finos, rectos, curvos, trapezoidales, rectangulares. Estaban anotadas las categorías militares, y había referencias a los uniformes. A veces, una breve acotación decía, entre paréntesis, *Marruecos,* como si hubiese cosas que mi abuelo relacionaba en ambas guerras. Hasta había un pequeño repertorio de palabras mambises, con su equivalente castellano. Rebundio: pelea; virlongo: fusil; apapipio: chivato; batir el bronce: pelear; patones: españoles.

Que el abuelo había intentado documentarse lo mejor posible sobre aquel mundo para escribir su libro lo demostraban las anotaciones, también de su puño y letra, de partes de ciertos artículos de un «reglamento de esclavos» que se citaba, en que se hablaba de la instrucción religiosa y deberes piadosos de los esclavos, de los «alimentos diarios de absoluta necesidad» y de la ropa que debía facilitárseles, camisa y calzón, gorro y un pañuelo en mayo, y en diciembre otra muda igual con el añadido de una camisa o chaqueta de bayeta un año, y una frazada al año siguiente.

Todo lo había anotado mi abuelo: los alimentos de los esclavos recién nacidos y su vestimenta hasta los tres años, el horario diario de trabajo y su régimen de vida y diversiones, el fomento de los matrimonios entre ellos con todos los incidentes de compras y trueques a que daban lugar, las licencias necesarias para desplazarse, las remuneraciones por la delación o captura de esclavos fugados, los castigos y escarmientos de prisiones, grilletes, cadenas, mazas y cepos, las multas a los propietarios por posibles infracciones.

A mí, aquellas anotaciones me parecían denotar un espíritu de trabajo singular, encaminado a la verosimilitud de la narración, y la figura de mi abuelo se me presentaba cada vez más digna de respeto. Además, los pocos textos literarios elaborados que había entre aquellas páginas mostraban también que el autor de *La amenaza verde* era capaz de variados registros, y que sin duda tras aquella modestísima novela de fantasía científica había un propósito de humor y hasta de burla de todos los poderes instituidos.

El humor se hacía más claro en un relato completo, que he perdido ya con tantos ajetreos, en que, desde una primera persona, alguien nos cuenta que ha sido secuestrado por alguno de los modestos feriantes que recorrían los trenes de la posguerra organizando rifas de números o de cartas de baraja. Aquellas rifas premiaban al ganador con algún objeto considerado valioso por los apostantes, y el cuento consigue un tono misterioso, onírico, porque sabemos que el narrador es el objeto mismo del premio. Conocemos también que procede de alguna de aquellas aldeas que el tren va dejando atrás, ya que rememora con nostalgia su casa, la huerta, los lugares domésticos de su vida tranquila y de sus cotidianos esparcimientos. Podemos pensar que se trata de un esclavo o de una esclava, y la confusión de tiempo y de lugar, aquel tren de una época en que ya no existe la esclavitud, donde sin embargo está teniendo ocasión la extraña rifa, añaden ambigüedad al asunto. Mas en uno de los vagones que el feriante recorre mientras va vendiendo sus papeletas, topa con una mujer que, al descubrir el objeto del sorteo, lanza gritos furiosos y se abalanza hacia él, denunciando a voces un robo, pues lo que el feriante ofrece como premio de la rifa, el narrador de la historia, es la mejor de las gallinas ponedoras de la reclamante.

Otro de los pocos textos que parecía terminado reproducía acaso una experiencia de los primeros tiempos de reclusión de mi abuelo, aunque también tenía aire de cuento:

UNA POESÍA

Se llamaba Indalecio. Le había conocido muchos años antes, y hasta había conducido con él algunos mercancías en la ruta del sur. Habíamos compartido muchas noches ante el fogón de la máquina, las manos y los rostros tiznados, envueltos en el humo del carbón, cruzando la oscuridad solitaria de los olivares sobre el rápido y poderoso traqueteo, y también habíamos compartido muchos pucheros cocinados al mismo calor que hacía moverse el tren.

En Bilbao nos volvió a reunir el trabajo en la reserva de máquinas, y luego los asuntos del sindicato, en aquellos días afanosos de lucha que vinieron tras el pronunciamiento militar.

Indalecio era un chico fuerte, que hablaba poco y escuchaba siempre con atención. Al reír soltaba una carcajada repentina como el estallido de un fulminante, que era la rúbrica de una buena fe acaso ingenua de más.

En julio del 37 nos detuvieron juntos, la misma noche, de madrugada. Nos prendieron en pleno trabajo, mientras intentábamos que la caída del frente no originase en la estación ninguna catástrofe.

Bajo el amenazador ojo ciego de los fusiles, nos hicieron conducir un convoy del hullero en que, con nosotros, trasladaron a muchos presos más a lo que uno de camisa azul, que siempre estaba de broma, llamaba el castillo de irás y no volverás.

No sé cuántos días pasamos allí, alimentados con un potaje repugnante que podía ser de pan pero que no lo

parecía, forzados a utilizar como letrinas para lo mayor antiguos bidones, tan difíciles de usar como asquerosos de vaciar en el río cercano.

Por los patios, entre el olor a condumio guisado en
barriles parecidos y la peste de las improvisadas letrinas, nos
movíamos una muchedumbre poseedora solo de lo puesto,
sucios, mal afeitados, sin conocer nada de lo que estaba sucediendo fuera.

El coronel que mandaba allí nos arengaba cada
mañana para hacernos sentir el sabor de la derrota, nos motejaba de sin dios y de canalla marxista, nos aseguraba
que bajo su mando conoceríamos el sentido del deber y de
la disciplina, y a lo largo del día nos obligaba a unos ago-
tadores ejercicios gimnásticos que, por la angostura de los
espacios y nuestra torpeza, tenían algo de danza macabra.

Cuando todas las dependencias utilizadas para ca-
labozos quedaron llenas se nos fue concentrando a lo largo
de los corredores, y dormíamos tirados en el suelo. Era finales de julio, o los primeros días de agosto, y el tiempo estaba
caluroso. Aquellos grandes dormitorios improvisados tenían
aroma y humedad de establo, y nosotros, cada día que pasaba, un aire mayor a rebaño de bestias. Además, los mos-
quitos nos castigaban continuamente.

Durante el día, en los descansos de nuestros ejercicios y de ciertas rutinas en que se nos obligaba a mover las
piedras del cauce del río de un lado para otro, empezaron a
visitarnos algunas señoras vestidas de negro, con velo, acom-
pañadas de sacerdotes. Decían que nos traían la palabra
de Dios, para que nos reconfortase en nuestras tribulacio-
nes. Los soldados andaban cerca, con el arma a punto, y
nadie se atrevía a rechazarlas directamente, aunque mucha
gente se separaba con disimulo. Iban también con ellas dos
reclutas con un serón lleno de rosarios y de panecillos, y a
los que se mostraban atentos a los auxilios espirituales les

daban un panecillo, y si veían que se iban haciendo más acogedores, un rosario.

Una noche, los guardias gritaron los nombres de unos cuantos, pudieron ser siete porque respetaron casi siempre ese número a partir de entonces. Los nombres de varios compañeros de cautiverio dichos a voces desde el extremo del corredor, con un tono de convocatoria urgente, y la indicación de que se les iba a trasladar. Los requeridos se levantaron y se presentaron donde se les llamaba.

Al día siguiente, desde los primeros momentos de la mañana, se corrió la voz de que aquellos siete hombres habían sido fusilados. Yo intentaba razonar que no era posible que la noticia hubiese llegado tan deprisa al interior de nuestra prisión, que no había ninguna prueba de que fuese cierta. Tras comprender que los propaladores del rumor podían ser los propios asesinos, para aumentar nuestra desesperanza, seguí repitiendo mi argumento, y no era solo por tranquilizar a mis compañeros de encierro y desdicha, sino por tratar de convencerme yo mismo de que no podía llevarse a cabo una ejecución tan sumaria, sin una mínima formalidad de proceso previo.

A partir de entonces, varias noches a la semana, nuestros carceleros convocaban a un puñado de hombres, y en la propia entonación de los convocantes me pareció descubrir un tono de chanza lúgubre, un énfasis cruel cuando decían lo del traslado. Todos sentíamos que su llamada, aunque invocase otro motivo, estaba destinada a un desenlace fatal.

Tuve mucho miedo, y creo que el miedo clavaba por igual su seco puntazo en todos nosotros. Pero no podíamos hacer nada para evitarlo, y cuando la siguiente noche leyeron de nuevo la lista de los que debían presentarse en la puerta del corredor, nuestra desolación no había modificado el aspecto habitual que todos presentábamos, sentados con la espalda apoyada en el muro o tirados en el suelo a lo largo de los pasillos y de las galerías del claustro.

Fue una de aquellas noches cuando Indalecio me pidió que le ayudase a escribir una poesía. Sabía que yo tenía la afición de escribir, había leído mis artículos en la hoja del sindicato, escuchaba con muestras de gusto las poesías que yo recitaba a veces de memoria, y quería que le diese las indicaciones convenientes para hacer él mismo una poesía.

Le pregunté el motivo, qué quería decir en la poesía, de quién o de qué quería tratar, y enrojeció. Luego, esquivando la mirada, me confesó que quería escribir una poesía dedicada a los ojos de su novia.

Nuestro nombre tampoco había sido pronunciado en lo que todos tomábamos como un reclamo funesto, y comenzamos una conversación que se prolongó a lo largo de varios días. Conseguimos algunos pedazos de papel y, con un cabo de lápiz copiativo que llenaba su lengua de marcas moradas, Indalecio tomaba notas de mis palabras. Los ojos de su novia, según me contaba, eran grandes, negros, y parecían aún más negros en el contraste de las negras pestañas, sobre la esclerótica blanca como un plato de porcelana.

Le decía yo que tenía que escribir su poesía con palabras escogidas, pero sencillas, sobre las cosas más importantes que aquellos ojos le sugerían, y él me contaba la historia de sus amores con la muchacha, hija de otro ferroviario que también vivía en el barrio de la estación y a la que había conocido desde que ella era solo una adolescente, sintiéndose desde que la vio prendado por la fuerza y la expresión de aquellos ojos.

Tampoco en las noches sucesivas fuimos llamados en ninguna de las convocatorias que, según sentíamos, conducían a la muerte a un puñado de compañeros. El miedo volvía a apuñalarnos a todos en cada nombre que nuestros

carceleros pronunciaban, pero nunca hubo quien no res-
pondiese con naturalidad, como si en aquel momento decisivo cada uno de los convocados quisiese aceptar que se
le reclamaba para el traslado anunciado, sin duda en la
voluntad ciega de creer que el destino de aquella llamada
no podía ser llevarlo a sangre fría ante un pelotón de fusila-
miento.

Así, el asunto de los ojos de la novia de Indalecio se
convirtió en una conversación obsesiva, como si fuese un
medio para apartar de nosotros la temible llamada, una nueva forma de los cuentos con que una antigua princesa oriental
embelesaba al sultán y conseguía, noche tras noche, posponer la condena capital decretada para ella, y preservar su
vida una jornada más.

El brillo de los ojos de aquella muchacha, desde la
edad niña hasta el tiempo en que se hicieron novios, fue ilu-
minando nuestras noches. Yo intentaba que Indalecio se fi-
jase en las virtudes de aquellos ojos, en los momentos en
que a él más le habían conmovido o hechizado. El reflejo
de la tarde, las candelas de la noche, los ojos junto a los
cristales de la ventana. Él tomaba notas, pero no me mostraba cómo iba llevando adelante su poesía.

Sabía escribir decentemente, porque al fin y al cabo,
tras haber ingresado en la compañía como ayudante de máquinas a los dieciocho años, había sido ayudante montador
y había llegado a maquinista de cuarta clase y perito mecá-
nico. Tenía buena letra, su pequeña cultura histórica, y no se
le daban mal los números, pero le resultaba muy difícil con-
cebir la manera de expresarse de forma literaria.

Aquellas charlas sobre los ojos de su novia nos llevaban muy lejos de nuestra mugrienta prisión. Los ojos evo-
cados reflejaban diferentes grados de la alegría o de la pena,
el alborozo de las romerías, de los bailes, de las fiestas, o la
tristeza por una enfermedad, un infortunio, una muerte, y al

tiempo que él recordaba aquellos sucesos y los lugares en que habían transcurrido, recordaba yo los espacios semejantes de mis propios júbilos y penas.

A través de los ojos queridos en el recuerdo de Indalecio yo pensaba en los ojos que yo amaba. Los ojos eran minúsculos universos de luz, de agua, donde se encerraba la fuerza del gran universo, pequeños espejos que podían concentrar la belleza de un huerto o el júbilo de una multitud. La risa y la pena no necesitaban otra lámpara para señalar su sitio, le decía yo a Indalecio, intentando encaminarle a la invención de imágenes.

Los ojos habían lanzado sus resplandores en todos los episodios de la aventura amorosa entre la muchacha y mi compañero, y aunque él sólo hablaba de eso a través de oscuras y pudorosas alusiones, también a mí las evocaciones de las dulzuras de su noviazgo me devolvían mis propios recuerdos, esos momentos de devoción laica que son los del embeleso amoroso.

Intentaba yo que, entre tantas palabras, descubriera él las que mejor podían expresar el objeto de su poesía. Que debía tener más de puros sentimientos que de descripciones, que debía estar hecha más del temor al olvido de aquellos ojos que de la urgencia de su recuerdo, más del miedo a perderlos que de las ganas de recuperarlos.

Entre los hedores y la suciedad de nuestra prisión, aprovechando los descansos en que aquellas señoras tan piadosas y los sacerdotes que las acompañaban se ufanaban en traernos el consuelo de Cristo, mi compañero se quedaba a menudo inmóvil ante sus pedazos de papel, sujetando con determinación el cabo de lápiz que ponía morados sus labios, y escribía, tachaba, pero no acababa de mostrarme el fruto de sus esfuerzos.

Una noche, los carceleros que cantaban la lista de quienes debían ser trasladados pronunciaron el nombre de Indalecio. Los dos tardamos unos instantes en reconocerlo, y cuando lo hicimos el puntazo que cada noche clavaba uno a uno aquellos nombres en mi pecho se hizo una herida muy dolorosa, una desgarradura brutal. Él se puso de pie y yo también. Con la cabeza gacha, ninguno de los que estaban alrededor nuestro nos miró, y los que permanecían tumbados se acurrucaron un poco más. Indalecio y yo nos abrazamos, y él sacó del bolsillo un papel doblado y me dijo que se lo diese a su novia.

Agarrotado por la cólera y la tristeza, no miré lo que estaba escrito en aquel papel hasta mucho tiempo después, cuando el amanecer se llenó de luz. En el papel solo decía: tus ojos.

—Parece que te interesan mucho esos papeles —dijo Noelia.

—Estoy sorprendido con el abuelo. Había pensado que todo lo que había escrito estaba en esos libros.

—Tu abuelo era una persona muy especial.

Seguí contemplándola mientras tejía en silencio, moviendo su mirada, casi imperceptiblemente pero sin cesar, al subir y bajar de las agujas. En poco tiempo, me parecía dar imagen y forma a muchos espacios vacíos de mi experiencia. La lucidez de sentir lo que vivía en cada una de aquellas jornadas se unía a la sensación de interpretar lo que me iban contando y lo que encontraba y descubría y leía como augurios de un futuro diferente.

De repente veía en la personalidad de mi abuelo una diversidad de matices que me enorgullecía, veía el ejemplo de su coraje y su determinación en todo lo que había construido para asegurar la supervivencia en aquel lugar aislado y lejano, y también en sus esfuerzos de escritor, las innumerables novelas de quiosco pero también la tarea, con seguridad nada fácil, de buscar documentación para escribir aquella novela que le robarían, y los relatos terminados, tan diferentes de las novelas de quiosco en su intención literaria, tan distintos el uno del otro en su espíritu y en su significado.

Sentía que todo lo escrito en aquellos viejos papeles, tan vulnerables que el simple hecho de hojearlos los rompía, estaba cargado de realidad verdadera, de tiempo real, de latidos humanos, de sentimientos vivos, y sentía también el vértigo de considerar como una trama irreal mi propia manera de vivir, mi historia personal, esa inercia más o menos ilustrada que había sido mi único motor desde la infancia.

17. Carta a Marta

Ahora piensas que debió de ser aquella mañana, la siguiente al día en que tus padres se marcharon, cuando empezaste a escribirle la carta a Marta, una respuesta que se fue convirtiendo en descargo de las revelaciones que recibías y de las que le hacías a ella depositaria, testigo muy lejano pero que te parecía idóneo para recibir las noticias de esas señales de las cosas, vivas y diferentes, que estabas percibiendo.

Marta nunca recibió aquella carta, han pasado los años y ya no puedes recordar si se la enviaste, ni siquiera si tuvo algún final o fue solamente una sucesión de fragmentos epistolares que ibas enhebrando como Noelia la calceta de su labor de tejedora. También Patricia quiso saber más de aquella carta, porque le parecía que le dabas mucha importancia, y no has sido nunca capaz de recordar si la carta acabó existiendo de verdad, si la terminaste y se la remitiste. Pero debió de ser aquella misma mañana cuando comenzaste, Querida Marta, mi madre me trajo lo que me escribiste y lo leí en esta Isla Cierta, junto a esta montaña cierta que sin duda tiene algo de las montañas de que tú me hablas, y un río cierto de aguas tan frías por lo menos como las de tu dichoso lago.

Habías despertado muy pronto y parecía que estuvieses tú solo en aquella casa dominada por la quietud, sometida al silencio. Querida Marta, aquí estoy pensando en ti, le decías que la primavera había instalado sus dispositivos en todas las cotas, frescas todavía en tu cabeza ciertas imágenes militares de las anotaciones del abuelo. Le decías que, sin embargo, ya tu madre había regresado a su inevitable galería, que tu padre se había ido también con toda la prisa del mundo, y estabas comenzando a resumirle, en forma de relato, la historia de la pintora apócrifa, cuando oíste los primeros ruidos caseros. Noelia, también muy madrugadora, trasteaba ya en la cocina.

—Tengo que ir al pueblo —dijo.

Tú te ofreciste a bajar para buscar lo que fuese necesario, pero insistió en ser ella, porque tenía que hacer compra, y aquel día, festivo, solo abrían un rato, y además otros recados que no aclaró, y que ella sabía lo que quería, y dónde estaban los sitios. Desayunaste mientras una graja de plumaje muy azulado picoteaba en el alféizar unas migas de pan que Noelia había esparcido.

—¿De verdad no quieres que baje yo? ¡No me cuesta nada!

Mas Noelia aseguraba que tenía que ir ella misma, que no dejases de estar pendiente de la abuela, aunque ya quedaba arreglada, y que, de todas formas, iba a tardar muy poco en regresar. Fregó con rapidez los cacharros, se quitó el mandil y muy poco después veías el pequeño coche descender por el camino mientras rugía en una velocidad demasiado corta. Escuchaste durante mucho tiempo ese ruido de motor mal dirigido, contraste del silencio preciso que todo lo inundaba, marcado también por trinos y súbitos aleteos en el bosque.

No ibas a salir hasta su regreso, y subiste a tu habitación para continuar tu apenas comenzada carta a Marta, cuando sonó la voz de la abuela.

Tenía los ojos muy abiertos y los fijó en ti con un parpadeo de extrañeza.

—¿Quién eres tú?

—¿Quién voy a ser, abuela? ¡Pablo Tomás! ¿No lo ves?

—¿Dónde está mi hijo?

—Tuvo que marcharse, pero volverá pronto, no te preocupes.

—Levántame, anda, levántame un poco.

La Buli quería alzar el cuerpo y quedar con la espalda reclinada contra las almohadas. Te sorprendió aquella repentina señal de energía, porque no podías imaginar que empezaba a expresar las últimas reservas de su vitalidad, los esfuerzos finales de su persona.

—Levántame, anda, Tomás.

Lo conseguiste sin dificultad, pues su cuerpo ya no tenía casi peso, y se quedó al fin recostada contra el cabecero, con las manos blanquísimas cruzadas sobre el embozo, la mirada perdida en la casa de muñecas.

—Si supieras qué ganas tengo de acabar de una vez.

—Qué cosas dices, Buli.

—¿Por qué me llamas así?

No contesté, al comprender que me seguía confundiendo con mi padre.

—Si supieras las ganas que tengo.

Hablaba con muy poca voz pero sin agobios de respiración, con la apariencia de una gran serenidad.

—¿Sabes? Sigo viendo a mi madre a veces, de pie junto a la casa de muñecas, fijando en mí sus ojos llenos de mala intención. Pensaba que me gustaría que hubiese otra vida, por encontrarme con mi padre, con Alberto, porque a todo el mundo le da miedo desaparecer de una vez para siempre, pero al imaginar que podría encontrarme con mi madre en el más allá prefiero que no exista, que morir sea terminar de una vez por todas, porque ya me amargó bastante esta vida como para tener que aguantarla también en la otra.

—Anda, estate tranquila, no te canses.

—Si no me canso, hombre.

Te habías sentado a los pies de la cama y contemplabas aquellos rasgos arruinados y pálidos en que solo permanecía la expresión de la edad.

—He dicho siempre que era una bruja, pero acaso haya sido que estaba loca de atar. Al día siguiente de la muerte de mi padre entró en mi habitación con los ojos extraviados y yo pensé que estaba abrumada de dolor, como yo misma, y al principio no era capaz de entender lo que me decía, porque me llamaba criminal, asesina, que yo había sido la culpable de la muerte de mi padre, y cuando me calmé empecé a comprender que no estaba hablando conmigo, se dirigía a mí pero hablaba con otra persona, era como si el dolor la hubiese trastornado, me decía que yo no era su hija, que bien sabía yo quién era de verdad, que bien sabía yo por qué me llamaba como me llamaba, que yo era un engendro del diablo, que había vuelto del otro barrio para quitarle a su Pablo otra vez, eso decía, me confundía con su hermana Soledad, con aquella tía Soledad que yo no había podido conocer y cuyo nombre llevo.

El iris de sus ojos desleído en un fluido blanquecino, la boca deformada por la falta de dientes, sus canas endebles rodeando su coronilla con un halo humilde y ralo, que parecía santificar su indefensión.

—Me quedé todavía más triste de lo que estaba, porque cuando murió mi padre yo me encontraba muy cerca y tras oír el disparo pude ver a mi madre con un arma en la mano y no se me había ocurrido, y todavía me horroriza pensarlo, no quiero imaginar que hubiese sido ella la que había apretado el gatillo para acabar con su vida, imaginar que ella alimentó esos celos atroces, que veía en mí a su hermana y volcaba en mí el odio que

sin duda había sentido hacia la otra Soledad cuando mi
padre la escogió para mujer en vez de escogerla a ella.
Pero no era un trastorno pasajero, no te figuras cómo me
hablaba desde entonces, el trato que me daba, ya nunca más volví a reconocerme como hija a sus ojos, no sé si
antes me había mirado así, por lo menos yo no lo había
considerado, no había sentido el rencor, el asco, el repu-
dio, saliéndole casi como se exhala la respiración, y pocos días después, ya de vuelta a la casa de la capital, me
llamó para decirme que me marchaba interna a un sitio
donde me iban a apretar bien fuerte las clavijas, y que
solo por guardar las apariencias no me echaba de su casa
para siempre. Y me lo decía delante de mis hermanos,
que eran niños pequeños, y de las criadas, que no enten-
dían lo que sucedía pero que debían de suponer que yo
había cometido alguna falta terrible, algún pecado ho-
rrendo, que había ensuciado el honor familiar, o poco
menos, y me fui con aquellas monjas hipócritas, crueles,
lo opuesto al afecto, que nos tenían todo el día de rezos
y de labores, que nos controlaban tanto que yo ni siquiera podía tejer algo para mi casa de muñecas. Visitaba en
vacaciones la casa de mi madre, y digo la casa de mi madre porque ya nunca la volví a tener como mía, para
encontrar su odio esperándome, un odio que nunca se
aplacó, y su actitud conmigo hacía que yo viese una y
otra vez su figura empuñando la escopeta ante el cuerpo
recostado de mi padre, debajo del castaño, aunque no
quería imaginarme que eso había podido pasar de verdad y que yo lo había presenciado. Delante de mí frun-
cía el ceño poniendo un gesto horrible, apenas me miraba al hablar y escogía las peores palabras para dirigirse a
mí, nada de lo que yo hacía estaba bien, y en vestirme y
calzarme gastaba lo justo, lo imprescindible para que no
fuese desnuda, no te creas que yo tenía mejor ropa que

las criadas, y yo creo que fue la vulgaridad de mi aspecto lo que permitió que Alberto se empezase a acercar a mí, aunque fuese una señorita, mira lo que son las cosas.

Era una voz suave, silbante, que casi te hipnotizaba.

—¿Pero sabes lo que pasaba? Que no me hacía tanto daño como ella creía. Yo pensaba en los buenos días con mi padre, en su cercanía, en sus palabras que desde niña me habían dado camaradería, en los libros que me había hecho leer y en las cosas que me había contado sobre el mundo, y me sentía protegida por esos recuerdos, fortificada, para aguantar el extraño rencor de aquella mujer que había resuelto no ser mi madre. Su rencor no se aplacó nunca, y cuando acabé mis cursos con aquellas monjas que eran más del diablo que de Dios por lo que podía ocurrírseles para mortificarte y humillarte, tuve que vivir en casa de mi madre, ya no recuerdo si fueron cuatro o cinco años, que no puedo olvidar, porque además mis hermanos se habían puesto desde el primer momento de su parte sin saber siquiera la causa de aquella repulsa y de aquel odio. Solo en los veranos me libraba de la condena de sus ojos y de su voz, ella no quería venir aquí pero tampoco quería que esta casa se abandonase del todo, y me dejaba con una criada, como para mostrar que me apartaba de su lado mientras ella y mis hermanos veraneaban en Santander, y sin embargo, ya ves tú, yo aquí tan ricamente, a veces venía Noelia conmigo, yo aquí paseando por el bosque y recordando los paseos con mi padre, y sintiéndole junto a mí todo el tiempo, o viviendo mis ocurrencias de novela, como las vivía con la casa de muñecas, porque aunque ya no era una niña me seguía encantando sentarme delante y entrar en ella con los ojos y las manos, e imaginarme que ahora vivíamos ahí mi padre y yo con la otra

Soledad, y que ella era mi verdadera madre y que me quería como quieren las madres a sus hijos, en fin, lejos de esa mujer que de vez en cuando, en el tiempo en que todavía vivía yo en su casa, entraba de golpe en mi habitación, porque había mandado quitar la cerradura, y me despertaba para llamarme fulana y buscona y decirme una y otra vez que yo había sido la causante de la muerte de mi padre.

Ya casi no la podías oír.

—Por eso no pienso que haya otro mundo, no quiero encontrarme con ella nunca más, no quiero volver a oír esa voz mala ni ver sus ojos feroces, y sé que solo por lo enferma que estoy me la imagino a veces puesta de pie junto a la casa de muñecas, porque es esa sombra que aunque yo haya tenido la voluntad de que no me dañase todo lo que quería y podía, qué duda cabe, hijo, de que me ha dejado una cicatriz en el alma.

No supiste si ésas fueron las últimas palabras de su confidencia o si todavía habló algo más. Poco después tenía los ojos cerrados como si se hubiese quedado dormida, y cuando sonó el motor de coche con aquel ruido de marcha forzada ni siquiera se movió. Bajaste para encontrarte con Noelia, que había detenido el coche delante de la casa y sacaba los paquetes de comida que había ido a comprar. Te preguntó si había alguna novedad.

—La abuela ha querido recostarse en la cama y ha estado muy animada, hablando, contándome cosas, aunque se ha quedado dormida.

—Pues yo en el pueblo me he encontrado con tu padre y con esa mujer. Me dijo que ayer habían parado a comer, que luego anduvieron dando una vuelta por los pueblos del valle, que se les echó el día encima, que al fin se habían quedado a dormir en un hotel, porque ya no eran horas de salir de viaje. Dijo que se iban ahora mismo. Tu padre no tiene arreglo.

La noticia te sorprendió y abandonaste el propósito de continuar escribiendo la carta a Marta.

—Bajo hasta la poza —dijiste.

—Pero no se te ocurrirá bañarte.

—Ya veremos.

—No vuelvas tarde, que hoy te voy a hacer una cosa que te vas a chupar los dedos.

Aquella mañana, el paseo por el bosque y la inmersión en el agua helada te trajeron nuevos pensamientos. Te parecía descubrir que tu estancia en Isclacerta, casual, que tenía como motivo aparente un hecho azaroso, la enfermedad de la Buli, parecía cumplir sin embargo un designio, el que alcanzases a conocer datos de un pasado que te comprometía, al ser tú el resultado de tantas relaciones y mixturas, ante el que no podías ser indiferente, porque la noticia de aquellos afanes, encuentros, humillaciones, celos y castigos te conmovía como el cumplimiento de un augurio, como si desde tu infancia en aquella gran ciudad lejana hubieses estado esperándola.

Diste unas brazadas y abandonaste el agua para regresar pronto a la casa, que ya desde la explanada dejaba apreciar el aroma del guiso de Noelia. Y nada más comer, contrariando las ganas de charla de la obsequiosa cocinera, bajaste en tu coche al pueblo para comprobar si tu padre permanecía todavía allí, tras haber insistido tanto en las muchas tareas urgentes que habían reclamado su partida.

En el pueblo había bastante bullicio, los bares estaban llenos de humo y de voces, pero no encontraste ningún rastro de tu padre ni de su coche. Tu deambular te llevó al cementerio encajonado entre aquellas cuatro tapias desproporcionadas, una altura que no se correspondía con su escasa longitud ni con la accesibilidad de la cancela entreabierta. Encontraste al fin la tumba de la primera Soledad, con su epitafio, y permaneciste sentado sobre la tumba mucho tiempo, porque entre los túmulos oscurecidos por los líquenes y las escurriduras del óxido que había desgastado las cruces y los ornamentos se remansaba la dulzura de la primavera como si aquél fuese su cobijo preferido.

Regresaste a la casa cuando la opacidad de aquellas tapias desmesuradas hacía más oscuro el cementerio entre la luz dorada de la tarde sobre los pastos ondulados. Noelia, como de costumbre, estaba en la antealcoba de la abuela, aplicada a su labor.

—No encontré a mi padre —dijiste.

Ella te reconvino con el sobresalto de sus ojos, que te miraron por encima de los vidrios de sus gafas.

—Ya te dije que se iban enseguida.

—¿Está mi bisabuelo, el Puertorriqueño, enterrado en el cementerio del pueblo?

—Claro que no. La bruja de tu bisabuela se lo llevó a la capital y lo enterró con los suyos, en un panteón de muchas ínfulas de la familia, que tiene un ángel grande apoyado en la cruz.

—¿Por qué siempre la llamas bruja?

Te miró otra vez, como si la pregunta la hubiese sorprendido y le obligase a reflexionar.

—Tienes razón, al fin y al cabo han pasado tantos años, ya parece que no tiene sentido, pero me dolía lo mala que era con tu abuela, aún me duele, la trató como esas madrastras dañinas de los cuentos, y nadie se lo podía explicar, porque tu abuela siempre fue buena, como tú la conociste, acogedora, cariñosa, sin olvidar un detalle, así ha sido, nadie podía explicarse por qué la trató tan mal, yo hasta llegué a pensar cosas absurdas, que lo hacía por su nombre, que le recordaba a su hermana, la que estuvo casada primero con tu bisabuelo, y a lo mejor no la quería bien, o que eran celos de que tu abuela fuese el ojito derecho de su padre, como cuentan, cosas absurdas, como te digo, nunca se pudo conocer la verdad, quién sabe lo que pasa por la cabeza de la gente, pero por ejemplo en Navidad, no es que no le hiciese regalos, es que le regalaba cosas sin valor, feas, unas zapatillas suyas desechadas ya, un broche de bisutería roto, cosas como para tirárselas a la cara, solo para mostrarle claramente su aborrecimiento.

Estabas otra vez frente a ella con *La amenaza verde* entre las manos. J. Piñeiro ha conseguido, tras su paciente vigilancia y observación, descubrir que hay un punto vulnerable para entrar en la comarca acotada por los invasores, un acceso que los pájaros utilizan sin que las armas defensivas descarguen contra ellos sus chorros corrosivos, el cauce del arroyo que recorre aquellos valles. Lleno de osadía, J. Piñeiro, una noche, penetra en la comarca pisando las aguas por el centro del arroyo y se adentra en el territorio misterioso sin ser al parecer advertido.

Y tú sentías que esa arriesgada exploración de J. Piñeiro tenía semejanza con tu propia exploración. La suya era premeditada y peligrosa; la tuya, inocua y fortuita. Pero tú también habías encontrado un camino inesperado de revelaciones que te conducían cada vez más al corazón de una comarca invadida por el olvido y defendida por las corrosiones del tiempo y la muerte, y en ese progresivo descubrimiento de verdades y sucesos tantos años ocultos por el mero acontecer había señales que te permitían saber más de la propia comarca secreta que había dentro de ti.

Cenasteis pronto y te fuiste a tu cuarto para continuar escribiendo la carta a Marta, pero sentías mucha pereza y enseguida te metiste en la cama.

18. La niña Charo

Yo sé los nombres extraños
de las yerbas y las flores
y de mortales engaños
y de sublimes dolores

Querida Marta, anoche soñé que estaba en la casa de muñecas. Iba a decir vivía, pero no vivía, me encontraba de repente dentro de ella, convertido en una miniatura y a la vez con la conciencia de sentir que no cabía, como Alicia cuando toma lo que no debe y se pone a crecer y a crecer. Pero estaba allí dentro, sabiendo que los mueblecitos y los cacharritos tenían mi misma proporción, y a la vez con esa percepción que te digo de estrechez y agobio que no era solo física, sino que se hacía más aguda por el miedo, porque en aquel trance en que yo me encontraba comprendía que estaba siendo perseguido, con esa certeza de los sueños en que podemos descubrir lo que debe de ser el don de la adivinación, aunque no acababa de saber quién era mi perseguidor, pero como tenía en la cabeza una historia lúgubre que mi abuela me había contado, el odio delirante que ella tuvo que sufrir de su madre, me parecía que quien iba detrás de mí a través de aquellas habitaciones de tres paredes, abiertas por un lado a una oscuridad indescifrable, era la dichosa bisabuela, un ser del que, como te digo, me han contado horrores, e intuía su sombra, o la imaginaba, con el aspecto de algunas figuras ominosas del cine, acaso la de una mujer alta y flaca con un moño y un gran cuchillo alzado en una mano.

De manera que yo vivía la angustia de que, tras de mí, en la habitación posterior a la que estaba cruzando, venía esa especie de fantasmón armado y amenazante, y corría de un cuarto al otro, entre los libros simulados con pedacitos de papel unidos por un cartoncito que hacía de cubierta, y ciertos objetos de la vida cotidiana, un gramófono, un teléfono, un globo terráqueo, fabricados con pedacitos de madera y remaches, botones, bolitas y otras pequeñeces del uso diario, bajaba por esas escaleras sin pasamanos tapizadas con una larga cinta de terciopelo rojo que hacía de alfombra, sujeta a los escalones por barritas doradas que son en realidad mondadientes pintados, y llegaba por fin a la sala en que, según mi abuela, había una salida al exterior, pero no era capaz de localizarla, en el lugar indicado seguía la pared con su papel pintado, y me parecía oír el crujido de los escalones mientras descendía aquel incansable y peligroso ser que iba a mi zaga.

Al fin la encontré, no estaba donde decía mi abuela sino al otro lado de la ventana, era un pequeño armario con cajones en la parte de abajo, un mueble esquinero que de pronto se había convertido en la salida precisa para que yo pudiese escapar de la casita, y lo intenté, claro, pero aunque mi tamaño físico no me lo impedía, ya te digo que mi cuerpo estaba en perfecta proporción con las dimensiones de la pequeña casa, mi tamaño psicológico no me permitía sacar el cuerpo por la abertura, estaba atrapado en el hueco, con una pierna colgando en la negrura esponjosa y sin contornos que asomaba detrás de la pared.

No sé al fin cómo pude librarme de aquella trampa que inmovilizaba mis miembros, y del invisible acoso de mi sospechada perseguidora, pero me encontré ya fuera, en ese lugar que me has descrito en tu carta, y yo ascendía por una carretera solitaria camino de tu casa, y aunque no podía verla, ni imaginarla siquiera, sentía tu presencia muy cercana, querida Marta, como si no te hubieras ido nunca, y fuésemos otra vez estudiantes, y estuviera a punto de llegar a una de nuestras citas de aquellos tiempos. Toda mi ansiedad anterior se había esfumado, y con esa sensación apacible me desperté y me he puesto a escribirte para seguir sintiendo tu cercanía, para imaginar que estás en esta casa, desayunando ahora mismo mientras charlas con Noelia.

Estos días están resultando para mí bastante extraños, porque siento como si fuese adquiriendo una corporeidad que antes no tenía, como si conductas que antes me parecían ajenas y sin relación sensible conmigo se me mostrasen igual que piezas de un rompecabezas que en mí va ajustando la verdadera forma de su conjunto.

La Buli me confiesa su experiencia de niña y muchacha, y sus palabras, aunque me transmitan viejas pesadumbres y dolores, llegan a mí como si viniesen a completar aspectos inconclusos de esas profundidades llenas de seres inescrutables pero vivos que todos llevamos dentro. Además, he descubierto al abuelo Alberto, y estoy muy interesado en su personalidad, en la actitud que tuvo ante la vida, y me parece ir desvelándola un poco más día tras día. Primero me encontré con la sorpresa de que, aparte de todas esas novelas de quiosco tan pueriles que escribió para comer, había hecho otras cosas, una novela localizada en la Cuba de las guerras independentistas, y un puñado de relatos sobre sus propias experiencias como preso en la guerra civil, y al parecer también sobre asuntos de la vida de la gente común en los primeros años de la posguerra. La novela de Cuba no he conseguido encontrarla, salvo un fragmento que parece un capítulo o parte de él, y de las demás cosas he ido hallando algunas, primero en la casa de Lisboa, por casualidad, cuando fui a recoger unas pinturas de mi padre y supe que se había venido escopetado a Isclacerta porque la abuela estaba muy mal, como sigue, la pobre.

A veces pienso que ese viaje frustrado a Lisboa fue muy extraño, como si todo él hubiese estado lleno de señales, y que hasta el paseo que di desde la casa de la Rúa do Século hasta la Praça do Comércio pertenece a algo muy profundo en mí, yo entonces pensaba que me recordaba otros paseos que he dado allí desde el tiempo en que era todavía niño, agarrado de la mano de la Buli, pero ahora en Isclacerta, cuando me tumbo panza arriba en la hierba y cara al cielo, y acostado en mi cama por la noche, o bañándome entre las aguas heladas de la poza, me viene esa idea de paseo y me parece que todavía estoy allí, que sigo descendiendo poco a poco desde la casa de la Rúa do Século hasta la orilla del río, ante los escaparates cambiantes y los portales vacíos y silenciosos, los libros que se amontonan en la librería del padre de Lidia, los cafés con las miradas huidizas de sus clientes, los raíles que marcan junto a las aceras una cicatriz oscura, los olores cambiantes de la ciudad, ese maniquí de nariz chafada que viste un traje de rayas de aire pasado de moda, el breve relumbre del tranvía que cruza rápido por la calle perpendicular, muchos metros más abajo, que ese paseo es algo muy significativo y real en mi vida, que lo sigo haciendo aunque me parezca que estoy entretenido en otras cosas, que siempre he hecho eso, y te lo digo con toda tranquilidad porque no me siento preso de ninguna locura, es como una experiencia anterior a todo, muy intensa y reconocible en todas las partes de mí, que permanece siempre vigente y que a lo mejor me ayuda a componer las otras experiencias de la vida.

El caso es que aquellos papeles de Lisboa fueron los primeros indicios para ponerme a buscar más cosas, otras me las dio Noelia, y ayer mismo han aparecido nuevos papeles que me permiten ir dibujando con más nitidez un perfil que antes tenía muy impreciso, sin que ni siquiera se me hubiese ocurrido aclararlo.

Entre esos papeles hay varios apuntes y relatos que tienen como tema algunos sucesos de la guerra civil. En ellos se muestran los escenarios de la derrota y de la venganza, la angustia de los vencidos hacinados en sucias prisiones mientras esperan que los interroguen, el miedo que los atenaza ante las ejecuciones azarosas que se deciden en la noche. Ayer mismo, en una caja de cartón arrinconada en un armario, descubrí otro relato en que uno de los presos, que fue detenido cuando su mujer estaba a punto de parir, además también se encontraban en casa varios hijos pequeños y una madre enferma, obsesionado por la mala situación en que queda su familia, transmite de tal manera su congoja a los compañeros que la noche que leen su nombre, a la hora fatídica del «paseo», un compañero soltero se presenta por él, para que el otro tenga una posibilidad más de sobrevivir y pueda algún día ayudar a esa familia que quedó abandonada e indefensa fuera de la prisión. El sustituido no reacciona y deja que el otro ocupe su lugar, pero cuando comprende el alcance de lo que ha sucedido, cuando se descubre salvado por el sacrificio de un compañero en las miradas de los otros prisioneros que conocen el caso, se desespera y queda aún peor de lo que ya estaba. Pero tiene la oportunidad de reparar la suplantación, pues unas noches después los guardias llaman al hombre que se había hecho sustituto suyo, y él se presenta sin vacilar, asumiendo su destino.

Aunque están contados siempre desde la perspectiva de un hombre de izquierdas, no creas que los cuentos estos son sectarios, más bien tratan de la condición humana, sin olvidar el bando en que mi abuelo sufrió, naturalmente, pero puedes imaginarte perfectamente que los sufrientes perteneciesen al bando adversario. Son gente esperando que vengan a llevárselos para matarlos a tiros, y no parecen cuentos de buenos y malos, porque esas situaciones no tienen otra ideología que la del sufrimiento.

También he encontrado unos apuntes para la historia de una fuga, el protagonista se llamaba Jesús, era un muchacho español de dieciocho años, combatiente republicano, había sido ingresado por los franceses en un campo de refugiados, luego cayó en manos de los alemanes, que lo pusieron a trabajar en un taller de reparación de submarinos en Burdeos, al parecer consiguió escaparse del tren que cada mañana lo llevaba desde el campo de concentración al taller, dicen las notas de mi abuelo que cambió el capote por otras ropas, luego viene un itinerario río Garona arriba, alusiones a granjas, *La compasiva campesina de Castel Jaloux, Un cura decente, Los perros de Moissac*.

Pero lo que verdaderamente me ha satisfecho es encontrar, como te dije, un fragmento bastante completo de esa novela de ambiente cubano, titulada *La sangre dulce*, que trata al parecer de los amores de la hija de un hacendado español, enemigo de los independentistas, con un oficial mambí. Estos días había ido descubriendo indicios, restos, miguitas, hasta ayer, en que apareció el borrador de lo que parece un capítulo entero o casi entero, manuscrito de puño y letra del abuelo Alberto.

La trama transcurre en el año 1897, en la última de las guerras de Cuba, en uno de aquellos ingenios azucareros que se denominaron «artillados», es decir, protegidos por el ejército español y rodeados de empalizadas, fosos, alambradas, para evitar que los independentistas los incendiasen. El borrador empieza hablando de un amanecer, la luz primera del día amorteciendo los brillos dispersos de los cocuyos, esos bichitos de luz que mi abuelo califica de pequeñas estrellas portátiles, la luz iba sacando de su bulto sin forma los cedros, las ceibas, los caobos, la masa boscosa que cerraba al sur el ingenio y la planicie en que éste se alzaba, sonaba el canto dulce del sinsonte, alzaban los primeros vuelos los pájaros, cardenales, azulejos, mi abuelo cita unas cuantas clases sin duda para apoyar la verosimilitud del escenario, y la niña Charo, la protagonista de la novela, dormía profundamente, sin enterarse del clarín que tocaba a diana para movilizar a los soldados de la guarnición, ajena también a los primeros ajetreos de los trapiches. Había sido una noche tranquila, la primera después de muchas noches de disparos, además muy cercanos al ingenio, una noche en que no había habido tampoco fragor de lucha en la parte de la trocha, no muy lejana.

La niña Charo dormía porque quedaba en ella todavía, según había escrito el autor, esa capacidad de olvido y anonadamiento que tiene la infancia y que permanece en la juventud cuando las penas, los desencantos, la tristeza del tiempo, no han comenzado su asedio todavía. Sin embargo, la niña Charo estaba enamorada, y pensando en su amor había quedado dormida la noche antes. Su amor, primero amigo de la infancia, luego joven que había estudiado con los hermanos de la muchacha, revolucionario al fin del partido de Martí, el de los *Versos sencillos,* algunos transcritos por mi abuelo entre sus papeles, alzado en armas contra los españoles para liberar a Cuba de la opresión colonial, había llegado herido pocos días antes al jardín que la niña Charo cuidaba con sus propias manos en un extremo de las tierras que rodeaban la casa residencial, al otro lado de los almacenes, los trapiches y los hornos que formaban el conjunto industrial del ingenio.

Ni la niña Charo ni Dominga, la mujer que la había cuidado desde que, aún muy pequeña, la niña Charo había perdido a su madre, pudieron comprender cómo el herido consiguió llegar hasta allí, y solamente cuando éste recuperó el sentido, tras cuarenta y ocho horas de atroz delirio, supieron que su entrada en el jardín había sido fruto de un error, que le había llevado a cruzar la empalizada en un punto destruido en el combate y, en la confusión de su estado, adentrarse en la hacienda creyendo que huía en dirección a las espesuras de la manigua. Sin embargo, el error había sido providencial para salvar su vida, ya que los soldados que habían librado el combate con la partida mambí que intentaba impedir la entrada en el ingenio de varios carros de caña, no pudieron pensar que aquel oficial independentista herido iba a buscar refugio dentro de la propia hacienda.

Lo había encontrado Dominga a primeras horas de la mañana siguiente, tirado junto a un macizo de flores, y enseguida reconoció en el rostro del herido al señorito Octavio, cuya familia había sido muy amiga de la casa, aunque al fin la política y la guerra los habían separado y enfrentado. Dominga conocía bien la cálida relación que, antes de la guerra, unió a aquel hombre con su joven ama. Por eso, en lugar de denunciar al padre de la niña Charo o a los soldados del destacamento la aparición del herido, había ido a informarla a ella de su descubrimiento. Luego, entre las dos, con ayuda de un carretillo, trasladaron al herido a la cabaña en que se guardaban las herramientas, improvisaron un jergón para él con troncos de bambú, y yo me imaginé un jergón muy parecido al que mi abuelo compuso en un refugio para esconder a los guerrilleros que se habían echado al monte después de la guerra civil.

Tenía el rostro cubierto de sangre, porque un golpe de sable le había cercenado una oreja, pero la herida más importante era un balazo en el pecho, cerca del hombro izquierdo. Las mujeres limpiaron las heridas, las cubrieron con ungüento cicatrizante, y rezaron por la vida de aquel hombre, sabiendo que sería fusilado de inmediato si caía en manos de los militares españoles.

Todas estas rememoraciones acudían a la niña Charo en el momento mismo del despertar, mientras Dominga la acuciaba con alguna noticia que, tras sacarla del vertiginoso recorrido de esos recuerdos del amado que le habían sobrevenido en la frontera del sueño, la llenó de temor. Pues Dominga, recién levantada, había encontrado merodeando en torno a la casa al capitán Alfonso Alegre, alguien que podía resultar muy peligroso para el herido.

Sabemos entonces que este capitán Alegre ha sido un asiduo cortejador de la niña Charo, querida Marta, un hombre arrogante a quien han mortificado las evasivas de la muchacha ante sus galanteos, un tenorio que no puede soportar que ella no se sienta interesada por él, apuesto jinete, valiente luchador varias veces condecorado, que hace estragos entre las señoritas de la parte de la sociedad habanera que sigue unida a España por la conciencia nacional. La niña Charo teme además al capitán Alegre porque sabe que aborrece a los independentistas con toda la rabia de su corazón.

Cuando la niña Charo baja a desayunar, el capitán Alegre está sentado a la mesa, huésped del hacendado. Dice que ha llegado esa misma madrugada con el relevo de la guarnición y se muestra muy galante con ella, asegurando que se siente feliz de estar allí para poder protegerla con las armas de sus hombres y con las suyas y su propia vida, si fuera necesario.

Pienso, imagino, que el capítulo abarcaba una semana, desde el momento en que la niña Charo despierta aquella mañana hasta el momento en que el capitán es relevado en un alba similar, siete días después, mas si era así, el fragmento que he encontrado está incompleto.

El capitán está encantado, no solo de la proximidad de la hermosa muchacha, sino de poder permitirse ciertos placeres ya raros en la isla, como comer lechón asado con bananas fritas y frutas de cazabe, pues la concentración forzosa de campesinos y guajiros en las capitales que ha ordenado el general Weyler ha desabastecido los mercados y ha traído el hambre y la miseria a la mayoría de la población. El capitán confiesa que se siente de vacaciones.

Sin embargo, lo que sucede a lo largo de esos días es muy dramático. El capitán pone sitio a la niña Charo casi todo el tiempo que no lo sujetan sus obligaciones militares, que es bastante. Además, el salón principal de la casa residencial de la hacienda hace las veces de estado mayor para el destacamento que protege el ingenio, lo que facilita la continua cercanía. La niña Charo debe atender a su huésped clandestino, que aunque ha recobrado el sentido adolece de mucha fiebre, ya que la bala que lo hirió permanece incrustada dentro de su cuerpo. La muchacha rechaza una y otra vez los requiebros del capitán, y hasta se ve obligada a advertir a su padre que no siente atracción por aquel hombre bronco y altivo, a quien él tanto admira.

Pero el ingenio, al fin y al cabo, es un espacio reducido, y además aislado, y es inevitable la proximidad de unos y otros. Pocos días después de su llegada, una tarde en que la niña Charo y Dominga atienden al herido, que se propone recuperar un poco más las fuerzas y cruzar de nuevo la empalizada en busca de su gente, para ser curado por un cirujano, el capitán Alegre irrumpe en la cabaña y descubre lo que las dos mujeres han intentado ocultar con tanto cuidado.

El capitán Alegre se indigna con la niña Charo por aquella protección de quien él califica como un sanguinario mambí. La mejilla derecha del capitán luce una larga cicatriz, que muchas mujeres estiman atractiva, resultado de un machetazo revolucionario. Pero el capitán comprende enseguida que en aquel ocultamiento del herido hay mucho más que compasión o ideas políticas. Acosa con sus preguntas a la muchacha y ésta, confiando en que la expresión sincera de sus verdaderos sentimientos pueda servir para conmover al capitán, acaba confesándole que aquel joven oficial independentista herido es un amigo de la infancia y adolescencia, una persona a la que se siente muy ligada por el afecto, y las preguntas insistentes del capitán le hacen al cabo decir que aquel joven es su único y verdadero amor, y le ruega entre lágrimas que no lo denuncie, que permita que pueda intentar escapar y ser curado.

La confesión de la niña Charo golpea al capitán Alegre en lo más sensible de su vanidad y despierta en él un resentimiento feroz contra la muchacha. Sale de la cabaña y recorre una y otra vez el jardín, reconcomido por su envidiosa furia. Por fin, llama a la muchacha y le expone sus condiciones. El coste de su silencio sería para él una forma de traición, muy grave al tratarse de un militar obligado especialmente a la defensa de la patria frente a sus enemigos. El silencio sería un deshonor, y solo otro deshonor podría equilibrarlo.

El capitán Alegre habla de sacrificio y ofrece a la muchacha un intercambio: él sacrificará su honor, guardando silencio y permitiendo que aquel enemigo escondido dentro de la propia fortaleza que él está obligado a defender intente huir con los suyos, y ella sacrificará otra cosa, que es lo que él más desea en este mundo. Y aquí termina lo que queda del borrador del capítulo, mientras el humo del horno se alza recto sobre la alta chimenea en una mañana cálida que no turba un solo soplo de brisa.

Querida Marta, el fragmento de esa novela perdida me ha seguido haciendo pensar en el abuelo Alberto, un personaje inesperado que nunca me pude imaginar mientras leía aquellas novelas suyas del *sheriff* justiciero que con una sola carga de su revólver era capaz de eliminar a seis forajidos en unos instantes. Por eso creo que estoy viviendo estos días en Isclacerta como uno de aquellos ritos de paso que servían para alcanzar la madurez de los habitantes en los pueblos primitivos. Antes me conformaba con no saber casi nada de los que me antecedieron pues, igual que los niños, vivía sin tiempo, acomodado a mi propia experiencia como si fuese el centro mismo del universo, pero ahora comprendo que en todo lo que ellos vivieron hay partes, figuras, actitudes, que esperaban en mí un alvéolo familiar para incrustarse, semillas benéficas o infaustas, hermosas u horribles, que han debido de acabar prendiendo en la persona que yo soy.

Así, vivo cada confidencia que la Buli o Noelia me hacen, o el hallazgo de cada nuevo papel del abuelo Alberto, o el conocimiento de ciertos enredos de mis padres, como los documentos sagrados de una revelación. A ver si acabo resultando un profeta, querida Marta, y me voy contigo al Nuevo Mundo a fundar una religión cuyo símbolo sería, seguro, una casa de muñecas.

19. Calma chicha

Hoy el médico ha madrugado tanto que me saca del sueño el motor de su coche, y cuando llego a la habitación de la abuela me lo encuentro sentado en su cama, en la misma postura en que yo me suelo poner. Le está quitando ya del brazo escuálido el aparato de medir la tensión, porque ha sido una visita brevísima, y en el habitual aire de reserva que pone una nota profesional en su aspecto de labriego acomodado se refleja la persistencia de su poco optimismo sobre el estado de la paciente. Le acompaño hasta el coche y me dice que me va a dejar el número de su teléfono móvil, por si hay que comunicarle alguna noticia urgente, añade, y creo que hay mucha intención en sus palabras. Me quedo un rato en la habitación de la Buli, sentado en una silla, esperando con fatalismo los síntomas del desenlace, pero la veo dormida, sin aspecto peor que el acostumbrado, y la dejo sola, tras avisar a Noelia.

El día se ha presentado mucho más cálido que los anteriores y bajo hasta la poza, pero lo templado de la mañana, en lugar de animarme al baño, me empereza en la orilla, y me tumbo al sol, enfrentado otra vez a la soledad de un cielo vacío de nubes y de pájaros. Cierro los ojos y siento el silencio denso pero también el fluir de todo. Mi padre, cuando yo era muchacho, bromeaba llamándome pasmado, tan pasmado como todos los de tu generación, decía, y nunca repliqué, pues yo no sabía cómo eran los de mi generación, creo que salvo las diferentes costumbres que en todos acaban influyendo y acaso matizando ciertos comportamientos comunes, en cada generación permanecen seguramente todos los modelos posibles de actitudes y de conductas, y esa tendencia mía a lo que parece la pereza, ese pasmarme que mi padre me reprochaba, es mi manera de sentir lo que sucede a mi alrededor.

Abro los ojos y el cielo azul es un fluido en que el universo se mueve como las truchas en el agua cercana que baja de la montaña sobre su cauce. Todo son fluidos y movimiento en ellos, y cuando el movimiento se detiene o el fluido se seca sobreviene la muerte. Acaso me he pasado la vida sintiendo los fluidos y los movimientos internos que forman lo que soy, y muchos de los que me rodean. Estas hierbas tan altas que están ahora mismo alrededor de mi cuerpo no son sino conjuntos de microscópicas vías de movimiento por las que circulan infinidad de partículas, y yo, conjunto de infinitas vías llenas de partículas que se mueven, estoy a su lado mientras intuyo ese fluir. Haciendo avanzar su propia red de vías y de partículas y su rebaño lleno de movimiento externo e interno, debe de pasar en este momento por encima del puente el hombre de las vacas, porque escucho un repicar de cencerros, pero estoy tan a gusto bajo el sol que ni siquiera miro.

Una vez descubrí en un autor un concepto de lectura mucho más amplio que el que define a quien se enfrenta con un texto escrito. Ahora, tras el auge de la informática, hablamos del acto de leer atribuyéndoselo hasta a las máquinas, y acerca de lo que no solo se compone de textos escritos con palabras. Acaso yo sea sobre todo un lector de ese estilo, alguien que permanece sintiendo, imaginando, leyendo, esos procesos de movimiento que se producen alrededor mío. Quizá las personas, por encima de otras diferencias, se agrupen en lectores y en escritores, y también haya un grupo, éste más raro, de los lectores que pueden ser escritores al mismo tiempo. Yo soy sin lugar a dudas un lector, incluso este texto no es testimonio de otra actividad que la de leer y escuchar, mi escritura no tiene otro objetivo que intentar dar algo de orden a lo que me cuentan, a lo que me han contado, a lo que he leído con mis ojos y mis oídos, no busca otra cosa que fijarlo para poder releerlo. En cambio mi padre y mi madre, y tal vez Marta, pertenecen al grupo de los escritores, de los que intentan poner ellos los signos del mundo con una actitud bastante osada y acaso inútil en la mayor parte de su esfuerzo.

Me llamaba pasmado y creo que tardó en hacerse a la idea de que yo no iba a ser artista, y eso le parecía raro, porque lo natural era que yo heredara sus dotes, y creo que en esa convicción había más confianza en la supuesta fuerza irradiadora de su talento que en mis propias aptitudes naturales. Pero al fin y al cabo, también el abuelo y el bisabuelo habían sido artistas, a su modo, decía: el abuelo, escritor, y además con mucho ingenio para la artesanía, con mucha habilidad manual, y el bisabuelo, dejando aparte su imaginación, no hay más que ver ese dibujo de la nieve para comprender sus grandes capacidades para la expresión plástica. Me olvidaba de la abuela, añadió, esos deliciosos apuntes de flores que hizo mientras el abuelo vivía, cuando todavía tenía ganas de dibujar. Yo no quise contradecirle, nunca había visto los dibujos de la Buli y no podía juzgarlos, pero el famoso dibujo de la nieve que había hecho el bisabuelo también me parecía un acto de lectura y no de escritura, la intuición de un momento misterioso, la sospecha de una segura desolación que mi bisabuelo leyó e intentó atrapar en aquel dibujo, quizá para conjurar su maleficio, y las novelas del abuelo, antes de conocer los nuevos textos suyos, no me parecían una muestra seria de escritura, sino una manera de salir adelante de la misma naturaleza que las grandes conejeras adosadas a la trasera del edificio o el gallinero cerrado por el techo con tela metálica para prevenir el ataque de los zorros.

Yo debía de tener entonces quince años y estábamos en la cubierta de su velero. En aquellos tiempos mi padre se había hecho muy aficionado a navegar a vela y se había comprado un viejo barco de un palo, con casco de madera, al que se dedicó con verdadera pasión, hasta el punto de que llegó a tener muy abandonada su obra pictórica, con gran indignación de mi madre. Un día se desprendió del barco del mismo modo súbito con que lo había comprado, y por lo que contaba se sentía muy a gusto con haberse librado de él. Hay dos momentos maravillosos para el propietario de un barco, decía, cuando lo estrena y cuando consigue quitárselo de encima vendiéndoselo a otro, recordando entonces la carga de todo el tiempo en que no se dedicaba estrictamente a navegar, el cuidado del barco, las reparaciones, el alquiler de amarres, pero en aquella época estaba con el barco recién adquirido, y como nos veíamos poco, se empeñó en hacer conmigo, mano a mano, el mes de julio de aquel verano, una travesía por las Baleares, un crucerito, decía, el rito de paso, ya tienes quince años.

Salimos de Peñíscola con rumbo a Ibiza. Yo estaba ya mareado a las tres horas de navegar, tras escuchar las pacientes instrucciones de mi padre y ayudarle a izar y tensar los cabos, nunca distinguí drizas de escotas, que hacían desplegarse las grandes velas. No llegamos a Ibiza, porque el viento dejó de soplar poco después de las islas Columbretes, adonde nos acercamos para fondear y comer. No pudimos bañarnos porque el agua estaba infectada de medusas, y mi padre, que pensaba haber pescado con arpón, les cambió a unos pescadores unas cuantas piezas de pescado por una botella de brandy.

Digo que el viento dejó de soplar y el motor, tras funcionar a trompicones como una hora, se detuvo también del todo. Durante el resto del día permanecimos inmóviles, con la vela extendida esperando algún soplo de un viento que no llegaba. Hacía mucho bochorno y yo no sabía cómo quitarme de encima el mareo, pues las pastillas que mi padre me daba, aunque acabaron con mis vómitos, no consiguieron que desapareciese mi permanente sensación de desequilibrio, de haber olvidado el arte de andar y de no ocupar un lugar exacto en el espacio. Al fin me tumbé en la cubierta panza arriba bajo el sol, con los ojos cerrados, como ahora estoy al evocar ese día en Isclacerta, sobre la hierba, junto al Baño del Puertorriqueño.

Intentaba serenarme imaginando el movimiento de las cosas en aquella enorme y espesa masa de fluido sobre el que flotábamos. Mi padre estaba muy molesto y quejoso con nuestra mala suerte, porque también nos habíamos quedado sin batería y no podía escuchar los partes de la seguridad ni enterarse de lo que iba a pasar con el tiempo, pero por entretenerse, y con el pretexto de que yo no había almorzado, preparó una barbacoa en un recipiente sujeto sobre el espejo de popa y asó unos pescados de los que había adquirido, que tal como me encontraba yo no pude ni probar. Luego concentró toda su preocupación en que no se derritiese el hielo que llevaba en una de las neveras, y la envolvió con trozos de vela vieja y periódicos, aunque muy a menudo deshacía el envoltorio para sacar hielo y servirse un nuevo vaso de whisky, y cuando empezó a atardecer y la lenta caída del disco solar parecía inmovilizarnos todavía más, ya se había bebido casi una botella entera.

La noche nos encontró sujetos a la misma quietud. Una pequeña lámpara de emergencia alumbraba apenas aquel espacio en que nos encontrábamos, un endeble cobijo luminoso rodeado por la oscuridad muda. Mi padre se tumbó a lo largo de uno de los asientos que flanqueaban el lugar en que estaba la rueda del timón, él lo llamaba la bañera, y yo al otro. Así permanecimos bastante tiempo, entre la calma chicha, y yo me asomaba al cielo estrellado, ese infinito fluido, y sentía debajo de mi el otro fluido, ambos palpitantes del mismo movimiento que a mí me hacía vivir.

De repente, el barco empezó a salir de su inmovilidad, en un bamboleo ligero al principio, luego con un flamear de la vela tendida que fue haciéndose cada vez más fuerte. El viento se estaba levantando como si una boca enorme se hubiese puesto a soplar en lo oscuro, y llamé a mi padre para advertirle de la novedad, pero no respondía, y comprendí que todo el alcohol que había bebido durante aquella larga jornada lo iba a tener inconsciente durante mucho tiempo. Pero el barco oscilaba cada vez más, y yo tenía que hacer algo para impedir que nos acabásemos yendo a pique. De las breves lecciones de pilotaje que en las horas anteriores había recibido de mi padre, por primera vez en mi vida, yo no recordaba cómo se arriaba la vela, pero sí que era muy peligroso dejarla al arbitrio del viento.

Ese palo horizontal que sale del mayor, la botavara, cruzó velozmente sobre mi cabeza cambiando de lado con un fortísimo chasquido, a punto de golpearme, y me encontré con la rueda del timón entre las manos y buscando la forma de sentir el viento soplar tras mis dos orejas con la misma intensidad al mismo tiempo, que era otra de las fórmulas magistrales que mi padre me había transmitido antes de que el mareo me impidiese seguir ejerciendo de aplicado grumete. Claro que aquella recomendación obligaba a mantener al mismo tiempo un rumbo determinado en la brújula de la bitácora, pero yo me conformé con asegurar la parte física y personal de la maniobra, esa sensación del viento soplando con la misma fuerza detrás de mis dos pabellones auditivos.

La botavara dio otra violenta sacudida y pasó a mi derecha, la vela dejó de flamear, cogió aire, y el barco empezó a deslizarse cada vez más deprisa sobre el mar invisible, entre el rumor del agua surcada y el aliento poderoso del viento. Yo sujetaba en mis manos la rueda del timón para obligar al barco a seguir su empuje, y me parecía sentir bajo los pies la tensión del casco en el esfuerzo de su avance. Me dispuse a mantener el rumbo de aquel viento, confiando en que no cambiase de repente. También esperaba, con mucho temor, que en la trayectoria del barco no se cruzase ninguna otra embarcación, ni una isla, y que la tierra firme estuviese muy lejos, pues no se podía ver nada en la oscuridad y el cielo se había cubierto de nubes.

No sé cuánto duró aquella navegación, con la que a veces sueño todavía. Fue uno de los raros momentos de mi vida en que, por encima del miedo, me sentí actuando y no observando la acción ajena, unas horas en que podría decir que yo escribía y no leía, aunque mi escritura estuviese violentamente forzada por las circunstancias de una anhelada supervivencia. El viento aumentaba y el casco del barco se inclinaba cada vez más a la derecha, eso que se llama escorar, y en la negrura yo veía la espuma blanca de las olas salpicando muy cercana al borde de la cubierta. Según mi padre, el viento pudo haber alcanzado los nueve o diez nudos de velocidad, y aunque nunca he sabido a cuánto puede equivaler eso, no debe de ser demasiado, parece que era bastante para un piloto bisoño y en mis condiciones. Entonces en el cielo brilló un relámpago. Yo llevaba tanto tiempo sujetando la gran rueda metálica que me dolían los brazos y las piernas, forzadas para apoyarlas mejor en los asientos laterales. Se puso a llover con fuerza y el mar estaba cada vez más movido, de forma que las olas empezaron a saltar sobre la proa. Uno de aquellos golpes de mar se derramó con violencia sobre mi padre, que al fin despertó.

Con el día llegamos a Valencia, mi padre repetía que yo había resultado menos pasmado de lo que mostraba mi aspecto habitual, y que no me había portado mal en mi primera emergencia marinera. Aquel navegar a favor del viento nos hubiera acabado estrellando contra la costa unas horas más tarde, pero al menos yo había sido capaz de evitar que el barco quedase sin gobierno, con el riesgo de haber naufragado. La reparación del motor iba a durar varias horas y mi padre dijo que aquel día íbamos a comernos una buena paella, y que al día siguiente, al amanecer, nos echaríamos otra vez a la mar para alcanzar por fin nuestro destino. Yo no contesté, me tumbé a dormir en cubierta, porque en el camarote me mareaba, hasta con el barco amarrado al puerto. Dormí casi veinte horas seguidas y, cuando desperté, mi padre me mostraba sonriente el copioso desayuno que me esperaba. Le dije que para mí la aventura marinera había terminado y que pensaba regresar a Madrid en el tren o en el autobús, lo primero que encontrase.

Y hoy es como si estuviese otra vez tumbado en aquella cubierta, mi cuerpo ajustado entre la orla del casco y la obra muerta del camarote. Hasta el ruido del agua que corre cercana me recuerda el eco marítimo. Y yo me encuentro a gusto mientras percibo ese fluir, esa señal de vida que refleja mi propio fluir interior, y vuelvo a pensar que nunca he necesitado más que eso para sentirme encajado en el mundo, aunque en aquella ocasión, al regresar a Madrid, llegué a pensar que mi vuelta era una huida absurda, después del bautismo marinero que habían supuesto mis horas de angustiosa soledad intentando y consiguiendo que el barco no opusiese ante el viento una resistencia que pudiera hacerlo zozobrar.

Mi padre recordó aquello muchas veces, me decía que no acababa de entender cómo era yo, me amonestaba con lo de que hay que aceptar los retos de la vida, las pruebas, como las llamaba, y que si hubiera vuelto a embarcar con él no solo hubiera dejado de marearme sino que habría aprendido muchas cosas que solamente pueden experimentarse en el mar. Lo decía mirándome con decepción, con la misma que había en sus ojos cuando se extrañaba de que yo no hubiese heredado las aptitudes artísticas de la familia, sin comprender que aquel forzado bautismo de vela a solas, en lugar de reconciliarme con la idea del crucero por las islas, me la había hecho muy antipática.

El sol llega a calentar bastante, y al rato me hace sudar, pero a pesar de todo, hoy, quiero decir aquella mañana que ahora tengo tan presente en mi memoria, la mañana sobre la que ahora mismo escribo, no tengo ganas de meterme en esa agua transparente que se desliza a pocos metros de mí, tal vez porque hoy no necesito estar dentro de ella, anular la sensibilidad de mis miembros para que mi conciencia esté abierta de par en par. Busco una sombra, donde hay un frescor propio de la estación, una temperatura que contrasta demasiado con el pleno sol, y luego regreso a la casa siguiendo el sendero del bosque.

Mi padre también me ha llamado apático a veces, aunque siempre sin acritud, como una reconvención cordial. Dice que era muy juguetón de pequeño, muy travieso, que no paraba, que tenían miedo de que acabase ocurriéndome una desgracia por aquel temperamento que me llevaba a no estar quieto, pero que cuando aprendí a leer, y fue al parecer muy pronto, cambié de manera brusca y me convertí en un niño ensimismado, reconcentrado, que apenas hablaba. Por eso he descubierto que desde muy pronto he sido un lector, pero no solamente de libros, de palabras escritas, sino de cualquier otra cosa que tenga también movimiento y, por tanto, relato.

Cuando llego a casa encuentro a Noelia muy compungida, porque se había olvidado completamente del teléfono y hoy que se le ha ocurrido conectarlo ha recibido unas llamadas alarmadísimas de mis padres, cada uno por su lado, que qué nos pasa, que por qué estamos incomunicados, menuda reprimenda, tan preocupados como si fuesen ellos los que estuviesen con la enferma, se queja, porque han debido de estar impertinentes, y llamo a mi madre para que Noelia sea testigo de mi solidaridad, recibo una riña mucho mayor, una bronca directa, dentro de la serenidad y dulzura de mi madre, y lo mismo sucederá cuando luego llame a mi padre, pero a los dos les pido perdón por mi despiste, me hago yo responsable de la larga incomunicación, les informo de la última visita facultativa, de que el médico está convencido de lo cercano del fin, por eso estoy esperando, creo que ahora es mejor que me quede aquí, que no deje sola a Noelia, y ellos aceptan mis disculpas y mis explicaciones con cierta displicencia, como si este silencio telefónico hubiese sido una manera de despojarlos de algún patrimonio, y comprendo que su enfado puede ser también el disfraz con que engañan un remordimiento que en uno y otro, aunque por diferentes razones, podría haber surgido, al haber dejado a la abuela moribunda en medio del monte al cuidado de una vieja y de un joven inexperto.

Almuerzo con pocas ganas y después de comer subo a mi cuarto e intento escribir a Marta, hablarle de ese lector compulsivo que estoy descubriendo dentro de mí, no cobardía, ni siquiera apatía, sino la posición de quien está tratando de leer siempre lo que pasa, y que no se siente con fuerza para otra cosa, pero no soy capaz, y cuando voy al pequeño cuarto que antecede a la alcoba de la abuela me encuentro a Noelia ordenando ropa en una especie de gran canasto, y quiero saber qué hace pero se resiste un poco a contármelo, y al fin me confiesa que está buscando una ropa decente para amortajar a la abuela cuando fallezca, no dejarlo todo para el último minuto, y me pregunta si yo pienso que sería propio de la ocasión que se le pusiese un poco de colorete en las mejillas y de pintura en los labios, habría que bajar al pueblo a comprarlo, porque en casa no hay nada de eso. El caso es que Noelia nunca dejará de sorprenderme.

20. Confesión

Aquel día me despertó el restallar de un trueno que parecía haber sacudido los cimientos de la casa. Tras tantas jornadas luminosas y serenas, la tempestad era el gesto huraño que venía a mostrar la versatilidad natural de las cosas. Los relámpagos, seguidos instantáneamente por el estallido del trueno, llenaban la habitación de esas fantasmales fulguraciones que imita el cine con tanta verosimilitud, y parecían resultado también de algún truco luminoso. Se puso a llover muy fuerte y poco a poco la tormenta se alejó, hasta acabar encontrando entre las montañas un alojamiento que la mantuvo retumbando durante varias horas, sin que dejase de llover alrededor de la casa en todo el resto de la mañana. Noelia justificaba aquel cambio de tiempo, ya que había hecho demasiado calor los días anteriores. Con la lluvia, el aroma de la pradera y el bosque se sentía en la boca como un sabor. Acostumbrado a la fuerte luz de los otros días, yo volvía a encontrar en la claridad tenebrosa de las estancias de la casa un aspecto de agua profunda, como si nos hubiésemos sumergido otra vez muchos metros por debajo de la superficie.

No dejaba de llover y me senté a leer en la antealcoba de la abuela, para descubrir, con el osado veterinario J. Piñeiro, la solitaria quietud de las plantaciones de aquellas berzas gigantescas, adonde él había llegado pisando corriente arriba el cauce del arroyo, unos lugares en que no se movía ningún animal terrestre o aéreo, ni siquiera los insectos.

Dentro de la inexpresividad propia de su naturaleza vegetal, aquellas verduras mostraban un aspecto triste y compungido, había escrito mi abuelo, y yo me preguntaba de qué manera podría descubrirse tal tristeza, pero mi abuelo lo había previsto todo: *Las eflorescencias en que aquellos seres tenían sus órganos perceptores, en vecindad con los reproductores, se veían ajadas y mustias.* Parece que la ausencia de brisa, otra de las peculiaridades que los invasores habían impuesto artificialmente en la zona, añadía desolación al panorama.

J. Piñeiro vislumbró al pie de cada planta una coloración rojiza. Se aproximó para identificarla y pudo averiguar que eran los cadáveres amontonados de unos insectos. El veterinario recogió del suelo un ejemplar para observarlo. Le pareció que se trataba de un enorme díptero, y luego pudo comprobar que era una moscarda. Una moscarda de tamaño bastante superior a lo habitual, y de color rojo.

El cuerpo del chaparrón desdibujaba la explanada y muchas gotas sacudían el alféizar y salpicaban los vidrios de la ventana. La abuela dio un grito y entré en la habitación. Sus facciones mostraban un asombro temeroso, los ojos titubeantes y la boca entreabierta, como dispuesta a gritar otra vez. Extendió las manos y yo le di las mías, y las agarró con tanta fuerza que estuvo a punto de hacerme caer. Me senté a su lado y le hablé con suavidad, intentando que se sosegase.

—Ay, Alberto —murmuró ella—, soñé que no me habías perdonado. Que no me habías perdonado, eso soñé.

Apreté sus manos para que sintiese mi compañía, mi protección.

—Tranquila, abuela, tranquila.

En las manos le palpitaba todavía el sobresalto que debía de haberle causado su pesadilla.

—Seguían pasando los años, nosotros solos aquí, todos los días sentados el uno delante del otro, y tú seguías sin perdonarme. Y yo me moría de pena, te lo juro, Alberto, estaba en esta misma cama, era yo misma ahora, muriéndome como estoy, y era yo misma entonces, muriéndome de pena, porque no habías querido perdonarme.

Cerró los ojos y volvió la cabeza. Sus manos hacían ya menos fuerza en las mías e imaginé que se iba a quedar dormida. Pero continuó hablando.

—Tú no sabes lo que fue aquello, Alberto, buscarte de un lado para otro sin saber dónde te tenían, si te habían matado o te iban a matar una noche de aquéllas, oír llorar a las mujeres cuando veían sacar a los suyos, tú no sabes lo que fue aquel ir y venir sin saber adónde, hasta a Estoril me fui para intentar que el hijo del rey me ayudase a conocer dónde te tenían, para salvarte la vida, y por fin me encontré otra vez con Leopoldo, claro que le conocía, era amigo de casa, de una familia conocida de siempre, y hasta había salido alguna vez con él, en pandilla, a una verbena, a merendar, en pandilla, te digo, claro que a él le gustaba yo, claro que le gustaba, pero yo a él le encontraba demasiado fanfarrón, y además a mi madre le hubiera parecido bien, a pesar de todo, de manera que nunca le hice caso, pero se había hecho falangista y mandaba mucho, cada vez más, con lo que al fin tuve que ir a él para rogarle por ti, para pedirle que no te matasen, y me aseguró que haría todo lo posible por ello, que cuidaría de ti, y me informaba de dónde estabas, y cuando te llevaron a Pamplona y supe que te habían condenado a muerte, allí me fui yo, allí estaba él, y al fin las cosas se pusieron muy difíciles, conforme él me iba contando, y llegó un momento que iban a ejecutarte ya, él me dijo que enseguida, y que no se podía hacer nada. Yo intentaba saber si habría alguna manera de comprar tu salvación, yo por tu vida estaba dispuesta a pagar lo que fuese, a darles todo lo que tenía y a firmar pagarés, y por fin comprendí que tendría que implicarlo a él, a Leopoldo, como fuese, porque él era el único que podía seguir ayudándome de verdad a que salvases la vida, y yo comprendí cuál era la única manera de pagar, lo único que de verdad valoraba él, porque lo había leído muchas veces en sus ojos, en sus gestos, en la manera de cogerme las manos, de acercarse a mí, y hasta me había parecido descubrirlo entre sus palabras.

Yo escuchaba con un sentimiento tan asombrado como temeroso aquellas confidencias. Intenté atribuir lo que la Buli decía a los delirios de su estado, pero no podía dejar de pensar que todo aquello era la confesión de algo cierto.

—Yo sabía de sobra que él me deseaba a mí, que siempre me había deseado, y no tuve ninguna duda, Alberto, y lo volvería a hacer si fuese necesario, yo no quería dejar de intentar nada que pudiese mantenerte vivo, claro que me entregué a él, y no quiero hablar más de ello, no quiero recordarlo, por otro lado me parecía que estaba loca, en sus brazos me sentía la viuda de un hombre vivo al que yo quería, pero el que me abrazaba estaba también vivo y me quería a mí, no quiero hablar de eso, porque además nunca te hubieras enterado de no ser por el niño, por Tomasín. Pero la noticia de que estaba embarazada coincidió con la orden que te levantaba la pena de muerte, y ni se me ocurrió pensar en eliminar lo que llevaba dentro de mí.

Puede haber instantes en que sintamos nítidamente la extrañeza del vivir, en que consigamos alejarnos lo suficiente de este conjunto de materia orgánica, con su efervescencia química y su chisporroteo eléctrico, para atisbarlo, sentirlo en su realidad azarosa, fruto de incomprensibles coincidencias cósmicas, biológicas y morales, en un desdoblamiento que nos permite asumir la feroz casualidad que marca todo lo que existe. Hace falta solo alguna luz con fuerza suficiente como para iluminar esa separación, ese desgarrarse en que la estupefacción sustituye al dolor, que nos regala la experiencia de ser una molécula en el hirviente caos. La confesión, el momento en que el nombre de mi padre apareció en la boca de mi abuela, fue para mí uno de esos instantes, vi a aquellos seres, la anciana consumida y de voz escasa, el joven flaco sentado a un lado en la cama, y sentí que eran puros accidentes gratuitos de ese rebullir sin sentido que es la vida, con quienes estaba ligado, incluso formando parte inseparable de uno de ellos, sin que me perteneciesen de una forma muy diferente a la lluvia que resbalaba por la pizarra del tejado o a las ramas también chorreantes de los árboles que rodeaban la explanada.

—No te hubieras enterado de no ser por el niño. Podía haber intentado no tenerlo, pero comprendí que formaba parte del precio aquel que había tenido que pagar por tu vida. Cuando Leopoldo me dio el papel en que se decía que no te iban a matar, le dije lo del niño, y también que lo que había habido entre él y yo había terminado para siempre. Y conseguí permiso para verte, habían pasado ya casi seis años, Dios mío, y era la quinta vez que te veía, cinco veces en seis años, y estabas tan pálido, tan triste, con un aire tan indefenso, y encima te lo dije de sopetón, sabiendo que te iba a herir, porque si no te lo suelto así no me hubiera atrevido a hacerlo, te dije «estoy embarazada», y me miraste sin entender, pero con los ojos aún más indefensos, y te dije «nunca he dejado de quererte, nunca, te quiero, siempre te querré», te dije «eres el único hombre de mi vida». Tú no contestaste, y estuvimos callados todo el tiempo restante que duró la visita, y cuando me fui a la fonda me sentía como si me hubiesen abierto en canal, me escocía todo el cuerpo por dentro, como si el niño que esperaba era que me habían rajado y echado sal y mis entrañas debiesen permanecer sintiendo para siempre ese dolor.

Se quedó callada, pero yo había vuelto a integrarme en mi cuerpo, veía otra vez las cosas desde la atalaya de mi cabeza, a través de mis ojos, sentía en mis manos las suyas frías ya y sin el pulso que las había agitado cuando despertó de su pesadilla. Abuela, dije, Buli, y parpadeó preguntándome quién era yo. Le dije que era Pablo Tomás, y otra vez sus recuerdos me sustituyeron por mi padre.

—Ay, Tomás, hijo, qué ganas tenía de verte.

Una curiosidad oscura se había despertado en mí y quería saber más de aquella historia que me había hecho sentir de repente tan extraño, tan ajeno.

—¿Qué pasó luego, abuela? ¿Qué pasó cuando el abuelo salió de la cárcel?

Seguía con la cabeza vuelta y murmuró algo que no entendí. Acerqué mi cabeza a la suya y me pareció escuchar la palabra secretas, esas cosas deben quedar secretas, o algo así, me pareció que decía. Seguí con sus manos entre las mías, esperando que se quedase dormida, pero se puso a hablar otra vez.

—Cuando salió de la cárcel, el niño había nacido ya. Yo se lo conté todo, todo. Me parecía que tenía que saber lo que de verdad había sucedido, lo preciosa que había sido para mí su vida y cómo aquel niño, que yo no había buscado, también le pertenecía a él. No decía nada, y según el niño fue creciendo, al saber que Leopoldo preguntaba por él, que le mandaba regalos, que le había abierto una cartilla en el banco, fue él mismo quien dijo que le viese, que lo visitase, hasta que Leopoldo se ocupó del colegio del niño, y de vestirlo y cuidarlo, porque además éste no era sitio para él, tan lejos de la comunidad de la gente. Pero a mí no me lo perdonaba. Ya no vivíamos como marido y mujer de verdad, carne y carne, y yo sabía que no había en él maldad, rencor, pero mi asunto con Leopoldo formaba parte de todo lo que lo había quebrantado, las cárceles, las palizas, y a veces, a solas, llena de desconsuelo, yo pensaba si no hubiera sido mejor haber dejado que lo mataran, no haber añadido esa carga de humillación a sus espaldas, haberlo dejado morir como un simple vencido en la guerra, un mero derrotado por la fuerza de las armas, sin que tuviese que haber conocido aquella otra derrota tan íntima, tan personal, que mi conducta significaba para él, aunque luego yo me decía que, a pesar de todo, hubiera muerto derrotado y humillado, que estaba mejor vivo, y a mi lado, y que teníamos muchos años por delante para intentar que las cosas se enderezasen.

Aquella muestra de esperanza iluminó otra vez mi confusión, y me permitió verme de nuevo con lejanía, como un ser humano anónimo, como un ser vivo sólo diferente por ciertas complicaciones moleculares de las berzas que se alzaban detrás de la casa o el gran castaño que brillaba como metal pavonado bajo el azote de la lluvia. Enredado en una malla de procesos físicos que me daban una sensibilidad diferente y que yo estimaba superior, ¿era peor ser una berza? ¿Era peor pertenecer, como una brizna más, a la hierba que se extendía ante la casa y que también brillaba acribillada por las agujas interminables del aguacero? A partir de aquel momento, la confidencia de la Buli fue casi ininteligible, pero yo estaba pendiente de sus palabras, sin que llegase a saber nunca a quién se dirigía, porque en dos o tres ocasiones dijo que Tomás no debía saber lo que me estaba contando, y estoy seguro de que Noelia nunca fue depositaria de aquellas confidencias.

Encerrados en Isclacerta, la Buli y el abuelo Alberto atravesaron el gran coágulo de la posguerra juntos, pero no unidos. Ambos se multiplicaban durante toda la jornada en las tareas necesarias para la supervivencia, la preparación del huerto y su cuidado, la atención de los gallineros, las conejeras y las cuadras, el acarreo de leña. Hacían en casa el jabón, el pan cuando podían, porque la harina era escasa, se iluminaban con velas y lámparas de carburo, y a su luz pobre escribió el abuelo sus novelas del oeste, románticas, del espacio, de terror, animado por la edición que de ellas hacía en Valencia un antiguo compañero de penalidades en la prisión y también ex condenado a muerte.

Un día, el abuelo se puso a tomar notas a horas distintas de las acostumbradas para escribir. Al parecer, se le había ocurrido una novela diferente de las habituales, una novela seria, que podía aparecer publicada en una editorial de las que vendían sus productos en las librerías, que podía ser importante y apreciada por los lectores normales de literatura, aunque necesitaba documentarse para acometerla, pues la novela iba a transcurrir en Cuba en los años finales de la dominación española. El abuelo tenía parientes y vecinos que habían sido llevados a la guerra de Cuba como reclutas, y desde niño tuvo ocasión de escuchar de las bocas de los supervivientes las historias de sus penalidades en aquella contienda que llamaban maldita, y de los horrores de aquel general Weyler, tan duro, tan cruel incluso con sus propios soldados. Sin embargo, existían lagunas demasiado grandes en sus conocimientos de la isla y de la época. En la cabeza de la comarca había un hombre, secretario del ayuntamiento, apreciado por todo el mundo por su actitud amistosa, y mi abuelo fue a visitarlo en su bicicleta y a exponerle su proyecto. Aquel hombre le permitió consultar una gran enciclopedia y varios libros interesantes para el trabajo que el abuelo estaba dispuesto a emprender, y durante una temporada bajó con su bici todas las tardes de los días laborables para estudiar aquellos libros. La abuela decía que, en aquel tiempo, el abuelo estaba sentado muchas horas ante la mesa que le servía de escritorio y que apenas dormía, mientras iba avanzando en la formación de aquella novela que lo tenía tan absorto.

—Una noche, serían las dos, o las tres, yo qué sé, se quedaba hasta tardísimo escribiendo, yo le decía que iba a enfermar pero no me hacía caso, él allí sentado escribiendo sin parar, una noche, serían las dos o las tres, me despertó dando unas voces tremendas y yo me sobresalté imaginando que pasaba algo malo, y todavía no sé lo que pasó, nunca quiso explicármelo del todo, el caso es que estaba junto a mí, se puso de rodillas y empezó a pedirme perdón a gritos, lloraba como un niño, perdóname, Soledad, perdóname, decía el hombre, y me mojaban la cara sus lagrimones, y yo le abracé asustada pero feliz de que se hubiese acercado por fin a mí, luego me dijo que había comprendido algo mientras escribía su novela, que había visto muy clara una cosa, perdóname, y me llamaba vida mía, amor mío, cariño, como de recién casados, y desde aquella noche volvimos a ser marido y mujer, y ya nunca nada volvió a separarnos hasta su muerte, pobre, que allí reposa con la tía Soledad y por dejadez ni siquiera hice poner su nombre en la losa, tampoco pongáis el mío, total qué más da dónde lo entierren a uno, me perdonaste al fin, Alberto, y te juro que me hiciste vivir otra vez, porque yo estaba ya medio muerta por dentro, y volví a recordar aquella agonía hoy cuando soñé que no me habías perdonado.

La lluvia dejó de golpear poco a poco las contras de la ventana, hasta que el silencio se impuso también fuera de la casa. La Buli se durmió sin soltarme las manos, y yo me quedé sentado en la cama junto a ella, contemplando los perfiles diminutos de la casa de muñecas, tan parecidos a las formas reales, una Isclacerta en miniatura que parecía ocultar seres también minúsculos, acaso nuestras réplicas soñadas, con esa inocencia y pureza de los juguetes, como quería la imaginación de la abuela.

Noelia llegó a la habitación y se acercó a mí para murmurar con cierta urgencia que fuese con ella cuando pudiese, y solté con suavidad las manos de la abuela. Seguí a Noelia escaleras abajo, y luego hasta la vieja cochera. Era evidente que ella se sentía turbada por algo, pero no me daba ninguna explicación. Cuando llegamos a la cochera, ya cerca de las grandes hojas de la puerta, extendió un brazo para señalarme un bulto desfigurado por la oscuridad, tirado o caído junto al motor electrógeno. Era el cuerpo del viejo mastín.

—No me había acordado de él desde hace un par de días. Hoy lo eché en falta, cuando empezó a llover y no venía.

Yo dije que habría que enterrarlo, mientras descubría que aquella muerte había afectado a Noelia más de lo que me hubiera podido imaginar, según el carácter que yo le había atribuido.

—Es un animal, pero no sabes cómo lo siento. Nos hacía tanta compañía, como una persona, el pobre. Y han sido tantos años. Desde luego, tu abuela no tiene que enterarse.

Busqué un pico y una pala y Noelia me ayudó a cargar el cuerpo rígido y frío en la carretilla. Le dije que yo me ocuparía de hacerlo, y regresó a la parte de las habitaciones, con un gesto del cuerpo que reflejaba su disgusto.

Mientras transportaba el cuerpo a la zona del huerto, donde tras la lluvia la tierra tenía que estar fácil de cavar, comprendí que el lugar del enterramiento debía de ser otro, el cementerio que la verdad o la leyenda han ido creando a la sombra del castaño, y crucé la explanada en aquella dirección. Cavé detrás del castaño, casi oculto por el tronco de la vista de la casa, y de pronto el pico tropezó con algo duro. El espadín de los ritos masónicos de mi bisabuelo no había sido un sueño, y el atadijo mohoso de cuerdas, trapos y plásticos conservaba la forma de aquel objeto que de niño había puesto en mi mano uno de los tactos sagrados de la piratería. Pero no lo recuperé, y cuando el hoyo fue suficiente para guardar el cuerpo del mastín, lo eché en él y puse encima el espadín sin desenvolverlo siquiera, antes de rellenar el agujero con la tierra removida y pisar luego encima. Aunque había dejado de llover, del follaje del castaño se desprendían repentinos goterones, en un lagrimeo lento que aumentaba la melancolía de aquella mañana gris. Entonces supe que la muerte del mastín había sido la señal que anunciaba la inminente muerte de la abuela.

21. La Buli muere

La Buli murió mientras dormía. Voy a detenerme unos instantes para intentar recordar si aquella noche fue diferente de las anteriores. Ya escribí que por la mañana había habido una tormenta fuerte, y aunque por la tarde asomó el sol, la humedad permaneció presente a lo largo de toda la jornada. Recuerdo que el olor a la tierra empapada seguía envolviéndolo todo, que la cama estaba fría cuando me acosté, que el silencio en que la casa estaba incrustada era más sólido que otras veces. Todos los animales del bosque que la rodeaban habían quedado inmóviles, como la brisa, y hasta el agua del arroyo parecía haberse detenido.

Al anochecer, en aquella húmeda quietud, la Buli había estado hablando nuevamente con un interlocutor imaginario, en largas parrafadas solo identificables por el movimiento de los labios y un ligero resuello. Al fin se quedó dormida, y ya no despertó. La encontró muerta Noelia, y cuando entró llorando en mi habitación para avisarme, no necesité entender sus palabras.

Muerta, la Buli parecía más endeble todavía que en las últimas jornadas, un cuerpecillo exhausto bajo una cabecita también escuálida, que en lo inerte y oblicuo de la postura confirmaba la imagen de pájaro con el cuello partido, de pájaro caído del nido, que me había sugerido cuando llegué. Noelia le había cerrado los ojos y había apretado sus mandíbulas con un pañuelo anudado sobre el cráneo. Parece dormida, murmuró Noelia, pero no parecía dormir, sino que ofrecía todo el patetismo de lo mortuorio, una imagen de fracaso, de brusca interrupción. Le dije que avisase ella al médico, que yo llamaría a mis padres, pero mientras estaba buscando el móvil en mi habitación sentí un ruido de coche y vi que el todo terreno de mi padre se acercaba a la casa. Bajé para recibirlo, y al encontrarme adivinó en mi actitud lo que había sucedido, igual que yo cuando Noelia me despertó al entrar en mi cuarto.

—De modo que ya murió —dijo mi padre, y yo asentí con la cabeza—. Me desperté a las cuatro de la mañana muy inquieto y decidí venir sin esperar más —añadió.

Cuando estuvo ante la muerta se echó a llorar inclinado sobre su cuerpo. Nunca antes había visto llorar a mi padre y me sentía desasosegado y confuso. Además, aunque a mí también me conmovía la muerte de la Buli, no tenía deseos de llorar, porque desde que Noelia me había mostrado su cadáver se había apoderado de mí una inesperada perplejidad, como si la casa mostrase de repente perspectivas lúgubres, de antiguo mausoleo. Ver a la Buli muerta, con aquel atadijo que obligaba a cerrarse su boca, un hilito brillante entre los párpados, había sido el signo seguro de que algo había terminado también para siempre alrededor de ella.

Las paredes abiertas de la casa de muñecas ofrecían a la vista las formas de aquellos pequeños objetos como si las manos que los habían fabricado y puesto allí hubiesen marcado en su disposición aquel fallecimiento. Yo leía en la colección de cacharritos y de mueblecillos la falta súbita de mi abuela como si ellos, con su azarosa supervivencia, la hubiesen estado prediciendo a lo largo de todos aquellos años, desde mucho antes de que yo hubiese sido recibido por ella en Isclacerta como miembro de pleno derecho. Pero veía mucho más, veía aspectos de la casa grande que hasta entonces se me habían pasado inadvertidos, el alabeo de los quicios, la humedad que había desconchado la pintura de las contraventanas, la inclinación que vencía la tarima en algunos rincones, la falta estridente de pintura en las paredes y en los techos y de barniz en las barandillas y en las puertas, las telas de araña empolvadas en los rincones más sombríos.

La casa estaba tan vieja como la Buli y también ofrecía un aire fúnebre, ese gesto que muestra el cruce final de una frontera sin posible vuelta atrás. Con la Buli concluía todo el esfuerzo y el sueño del Puertorriqueño, pues ella había sido su prolongación, y la casa había encontrado en la Buli un reflejo de la mirada reconocible del fundador, pero con la muerte de ella Isclacerta, como la casa de muñecas, llegaban al final de su ciclo vital. Yo hallaba en la casa grande y en la de juguete el mismo signo de muerte que acababa de reconocer en el cadáver de la Buli, la imagen de cosa conclusa con que se unían a su persona los objetos que la habían rodeado en su vida. La casa del Puertorriqueño y su historia habían muerto también, y acaso el repentino golpe de tal revelación había anulado mi capacidad para llorar, mientras mi padre y Noelia desahogaban su emoción ante el lecho de la difunta.

Llamé a mi madre para contarle lo que había sucedido y no hizo ningún comentario, aunque me pareció que suspiraba. Luego me pidió que, en cuanto lo supiese, le dijese cuándo iba a ser el entierro, porque quería asistir a él.

Hasta la llegada del médico, a eso de la media mañana, la Buli presidió el desconsuelo de mi padre y de Noelia. Después de que el médico firmase sus papeles y se marchase, comenzó un nuevo capítulo funerario, y mi padre me pidió que le acompañase para arreglar los asuntos del sepelio mientras Noelia quedaba encargada de adecentar definitivamente el cadáver. Me dejaron solo unos momentos en su habitación y los aproveché para buscar en aquel maletín que la muerta me había mostrado los dos sobres y llevarlos a mi habitación. Me avergonzaba mi conducta furtiva, pero prefería no tener que dar explicaciones a mi padre, por lo que pudiera suceder con la cuenta de Noelia. También me avergonzaba mi poca confianza en la posible reacción de mi padre. Con los sobres en la mano, no podía evitar sentir que era un ladrón de tumbas, o ese heredero tenebroso de ciertas novelas que defrauda a los demás beneficiarios, pero al fin logré apartar de mí aquellos escrúpulos. Luego acompañé a mi padre en las gestiones que requería el entierro, para descubrir en él una actitud insospechada de desvalimiento.

Hablaba mientras iba conduciendo, en un monólogo que era un desahogo de su emoción. En sus palabras había sorpresa y remordimiento, la sorpresa de que la Buli se hubiese muerto, claro que lo esperaba, claro que llevaba mucho tiempo enferma, pero encontrársela muerta había sido como un despertar a una realidad nunca verdaderamente prevista por él, decía.

—Ahora comprendo que mi madre se ha muerto sin que nunca llegase a acercarme a ella, posponiendo siempre un regreso desde que de niño me marché de Isclacerta a estudiar. Entonces, cuando volvía a casa, ella se sentaba para abrazarme, para tenerme un rato muy largo apretado contra su pecho, y me mecía como si fuese un niño muy pequeño, murmuraba a mi oído palabras cariñosas, me tienes que contar, decía, tienes que decirme qué tal estás, cómo te va en el colegio, qué tal en casa de tu padrino, invitándome a una conversación que nunca inicié, como si el afecto pudiese sustituir a las palabras, pero no las sustituye, Pablo Tomás, lo único que puede luchar un poco contra el tiempo son las palabras, hay que hablar, hay que decirse las cosas, no puede haber afecto sin palabras, el silencio siempre colabora con la ruina que lleva el tiempo consigo, con el olvido, con la desintegración, y ahora se ha muerto y nunca hablamos, nunca le conté mi vida, las cosas que me sucedían, las buenas y las malas, llegaba aquí, volvía a tenerme apretado un rato largo entre sus brazos, volvía a repetir me tienes que contar cómo te va, qué tal estás, y yo le daba dos besos y me iba a mis cosas, y el tiempo ha pasado, se llevó a mi padre sin que apenas hubiésemos hablado, se la ha llevado a ella, sin darme ocasión de estar de verdad unido con ellos, con ella, por las palabras, ha envejecido sola, se ha muerto sola, y yo lejos, siempre lejos, siempre en silencio, siempre guardándome las malditas palabras, como un avaro.

Empezó a decir que eso mismo nos estaba pasando a él y a mí, lejanos, distantes. Yo me sentía otra vez confundido ante aquella repentina explosión de intimidad y, sin pretenderlo, por decir algo, abrí una compuerta nueva para sus remordimientos.

—¿Entonces tú, de muchacho, casi no venías por aquí?

—Aquí no tenía amigos, ni la casa comodidades, había un ambiente de tristeza entre mis padres, ya se sabe lo que son los niños, los muchachos, ¡en la capital me lo pasaba tan bien!

Le pregunté por su padrino y repitió lo que había contado otras veces, que su padrino era muy cariñoso con él, que en su casa tenía una habitación estupenda, que le dejaba hacer todo lo que quería, que no le faltaba ningún capricho. Aquella vez, mi padre fue más lejos en sus confidencias.

—Me quería como a un hijo, te lo aseguro. Se casó ya mayor, mientras yo estudiaba el bachiller, y tuvo dos hijas gemelas, y de verdad que yo no percibí que las quisiese a ellas más que a mí, me trataba como un verdadero padre.

Yo le pedí que me hablase más de aquel Leopoldo, el hombre con un bigote fino y un gran brillante en un dedo de una mano que yo recordaba también como anfitrión solícito y generoso.

—¿Que cómo era? —preguntó mi padre, sin recordar otras ocasiones en que yo le había pedido lo mismo—. Pues habría quien te diría que era un señorito falangista, pero conmigo se portó de un modo admirable.

De repente, mi padre se echó a reír:

—Desde luego, era un señorito terrible, terrible, te voy a contar un caso para que veas, ahora ya eres un hombre, claro que era gente de otra época, y te das cuenta de lo mucho que han cambiado los tiempos cuando piensas en lo que les has oído decir. Al entrar en la adolescencia, al hacerme hombre, empecé a notarle muy preocupado, como si quisiese decirme algo y no terminase de decidirse, por fin un día me dijo tenemos que hablar, y me llevó a su despacho, una habitación con muebles grandes tallados con cabezas de guerreros antiguos, y sus diplomas y condecoraciones adornando los muros, se sentó en uno de los sillones que había delante del escritorio, no en su sillón habitual, sino en uno de los que estaban delante de la mesa, donde se sentaban las visitas, me hizo sentar a mí en el otro y quedamos los dos cara a cara, sacó del bolsillo del batín lo que yo pensaba que era una chocolatina, un objeto circular de aspecto metálico, y tras separar con cuidado la envoltura me lo mostró diciéndome lo que era aquello, esto es un condón, me dijo, y esto es lo que tienes que ponerte siempre que te acuestes con una mujer, sea decente o no, para que no te peguen ninguna enfermedad pero sobre todo para que no te puedan comprometer con un embarazo, para que no te puedan colgar un hijo que tú no quieras.

Al oír a mi padre, me parecía estar asistiendo a una escena de comedia, pues en la evocación de aquel hombre de la extrema derecha que mi padre hacía recordaba el momento en que mi madre, francesa liberal, me abría los ojos a la vieja técnica anticonceptiva y sanitaria del preservativo.

—Era otra gente, gente de otros tiempos. Por ejemplo, mi padrino, como otro apartado de mi educación erótica, me habló de sus propias experiencias, imaginé lo que tuvo que ser la vida de las criadas cuando él era joven, hasta qué punto los señoritos como mi padrino encontraban natural seducirlas o tirárselas por las buenas. Para corroborar la eficacia de sus enseñanzas, me contó que en casa de sus padres hubo una criada muy guapa que empezó a tontear con él y que pronto las cosas fueron a mayores y se acostaron, y aprovechaban cualquier momento en que pudieran estar solos en casa para hacerlo, pero yo, decía mi padrino, yo nunca dejé de ponerme el condón, siempre, a ver si me entiendes, y cuando terminábamos lo nuestro me lo quitaba y se lo enseñaba bien, colgado de los dedos, y le decía ¿ves esto?, ¿te fijas?, ¡para que no me vengas un día con historias!

Mi padre se echó a reír de aquella desmesura de amo macho que evocaba, y repitió que su padrino era, sin lugar a dudas, un señorito del viejo estilo.

—Otra cosa es una mujer a la que quieras de verdad, de la que estés enamorado, que entonces sí que te fastidia tener que ponértelo, pero es igual, hay que tener cuidado, Tomás, me decía mi padrino.

Y continuó contando que aquélla era gente de cuidado, aun sin ser falangistas, y que de todas formas él no podía tener ninguna duda sobre su afecto, no tenía más remedio que aceptarlo tal como era, tal como había sido.

Luego, las gestiones del entierro de la Buli nos hicieron olvidarle. En el ayuntamiento recordé a aquel secretario que le había dejado consultar a mi abuelo los libros para su novela cubana. Pensé que aquel sol de primavera sobre la fachada del edificio, sobre el viejo reloj, era el mismo que había alumbrado las pesquisas de mi abuelo en su modesta investigación histórica. Tuvimos tiempo para hablar de muchas cosas. Los descubrimientos que había hecho en la obra literaria de mi abuelo seguían sorprendiendo a mi padre, a quien le parecía muy excitante conocer aquella faceta secreta, el mundo de ambición literaria refugiado debajo de las novelas de Clay Sloman, Albert Wilson y otros falsos autores anglosajones. Y como parece que los negocios de la muerte se solucionan pronto, incluso en un pueblo apartado, pronto terminamos lo que teníamos que hacer en el ayuntamiento, y nos acercamos, con un conserje que cubría también las labores de enterrador, a visitar el minúsculo cementerio, que en aquel momento resonaba de pardales piantes.

El hombre buscó una palanca y dijo que al día siguiente lo tendría todo preparado para el entierro, y que si queríamos un tabiquillo que cerrase completamente el hueco del ataúd habría que pagarlo aparte. La elección del féretro nos llevó a otro punto de la comarca, en que un individuo nos mostró un catálogo de ataúdes que tenía junto con otros de frigoríficos, cámaras de vídeo, y muebles, en una vecindad que enseguida dejaba de ser sorprendente. El seguro de la abuela daba derecho a uno que ella hubiera considerado ostentoso. Ya sabíamos la hora del sepelio, y que el responso de un cura a la llegada de la comitiva fúnebre estaba incluido en las actividades generales.

Mi padre informó a mi madre. Mientras hablaba con ella por teléfono hallé en su voz el mismo desvalimiento que había mostrado después de ver a la Buli muerta, y me pareció que se demoraba en la conversación, como si necesitase también la voz de mi madre en su reciente desconsuelo.

—Y ahora vamos a comprar algo de comer, porque no es cuestión de dejar sola a Noelia más tiempo —dijo cuando acabó de hablar con mi madre.

En su voz no había nada del júbilo que solía provocar en él la referencia a la comida. Compramos una empanada en la panadería, a Noelia le había dado tiempo a cocinar unas legumbres, y comimos los tres en silencio. Noelia, al fin, había decidido envolver a la abuela en una sábana antigua de hilo, de las que se reservaban para las grandes ocasiones, porque decía que estaba más propia. Le había quitado ya el pañuelo que juntaba sus mandíbulas y había cruzado las manos de la muerta sobre el pecho, de manera que el cadáver de la Buli ofrecía un aspecto pulcro, que a Noelia le había reconfortado, aunque sus ojos enrojecidos parecían indicar que no había dejado de llorar en toda la mañana.

Estuvimos los tres toda la tarde en la antealcoba de la muerta. Entre pipa y pipa, mi padre leyó los textos del abuelo que yo había encontrado, y con esa lectura le acometió otro golpe de remordimiento. Me pidió que saliese con él un momento, me llevó fuera, y dimos varias vueltas alrededor del edificio mientras me confesaba que nunca había valorado la actitud política del hombre que había escrito aquellos textos.

—En Bellas Artes encontré un compañero que me convirtió a la fe comunista, y pensaba que los comunistas habían sido los únicos revolucionarios, los únicos antifascistas. Solo los comunistas habían luchado de verdad en la guerra, solo en ellos había una visión inteligente de las cosas, un sentido histórico, progresista. Los anarquistas habían sido folklóricos, y en el fondo de su rebeldía había la añoranza de un paraíso de libertades pequeño burguesas, aunque con esa simpatía que suelen sentir los adolescentes hacia lo brutal y lo irracional, tuve a Buenaventura Durruti durante mucho tiempo como un héroe. Tampoco los socialistas me merecían ningún respeto, eran partidarios de la democracia burguesa, y por eso cómplices de la explotación de los capitalistas. La propaganda de los comunistas era excluyente, solo lo suyo era bueno, solo su gente merecía estima. Ya te digo que yo no le tenía simpatía política al abuelo, y eso contribuyó a separarme de él. Si entonces hubiera sabido que ayudaba a los maquis, me hubiera hecho gracia lo que yo veía como romanticismo, como por ese sentido de romanticismo admiraba la rabia desesperada de Durruti. Cuando tu abuelo me decía que Stalin había sido un dictador como Hitler o Franco, me indignaba con él, aunque nunca le repliqué. No entiendo cómo pude estar tan ciego, ser tan insensible a sus méritos y a sus sufrimientos. La convicción de ser depositarios de la única verdad nos da una asquerosa conciencia de superioridad moral, nos quita los escrúpulos, es capaz de convertirnos en bestias tribales, sanguinarias, Pablo Tomás. Ahí tienes a esos extremistas vascos asesinando gente como si tuviesen el derecho y la razón. En París descubrí luego que los comunistas eran iguales o peores que cualquier otro totalitario, que el Estado soviético era una tiranía asquerosa, una dictadura cutre, llena de enchufados y chupones, ni más ni menos. También con el tiempo descubrí que Durruti, como el Che, era un héroe dañino, un visionario sin otra grandeza que atreverse a usar la violencia jugándose la vida para imponer una concepción simplista y casi religiosa de la realidad. Salir del hechizo me dejó exhausto, me vació para siempre de ciertos impulsos, y ya nunca dejaré de pensar que la política, venga de quien venga, si no es pura picaresca, suele ser casi siempre una manipulación, una engañifa que se montan unos cuantos arribistas para burlarse de sus conciudadanos. Claro que habrá algún político idealista, los habrá.

Guardó silencio. Mientras él hablaba, yo era cada vez más consciente del cambio físico de la casa, de sus arrugas y grietas, de sus desvencijamientos y cicatrices, que en el exterior abarcaban mucho más que las conejeras deshechas y las cuadras desmoronadas.

—¡Claro que habrá algún político idealista, pero ésos pueden derivar en visionarios, y casi es peor! —exclamó de pronto.

Sin esperar a que yo replicase a sus confesiones, se alejó hacia su coche y se marchó carretera abajo. Yo regresé junto a Noelia, que rezaba rosario tras rosario, desplegando una piedad que yo desconocía.

Había llegado al momento de *La amenaza verde* en que el perspicaz veterinario J. Piñeiro comprende que algo les sucede a las moscardas que aseguran la polinización de las berzas invasoras, como si les resultase difícil sobrevivir, y en que comunica la noticia en riguroso esperanto a través de las ondas de Radio Camariñas. Y cómo la noticia, por medio de radioaficionados, palomas mensajeras, lenguajes cifrados que llevan consigo titiriteros, vendedores ambulantes, agentes de seguros y viajantes de comercio, se dispersa enseguida entre los sabios del mundo.

Al oscurecer, cuando mi padre regresó, tomamos algo de empanada y subimos otra vez para velar un rato a la muerta, que ya tenía un color desvaído, un aspecto no de figura real sino de imagen, como el trasunto en bulto de una fotografía en blanco y negro. Empezaron a hablar de los años del Puertorriqueño, y me maravillaba escuchar cómo Noelia y mi padre contaban con tanta certeza cosas que no habían podido conocer directamente y que tampoco les habían sido transmitidas por testigos dignos de confianza.

No suelo beber casi nunca, pero me sentí obligado a compartir al menos el primer trago de mi padre, y no había llegado la media noche cuando me entró el sueño y me fui a dormir. Por lo que supe al día siguiente, mi padre no tardó mucho en irse a la cama también, y solo Noelia permaneció acompañando a la difunta, pues cuando yo me levanté, al principio de la mañana, me la encontré dormida, con el rosario entre las manos, en el mismo sillón de mimbre en que todos los días tejía sus lazadas menudas y exactas. Al fondo, la alcoba de mi abuela mostraba su inmovilidad definitiva y en la casita de muñecas volví a encontrar el aire de historia terminada, cumplida, conquistada, ese aspecto de las cosas hechas por manos muy antiguas que ofrecen las vitrinas de los museos, como si yo no la hubiese contemplado por última vez unas horas antes, sino que aquélla fuese la primera vez que la veía, pieza superviviente de un lejano cataclismo al que yo era del todo ajeno.

Percibí aquel frío que, según decía la Buli cuando vivía, era un resto del que se metió en la casa para conservar los cuerpos de la primera Soledad y de su retoño malogrado. El pequeño bulto de la Buli parecía una escultura yacente, muy acorde con el extraño frescor que lo impregnaba todo, como si estuviésemos en una cripta, y yo empezaba a sentirme como en el agua de la poza que atenazaba mi cuerpo hasta conseguir dejarlo sin sensibilidad y poner en mi mente una clarividencia alucinada.

Adiós, Puertorriqueño, Pilar, Soledad Primera, pensé, adiós, abuelo, Buli, y todas las historias que había oído de sus labios, de los de Noelia, de los de mi padre, fulguraron al tiempo en mi memoria, como una de esas enormes palmeras que rematan la sesión de fuegos de artificio.

Los de la funeraria eran madrugadores, y el motor de su furgoneta retumbó pronto monte arriba. Unos hombrones desmañados sacaron con movimientos inexpertos el ataúd, los cuatro candelabros negros y dos caballetes, y lo acarrearon todo luego como debían hacer con las herramientas labriegas de su costumbre. Con retintín burlón, mi padre dijo que todo estaba incluido en el seguro. El ataúd, sobre aquellos caballetes cubiertos de un paño también negro que daba apariencia de volumen sólido a la base, flanqueado por los cuatro velones, adquirió un aspecto de solemne catafalco y disfrazó de rincón eclesial el oscuro comedor.

Mi madre llegó a las doce y pico, tan bien compuesta como era su costumbre. Me pareció raro que no me reprochase mi incomunicación telefónica ni me recordase el trabajo que sin duda debía multiplicarse durante aquellas fechas en la galería, en vísperas de la última exposición de la temporada. Traía un ramo de flores que colocó a los pies del féretro antes de rezar en voz alta unos cuantos padrenuestros.

Los hombrones toscos que habían instalado el ataúd en orden mortuorio regresaron con un furgón fúnebre a eso de la una, y enseguida quedó todo dispuesto para el entierro. Mi padre, mi madre, Noelia y yo éramos los únicos acompañantes del cadáver, y el coche de mi padre el solitario componente de la comitiva. Íbamos siguiendo al furgón bajo el esplendor blanco de la luz vertical, que ponía en la sombra del bosque una placidez casi veraniega. El cura que debía pronunciar los responsos no compareció, y la ceremonia no tuvo otros gestos rituales que el sudoroso afanarse de los enterradores.

Ya estaba separada la losa sepulcral y pude ver que en el subsuelo había un total de seis nichos alargados, tres a un lado y tres al otro. De los dos nichos más cercanos al suelo, uno estaba tapiado por un tabique de ladrillo sin enlucir, y el otro dejaba ver la caja que contenía, y los ladrillos desplomados ante él parecían señalar los restos de un tabique similar. Tuve la certeza de que ése era el féretro en que había estado el cuerpo de la primera Soledad, y que aquellos ladrillos desmoronados, como me había contado Noelia, eran la prueba segura del traslado del cadáver a su legendario enterramiento bajo el castaño de Isclacerta.

Los hombres colocaron trabajosamente el ataúd en el nicho vacío que estaba encima del que contenía el ataúd visible, y por un instante sus formas paralelas me recordaron los baúles amontonados en el estudio de la Rúa do Século, y comprendí que en la luz, en las formas y en los olores de aquel lugar había habido siempre algo de sepulcral que estaba impreso en mi memoria más lejana. Mi padre le dijo al enterrador y a su ayudante que, además de tapiar la caja de la Buli, restaurasen el tabique arruinado, y los dos hombres trabajaron durante casi tres cuartos de hora en el fondo de la sepultura, mientras los gorriones piaban y saltaban entre las tumbas o buscaban sus escondrijos en la maleza que crecía a lo largo de las tapias, donde alguna lagartija madrugadora culebreaba en súbitas carreras, y había también un nutrido revolar de insectos, no sé si abejas, moscones o moscardas.

22. Despedida

Ahora vendrán mis últimos días en Isclacerta, dos días solamente, que puedo evocar también con una precisión sin titubeos ni descuidos. Mi madre se fue la misma tarde del entierro. En la alusión a las tareas impostergables que reclamaban su rápido regreso y que no acabé de entender, hubo un anuncio insospechado de los cambios que se avecinaban en su galería y en mi vida. Antes de alejarse me preguntó si iba a tardar mucho en volver a casa y yo, que todavía no lo había pensado, me encogí de hombros y le respondí que regresaría enseguida, pues era evidente que en Isclacerta ya no tenía nada que hacer.

—A lo mejor salgo mañana mismo.

—Hazlo lo antes que puedas, va a haber novedades en el negocio, todavía no te puedo decir nada pero va a haberlas, muy importantes, y conviene que estemos juntos.

Pero no regresé al día siguiente, porque quería quedarme a solas con Noelia, para decirle adiós en una despedida que seguramente era definitiva, aunque no solo por esa razón: una gran pereza me seguía sujetando como un zarcillo invisible pero poderoso hecho de los claroscuros y el aroma de la casa mezclados con las sombras del bosque y sus sonidos, un zarcillo que se me había enredado y me impelía a dejarme vencer por la inercia, y quedarme allí para siempre, con los pequeños e invisibles fantasmas de la casa de muñecas.

La misma tarde del entierro, mi padre estuvo registrando el armario de la Buli para buscar las escrituras de Isclacerta. No mostró extrañeza al conocer que la cuenta de su madre estaba casi agotada, y yo no le informé de las que la Buli había abierto para mí y para Noelia, porque mantenía mi propósito de protegerla a ella de cualquiera de esas complicaciones y pugnas testamentarias que parecen tan usuales en la vida de las familias.

Mi padre encontró al fin las escrituras del terreno y resultó que su extensión era mucho mayor del que rodeaba la casa. Unos documentos perdidos en el mismo cajón nos permitieron descubrir un proyecto nunca realizado del Puertorriqueño, del que la casa solo era un apéndice. Los planos señalaban el emplazamiento del edificio en la explanada actual, pero en una cota superior, en una superficie que ocupaba el bosque, se veía el trazado de un conjunto de edificaciones rectangulares con un gran espacio central al que todas ellas daban acceso, y en unos folios cuidadosamente caligrafiados en tinta azul se habían redactado unas ordenanzas que describían viviendas familiares, cuartos de solteros y de solteras, sala escuela, sala biblioteca y sala recreativa, establos, pajares, cuarto sanitario y almacenes, un completísimo conjunto de habitáculos que parecía destinado a la instauración de una colectividad, una especie de aldea concentrada.

—Nunca dejará de admirarme tu bisabuelo —dijo mi padre—. ¿Pues no debió de querer montar aquí un falansterio ganadero?

No había dicho «mi abuelo» ni «el Puertorriqueño», como solía hacer, sino «tu bisabuelo». Se quedó un rato escrutando con atención aquellos papeles y al cabo suspiró.

—Aunque parezca mentira, era una época en que la gente podía tener ideas nuevas —añadió.

Yo pregunté por qué no la habría puesto en práctica, pero enseguida comprendí, en el sentido de las suposiciones de mi padre, que la muerte inesperada y cruel de la primera Soledad enfrió sin duda sus ilusiones cooperativas.

—O quién sabe —dijo también mi padre—, la gente de aquí es muy particular, se daría cuenta enseguida de que su proyecto parecería una rareza, o algo peor. Yo, desde luego, nunca oí hablar de ello a nadie.

También aparecieron más cuadernos de dibujo de mi abuela. Yo conservo un par de ellos y a veces los hojeo observando cada planta como si estuviese allí otra vez, viéndolas en el monte y contemplándolas al natural. Los cuadernos conservan un indeleble aroma mohoso en el que hay una señal de los escondrijos de Isclacerta, y acaso los propios cuadernos son también escondrijos simbólicos llenos de cardos, muchos cardos, amapolas, margaritas, digitales, escaramujos. A Patricia le encantan los cuadernos de la Buli, se siente orgullosa de ellos como de un patrimonio nobilísimo, ha enmarcado un par de dibujos para adornar nuestro dormitorio, y me escucha contarle las historias de Isclacerta.

Yo le digo que le cuento las que me parecen menos tristes o menos inconfesables, porque hay una Isclacerta secreta que nunca podré contarle, que yo casi no recuerdo muy bien, que he preferido seguir olvidando, y que además pertenece a esas experiencias que no podemos comunicar, que no pueden encontrar justa representación en las palabras y están condenadas a morir sin ser confesadas y transmitidas. Ella replica que escuchar cualquiera de estas historias le acaba entristeciendo, y una vez me sugirió que tal vez fuese mejor para mí que intentase olvidar Isclacerta.

Mi padre le preguntó a Noelia qué pensaba hacer después de haberse quedado sola, claro que podía estar en la casa todo el tiempo que le diese la gana, pero a lo mejor era demasiada soledad, y ella se quedó un rato sin contestar y al fin repuso que después del verano se iría a la capital con una hermana que se había quedado viuda, y suspiró añadiendo que iba a extrañar aquello, que al fin y al cabo habían sido muchos años de vivir allí.

—Pero qué ibas a hacer tú aquí sola —repitió mi padre.

Nada más que tuviera interés encontramos en nuestras pesquisas, solo ropas ajadas, baratijas, los objetos que componían el modesto ajuar de la casa. Mi padre nos invitó a comer en el pueblo y bajamos en dos coches, porque él se iba a marchar a primera hora de la tarde. En un momento de la comida me preguntó qué pensaba yo de vender Isclacerta, si se pudiese, y no supe qué contestar.

—Yo creo que habría que intentar venderla —dijo él—, aunque va a ser difícil, pero qué hacemos con esa casona que va a quedar abandonada casi todo el año, se arruinará, acabarán echando abajo la puerta y desvalijando lo poco que hay, hasta las ventanas se llevarán, ya lo veréis.

No sabía yo qué responder, aturdido por la brusca comprensión de aquel abandono, y mientras Noelia sollozaba, y mi padre asumía entre excusas la torpeza de sus palabras, pensaba que, fuese lo que fuese de la casa grande, quería para mí la casa de muñecas.

Aquellas palabras eran el certificado externo, objetivo, de mi seguridad en que la muerte de la Buli había sido el último remate de todo lo que el Puertorriqueño había soñado, incluidos el sorprendente proyecto de lo que mi padre denominó falansterio ganadero. Después de comer llevé a Noelia a mi coche y luego le acompañé a él hasta el suyo.

—Si vendes Isclacerta yo quiero la casa de muñecas —dije.

—Pues habrá que sacarla de ahí enseguida, o desaparecerá —aseguró.

—No te he dicho que la Buli abrió una cuenta a mi nombre.

Me preguntó de cuánto y chasqueó los labios al escucharme.

—Ya me extrañaba que no hubiese ni un duro en el banco —exclamó—. Pues hizo bien, aunque me haya desheredado, porque nos quita líos.

—La Buli creía que tú no lo necesitabas, pero si no es así te puedes quedar con ello —añadí yo entonces, sintiéndome muy avergonzado.

Se echó a reír y me pasó un brazo por los hombros, apretándome con una caricia rara en él.

—Vamos, Pablo Tomás, era una broma, hizo muy bien en dejártelo, tú estás empezando la vida, y a mí no iba a sacarme de apuros, si los tuviese. Espero que nos veamos más a menudo de ahora en adelante, que hablemos más. Y ahora ya sé que te puedo dar un sablazo de vez en cuando.

Mi padre se fue y Noelia y yo regresamos a Isclacerta. Hacía mucho calor y dejé el coche en la parte norte. Luego rodeé el edificio lentamente y me alejé de él para contemplarlo desde el centro de aquella pradera que las lluvias recientes habían hecho más verde y copiosa, quieto como otra mata más entre las infinitas briznas finas y alargadas. Sintiéndome cada vez más fuera de mí, cada vez menos yo y más tú.

Así, el sol apretaba tu cabeza entre su mano cálida y tuviste un sobresalto que a veces evocas maravillado, sentiste que no estabas en mitad de la pradera, sino en el umbral de un espacio acotado por señales que no podías ver, y un paso más te produjo otra sensación distinta, la de que eras sujeto de una imprevista transformación.

La sensación debía de ser efecto del fulgor deslumbrante que reflejaban el bosque y los prados, del volumen monumental de la casa ofreciéndose no como una vivienda sino como un monumento macizo al sol que la vestía con la violenta sombra larga de los aleros, del calor que hacía brotar los aromas de la vegetación renovada, pero de forma parecida a aquel desgajamiento que sentías en el agua de la poza cuando la sensibilidad de tus miembros quedaba anulada por el frío, y del lado de la conciencia permanecía una parte viva solo pensante, entonces también dentro de ti se produjo la percepción de dos mitades, pero no con una anulada, anestesiada, y la otra despierta, reflexiva, sino para encontrar en ambas una sensibilidad mayor, una conciencia duplicada en sensaciones y certezas.

Fue como si tu ser se hubiese engrandecido, como si hubiese sido invadido por otro, ese doble que, según creían los egipcios, viene a buscarnos a la hora de la muerte para ayudarnos a cumplir el último viaje, y que a ti te hubiese venido a buscar aquel mismo día, cuando Isclacerta había llegado a su fin. Pensaste de repente en los viejos cuentos de Noelia y de la Buli e imaginaste que el Pablo Tomás robado de niño por una de las hadas acuáticas había sido repuesto, devuelto a tu ser, y que tú ya no eras el mismo.

Parado bajo el sol, entre la serenidad silenciosa de la tarde, ante aquella casa que tenía la expresión de cansancio de un rostro viejo, sentiste que tú eras de pronto más completo, que dentro de ti se ajustaban partes antes sueltas y deslavazadas, y que, con la muerte de la Buli y su entierro en aquel sepulcro de un cementerio atiborrado de tumbas se anudaba el último hilo de una trama que convertía hebras vulgares en formas perfectas e inconfundibles de un precioso tejido.

El otro Pablo Tomás, el que había sido robado hacía tiempo por un ser acuático, había permanecido dormido, ausente, pero entraba en un despertar que tenía la fuerza de las ensoñaciones vigorosas, bajo la luz y el calor de la primavera, ante aquel edificio que se abriría de repente de par en par para recibirte como a uno de sus habitantes secretos y permanentes.

Por eso le digo a Patricia que sin duda hay en mí dos, un Pablo Tomás de los años más jóvenes, que no sabía de dónde era, que miraba con nostalgia todos los arraigos y todas las identidades, y el Pablo Tomás que me fue devuelto cuando la historia central de Isclacerta quedó cumplida con la muerte de la Buli y llegaron al final todos los sueños del Puertorriqueño. Y este nuevo Pablo Tomás encontró su arraigo no en un lugar real, no en una estirpe física, sino en esa Isclacerta que se erige en mis sueños y va conmigo a donde yo voy.

Patricia me mira y se ríe, me pregunta a qué Pablo Tomás está abrazando, no comprende que yo siento Isclacerta en este mar manso y americano que se extiende ante la ventana de nuestro dormitorio, igual que la sentía en aquellas montañas españolas, que no es preciso tener una etnia, una religión, un paraje ancestral, para que nuestra identidad sea vigorosa y esté cargada de historia y de leyenda, porque todas las historias y todas las leyendas, cualquiera que sea su procedencia, nos pertenecen con el mismo derecho a cada uno de nosotros, si queremos apropiárnoslas.

Cada vez menos yo, más tú, permaneciste quieto mucho tiempo, o mejor debes decir que no puedes saber cuánto tiempo estuviste impregnándote del nuevo ser que te habitaba, sintiendo reconciliarse dentro de ti los planos olvidados de la granja utópica del Puertorriqueño, el agua helada de la poza en que se bañaba, el disparo que acabó con su vida, las cárceles de Albert Wilson, los dibujos de los cardos, el dibujo de la nieve, las grandes berzas pensantes, el oficial mambí atendido en secreto por la hija del hacendado español, los baúles de la Rúa do Século, la pintora que Tomás Villacé soñó, el largo exilio de Noelia, el joven guerrillero enterrado bajo el castaño con la primera Soledad, su retoño malogrado, el último mastín y el espadín de los ritos masónicos, y sabiendo además que todo esto eran descubrimientos que ibas percibiendo mientras descendías desde la Rúa do Século hasta la Praça do Comércio, una tarde inaugural que era la verdadera sustancia de toda tu experiencia humana.

La fachada se abriría de par en par y tú descubrirías que la estructura del edificio era la misma que la de la casa de muñecas, y entrarías en él para adquirir la inmunidad de todos los fantasmas, y acaso descubrirías entonces que los cacharritos de juguete que el abuelo construyó se adaptaban con justeza a tu mano, y que Isclacerta era en realidad una casa de muñecas y tú el sueño de su infantil propietaria.

No sé si estuve mucho tiempo allí plantado viviendo todas estas intuiciones acaso delirantes que ahora rememoro con tanta meticulosidad, contemplando al mismo tiempo lo que me rodeaba por alguna virtud extraordinaria, los árboles que ordenaban en sus perfiles y troncos una sucesión de signos, los apelmazados cuerpos de sus copas, las peñas blancas asomando en lo alto como frentes de gigantes ocultos, las antiguas piedras que el bisabuelo ordenó sin suponer que llegarían a parecer una pura dispersión de ruinas doblemente irreconocibles, la casa de rostro vencido, cejijunto por la verticalidad de la luz, nublada su mirada en las aguas de los viejos vidrios, corrompida su elegancia originaria por los restos desarticulados y sucios de las cuadras. Al fondo, contra la sombra del otro lado, los penachos enhiestos de las berzas proclamaban la única victoria, el único triunfo del abuelo.

Repito que no sé cuánto tiempo estuve allí, sintiendo completarse todo ese Pablo Tomás inconcluso que hasta entonces había sido yo, pero Noelia asoma a la puerta de la casa y me mira, y luego dice mi nombre con extrañeza, sin duda sorprendida de mi inmovilidad, y al escucharlo yo salgo del ensimismamiento, emerjo completo, otro ya para siempre, y me acerco a ella en la conciencia de la despedida.

—Ven conmigo —murmura.

Me hace seguirla hasta la casa, y con el súbito abandono de tanta luz siento la penumbra del interior como un borrón vivo contra mi cuerpo.

—Sube conmigo —murmura.

El paso del deslumbramiento a la oscuridad sigue cegándome, y voy tras ella casi a tientas. En la habitación de la abuela las ropas del armario están amontonadas sobre la cama, y Noelia se apresura a guardarlas otra vez y luego ordena la cama con ademanes automáticos, incongruentes, mientras dice que la abuela está todavía en aquel cuarto.

Pienso que Noelia, conmocionada, delira.

—Venga, Noelia, vamos abajo.

—No, quieto, espera, si cierras los ojos y te quedas un rato pensando en ella, sientes que todavía está aquí, que aún queda mucho de ella aquí dentro, al fin y al cabo, ¿qué sabemos de la muerte?

—Venga, vámonos —insisto.

Me acongoja la idea de que Noelia se ponga a desvariar. Yo no me puedo marchar de Isclacerta dejándola así. Mas ella está dispuesta a quedarse en aquella habitación. Me acerca una silla y se sienta en la cama.

—Y si miras la cama con los ojos entrecerrados, si la miras por entre los párpados durante mucho tiempo, hasta acabas viéndola a ella, su cabecita apoyada en la almohada, sus ojos tristes, las manos tan blancas y tan flacas, ya sé que es pura imaginación, qué te habías creído, pero acabas viéndola de la misma costumbre de haberla tenido ahí tanto tiempo. Todavía queda mucho de tu abuela aquí dentro, hombre, no podemos evaporarnos así como así.

Empiezo a sospechar que la actitud de Noelia tiene más de desahogo que de alucinación y me voy tranquilizando.

—Me voy a llevar la casa de muñecas, Noelia —le digo, pero no me escucha.

—Yo creo que voy a hacer paquetes con los muebles y las cosas, y la casa a lo mejor cabe entera en la parte de atrás del coche —añado.

Claro que Noelia no me escucha.

—¿Me oyes, Soledad? ¿Me puedes oír allí donde estás, si es que estás en alguna parte?

Claro que no me escucha, sigue hablándole a la muerta como si estuviese allí delante, con nosotros, sigue diciéndole que no podemos evaporarnos así como así, o eso creemos nosotros, nos parece tanta cosa la vida, hasta la muerte de un perro nos entristece, y sin embargo qué vida llevamos, qué vida lleva la humanidad, Dios mío, exclama, cuánta gente arrastrándose por ahí muerta de hambre, harta de miseria, o tú y yo, aquí encerradas todos estos años como en una prisión, igual que tu marido, Soledad, aquí siguió tan preso como lo estaba antes, lo único que hizo fue aplazar la condena de muerte, encerrados aquí, sujetos a este suelo como las berzas, como los pinos y los robles y las hayas, ¿pero no estamos hechos para andar, para movernos? A veces yo pensaba que cogería una bolsa con algo de ropa de abrigo para el invierno, y ligera para el tiempo de calor, y que me echaría a andar, a andar, a recorrer el mundo, mi sueño de niña, ver Santiago de Compostela, San Pedro del Vaticano, las pirámides de Egipto, la muralla china, San Petersburgo, ver el sitio en que nació Jesucristo, el monte Olimpo, el bello Danubio azul y los puentes del Sena, pasear en Berlín bajo los tilos y conocer los canales de Venecia.

—¿No tienes algo que sirva para medir? —le pregunto.

—Eso soñaba yo de niña, y cuando iba a la capital me parecía que era el primer paso, que luego conocería Madrid, y Barcelona, y Palma de Mallorca, y Viena, y Estambul. Y tu abuela pensaba lo mismo, ¿no es cierto, Soledad? También ella pensaba que vivir era moverse, conocer sitios y gentes, andar de un lado para otro. Una vez, recién terminados los fríos, encontramos un vagabundo dormido junto a las cuadras, yo no sé por qué los perros no le habían ladrado, y nos dio pena el hombre, hicimos que entrase en casa, le dimos unas sopas de ajo, ya te digo que ya no era invierno, ya no hacía tanto frío, pero aun así no estaba para andar durmiendo al sereno. Estaba muy sucio, barbudo, desgreñado, las uñas negras, pero había recorrido medio mundo, había visto los cisnes salvajes cuando emigran, las noches blancas, los lagos suizos, los mares helados, donde patinan las focas, las catacumbas de Roma. Tres días se quedó en casa, se bañó, se afeitó, le lavamos la ropa. Debajo de la mugre había un hombre guapo, todavía joven, con la piel muy curtida de la intemperie, y no nos cansábamos de oírle. Decía que lo suyo era viajar, llevaba ropa de abrigo para el invierno y fresca para el buen tiempo, como te dije. Decía que lo más importante en su profesión, que así le llamaba él al andar sin rumbo, de un lado para otro, era el buen calzado, que sin buen calzado no hay nada que hacer, y que él vivía de la caridad de la gente, de la comunión de los santos, explicaba, no sé si en broma, y trabajaba cuando no había más remedio, echando una mano, nunca en trabajos que pudieran dañar su cuerpo, hacer que se le resintiese, el cuerpo del hombre es un templo, decía, y yo necesito tenerlo siempre a punto por mi profesión, tenerlo como un reloj, sin agujetas ni esguinces, los músculos entonados, el vientre obrando con regularidad. Hay que comer sin exceso, mucha fruta, mejor si está en el camino, beber mucha agua, pero agua limpia, pura, no fumar más que cuando te inviten. Es una profesión de deportistas, de espormen, decía, en inglés, de gente a la que le gusta la vida sana, y a los tres días ya no pudo aguantar, decía que no podía con tanto encierro, que se ahogaba aquí dentro, que se iba a Astorga para seguir la Ruta de la Plata hasta Mérida, y luego Dios dirá. Yo le regalé un escapulario del Carmen de recuerdo y tu abuela, tu abuelo y yo lo despedimos en la puerta de casa, y yo creo que los tres le veíamos marcharse como los presidiarios ven irse al compañero que ha logrado la libertad, pienso que tus abuelos sentían lo mismo que yo, porque si fuésemos plantas, árboles, habríamos nacido con raíces, estaríamos fijados al suelo, pero hemos nacido con piernas para movernos, y sin embargo ya ves tú, aquí encerrados año tras año, sujetos a estas tierras perdidas como esas berzas que hay en el huerto, ni más ni menos, Soledad, para que luego hablen del valor de la vida, que lo único que lleva son angustias y penas y al final esta muerte sin más ni más, menudo regalo después de tanta generosidad.

Ahora te parece seguir escuchando su lenta salmodia. Habías cerrado los ojos y te esforzabas por concentrarte en la sensación de que la Buli seguía en el cuarto, pero solo sentías que el eco de la voz de Noelia sonaba más de lo habitual, como si la ausencia del cuerpo de la Buli incrementase el reverbero de los sonidos. Buscaste en el cesto de la costura algo con que medir y encontraste una cinta de sastre, la casa de muñecas medía unos sesenta centímetros de largo, veinticinco de ancho y setenta hasta el vértice del tejadillo, de modo que si abatías los asientos podía caber en la parte trasera del coche, en el lugar que hubieran debido ocupar los cuadros de tu padre.

—Me tienes que buscar unas bolsas, Noelia —dices.

Ella te mira con cierto pasmo y guarda silencio antes de preguntarte qué quieres.

—Necesito unas bolsas para guardar los muebles y cacharros de la casa de muñecas. Y algo para envolverla, un trapo, una sábana vieja.

Pregunta si te la vas a llevar y dices que sí, que eso quieres, y asiente con la cabeza.

—Esa casa era la única joya de la abuela, mejor estará en tus manos que aquí abandonada. Como dice muy bien tu padre, a saber lo que va a ser de todo esto cuando no quede nadie viviendo aquí.

Le preguntas qué piensa hacer ella, y responde que va a hablar enseguida con su hermana, porque quedarse sola le da demasiada tristeza, y no cree que pueda aguantar ni siquiera el verano.

—Mira, Noelia, si necesitas algo, alguna cosa, lo que sea, no dejes de llamarme, por favor, tú sabes que yo te quiero, que siempre tengo presentes los buenos ratos que he pasado contigo, que no olvidaré los cuentos que me contabas.

Le has dado el sobre de la cuenta de la abuela y os abrazáis, se echa a llorar, llora todavía entre tus brazos, sientes tu cabeza contra la suya, la percibo como si la abuela me estuviese abrazando otra vez, en aquella habitación oscura que, en el contraste de la luz de la tarde, tiene un aire de panteón, de mastaba, de última morada, marcada por el sello sencillo y rotundo de la muerte.

SEGUNDA PARTE

True Island

23. El otro

Se lo escribí a Marta y te lo conté a ti, Patricia. Tengo conciencia de haber sido un narrador oral y por escrito, un cronista meticuloso y hasta obsesivo de todo lo que sucedió en aquellas jornadas a partir de mi viaje a Lisboa.

Hice con Noelia el último almuerzo. Apenas hablamos. Había dedicado la mañana a bañarme en la poza, a practicar mis últimos ejercicios de inmersión ascética, pues el agua continuaba helada, y a colocar en la parte de atrás del coche la casa de muñecas, después de haber guardado todo su contenido, envuelto en hojas de periódico, en bolsas de plástico.

La despedida fue breve, casi insignificante, como si yo fuese a volver a la hora de la cena, y ni siquiera eché un vistazo a lo que dejaba detrás de mí mientras empezaba a recorrer la carretera, alejándome de Isclacerta.

A lo largo del viaje conduje casi de forma intuitiva, sin enterarme de los pequeños incidentes del trayecto, porque la carretera era algo demasiado ajeno, todavía el pasado cercano me envolvía con sus escenarios urbanos y montañeses, las empinadas calles del Bairro Alto en la tarde de primavera, la gran pradera bruñida de rocío ante Isclacerta, los cafés lisboetas llenos de gente y los ultramarinos con sus escaparates abigarrados, los súbitos roquedales que el sendero permitía descubrir sobre el arbolado, los almacenes de altísimos techos, los claros flanqueados de cardos, la estatua ecuestre en mitad de aquella plaza amplia y solemne, el agua clara de la poza.

Llevaba el coche casi sin darme cuenta de lo que hacía, o mejor dicho, había en mí una actitud doble, la de alguien que conducía sólo pendiente de la carretera, atento a no tener un accidente, y la de alguien ajeno del todo a las maniobras de la conducción, sólo pendiente de evocar los días pasados y volver a repasarlos para descubrir en ellos matices que no hubiesen sido advertidos antes. En realidad, en aquella conducta dúplice se manifestaba ya el otro Pablo Tomás, el verdadero, el que durante tantos años había permanecido secuestrado por los espíritus acuáticos de las profundidades, el que había acabado por regresar a mí. Y el nuevo Pablo Tomás debió de ser el que llegó al final de aquel viaje, a eso de las ocho de la tarde, para encontrar también la casa vacía.

Mientras trasladaba al piso la casa de muñecas y su pequeño ajuar pasó otro buen rato, pero mi madre no apareció hasta más tarde. Le propuse instalar el gran juguete en el salón, contra una pared libre de muebles, pero descubrí enseguida que a mi madre aquello no le merecía atención, que estaba preocupada por otro asunto, aquel que me había anunciado en su última visita a Isclacerta, aunque no quería hablarme aún de ello, como si estuviese posponiendo lo que debería ser para mí una sorpresa maravillosa, una especie de regalo, pero lo anunciaba sin cesar, si supieras, ya verás qué bien, mañana en la galería lo sabrás todo, moviéndose alrededor de mí más que de costumbre, e iba sacando mi ropa de la maleta para ordenarla según su destino de armario o lavadora.

Dejé la casa de muñecas sin desenvolver en aquel lado del salón y junto a ella los paquetes que guardaban su mobiliario, tomé para cenar algo de fiambre y me acosté pronto, porque mi madre no dejaba de anunciarme un próximo día muy excitante.

Y vaya si lo fue. La exposición se iba a inaugurar en pocos días y la galería estaba repleta ya de cuadros, aunque todavía sin su localización definitiva. La primera sorpresa me la dio Chon, que estaba presentando algunas pinturas sobre el muro para comprobar cómo quedaban. Al verla recordé nítidamente la primera imagen que tuve de ella, sentada frente al caballete bajo el gran castaño de los enterramientos secretos. Le pregunté qué hacía allí y me respondió que allí trabajaba, en el mismo tono que me pareció tan burlón con que en Isclacerta me había dicho que era la mujer de mi padre. Luego he considerado que no era una respuesta maliciosa sino una especie de broma para desconcertarme, ese descubrir que nuestro interlocutor sabe menos que nosotros de cosas que le conciernen directamente en que algunos encuentran un alborozo especial.

—¿Es verdad que esta chica trabaja aquí? —le pregunté a mi madre.

Ella se echó a reír pero no me contestó directamente, me dijo algo sobre las muchas novedades que había, verdad, y luego, para aplacar la impaciencia que suponía que yo estaba teniendo, añadió que no me preocupase, que enseguida lo sabría todo.

Pero yo estaba tranquilo, contemplaba con escasa curiosidad aquella actitud suya de guardar un secreto al parecer asombroso, y no me sentí muy impresionado cuando por fin, en el almuerzo, y quiero señalar que la conciencia de lo importante del caso le hizo llevarme a un restaurante hindú muy refinado, cercano a la galería, que reservaba para las ocasiones que yo llamaba de gran representación, me dio la noticia: en París le habían propuesto hacerse cargo de una galería muy buena, tras establecer una nueva sociedad que absorbía también la galería de Madrid.

—De modo que nos vamos a París, Pablo Tomás, hijo, y esa chica, Chon, contando con tu padre, claro está, se va a quedar encargada de la galería de aquí.

Como esperaba que yo manifestase mi sorpresa no dejé de hacerlo, que menuda noticia era aquello, dije, y que qué callado se lo tenía, cosas así, pero sin demasiado interés, ya he escrito que había en mí otro Pablo Tomás que no se asombraba de nada.

Añadió que nos trasladaríamos a París en otoño y todo su comportamiento dejaba traslucir un gran entusiasmo, como si aquel traslado fuese para ella un retorno triunfal, o como si se viera obligada a hacer especialmente ostensible su júbilo, para que yo me sintiese más contagiado de lo que parecía.

Aquella misma tarde tomé la resolución de no acompañarla. Todavía no puedo entender muy bien por qué no lo hice. Permanece en mí una nueva imagen de mi madre, una visión que me la presenta de una manera diferente a la que hasta entonces había mantenido, ya no como una persona mayor e indefensa, necesitada de mi apoyo y de mi afecto continuo, sino como un ser de repente rejuvenecido y autónomo, y a esa diferente luz descubro en ella el inconmovible atildamiento, la fe en la inmarchitable belleza de que te hablé, Marta, no es que hubiese dejado de repente de quererla sino que comprendí que no me necesitaba, que tú tenías razón en tus reproches irónicos, que bajo el pretexto de protegerla de su supuesta soledad era yo el que me acogía a su protección y a su cuidado.

Aquella misma tarde decidí que yo no iría con ella a París, que solicitaría la beca que me habías propuesto, y te puse un correo electrónico muy escueto para comunicarte la muerte de la Buli y mi decisión de hacer caso a tu invitación e intentar irme contigo a los Estados Unidos.

Y a pesar de lo repentino de mi determinación me sentía tranquilo y seguro, como si aquel propósito mío naciese de una reflexión larga, con sus razones bien pesadas y sus extremos bien medidos.

Me acerqué luego a la galería y observé a mi madre atareándose en la elección de los lugares más adecuados para cada cuadro, en idas y venidas que iban componiendo un baile donde se mostraba claramente su vitalidad y su fuerza.

Reservaba mi noticia como ella lo había hecho con la suya, regodeándome un poco al calcular su sorpresa, y luego me he admirado de mi frialdad y de que apenas me conmoviese que mi negativa a acompañarla a París, la disolución brusca de nuestra antigua y firme compañía, pudiese ser para ella una contrariedad dolorosa. Sin embargo, no había en mí ningún propósito de hacerle daño, sino solo un deseo equitativo, el de devolverle lo que ella me había entregado en las mismas condiciones. Mi padre llegó un poco más tarde y la armonía entre ellos tres me ofreció una imagen también rara, como si las fechas pasadas no hubieran sido solo para mí aquella quiebra de la que estaba surgiendo ese otro que he venido a ser.

Mi padre me abrazó reteniéndome un rato contra su pecho, sin decirme nada, en un abrazo de ópera, antes de ponerse a ayudar a Chon y a mi madre a ordenar las pinturas en el lugar más conveniente según el tamaño y el contenido del cuadro. Luego llenó su pipa y se acercó a mí, y yo le propuse tomar algo en un bar cercano. Cuando estábamos allí, sentados delante de la barra, se lo dije.

—Mamá me ha hablado de no sé qué sociedad nueva, y que ella se va a trasladar a París para dirigir otra galería, y parece segura de que la voy a acompañar.

Mi padre mostró extrañeza y me miraba muy fijamente.

—Pero yo no me voy a ir con ella a París. Voy a pedir una beca en una universidad de los Estados Unidos —le conté, con todo lo demás.

Siguió fumando la pipa muy despacio y luego me preguntó si ya se lo había dicho a ella.

—No, ella me dijo lo de París este mismo mediodía, en el almuerzo, de sopetón, y he estado pensándolo, pero mi decisión es segura, luego se lo diré.

—Pues se va a quedar de piedra —aseguró mi padre.

Pero si fue verdad que le afectó tanto no lo mostró con claridad. Estábamos ya solos en casa, terminaba el telediario cuando se lo dije. Creo que me entendió desde el primer momento pero hizo como que no comprendía, lo interpretó como que yo me iba a los Estados Unidos a pasar el verano, o algo así, y señaló que el traslado a París no era inminente, que ella se iría en cuanto inaugurásemos la exposición para ir preparando las cosas, pero que al menos hasta el otoño no se haría la mudanza definitiva, y tuve entonces que aclararle que no me iba a ir con ella a París, que renunciaba a mi trabajo en la galería, que estaba solicitando una beca que tenía relación con la carrera que había estudiado en la universidad.

Mi madre no perdió la calma y siempre he pensado que acaso mi padre le había advertido de mi postura, repuso que quizá ya hubiese pasado demasiado tiempo desde que yo había terminado la carrera, que a lo mejor ya era un poco tarde para volver a las aulas y ponerme a trabajar en una tesis doctoral.

No cambió su gesto apacible cuando le conté que Marta me había dado bastantes garantías de que me iban a admitir, y nuestra conversación fue desviándose hacia otros asuntos, me preguntó por Noelia, quiso saber cómo habían quedado las cosas en Isclacerta, de manera que poco después de nuestra breve y amistosa controversia el asunto del traslado a París había quedado apartado con bastante naturalidad. Pero al día siguiente, a la hora del desayuno, mi madre me demostró que no estaba dispuesta a dejar de intentar convencerme para que la acompañase. La noche la había ayudado a encontrar nuevos argumentos y empezó a hablarme de mi identidad, yo era europeo, tan español como francés, había nacido en París, allí encontraría otro de mis espacios culturales propios, instintivos, irme a los Estados Unidos podía resultar para mí muy frustrante, un mundo ajeno, extraño, bárbaro en muchos aspectos, una sociedad que se pretende moderna y mantiene la pena de muerte, y ese horror de comida, un país sin servicios públicos, pero qué se te ha perdido a ti allí, y yo la escuchaba hablar sin decir nada, conmocionado todavía por un sueño muy veraz que había tenido aquella noche, un sueño en que me había encontrado en París, pues por fin había renunciado a marchar a los Estados Unidos y había acompañado a mi madre en su traslado.

En mi sueño era domingo, o día de fiesta, y estábamos de visita en casa de mis abuelos de París. La abuela tejía, sus manos tenían la precisión de las manos de Noelia, y el abuelo preparaba sus anzuelos también con destreza. Sentados uno al lado del otro, mi madre y mi hermano se enfrascaban en su charla olvidados de todo, tal como solían hacer cada vez que volvían a encontrarse juntos. Creo que era la sobremesa, porque todavía estaba puesto el mantel, pero yo no podía ver lo que había encima, pues no me encontraba a la misma altura que todos ellos, sino en el suelo. Yo era un niño muy pequeño y mientras mi madre y mi hermano, incongruentemente mayor que yo, se absorbían en su conversación, y mis abuelos en sus respectivas tareas, había estado explorando el jardín, había descubierto unos fragmentos de grandes tuberías tirados junto a la valla y, jugando, había gateado dentro de uno de ellos hasta que mi cuerpo quedó encajado de tal forma que no podía salir. Los veía cercanos, aunque en un nivel más alto que el mío, los llamaba para que me sacasen de aquel tubo que oprimía mi cuerpo, pero no me oían, o no querían hacerme caso, imaginando tal vez que pedía socorro por broma o por travesura. Todo tenía un aire muy convincente, la primera hora de la tarde, las mariposas revoloteando entre las flores de los parterres, el pequeño surtidor al fondo, dejando verter el agua en el estanque, que era una de las joyas del jardín. Entre tanta certeza, la dolorosa opresión que yo sentía era también un signo de verdad. Pero lo más desasosegante de la situación era la seguridad de haberla vivido muchas veces antes, de que mi regreso a París en compañía de mi madre había tenido lugar en un pasado ya muy lejano, que aquella especie de fiesta o de reunión familiar se había repetido con los mismos rituales en muchas ocasiones, y que siempre había acabado yo atrapado en aquel pedazo de tubería de cemento ceñida a mi cuerpo como un cepo asfixiante, intentando reclamar una ayuda que nadie me prestaba.

Me asombraba sentir todavía, despierto ya y mientras untaba mis tostadas con mantequilla, la fuerte verosimilitud del sueño, y escuchaba a mi madre repetir que París era una ciudad maravillosa, que además viajaríamos mucho a Madrid. Pero aquella manera suya de aducir la identidad como un apoyo de sus argumentos, y hasta de reprocharles a los americanos la pena de muerte, casi me hizo reír, pues me ofrecía otros matices de mi madre antes imprevisibles en su cosmopolitismo.

Ahora hablo de su imperturbabilidad, de su elegancia, de su atildamiento, como si yo hubiese tenido siempre conciencia de todo ello, pero creo que fue a partir de aquellos días cuando recompuse la imagen materna para contemplarla con cierta distancia, y cuando pude verla y no solo sentirla como al ser por el que estoy unido biológicamente desde el nacimiento. Y me pareció que no era mi madre sino una muchacha mayor, una chica que yo acababa de conocer aquella misma mañana en algún lugar no frecuentado antes por mí.

Marta me diría que, en realidad, yo no solo había descubierto que mi madre no me necesitaba, sino que había intuido que acaso el regreso a París le diese una libertad y una independencia aún mayores de las que hasta entonces había tenido, el reencuentro con amistades y costumbres tantos años abandonadas, y fuese a resultar que yo dejase de ser su ojito derecho. Marta se burlaba de mí con aquello, y me decía que yo me había ido con ella para que me cuidase, para que se hiciese cargo de mí, cuando mi mamá ya no estaba dispuesta a seguir haciéndolo.

Dejé hablar a mi madre mientras iba recuperando poco a poco la certidumbre de la vigilia, y sus palabras, en vez de hacerme dudar de mi decisión, me hacían persistir en ella, como si hacerlo fuese una forma de ayudarme a salir de aquel sueño que tan intensamente había experimentado. Al final le prometí reflexionar sobre lo que me había dicho, y abrí mi correo electrónico para buscar la respuesta de Marta. No me decepcionó no encontrarla, pues habían pasado pocas horas desde que le transmitiera mi propósito de seguir su consejo. Pero dos días después aún no había tenido respuesta de ella, y cuando la llamé por teléfono escuché la voz de su contestador.

Todavía tenso por aquella decisión tan insólita en mi vida, necesitaba hablar con Marta o tener alguna confirmación de que había recibido mis mensajes, para reconfortarme en la súbita orfandad a que me había encontrado reducido durante aquellas jornadas, pues aunque mi madre no dejó de dirigirse a mí con su dulzura acostumbrada, suprimió de su trato algunos acercamientos antes habituales, el beso matinal, la pequeña visita nocturna cuando yo ya estaba acostado, el vistazo de control a mi atuendo de cada día. Sin embargo, imaginé que Marta se encontraría en aquellas fechas fuera de su residencia, y fui preparando la documentación de la solicitud para no dejar pasar más tiempo, lo que me enredó en muchas idas y venidas y tantas gestiones para conseguir certificados de todas clases que en más de una ocasión estuve a punto de abandonar mi proyecto. Pero el otro Pablo Tomás, el que no ceja, seguía decidido a llevar adelante sus propósitos. Fue él quien al fin lo consiguió.

Entretanto llegó el día de la inauguración. Vinieron muchos de los artistas que presentaban sus obras y, mientras mi madre los atendía, yo confirmaba mi seguridad en que aquella profesión no era la mía, la ductilidad para saber dar a cada uno el trato adecuado a su éxito social o a las expectativas de su vanidad, ese talento diplomático que mi madre ejercita con fluidez y encanto. Mi padre se encontraba también allí, y cuando el acto estaba en su momento más bullicioso se acercó a donde yo estaba y me preguntó por mi proyecto viajero. Yo repuse que todavía no había recibido respuesta de la universidad.

—Mira, Pablo Tomás, no tienes por qué irte a París, si no quieres. Chon se iba a hacer cargo de esta galería, pero puedes quedarte tú aquí y Chon le echará una mano a tu madre allá. Si es por lo de dejar España, las cosas se pueden arreglar a tu gusto.

Le tranquilicé, le expliqué que el proyecto de traslado a París había sido la circunstancia que me había hecho pensar un poco en el futuro, me había dado cuenta de que vivía una inercia hecha sobre todo de comodidad, en el fondo a mí el mercado del arte no me interesaba, ni era buen conocedor ni tenía mano para tratar a los artistas, y además me aburría bastante, lo que iba a hacer ahora debía de haberlo hecho muchos años antes, me había dejado envolver en el tejido del afecto familiar, en el acomodo protector del hogar, pero estaba decidido a que las cosas cambiasen.

—O sea, que quieres encontrar tu propio camino.

—Pues más o menos —repuse yo.

Entonces perdió del todo su habitual actitud de lejanía, su talante irónico, y como si me hiciese una confidencia muy importante me dijo que para que las cosas nos salgan bien el primer requisito es tener fe en lo que hacemos, que me deseaba lo mejor y que contase con él en todo lo que necesitase. Yo le dije que me había traído de Isclacerta la casa de muñecas y le pedí que se hiciese cargo de ella para devolvérmela cuando estuviese en condiciones de instalarla con menos provisionalidad de la que entonces me esperaba, y me lo prometió con la solemnidad de un compromiso que llevase consigo acuerdos mucho más trascendentales, mientras yo pensaba que en un momento tan importante de mi vida era absurdo que siguiese considerando la casa de muñecas como si se tratase de una persona.

A partir de entonces, las cosas fueron deprisa. Al día siguiente tenía en el correo electrónico una carta de Marta contándome que había asistido a un congreso, lejos de su casa, y que al volver había recibido mis noticias con mucha alegría, pero que, al parecer, mi solicitud aún no había llegado a la universidad. Llegó un par de días después, y los correos de Marta me fueron poniendo al tanto con toda puntualidad de las vicisitudes de mi solicitud y las reuniones de las diferentes comisiones que debían estudiarla. Cuando el mes terminaba, Marta se mostraba encantada de lo bien que estaba saliendo todo, y escribía que no parecía haber duda de que la beca iba a ser para mí, porque además no había ningún otro candidato. A los pocos días recibí la confirmación oficial.

Ni a Marta ni a Patricia he conseguido explicarles claramente por qué entonces me sentí tan confuso y lleno de anhelos contradictorios. Les decía que aquel documento en que se me comunicaba formalmente la aceptación de la universidad era como el testimonio de una realidad exterior a la que a mí me rodeaba, más fuerte que ella, una puerta de salida de una ensoñación en la que había permanecido hasta entonces.

Hacía con mi imaginación un recorrido retrospectivo y descubría que a lo largo de mi vida había ido atravesando espacios que parecían desembocar en una realidad más palpable y verosímil, como si yo hubiese ido experimentando las sucesivas salidas de sueños que se abrían a lo que al cabo venía a resultar también un sueño: mi primer contacto con España e Isclacerta había sido la salida del sueño de París en que me había encontrado desde mi nacimiento, y la ilusión de ser el hijo del hada acuática que me había sustituido por el verdadero Pablo Tomás, la salida del primer sueño de Isclacerta; Marta había sido la salida del sueño de mi adolescencia, y mi trabajo en la galería la desembocadura del sueño de Marta; pero las últimas jornadas en Isclacerta, los secretos descubiertos, eran un último paso que culminaba en aquel viaje que se abría ante mí y que podría cambiar mi vida como nada lo había hecho hasta entonces, como si al adoptar aquella decisión yo hubiese elegido por primera vez mi destino, y ello, en lugar de traerme orgullo y confianza, me acarrease congoja y malas intuiciones.

De manera que, al recibir la confirmación de lo que tanto anhelaba, me quedé atemorizado, y tardé otro par de días en informar a mis padres de que me habían concedido la famosa beca, y durante ese tiempo tuve muchas dudas respecto al buen sentido de mi decisión, abandonar un trabajo cómodo y seguro por un albur, intentar emprender una carrera que la mayoría de la gente de mi edad había empezado ya varios años antes, cambiar el mundo de mis costumbres cotidianas por ciertos usos que una opinión bastante extendida consideraba de peor calidad y mucho menos gratificantes en lo personal.

Al fin ahuyenté todos aquellos malos augurios y mostré la actitud de quien se encuentra gozoso al haber consolidado con fortuna los primeros pasos de un proyecto nuevo de vida. Las últimas gestiones entretuvieron el tiempo que faltaba para mi partida. Mi madre volvió a ser la que era antes, me devolvió los privilegios que había mantenido desde la niñez, volvió a besarme y a arroparme, cuidó de la ropa que iba a llevar, ordenó mis cosas de aseo, eligió las maletas más adecuadas.

Ella y mi padre me acompañaron al aeropuerto el día de mi partida, y por unos instantes creí que el matrimonio estaba otra vez unido y que yo era el mismo muchacho al que sus padres despedían el primer verano en que me fui a Irlanda a practicar el inglés.

24. La vida nueva

Todavía te preguntas por qué lo vuestro no pudo ser. Reconoces el alborozo de los primeros días, el tiempo inaugural de tu vida nueva. Marta y tú vivíais en un apartamento muy pequeño, en un edificio de tres plantas que albergaba también a otros estudiantes. Los días eran todavía soleados, pero no hacía demasiado calor en aquella ciudad tranquila, rodeada de bosques, que tenía muy cerca un gran lago de aguas claras.

Las primeras jornadas estuvieron llenas de la alegría de un reencuentro que había estado a punto de no haber sucedido. Luego comprenderías el gran esfuerzo que debió de hacer Marta para dedicarte a ti tantas horas, dejando a un lado la redacción de la tesis que era para ella una tarea obsesionante y, como sabrías luego, casi dramática. Pero los días eran claros y suaves, y eran suaves los besos de Marta, y tú estabas entrando en aquel espacio con la conciencia de una intensa vigilia, de una verdad llena de olores y de sabores, de impresiones nuevas en los sentidos y en el pensamiento.

Llevabas lo que Marta denominó desde el primer momento «inercia española» e intentabas acomodar la nueva realidad a tus hábitos. Declaraste inquietante el panorama del frigorífico casi vacío, en que naufragaban media docena de muslos de pollo y un tarro de yogur, y emprendiste lo que al fin resultó una empresa ardua, la de intentar abastecerlo con una intendencia que recordase un poco los sabores patrios. Una tienda de productos italianos que no estaba demasiado lejos de vuestra casa pareció facilitarte las cosas, y luego descubrirías un mercado lejano, con una tenebrosa pescadería en que enormes cardúmenes de peces gato y de carpas daban vueltas enloquecidas en grandes depósitos transparentes, mientras un pescadero imperturbable, con un gran mandil de hule, duchaba sin descanso, hasta decolorarla, la carne de los cuerpos abiertos de otros peces ya escamados y limpios de espinas. También en aquel mercado vendían, congelados, grandes conejos chinos y costillares de cordero.

No tardaste mucho en abandonar tus pesquisas alimentarias, tan difíciles en aquella ciudad de casas dispersas, obligado a recorrerla en unos autobuses solitarios que pasaban cada treinta minutos. Te rendiste al fin ante las dificultades, como había hecho la propia Marta, y tuviste que asegurar la supervivencia con ensaladas de lechuga, tomate y cebolla y los famosos muslos de pollo congelados que podías comprar en un mercado de la misma calle. El mercado había heredado la licencia para expender alcohol de una antigua licorería instalada en el edificio, y mantenía un rincón humilde, sin pretensiones de bar, en que algunos taburetes permitían no obstante que desde la hora en que se abría, en la mañana, acudiese a su cobijo un puñado de alcohólicos pacíficos y silenciosos. No necesitabas ir más lejos para comprar cervezas, y ese privilegio era envidiado por tus colegas como un lujo especial de tu domicilio.

Durante los primeros días creíste que, a pesar de las circunstancias, tan distintas de las que habían enmarcado vuestras relaciones madrileñas, entre Marta y tú todo iba a ser como en el pasado, una camaradería amorosa llena de confidencias y buenos ratos. Le contabas las experiencias que habían hecho regresar al verdadero Pablo Tomás desde el país de las hadas acuáticas, todo lo que había suce-

dido desde tu paseo por Lisboa hasta la despedida de Isclacerta. Marta intentaba quitar dramatismo a las historias familiares, y una tarde te dijo que desde tu bisabuelo
hasta ti podían rastrearse los ejemplos característicos de
ciertos modelos literarios de los dos últimos siglos.

—A tu bisabuelo, el Puertorriqueño, hay que verlo a la luz del romanticismo, y a tu abuelo desde el natu-
ralismo y el realismo socialista. Tu padre ya está metido
de lleno en lo metaliterario, en la metaficción.

Le preguntaste, también entre risas, cómo había
que verte entonces a ti.

—Tú eres pura posmodernidad, como yo, Pato,
estás hecho de retales, un poco de todo lo anterior, unas
gotas de literatura fantástica, muchas cosas mezcladas, qué
le vamos a hacer, son eso que llaman los signos de los
tiempos.

El curso de formación para los nuevos profesores
fue la entrada brusca en el mundo académico que te aguar-
daba. Tu disposición era ferviente, de entrega sin reservas a
las nuevas tareas que te esperaban, pero sentiste enseguida
que era un regreso anacrónico, la vuelta a los ya olvidados
tiempos estudiantiles, con la rutina de los apuntes, los largos tedios de clase, los cafés insulsos con los compañeros.
También Marta recuperó su vida ordinaria y comprobaste
que estaba bastante agobiada por el doble esfuerzo que llevaba la redacción de su tesis doctoral y sus clases en la facultad. Empezaron a transcurrir jornadas en que Marta y
tú solo coincidíais en casa por la noche, y llegabais tan cansados que apenas os dabais un beso antes de dormir, porque
tú también habías comenzado tus tareas de profesor.

En aquel tiempo no echabas la vista atrás para
pensar en el mundo que habías dejado, porque entre tus
obligaciones de profesor y las de alumno apenas había
resquicios para poder detenerte a comparar tu vida descan-

sada como agente de obras pictóricas y tu ajetreada vida académica. Además, la lista de los libros que debías leer por precepto del departamento era casi interminable, y llegaste a pensar que tu cabeza había perdido ya la práctica de la reflexión ordenada mediante palabras escritas.

Te desconcertaba escuchar las explicaciones de los profesores más respetados, cargadas e interpoladas de referencias a ideas y doctrinas ajenas, las formulaciones de quienes se citaban como grandes maestros, conceptos que tú desconocías y que apenas conseguías entender. Te tranquilizaba comprobar que la capacidad de percepción no era mayor en el resto de tus compañeros, y al fin lo echaste a broma y le dijiste a Marta, en uno de los pocos ratos de conversación e intimidad del fin de la semana en que se fue convirtiendo vuestra comunicación, que en aquel mundo académico hasta las intervenciones orales llevaban notas a pie de página.

Marta no lo tomó a risa, y descubriste que una larga lucha en la redacción de esos ensayitos o estudios que aquí llaman *papers,* y el continuo hacer y deshacer a que los juzgadores de su tesis doctoral la tenían obligada en la realización de su trabajo, la habían hecho sumisa hasta la reverencia ante aquel modelo de discurso oscuro, preñado de referencias conceptuales y teóricas, temerosa, como los fieles creyentes, del castigo que puede acarrear la blasfemia.

Eras todavía novato y no quisiste abrumar a Marta con burlas que nacían, sobre todo, del espíritu jocoso y no de un análisis serio de aquellas intervenciones profesorales, pero conforme fuiste profundizando en los difíciles textos que parecía inexcusable conocer, y comparándolos con las lecciones que recibías, te iba pareciendo que en tus maestros no había propósito de aclarar para los estudiantes aquellas abstrusas razones y que, muy al contrario, consideraban un mérito el esfuerzo de los alumnos por vislumbrar algún fragmento inteligible en aquel denso panorama de conceptos. Algunos textos de tus compañeros, muy celebrados, te recordaban ciertos estudios compactos, también muy valorados, que acompañaban a los catálogos de la galería de tu madre.

Tu intuición se acrecentó cuando empezaste a redactar tus primeros trabajos, los dichosos *papers,* y recibiste las críticas de tu profesor. Tan amistoso y hasta delicado en lo personal, John Herce es en lo académico un implacable defensor de la natural dificultad de ciertos razonamientos, porque piensa con toda sinceridad que no hay mejor ejercicio intelectual, sobre todo para los que están aprendiendo los saberes universitarios, que internarse en las tinieblas intentando vislumbrar las lucecitas temblorosas que pueden indicarles el camino a seguir.

Tu primer trabajo, a propósito del mundo del sueño en Galdós, y en especial esa ocurrencia de la Benina en *Misericordia* —«lo que uno sueña ¿qué es?... Cosas verdaderas de otro mundo que se vienen a éste»—, mereció del profesor Herce muy serias objeciones, no porque estuviese mal escrito o porque tus anotaciones a los sueños de algunos personajes de Galdós, en relación con las peripecias dramáticas del asunto, no estuviesen correctamente expuestas, sino porque le resultaba demasiado simple, poco denso desde la perspectiva teórica, te dijo. Estuviste a punto de preguntarle si lo que le achacaba a tu trabajo era su excesiva claridad, pero no lo hiciste. La verdad de tu intuición quedó confirmada cuando, sin tocar apenas el texto originario, pero tras complicarlo con numerosas interpolaciones que remitían a los ideólogos y críticos recomendados como fundamentales, el profesor quedó mucho más complacido.

El asunto de la complejidad premeditada del discurso y lo que llamaste su *enlaberintamiento* fue motivo de nuevos encontronazos con Marta, y aunque todavía te preguntas por qué lo vuestro no pudo ser, crees que en esos altercados estuvo el principio de vuestra lejanía, la frialdad que fue separándoos cada vez más. Ya después de los primeros días de alegría y ternura, cuando tú entraste en tus cursos de preparación y ella recuperó el afán de la redacción de su tesis, vuestra comunicación empezó a cambiar, y tuvo que pasar una semana, la que medió hasta el siguiente domingo, para que Marta recobrase algo del calor de su acogida. El fenómeno se repitió a lo largo de los primeros meses, y otro domingo de descanso, paseando junto al lago, le dijiste que ella tenía nubes y claros, como aquel día, y que últimamente casi siempre estaba nublada.

Ella lo reconoció, y confesó que estaba muy angustiada en el trabajo de su tesis, porque si no conseguía defenderla a gusto del tribunal, si posponían su aprobación, las condiciones negociadas en su contrato con la universidad cambiarían totalmente, además de sufrir mucho lo que llamó «su credibilidad», y sería necesario que pasase otro año para volver a restaurar lo que había conseguido. Sin embargo, el director y otros miembros de la comisión que debía evaluar su trabajo no hacían más que proponerle continuas modificaciones al texto que iba redactando.

Te pareció que a Marta le pedían lo mismo que Herce te pedía a ti cuando corregía tus *papers,* más apoyo teórico, lo que tú querías interpretar como más impenetrabilidad, y le dijiste a Marta que lo importante era oscurecer el trabajo, que no fuese tan fácil acceder a él, pero ella se mostró una vez más muy ofendida por tus palabras, decía que no conseguía entender tu actitud, la falta de rigor y hasta el cinismo intelectual que parecía comportar, y comprendiste que ella creía con sinceridad en ese discurso que tú veías difícil y complejo, pero que Herce y otros, y al parecer Marta, consideraban el único plausible.

Una vez reconoció que se encontraba en uno de sus claros cuando te escribió aquella carta pidiéndote con tan amorosa insistencia que te fueses con ella. Seguramente fue un día en que estaba desesperada con la dichosa tesis, te dijo, y había sabido lo de la beca, y pensé en ti con tanto cariño que casi te sentía ya al lado mío. Había momentos en que le venía como un viento fuerte de nostalgia, que parecía que el corazón se le iba a desgarrar, pero también esos momentos pasaban, añadió.

Y no resultó verdad casi nada de lo que en aquella carta te había prometido, nunca os adentrasteis juntos en los bosques de Caperucita, solamente durante los primeros días de tu estancia fuisteis al cine, no teníais tampoco tiempo para hablar de vuestras lecturas, ni siquiera de aquellas novelas de Galdós que tú estabas recuperando o conociendo con tanta avidez y que venían a reconciliarte con aquellos otros libros tan densos y en que eran habituales las elucubraciones sobre el sentido y el significado de la modernidad.

Así que los claros eran episodios poco frecuentes en el talante de Marta, cada vez más nublada y ensimismada en sus agobios de doctoranda, y tú sentías que entre vosotros se iban deshaciendo aquellos lazos sólidos que os unieron en el tiempo de estudiantes, como si hubiesen perdido fuerza los efectos que hubiera podido ejercer algún misterioso hechizo.

Al fin pensaste que Marta sufría una clase de rapto moral y psicológico y que no era capaz de advertirlo, que se había entregado con toda honestidad a aquellas requisitorias metodológicas que le exigían tanta complejidad de conceptos y temas, y que en cierta manera su propio carácter se había impregnado de la complicación de los razonamientos que sus maestros le exigían. Y te pareció descubrir también que aquel lenguaje era un código con propósito científico que pretendía acceder a la sustancia de las obras literarias, elaboradas precisamente desde las perspectivas de la intuición y aun del delirio, en procesos que eran diferentes, cuando no opuestos, a los de la expresión científica.

Pero ni Marta ni el profesor Herce, con quien ibas estrechando lazos de confianza, estaban dispuestos a aceptar tus reparos, y comprendiste que, si querías prosperar en aquella universidad, era preciso aceptar y conocer aquel lenguaje como el inmigrante, para su supervivencia, debe aprender el idioma del país que lo recibe.

Fue la primera vez en que pensaste, con la seguridad de la lucidez, en que tú estabas repitiendo la aventura del Puertorriqueño, pues aunque él en su emigración no tuvo que cambiar de idioma, sin duda hubo muchos aspectos nuevos en la relación y en la comunicación, ese lenguaje que recubre el mismo idioma cuando nos alejamos de nuestro entorno habitual, que tuvo que aprender y al que sin duda hubo de plegarse para encauzar su nueva vida en aquella isla. Y pensaste que también la universidad en que te encontrabas era una isla.

Al poco tiempo de llegar te compraste un automóvil de segunda mano, un Oldsmobile de los ochenta que su propietario, ya anciano, había cuidado como un objeto de museo, pero la intensísima dedicación de Marta a su trabajo doctoral y a sus clases apenas permitió que disfrutaseis juntos de la facilidad que os daba para apartaros de la ciudad. Salías en solitario muchos sábados, y en alguna ocasión te acompañó el profesor Herce, buen amigo de Marta, como amable guía turístico al que le encantaba hablar de las cosas de España. Visitaste la reserva india, el emplazamiento de las antiguas minas, la parte del lago en que se asentó el primer poblamiento de colonos.

En aquellos viajes comprendiste que la fe de Herce en sus saberes era verdadera e inconmovible. Solamente elaborando con firmeza una teoría y desde una posición ideológica también firme era posible analizar la realidad, cualquiera que fuese la forma en que se presentase, decía.

Herce reprochaba a los departamentos tradicionales de literatura española en los Estados Unidos la falta de aparato crítico, la simpleza y banalidad de sus elucubraciones, ceñidas a lo sociológico o a lo historiográfico, que tanto se parecían a lo que era común en las universidades españolas. Otra cosa eran los departamentos de literatura latinoamericana, en que el utillaje crítico era notable y donde el estudio de los textos se solía hacer con unos pertrechos teóricos importantes. Y precisamente en los nuevos departamentos que pretendían abarcar estudios culturales más amplios e interconectados que la pura literatura, se precisaba de un apoyo teórico mucho mayor.

Entre las singularidades locales que el profesor Herce te mostró estuvo el paraje, convertido en un enorme mercado cubierto, en que había tenido lugar una sangrienta represión de cierta huelga minera a finales del siglo diecinueve. El profesor Herce señalaba los puntos en que se encontraban las fuerzas del ejército y los huelguistas en manifestación, describía el desarrollo del enfrentamiento, enumeraba los muertos obreros, los únicos que hubo, como si él mismo hubiera sido testigo del terrible suceso.

Herce, en el ejercicio de su magisterio, relaciona entre sí temas de marginación y explotación de gentes y países a través de testimonios personales y autobiografías, y siempre sin perder la perspectiva de lo que él llama la tendencia expansiva y universal del sistema capitalista. Tiene la edad de tu padre y conserva vigentes muchas de las creencias juveniles que tu padre ha declarado caducadas.

Sin embargo, no tardaste en descubrir que, con la mayor naturalidad, sin hipocresía ni doblez de ninguna clase, todas estas ideas, que formaban en gran parte la sustancia nuclear del lenguaje denso y difícil en que se fundamentaban todos los códigos respetables de comunicación en aquel departamento, tenían como ámbito de vivencia y expresión solamente el espacio del campus. Pues cuando, ya en el terreno de la confianza progresiva que había surgido entre vosotros, hiciste algunas críticas a ciertos aspectos del modo de vida norteamericano, señalando la indefensión en que se encontraban frente a él los desposeídos, cuando te quejaste de la escasez de servicios públicos elementales, por ejemplo de transporte, que a ti te había obligado a comprar aquel automóvil, o de la poca amplitud de una sanidad social mínima, que se debía suplir con seguros que si no cobraban cuotas elevadas no garantizaban, por parte de los médicos, ni siquiera una analítica, o una simple radiografía, para diagnosticar las causas de las dolencias, te miró con mucha seriedad, enarcó las cejas y te advirtió de que cualquier intervención estatal en la vida ciudadana era una puerta abierta a la dictadura, al totalitarismo.

A los cuatro meses de tu vida nueva, mientras tu alejamiento de Marta parecía consolidarse de manera fatal, ya sabías que tu trabajo tenía un lenguaje específico y que era necesario practicarlo si se quería tener alguna posibilidad de carrera, y que ese lenguaje no tenía nada que ver con el de la vida cotidiana fuera del campus. Y como tus chanzas a propósito de la expresa dificultad de ese lenguaje no solo no eran bien recibidas, sino que incluso se consideraban una especie de profanación o de sustancial infidelidad a lo que debería ser el objeto primordial de tus pensamientos y esfuerzos, resolviste guardar para ti tus reservas y hacerte lo mejor conocedor posible de todos los recursos de ese carácter que te permitiesen dar a tus trabajos de clase el aire más denso, opaco y complejo que fuese posible.

A partir de entonces las cosas te fueron mucho mejor, pero sentías aquella aceptación como si hubieses claudicado, y por primera vez desde tu llegada te preguntaste si no estarías mejor en París o en Madrid, dedicándote al negocio elegante de la compraventa de pintura, con muchas horas al día para ti mismo, que en aquella población invertebrada, sin plazas ni aceras, presionado de continuo por deberes pendientes, yendo sin cesar del aula a la biblioteca, para malcomer y descansar al fin en un apartamento pequeño e incómodo, con una cocina y unos sanitarios que deberían haber sido desechados por anticuados muchos años antes, redactando textos alambicados que daban cierta vestidura artificiosa a las ficciones que pretendían analizar. Solo la inmersión forzosa en la lectura de aquellas ficciones te salvaba de tus dudas. Aceptabas aquella obligación como un regalo del destino, recuperabas muchas lecturas gratas de tu adolescencia y ampliabas el conocimiento de la obra de algunos autores sintiendo la emoción de los descubrimientos.

La desheredada, de Galdós, te conmovió de una forma especial. Esa Isidora que «tenía la costumbre de representarse en su imaginación, de una manera muy viva, los acontecimientos, antes de que fuesen efectivos» y que «tenía, juntamente con el don de imaginar, la propiedad de extremar sus impresiones, recargándolas a veces hasta lo sumo», ¿no estaba sutilmente emparentada contigo? Tú no tenías su angustia de sentirse víctima de un expolio, más bien te habías encontrado heredero de demasiadas cosas, pero sin duda te sentías muy reflejado en esas exageraciones imaginativas que a ella le hacían vivir en un mundo de alucinación y sueño, enfrentada trágicamente a la realidad.

La tradición de los muchos hispanistas que habían estudiado a Galdós en los Estados Unidos te permitía trabajar sobre él y su mundo sin perjuicio de los aires posmodernos que marcaban las inquietudes de tu departamento, y procurabas dar a tus trabajos un sesgo que los hiciese aceptables en la perspectiva de ciertas teorías sobre el sueño, el tiempo, el sujeto y lo metaliterario. Y al recorrer en sus novelas el Madrid variopinto y lleno de vida de Galdós te sentías viajero virtual por unos espacios reconocibles que no habías dejado del todo atrás, que seguían presentes y vigentes dentro de ti.

Cada semana, en las primeras horas del domingo, recibías la llamada telefónica de tu madre. La dulzura de su expresión resonaba a través del satélite trayéndote el eco de una voz ultraterrena, más propia de la beatitud impalpable de los cielos que de la materialidad de las palabras y razones que tenías que escalar en las horas de tus días. Se interesaba por saber si comías verdura, si hacías ejercicio, si trabajabas mucho en la universidad, como si en lugar de separaros tantos kilómetros estuvieses pasando unos días de vacaciones dentro de Europa. Nunca percibiste en ella avidez por conocer lo que de verdad pensabas de tu nueva vida, tus esperanzas y tus sinsabores, y nunca te preguntaba por Marta.

Marta, al fin, defendió su tesis y tuvo el excelente resultado que le vaticinabas, no por tranquilizarla, sino convencido de que el producto de tantas horas de lectura, reflexión y escritura sería muy bien valorado por sus tutores.

Imaginabas que aquel final sería una liberación, que tras tanta maraña Marta recuperaría su personalidad más clara, su calidez tantas veces compartida en los anteriores tiempos de estudiantes, pero te equivocabas. Tras la consecución de su anhelado título de doctora, Marta durmió un par de días y se pasó otros tantos casi sin hablar, como en la postración de una convalecencia. Por fin una mañana, antes de que te marches a la universidad, te anunció que quería tratar seriamente de la relación que os unía, porque acaso vuestro reencuentro había sido un error, y aquella misma tarde, a tu regreso, te propuso lo que ella llamó una temporada de aislamiento y reflexión: debíais separaros durante un plazo, para poder pensar tranquilamente si era conveniente que siguieseis siendo una pareja. Para empezar, te propuso que te fueses de aquel apartamento.

Lo vuestro no pudo ser. Cuando ajustasteis las últimas cuentas sentimentales, te pidió perdón por aquella carta en que te había propuesto con tanta insistencia que te fueses con ella, escrita bajo el impulso de la desolación. Cuando llegaste, ella había descubierto que las cosas ya no podían ser como antes, aunque te seguía teniendo mucho afecto. O tal vez no estaba preparada para la estrecha convivencia diaria, que antes nunca habíais experimentado.

No pudo ser, y no sentiste demasiada decepción. Aquella convivencia durante medio año, desde las postrimerías cálidas del verano a los inicios tímidos de la primavera, a través del nevado rigor de un invierno feroz, hecha de silencios y altercados, había llegado a resultar también para ti un deber incómodo, y cuando te trasladaste a las desvencijadas habitaciones de la casa en que a partir de entonces harías tu vida solitaria, te sentiste libre, aunque a la vez invadido por el desconcierto de haber perdido la justificación fundamental de tu viaje a aquel lugar tan alejado en todo de los espacios de tu costumbre.

A menudo, en algún rato libre, conduces el coche hasta la orilla del lago y te quedas contemplando su largo cuerpo brillante en que se reflejan las montañas y las nubes. La agitación diaria se desvanece ante esta superficie inmóvil en que se refugia una quietud de sueño. Una pequeña embarcación se balancea suavemente frente a ti, mientras su tripulante sostiene la caña con paciencia. Has salido del automóvil y paseas despacio cerca del agua, sobresaltando a unos patos que se alejan nadando entre graznidos y aleteos. La primavera ha llenado de vegetación la orilla y, tras un matorral, descubres un bulto humano en el borde mismo del agua, un hombre de espaldas, agachado en una postura forzada, que de repente te hace sospechar que sigues en la Praça do Comércio, contemplando al hombre que en el último escalón atrapa a los desprevenidos mújoles. Hay en la figura una fuerte sugerencia de que aquel tiempo y aquel paseo permanecen por debajo de todas las apariencias, una inmovilidad mucho más esencial que la que presenta la imagen del lago. Te detienes, y luego das la vuelta y regresas al coche en la conciencia de una huida.

Al día siguiente conocerás a Hortensia. Pero eso podría ser materia de otro capítulo, si alguien convirtiese algún día tu historia en una novela.

25. Nuevas amistades

Cuando nos conocimos, Patricia solía decir que en la vida, si tenemos la paciencia y la generosidad de buscarlos, encontraremos lazos invisibles que van urdiendo una trama llena de sorpresas, un destino que cumplimos a través de los encuentros más inesperados. Como demostración de esa secreta ley que todo lo enlaza o lo desata, Patricia aludía a mi coincidencia con su hermana Hortensia como el vehículo mágico que después permitió que nos encontrásemos ella y yo. Ahora, sin embargo, dice que eso son niñerías, que hablaba por hablar, abjura de aquella fe en el azar, y yo me burlo de ella, la acuso de versátil, le digo que espero que no sea tan voluble en todas las demás cosas de la vida.

A Hortensia la conocí un sábado, en una función de teatro de la universidad. Desde mi separación de Marta, yo dedicaba los sábados a recorrer los alrededores de la ciudad, pero también a pescar en el lago, en compañía del profesor chino, Ildefonso Lin, que Marta me había descrito como uno de los tres reyes magos de su contrato. El profesor Lin es alegre y bienhumorado, dice que a su edad ya puede permitirse no ejercer de posmoderno, y está convencido de que la pesca es un gran ejercicio de ensimismamiento. Algunos sábados otoñales yo le acompañaba para permanecer a su lado en silencio sobre el leve bamboleo de la lancha, en una quietud que solo turbaba, de manera abrupta y desasosegante, el raro engancharse de alguna perca en nuestros anzuelos.

Habían pasado casi nueve meses desde mi llegada, no había vuelto a Europa en navidad y no estaba seguro tampoco de regresar en el verano. Aunque los calendarios indicaban que estábamos en primavera, la ciudad seguía cubierta de nieve y el tiempo era ventoso, bajo un cielo cargado de nubes. De modo que el destino estuvo muy forzado por una mezcla de aburrimiento y curiosidad. Ante el mal aspecto que presentaba el día para alejarme de la ciudad por las enrevesadas carreteras de la montaña, preferí asistir a una función matinal de teatro organizada por estudiantes que, según decía el anuncio, iba a tratar de Theodore Roosevelt en la guerra hispanonorteamericana. Quería conocer qué interpretación merecía a aquellas alturas entre ellos el nacimiento del imperialismo de su país y el final del español.

La obra era bastante tediosa y estaba casi toda urdida en torno a fragmentos de discursos del presidente rememorado. Ahora recuerdo, como lo más reseñable de la representación, que el joven que interpretaba a Roosevelt iba vestido de *rough rider*. Digo que el texto apenas tenía dramatismo, que consistía en una serie de párrafos contradictorios enhebrados al buen tuntún, que de la guerra apenas se hablaba, que se trataba el asunto del *Maine* sin aclarar para nada sus posibles causas, y de la toma de la colina de San Juan como de un *western* en que los apaches éramos los españoles. Todo parecía un pretexto para que el actor luciese su disfraz y accionase a menudo con un rifle en las manos. No me escapé en mitad del espectáculo porque estaba colocado en un lugar que haría demasiado escandalosa mi huida. Sin embargo, a lo largo de la representación descubrí una mirada con la que tropezó la mía en su vagar distraído. Eran los ojos de Hortensia.

Yo le contaría a Patricia que su hermana y yo nos habíamos conocido mirándonos, cambiando señales y guiños visuales de aburrimiento, porque ella estaba también al fondo de una fila, obligada a soportar la representación con el mismo estoicismo que yo. De manera que, tras el casual intercambio de miradas y el reconocimiento mudo de la mutua coincidencia de actitudes, cuando la función concluyó, nos hablamos con la naturalidad de una antigua relación. Nuestras primeras palabras exteriorizaban aquella ironía que había circulado primero a través de las miradas respectivas y enseguida supimos que el inglés no era nuestra lengua natural.

Cuando Hortensia me dijo su nombre y que era de Puerto Rico, tuve una de esas súbitas condensaciones de ideas y recuerdos que a veces se producen dentro de nosotros como explosiones de un sol interior, y mientras descubría que había acudido a aquella representación teatral bajo los inadvertidos reclamos de su posible referencia puertorriqueña, sentí también, por vez primera desde mi salida de Isclacerta, el vivo recuerdo de las historias de mi bisabuelo, aún más cercano cuando la muchacha añadió, como si con ello mostrase una credencial distinguida, que era de Ponce. En ese Ponce dicho por su boca vino a reverberar aquel Ponce narrado desde el testimonio de la Buli, como núcleo vivo de una añoranza de su padre que le había hecho hablarle con fervor, desde que era todavía muy niña, de la perla del sur con su catedral de torres de plata y su estuario lleno de navíos, y de las calles tan hermosas, del color incomparable del cielo, y de un río que se llamaba Portugués.

Así que yo le dije a Hortensia que Ponce me pertenecía a mí casi tanto como pudiese pertenecerle a ella. Y Patricia se echaba a reír cuando se lo contaba, ella no nació en Ponce y dice que los ponceños se sienten un poco superiores al resto de los nativos de la isla, le estuvo bien eso que le dijiste, y es que Ponce está dentro de mí desde que llegué a Isclacerta y comencé a escuchar las leyendas del Puertorriqueño a través de Noelia, mi padre y la Buli, el Parque de Bombas, las máscaras de Guadalupe, los atardeceres rosados, las viejas calles del centro con sus comercios y sus ventanas enrejadas. Que yo tenía recuerdos de Ponce, donde nunca llueve, acaso tan verdaderos como los suyos, le dije, sin haber estado nunca allí. Eso, por lo que tocaba al padre de mi abuela paterna. Pero, además, la madre de esa misma abuela era de estirpe puertorriqueña, aunque en aquel caso yo desconocía los antecedentes.

A partir de entonces, Hortensia y yo iniciamos una relación cada día más estrecha. Patricia me preguntaba cómo era que no nos habíamos enamorado y yo le decía la verdad, que nunca hubo entre nosotros un sentimiento diferente de la buena amistad, además yo estaba convaleciente de mi frustrado emparejamiento con Marta, nunca he llegado a entender por qué aquel fracaso no me hizo abandonar mis proyectos universitarios y regresar a Europa, y ella tenía sus amigos, no era una relación exclusiva, ni mucho menos, en departamentos además tan diferentes y separados en el campus, ella al menos sin la sospecha de que sus conocimientos biológicos estaban forzados a expresarse por medio de una jerga sacada de otras ciencias, pero esto no tiene nada que ver con que nos encontráramos de vez en cuando, alguna vez a almorzar en los alrededores de la universidad, y siempre para hablar de Puerto Rico.

Hortensia se había empeñado en encontrar rastros de mis antepasados puertorriqueños, al menos de mi bisabuelo. Entonces comprendí que acaso no fuese difícil hallar esos rastros, porque la isla venía a ser un universo abarcable, las viejas familias de Ponce conservaban con cuidado la tradición y los recuerdos locales, la vida cultural y la sociedad relevante se repartían entre muy pocos, que eran los que nutrían al país de los políticos en el gobierno y en la oposición, los que querían integrar plenamente a la isla en los Estados Unidos y los que querían separarse para siempre de ellos, los mecenas, la gente de la pintura, de la música, de la literatura, y hasta ciertos personajes religiosos considerados muy benéficos y ejemplares. Todo provenía del mismo cogollo social, debía de mantenerse así al menos desde los tiempos de la separación de España, y acaso la huella del paso de mi bisabuelo y de su tío no estuviese todavía borrada del todo.

Un día recordé que, entre los papeles de Isclacerta, había aparecido una carta a mi bisabuelo de una mujer llamada también Hortensia, y le pregunté a mi nueva amiga, en broma, si no sería ella descendiente de aquella mujer. Un tiempo después me dijo que había hecho pesquisas y que ya habían localizado al Puertorriqueño y a su tío, que claro que la tal Hortensia debió de conocerlo, aunque no se podía saber si hubo entre ellos nada más que la mera amistad. El caso es que ella, una señorita que formaba parte de los propios antepasados de mi nueva amiga, se había casado con un propietario cafetalero de la isla. También me dijo que, al parecer, mi bisabuelo, o su tío, habían construido en Ponce una casa, un chalet de estilo suizo que todavía se conserva.

Patricia se reía asegurando que tanta preocupación por informarse había sido uno más de los subterfugios de Hortensia para conquistarme, aunque si eso era cierto yo nunca me enteré de sus maniobras.

Y de modo inopinado, pues creo que no fue Hortensia quien me lo sugirió, me vino el deseo de hacer un viaje a Puerto Rico, y cuando me llegó la idea, pues repito que creo que no fue Hortensia la inductora, la acepté como quien tiene la ocurrencia de hacer una visita a unos parientes de los que ha estado mucho tiempo separado.

Al fin y al cabo, la isla no estaba lejos del lugar en que yo residía, dentro de las distancias americanas, argumentaba mientras mi idea solo tuvo el vago propósito de reconocer con los sentidos un espacio que ya estaba incorporado a mis sentimientos. Luego descubriría que en aquel viaje podía haber una justificación objetiva, pues yo, frente a mis compañeros de curso, ya estaba trazando los primeros esquemas de lo que había de ser mi tesis doctoral —comprender el valor del tiempo y hacernos más avisados y previsores son privilegios de la veteranía—, y recordé que en Puerto Rico había trabajado Ricardo Gullón, poniendo en orden los documentos de Juan Ramón Jiménez, y que también en un archivo de la universidad estaban recogidos todos los papeles que el propio Gullón había ido redactando al elaborar su famoso libro sobre Galdós.

Cuando el verano y las vacaciones estuvieron cerca, decidí que no iría a Europa. Acaso el hecho de haber pasado de ejecutivo independiente del mercado del arte a vulgar estudiante becario en una universidad americana corriente estaba también detrás de mi decisión, un propósito de no dar explicaciones, o de abstenerme de disimular lo que yo no podía dejar de juzgar con más sombras que luces, con más acritud de decepción que fulgor de éxito. Le conté a Hortensia mi proyecto de viajar en el verano a Puerto Rico y mostró alegría, casi entusiasmo.

Claro, tonto, me diría Patricia, así te iba a tener bien cerca, así te podía agarrar, pero yo nunca percibí que Hortensia sintiese atracción hacia mí, y aunque es una muchacha agradable, de ojos preciosos, ya he dicho que yo no estaba para romances, o en el fondo Hortensia no me llamaba la atención hasta el extremo de intentar iniciar con ella una relación diferente de la amistosa. Tan entusiasmada se mostró que me invitó a su casa.

Claro, Pablito, porque así te tenía en el cepo, cómo no te diste cuenta nunca de eso, diría Patricia, y lo digo sin mala fe porque tú sabes cuánto la quiero yo a mi hermana, añadiría, pero la incauta no se imaginaba que allí te ibas a encontrar conmigo, mi amor.

Hortensia me aseguró que en su casa no causaría ningún problema, era una casa grande, suficiente para bastante gente, además ella tendría mucho gusto en mostrarme esa isla pequeña y hermosa y yo gozaría de la mayor tranquilidad para trabajar, por otro lado su familia conocía a los profesores que debían facilitar mis pesquisas en los archivos de Ricardo Gullón. No teníamos la confianza suficiente como para que me invitase a compartir la intimidad familiar, y supuse que su casa debía de permitir cierta independencia de los huéspedes, y lejos de imaginar que Hortensia utilizase la invitación como un arma seductora, en lo que sigo sin creer, me incliné por suponer también que su familia estaría acostumbrada a tales invitaciones. Así que me dispuse a pasar tres semanas en Puerto Rico, tras conseguir que mi proyecto de investigación fuese aceptado en la universidad puertorriqueña y también que mi universidad me ayudase a pagar el pasaje.

Por aquellos mismos días llegó una carta de mi padre, yo creo que la primera que me ha escrito en toda mi vida, y aunque me daba noticias de Isclacerta, y hasta quería implicarme a mí en graves decisiones sobre el futuro de la propiedad de la casa y de la finca, ponía como parte más importante de la carta, y casi motivo, el disgusto que mi madre tenía de que siguiese sin aparecer por allí a verla, de que me hubiera alejado tanto en el espacio y que no hiciese nada por recuperar un tiempo de contacto y cercanía, por pequeño que fuera, cuando además me habían dicho y repetido que me pagaban el viaje, igual que habían insistido, a lo largo de todas nuestras charlas telefónicas, en que les pidiese dinero cuando lo necesitase. La carta de mi padre venía a ser una orden de que fuese a ver a mi madre cuando terminase el curso, y yo llamé a mi madre y le aseguré que estaba deseando verla, verlos a todos, pero que en aquellos momentos no podía dejar de aprovechar el verano en recoger material para mi tesis doctoral, pues quería empezarla cuanto antes. Que en navidad estaría sin falta con ella.

Pero todo esto es anecdótico, porque lo importante fue que yo, a través de aquella sucesión de pequeñas circunstancias, la obra teatral sobre Theodore Roosevelt, los juegos de miradas con una espectadora también distraída, las charlas que fueron haciendo fraguar una amistad, acabé encontrándome en aquella isla que tantas resonancias había tenido para mí desde niño.

Mi disposición era de curiosidad apacible, como la de cualquier turista común, pero nada más descender del avión y sentir el olor vegetal y el calor húmedo de la mañana, percibí que toda mi persona recuperaba sensaciones conocidas, y recordé vívidamente las leyendas del Puertorriqueño. Hortensia me esperaba en el aeropuerto y, como era temprano, me ofreció dar una vuelta por el Viejo San Juan antes de ir a Ponce. La visita fue breve, pero en mí permanecía la sospecha del reconocimiento progresivo de lo que me rodeaba. Aquellos hombres que jugaban a las damas y al ajedrez a la sombra de un árbol gigantesco, cerca del puerto, desvelaban una imagen oculta en mi memoria, y me parecía haber pisado ya los adoquines azulados del pavimento y haber caminado muchas veces ante las casas multicolores, junto a las ventanas enrejadas y los portales abiertos a patios floridos, por callejas súbitas en cuyo extremo un arco se alza como el pórtico de la quietud.

La sensación de no visitar por primera vez aquellas calles debía de nacer de alguna reserva de mis primeras experiencias de oyente, cuando tan ávidamente escuchaba historias sobre el Puertorriqueño que mi padre, Noelia y la Buli me iban contando, para imprimirlas en una expectación que la realidad transformaba en apariencia de cosa vivida. Eso es lo sustantivo de aquel momento, la isla que materializaba aromas e imágenes que antes habían sido solo relato y ensoñación, pero que me pertenecían ya tan hondamente que se mezclaban con la realidad hasta formar una sola cosa, hasta hacer, por ese camino de aglutinaciones, que yo pudiese sentir acaso lo mismo que había sentido aquel bisabuelo, como una herencia más de la que también era yo depositario.

Patricia me diría que no había habido nada raro en mis sensaciones, que todo ello eran señales de que me sentía cómodo en la vieja Borinquen, como si siempre hubiera estado allí, y a mí me enternecía su ingenuo orgullo patriótico, su convicción de haber nacido en un paraíso terrestre, pero había en mis impresiones cierta familiaridad que las distinguía del puro agrado de conocer los lugares que Hortensia me iba mostrando.

La casa de la familia de Hortensia, en Ponce, era mucho más de lo que yo me había podido esperar, un edificio muy antiguo en la colina de El Vigía, el lugar más distinguido de la ciudad. En la casa vivían los padres de Hortensia, una tía soltera, Carmelina, y una hermana, Patricia, que aquellos días estaba en Europa haciendo su viaje de fin de carrera. Había varios criados, entre ellos una mulata que llamaba niña Hortensia a mi amiga y suspiraba a menudo por la niña Patricia. La familia conservaba aún intereses en la industria del tabaco, pero el padre era, es, médico en uno de los hospitales más importantes de la isla. La madre tenía, tiene, esa piel canela del bolero que da tanta belleza a las caribeñas, y una dulzura en las palabras y en los ademanes que me traía recuerdos de mi madre.

La más habladora de la familia resultó la tía Carmelina, que también era la que había buscado posibles noticias sobre mis antepasados isleños.

Yo estaba a gusto en aquella casa, y la ciudad me regalaba imágenes muy vivas que asumía con confianza, como si perteneciesen a mis propios recuerdos. En el museo de arte había mucha pintura del tiempo en que mi bisabuelo residió en la ciudad, y los paisajes campestres con grandes ceibas, o los urbanos, con aquellos carruajes, creo que los llamaban volantas, tirados por caballos, no me producían extrañeza, como si hubiese conocido al natural y en su época los parajes y los sitios pintados, como veía con toda familiaridad los refulgentes pináculos de la catedral.

Hay sobre todo un cuadro en ese museo de arte de Ponce, el de una muchacha dormida, acurrucada al resguardo del fuerte sol que inunda de luz el mar apacible más allá del banco de terraza en que ella dormita y del toldo que la protege, uno de esos cuadros prerrafaelistas un poco amanerados, pero con mucha certidumbre en el logro de la atmósfera encantada que pretenden sugerir. Esa pintura me pareció una cifra de aquel mundo que me habitaba, acurrucado dentro de mí como un sueño, antes de haberlo conocido.

Como una especie de regalo de bienvenida, la tía Carmelina me contó que el chalet que había sido de mis antepasados no estaba lejos de allí, en una parte de la misma colina. Me sorprendió que, si era cierto que mi bisabuelo o su tío fueron dueños de una casa en el barrio más elegante de Ponce, su noticia, entre tantas pintorescas, hubiera llegado tan difusa a Isclacerta y a los fabulosos cronistas de su vida. Tenía mucha curiosidad por conocerla, y al día siguiente de mi llegada, antes incluso de haberme presentado en la universidad, me encaminé por la tarde hasta allí.

Se llama Villa Ubiña, tiene una aparatosa portalada de hierro ya muy carcomida por el óxido y obligada acaso para siempre a la inmovilidad de las hojas abiertas, por las hierbas silvestres que las aprisionan. El chalet, de aire vagamente suizo, me recordó Isclacerta, con su tejado a dos aguas y la chimenea asomando en cada una de las vertientes como los cuernos desmochados de una testuz enorme. Lo rodea un pequeño jardín bastante descuidado, aunque alguna parte muestra la atención de manos jardineras poco diestras.

Aquella vez, unos niños de color corrían jugando por el jardín, y una mujer, también de piel oscura, al pie de las escalinatas que llevaban a la entrada de la casa, se afanaba en el arreglo de lo que me pareció el mango de un aspirador. A ambos lados de las escalinatas unos leones, o grifos, me trajeron el recuerdo de las figuras singulares con que los indianos, en algunos lugares del norte de España, adornaron sus casas. La mujer, al verme detenido en el umbral de la portalada, interrumpió su labor y me preguntó si buscaba algo. También los niños se detuvieron. La casa me recordaba cada vez más a Isclacerta.

Recorrí los pasos que me separaban de la escalinata y me excusé por aquella intromisión. Le dije que era español, que acababa de llegar a Ponce y que, según me habían contado, aquella casa había pertenecido a un antepasado mío. Entonces percibí en un sofá de paja colocado un poco más lejos, junto a unas sillas, un bulto acurrucado, el de una vieja mujer que dormía en postura parecida a la de la muchacha de Leighton en el cuadro del museo, aunque toda la gracia del abandono juvenil de la figura pictórica era en la mujer señal de postración y acabamiento.

La familiaridad que me había acompañado desde que llegué a la isla se convirtió de repente en un sentimiento desazonador, porque aquella anciana dormida, que también en el color de la piel mostraba que no era del todo blanca, me recordó en sus rasgos a la Buli dormida en las últimas jornadas de su vida. Claro que todos los viejos consumidos llegan a parecerse. Con mucha amabilidad, la mujer me dijo que aquella casa pertenecía a la anciana dormida, que ella era solamente la mujer que la cuidaba, aunque ya llevaba muchos años haciéndolo, y que la casa era de la familia de la anciana desde hacía muchísimos años, y se decía que había sido de un señor que se la había regalado a una esclava suya a la que quería mucho cuando le dio la libertad, para que se casase. De aquella antigua esclava era hija la anciana. Me dijo que si esperaba un poco, la anciana se despertaría y podría hablar con ella del asunto.

Me senté en una de las sillas que había cerca de la tumbona. La mujer volvió a sus afanes con la cinta aislante y los niños corrían otra vez por el jardín. Yo contemplaba el rostro de la durmiente para seguir encontrando en sus rasgos un gran parecido con los de mi abuela. Pasó un rato y el silencio y la soledad del lugar tenían algo del espacio de Isclacerta. La mujer vieja no despertaba, en aquel punto del jardín se remansaba un calor húmedo que me resultó agobiante, y después de un rato de espera me despedí de la otra, diciéndole que debía irme, que ya regresaría para hablar con la anciana, pero el tiempo que había estado contemplando su cuerpo desvencijado y aquel rostro marcado por los quebrantos de la edad me había entristecido, y mientras regresaba a la casa de Hortensia no estaba seguro de que fuese a volver allí.

Un par de días después, cuando comprendí las complicaciones que acarreaba mi lejanía de la universidad en que iba a investigar, que se encuentra en San Juan, le dije a Hortensia que buscaría un alojamiento más cercano al campus donde debía trabajar. Ella me ayudó a encontrar un hotel limpio, con un precio razonable, y allí me trasladé. En los ratos libres recorría la isla con Hortensia, y nos bañábamos en algunas de sus playas. Debía de llevar ocho o nueve días en la isla, cuando una tarde Hortensia fue a buscarme a la universidad acompañada de su hermana Patricia.

26. Patricia

No puedo decir si me enamoré de Patricia en cuanto la vi, pero sí que nunca había sentido nada igual ante un ser vivo. De ella parecía desprenderse la sugestión de júbilo en una corriente poderosa y continua. Tenía también ojos muy hermosos, aún más brillantes que los de su hermana Hortensia, y todos sus rasgos y sus miembros se movían y ajustaban con armonía que tenía algo de danza.

Creo que sí, que me enamoré de Patricia nada más verla. He pensado luego si ese júbilo que siento nacer de ella es parecido a la alegría que, según le contaba su padre a la Buli, emanaba de la primera Soledad, y si una forma del amor es percibir cómo se desprende de la persona amada esa corriente invisible que nos reconforta con el calor del alborozo. Lo cierto es que aquello no me había sucedido nunca antes. De Marta se desprendía en los buenos tiempos un fluir apaciguador, tranquilo, una señal de buen humor, pero no esa emanación jubilosa que brotaba de Patricia y que me hacía sentirme mucho mejor nada más verla.

Después de conocerla, algunas de las cosas que entonces me preocupaban perdieron su fuerza en mi ánimo. Para empezar, dejé de darle vueltas al balance del resultado de mi aventura americana, que en aquellos tiempos se había convertido para mí casi en una obsesión, un principio de arrepentimiento que me empujaba a estar cada vez menos satisfecho con la decisión repentina que había cambiado la comodidad de mi vida anterior por el regreso a aquel ajetreo de estudiante. Además, asumí la carta de mi padre en todos sus puntos, y me dispuse a firmar los documentos que él decía necesitar.

La carta, aunque, como ya he escrito, parecía orientada sobre todo a reprocharme mi lejanía y el olvido en que tenía a mi madre, llevaba en realidad como noticia fundamental la de que ciertos cambios en el trazado de las comunicaciones con Asturias habían acercado Isclacerta a la civilización, así lo ponía mi padre con un subrayado sarcástico, y de pronto había aparecido un posible comprador de la casa y de la finca, una compañía hotelera que pretendía convertirla en uno de esos establecimientos lujosos con pocas habitaciones muy confortables y románticas que van proliferando en muchos lugares, al menos en Europa.

Mi padre decía que la ocasión era más que estupenda, milagrosa, que Isclacerta abandonada a la soledad no tardaría mucho en ser saqueada, si no lo había sido ya, y en desmoronarse completamente para terminar metamorfoseada en una noble ruina por la que nadie daría jamás un duro. Yo voy a ir negociando las cosas con esa gente, pero devuélveme cuanto antes los papeles que te acompaño a ésta, decía mi padre en su carta, pues es necesaria tu autorización dado que la abuela en su testamento, etcétera, etcétera.

Yo no había firmado todavía aquellos papeles. Me los había llevado conmigo a Puerto Rico, como un testimonio fastidioso que a menudo me hacía evocar el fantasma de la ruina de Isclacerta que mi padre vaticinaba, pero que al mismo tiempo despertaba en mí mucha repugnancia ante la idea de venderla, de desprenderme de ella para siempre y permitir que la transformasen en lo que la iba a vaciar de todo lo que había significado.

En la carta había también otra cosa que me disgustó, la noticia de que por fin Chon Ibáñez había regresado de entre los muertos, y que estaban preparando en París una exposición de su última obra. *Ya sé que no estás muy conforme con la idea, pero Chon ha pintado unos cuadros preciosos y a mí me parece que esta invención de una artista que al fin ha resultado de carne y hueso es la cosa más imaginativa que he hecho en toda mi vida,* añadía mi padre.

Sin embargo, hasta tal punto había cambiado mi ánimo después de conocer a Patricia, que dejé de darle vueltas a mis tentaciones de abandonar el nuevo camino que había emprendido en mi vida, renuncié al regreso a la confortable seguridad maternal y decidí firmar los dichosos documentos y enviárselos por un procedimiento urgente a mi padre, que sin duda estaría intentando comunicar conmigo en mi residencia de los Estados Unidos. Además, asumí la historia de la pintora apócrifa como un juego, sintiendo que acaso mis objeciones rígidas habían tenido algo de puritanismo.

Mi vida cambió, como les debe de suceder a todos los enamorados, porque las cosas que antes tenían importancia dejaron de tenerla o adquirieron un valor diferente. Mi trabajo en la universidad ya no era una obligación anacrónica y fatigosa, sino la posibilidad de estar más cerca de Patricia que si regresase a Europa, y comprendí que Isclacerta, por muy importante depósito sentimental que fuese, ya estaba sin duda despojada y vacía de todo lo que le había dado sentido y vida. En cuanto a los asuntos e invenciones de mis padres, resolví que ellos eran los únicos responsables y que a mí no me correspondía intervenir.

Patricia no fue insensible a mi admiración, sino todo lo contrario. Fue esa flecha de oro del más fino que les tira Cupido a los enamoradísimos, dice ella, y el caso es que, aunque tardamos todavía un tiempo en racionalizar completamente lo que estaba sucediendo en nuestros sentimientos, la mutua atracción nos acercaba cada vez más.

También aquel encuentro hizo más agradables mis pesquisas en los archivos de la universidad, en el estudio de las notas galdosianas de Ricardo Gullón. Dedicaba a ello toda la mañana, y por la tarde venían a buscarme las dos hermanas y continuábamos recorriendo los lugares de la isla, que además se iban cargando para mí de nuevos significados gracias al contacto casual con algunos otros de sus habitantes.

Una mañana, mientras esperaba solitario el autobús, una señora detuvo su automóvil, me preguntó confianzuda que adónde me dirigía, y al saberlo me invitó a subir, pues mi destino le caía de paso. Llevaba en el salpicadero tantas imágenes marianas que me sentí obligado a comentar el piadoso ornamento. Era una mujer de bastante edad, que en lugar de contestarme quiso saber de dónde procedía yo. Le dije que era español y movió afirmativamente la cabeza, como confirmando una suposición. Me hizo luego un breve examen, para evaluar mis conocimientos sobre los puntos que en la isla no debían dejar de visitarse, e inclinó al fin mucho el cuerpo hacia mí, yo tuve miedo de que perdiera el control del coche, para decirme que en un lugar de la isla, donde se conservaban ciertas ruinas en que los antiguos indios tenían sus rituales, estaba apareciéndose los viernes la Virgen María, y que los fieles devotos esperaban alguna revelación que iba a ser sin duda el asombro del mundo.

No me sorprendió la naturaleza de la confesión de mi amable transportista, porque ya el profesor que me orientaba en los archivos de la universidad me había contado, al hilo de informaciones precisas sobre costumbres, peculiaridades y cosas dignas de ver, que en uno de los lagos que hay en la vertiente norte de la cordillera central vivía un animal gigantesco, de forma de tortuga, que hasta la fecha solo muy pocos habían podido atisbar y que nadie había conseguido fotografiar. En ese mismo lago, o en otro cercano, bajan a refugiarse los ovnis, acaso tengan allí una base, añadió sin pestañear aquel hombre que había hecho cine con la nueva ola francesa en su juventud y que era un conocedor extraordinario del arte plástico del siglo veinte.

La tercera información que fue matizando mi relación con la isla me la dio el dueño del hostal en que me alojaba, un caballero alto de grandes bigotes blancos que estaba siempre pendiente de todo lo que ocurría en su establecimiento. Solía ser comentarista solícito de mis excursiones, y cuando supo que iba a conocer El Yunque, ese bosque pluvial cuya humedad empapa mi imaginación desde los relatos oídos en la infancia, me preguntó si iríamos también a Fajardo, pero no le interesaba tanto saberlo, ni tampoco si tomaríamos el transbordador a Isla Culebra, como que aquella cita toponímica le hubiese servido para informarme, con la voz a la vez circunspecta y sigilosa, de que en los alrededores de Fajardo estaba al parecer actuando el chupacabras, un ente misterioso, nunca visto, que dejaba muertos a los animales domésticos tras quitarles toda su sangre a través de dos orificios que los cadáveres presentaban en el cuello, y que acaso estaban hechos con los caninos de una boca terrible.

Nunca hablé con Hortensia, ni tampoco luego con Patricia, de aquellas historias que la gente me contaba con tanta espontaneidad, sin dar señal alguna que me permitiese sospechar que hablaban en un registro diferente del que ordenaba sus conocimientos universitarios o su razonamiento en las cosas cotidianas. Un día, cuando para llegar a la playa en que íbamos a bañarnos atravesamos la larga fila de establecimientos de comida y bebida que en la isla llaman friquitines, en que plátanos, peces y mariscos rechinan entre el aceite de las grandes perolas mientras los cangrejos esperan enjaulados su sacrificio culinario, comprendí que un prejuicio mío ante los señuelos norteamericanos, la bandera, el barrio del Condado, la pulcritud anglosajona de las calles del Viejo San Juan, la proliferación de ciertos carteles, algunos latiguillos del habla, me habían impedido descubrir la verdadera naturaleza del lugar. Pues cargada de recuerdos inequívocamente españoles, la isla tenía todas las señales del Caribe.

Estoy en el Caribe buscando a Galdós y no me entero, le dije a Patricia, que esa tarde había venido sola. Bueno, repetí, matizando mi pensamiento, estoy en el Caribe buscando a Galdós y te encuentro a ti, pero casi no me había dado cuenta de lo caribeño que es todo esto.

—¿Es que tienes algo en contra del Caribe? —me preguntó ella, risueña.

Aunque bastante más limpio y menos oloroso, era sin duda el Caribe, muy similar al que yo conocía a través de los tópicos y de las novelas de Gabriel García Márquez, pero no lo había descubierto hasta entonces.

Hortensia tampoco vino la tarde siguiente, ni la otra. Con el tiempo, Patricia me confesaría que se había quitado de en medio, con una expresión que me sonó un poco brutal en aquella armonía suya donde parecía imposible cualquier estridencia. Se había quitado de en medio con el pretexto de unas ocupaciones, y Patricia y yo tuvimos para nosotros solos casi todas las tardes que me quedaban hasta mi vuelta a la rutina universitaria.

Ahora creo que todas las cosas importantes de mi vida se me han revelado en paseos, caminando de un lado para otro en una ciudad, o a la orilla del mar, o por los senderos del bosque. Aquellos últimos días de Isclacerta, que facilitaron que despertase en mi interior alguien que estaba dormido, o estupefacto, o sumergido, vinieron tras ese paseo de Lisboa que sigue encendido dentro de mí con todas sus imágenes brillando a la vez. Aquellos días con Patricia en Puerto Rico se conservan también en mi recuerdo con todos los incidentes de una caminata, de un paseo. Las calles tranquilas de Ponce, las carreteras entre las montañas llenas de verdor, el silencio húmedo de El Yunque, los lugares ceremoniales de los pobladores precolombinos, sus misteriosas marcas de rostros esquemáticos y espirales grabadas en las rocas, las playas de arena blanca como harina de trigo entre el mar azul y el palmeral, los rincones del Viejo San Juan donde bailábamos salsa con ardor de adolescentes.

Ese otro paseo, las calles de las viejas ciudades y pueblos, las marañas tropicales, los tortuosos caminos de la sierra, se incrusta en los otros y forma así uno solo en que predominan las palabras y las risas de Patricia, el brillo de su mirada, como si todo hubiera sido la preparación de un escenario donde ella iba a representar el papel más importante.

En ese ir y venir, en ese largo paseo isleño, le conté mi historia, desde mi Adán y Eva particulares, el Puertorriqueño y la primera Soledad, todo lo que había hecho que yo un día descubriese que había vuelto a casa convertido en alguien diferente, en la persona verdadera que de niño habían sustituido por otra las hadas de las fuentes.

Al escuchármelo contar, Patricia, que aunque ahora no quiera recordarlo decía entonces creer en las leyes ocultas que rigen lo que parece azar, corroboraba regocijada nuestro destino de reunirnos. No vemos la trama porque no podemos tener la distancia suficiente, pero la realidad tiene su sistema de relaciones y sorpresas, como las novelas, aseguraba, y yo replicaba con escepticismo que la narratividad de las ficciones y el movimiento de la vida no tienen nada que ver.

—¿Pero no te das cuenta de que todo sale de esta isla, de que tu abuelo comienza aquí lo que acabará siendo tu historia, y que tú vienes aquí y hasta vas descubriendo rastros de tu abuelo?

—Vamos, Patricia —le respondía yo—, todo es la pura casualidad, mi bisabuelo emigró aquí como lo podía haber hecho a Cuba, a México o a Argentina, vino aquí para seguir a su tío.

—Lo que sea —insistía ella—, pero vino aquí, y tú vienes aquí para cerrar el círculo, porque todo está enlazado y escrito.

Lo que son las cosas, ahora soy yo quien le hablo a Patricia de nuestra cadena invisible y no quiere ni escucharme, asegura con toda flema que ella nunca creyó de verdad en eso, que eran argumentos para que yo me sintiese más cercano a ella, desde la conciencia de un enamoramiento irremediable, que eran meras artimañas de conquista amorosa.

Mientras tanto, yo había encontrado bastantes notas de Gullón sobre los libros de Galdós. Iba orientando mis ideas en busca del mundo de los sueños en sus novelas, para intentar localizar elementos que estaban en la cultura literaria y plástica antes del psicoanálisis, y contraponerlos a la realidad casi costumbrista que les sirve de engarce.

Había también notas de Gullón, que me parecieron inéditas, sobre la mirada de Galdós frente a los miserables y marginados de su época, eso que forma una parte muy visible del dolor del mundo. También en la isla edénica había gente mísera, y en el mismo San Juan está el barrio de La Perla, donde, según dicen, ni la policía quiere entrar. Mi padre, aunque ya se hubiese olvidado bastante de las cosas en que creía cuando yo era niño, me había enseñado entonces a no desentenderme nunca de ese dolor, a tenerlo presente estuviese donde estuviese, aunque solo sea por mantener el conocimiento del contraste certero que me permitiría una comprensión más lúcida de la realidad.

A menudo me sorprendo sintiendo los efectos de aquella inoculación, que nunca me permite disfrutar plenamente de los lugares y de las cosas. Sin embargo, Patricia era, es, del todo ajena al dolor del mundo. Siente compasión, tiene inclinaciones solidarias frente a las desdichas de la gente y las catástrofes colectivas, pero esa conciencia no es un intruso incómodo que permanezca siempre vigilante dentro de ella. Yo pensé al principio que era una simple contaminación del modo común con que en los Estados Unidos se miran los asuntos del mundo, al considerar que cada hombre, cada pueblo y colectividad son responsables de su felicidad y de su desdicha, y que cada uno debe arreglárselas como pueda. Luego comprendí que, aunque participara de ese sentimiento que está en la médula del egoísmo capitalista, en realidad Patricia pertenecía al ámbito un poco candoroso de un país que había sido colonia varios siglos, donde la esclavitud socializaba la pobreza y la hacía casi institucional, natural en la sociedad en que existía. Y yo pensaba que el país había pasado de manera repentina a una situación de tutela política que era favorable para propiciar, además de mucha parte de la vida subvencionada, una emigración a la sede imperial que dejaba la isla libre de testimonios de ese dolor. A mí me inocularon el remordimiento cainita, pero Patricia ha vivido siempre la inocencia feliz del edén, antes de la caída. Eva perfecta.

Se acercaba la fecha en que debía regresar a mi ciudad. Patricia ya había comenzado el papeleo para irse a la misma universidad en que yo estaba, para lo que tenía además toda la justificación, el precedente de su hermana. Dediqué un día a despedirme de la familia, y me homenajearon con una comida isleña muy sabrosa, tras escuchar a Hortensia y a Patricia tocar en el piano varias composiciones de un pariente músico.

La tía Carmelina tenía una sorpresa para mí, una carta de mi bisabuelo a aquella Hortensia de la que él había conservado también una carta cuyo verdadero sentido la Buli nunca había logrado desvelar. Reconocí la letra y hasta la tinta de mi bisabuelo, con sus rasgos inclinados y sus correctas proporciones a lo largo de los párrafos, pues era la misma letra y tinta de aquellas ordenanzas, lo que mi padre llamaba el proyecto de falansterio ganadero.

Tampoco en este caso se podía descifrar claramente su mensaje. Mi bisabuelo lamenta alguna negativa —«deploro, admirada señorita, la poca fortuna que mi sugerencia ha encontrado en usted»—, pero no se podía deducir la naturaleza de dicha negativa. Para tratarse de un asunto sentimental, un rechazo amoroso, por ejemplo, el texto está redactado de un modo que parece pertenecer demasiado a lo mercantil: «Parecíame una proposición plausible, muy ajustada a nuestros respectivos intereses, mas ante todo respeto los criterios que hayan podido fundar su definitiva resolución».

Entre otras cosas, mi bisabuelo se queja también de ciertas conductas ajenas que al parecer habían intervenido para perjudicar el pretendido negocio o acuerdo: «Es común tildar de vicioso y disipado el comportamiento del forastero y ser empero tolerantes con los mismos usos cuando son propios de nuestros familiares y amigos; éste ha sido el caso, aunque la honorabilidad y pundonor que en nuestro negocio hemos acreditado mi tío y yo ante la sociedad ponceña debería haber siquiera atenuado a sus bellos ojos, estimada Hortensia, lo que, si usted me lo hubiera permitido, le habría yo explicado con todos sus argumentos, pormenores y remates, para que no se hiciese enorme montaña de un minúsculo grano de arena».

La carta no era más explícita. Deduje de ella que se había frustrado algún tipo de posible relación entre ambos, aunque no estaba claro que fuese la matrimonial. La tía Carmelina me daba la razón, y Hortensia dijo que mi bisabuelo no debía de tener buena fama en Ponce, pues de otro modo la tía Hortensia, como ella llamó a su antepasada, no aludiría a un comportamiento que en la propia misiva se motejaba de vicioso y disipado. Entonces barrunté en Hortensia una repentina animosidad, pues atacar a mi bisabuelo aquella tarde parecía una manera de atacarme a mí. Pero aquella actitud no se volvió a repetir, y me pareció hallar en ello solo una respuesta desabrida a la evidente predilección que yo había mostrado hacia su hermana desde que la había conocido, aunque sin pensar que pudiese haber en ello despecho amoroso, sino un simple resquemor entre amigos.

Hortensia añadió que, además, estaba el asunto de la casa, la Villa Ubiña donde yo había visto a la anciana postrada, un asunto poco claro, dijo, pero la tía Carmelina se apresuró a atajarla, explicó que lo de esa casa nadie lo conocía bien. Yo quería saber más de la casa, Hortensia guardó silencio y la tía Carmelina solamente explicó que mi bisabuelo, o su tío, se la habían donado a una familia muy grande de antiguos esclavos de un cliente.

—Se cuenta que esa familia tenía una hija que era una negra bellísima —dijo entonces Hortensia.

—Se cuente lo que se cuente, el albacea fue el propio obispo, porque el bisabuelo de usted tuvo buenos amigos en todas partes, en la iglesia, en la política, en los negocios, y todo lo que se salga del acto de gran caridad que fue ese regalo es pecar contra los mandamientos —concluyó un poco abruptamente la tía Carmelina.

Tampoco yo quería seguir hablando de un asunto tan confuso y lejano, que perfilaba al parecer unas leyendas de la misma condición escurridiza y falta de pruebas que habían formado mi visión del Puertorriqueño en Isclacerta. Sin embargo, antes de marcharme de la isla quería echar otro vistazo a la casa, y lo hice después de comer, en compañía de Patricia. Había como siempre un aire de primavera, aunque con más calor que de costumbre, nadie paseaba por la calle y el silencio de la hora se empapaba con un olor dulce de las flores que colgaban en las verjas.

Tras las hojas de la portalada, aprisionadas por los matojos, el jardín estaba oscuro y vacío, aunque desde la trasera de la casa llegaba un eco de voces infantiles. Tardé unos instantes en advertir el cuerpo de la anciana señora derrengado en el sofá de bambú, y me pareció que sus ojos estaban abiertos. Desde aquella distancia, en que no se podía precisar el detalle de las facciones y la forma de los miembros, su imagen recordaba todavía más a la de la Buli en los últimos días, recostada en su cama.

—Ésta es la casa —murmuré.

Patricia comentó que era muy bonita, que ya la conocía, que en el barrio la llamaban el chalet suizo, que se decía que era de gente morena desde hacía muchos años por algún privilegio de la Iglesia, eso es lo que se contaba sin saber que había sido el primer propietario quien se la había donado. La anciana parpadeó y pude constatar que no dormía. Y yo supe que no quería hablar con ella, ni saber más de Villa Ubiña de su boca, nada más, declaré cerradas todas las leyendas del Puertorriqueño y decidí quedarme solamente con las que habían llegado hasta mí a través de la Buli, Noelia y mi padre.

—Vámonos —exclamé.

Ni siquiera en esos últimos días le confesé lo que con tanta fuerza empezaba a sentir hacia ella. No disimulábamos nuestra honda simpatía mutua, pero no hablábamos de ello, como si hubiéramos acordado tácitamente no mostrar a las claras nuestro secreto. Paseábamos de la mano, nuestros cuerpos se rozaban a menudo, pero manteníamos aquella atracción como un instinto mudo. La víspera de mi partida, en la penumbra vegetal de una placita de San José, nos besamos en la boca durante mucho tiempo.

27. Cristal de tiempo

Esta noche, mientras esperas, todo el tiempo americano ha cuajado en un enorme copo blanquecino que te rodea con sus cristalizaciones innumerables, porque el tiempo no se ha evaporado, ha ido vertiendo su caudal en este depósito que ahora se hace sólido para que puedas reconocerlo. Te ves otra vez al regreso de Puerto Rico, hablando con cada uno de tus profesores, enardecido en el proyecto de tu trabajo académico, quieres terminar tu tesis cuanto antes, te lo propones como una misión compleja, llena de dificultad, que debes llevar a cabo sin pensar en otra cosa, y te ves reencontrándote con Patricia cuando ella llega a la universidad en compañía de Hortensia, que desde entonces ya no es otra cosa que un rostro vagamente familiar, unas palabras cruzadas en las incidencias de la pura cortesía.

Patricia y tú formaréis el núcleo de este tiempo, un embeleso firme, consistente, que tiene a la vez evanescencia de sueño. Al día siguiente de su llegada tu desvencijado apartamento será testigo de vuestra primera entrega amorosa, un abrazo casi violento que os enlaza durante toda la noche. Alrededor de ti el calor de su júbilo, su ternura solícita.

Gracias a Patricia y al amor que os une este espacio es continuo, único, sin transiciones ni fisuras. Y en él están también los primeros episodios del regreso, aquellas navidades, las lágrimas de tu madre al recibirte en el aeropuerto, también está allí Jean Jacques, que te saluda como si te hubiese dejado de ver el día anterior, con la falta de calor de alguien ajeno, y en esa breve visita te reconcilias con aquella decisión repentina que un día te hizo dejar el mundo familiar y cruzar el océano, y tu madre te acaba diciendo que acepta al fin tu obstinación, cuando tú habías olvidado todas sus reticencias.

Ha pasado otro curso, Patricia y tú no vivís juntos pero estáis cada día más sujetos el uno al otro, vuestros abrazos tienen la misma demora e intensidad del primero, os confesáis muy a menudo vuestro amor, aunque sabéis que esa proclamación no es el conjuro necesario para la persistencia del afecto que os une, apuráis con avidez todos los minutos de vuestros encuentros.

Y Patricia y tú sois ya unos novios tal como ella lo quiere, con el propósito de casaros en cuanto defiendas la tesis y consigas trabajo permanente en alguna universidad. El *adviser* de tu tesis es el profesor Ildefonso Lin, y con él flotarás muchas veces en el lento bamboleo que preside vuestras jornadas de pesca, más entregados a la placidez de la ensoñación que al debate académico.

Un profesor llamado Joseph Schraibman, hace muchos años, catalogó todos los sueños de las novelas de Galdós en un libro, los premonitorios de los sucesos dramáticos, los que los desarrollan, los que sirven para resumir la acción, y el libro te sirve como cimiento seguro para levantar tus propios argumentos, haciendo que los sueños y los relatos de donde proceden formen grandes períodos dramáticos en los que vas desvelando el cañamazo histórico sobre el que se tejen las tramas, entrelazadas con otras recurrencias culturales y psicológicas.

Y la tesis se va componiendo, y tus propios sueños y los de Patricia se van trabando con ella, y todo se viene ordenando en esa imagen en que unas cuantas historias parecen repetir su forma para crear las partes más pequeñas e ir construyendo esa figura cada vez mayor que está toda ella alrededor de ti convertida en un cristal de tiempo.

Como si vivieseis una época ajustada a otras normas, Patricia te cuenta que su familia acepta con satisfacción vuestro noviazgo, que les encanta la perspectiva de establecer este vínculo con una familia española que hace cien años tuvo antepasados notables en Puerto Rico, así lo dice Patricia, porque también han acabado descubriendo a los antecesores de las mujeres del Puertorriqueño, pero seguís sin vivir juntos porque a ti la convivencia con Marta te ha dejado el temor al fracaso de esa relación diaria. No os separáis durante los fines de semana, hacéis largas excursiones y viajes para conocer otras ciudades y lugares, la condición de pareja resulta muy gustosa para vosotros, pero tú no te decides a la vida en común, al menos hasta que no concluya el episodio arduo de la elaboración de tu tesis, en que el profesor Lin y los demás que componen el tribunal son cercanos y afectuosos, pero que, ante los sucesivos capítulos que les vas enviando, responden siempre con retraso, sugiriéndote modificaciones que te obligan a un continuo replantear de las partes que repercute en todo el texto.

Y has terminado definitivamente la tesis, es otra vez primavera, a pesar del frío del lugar las ardillas han despertado en sus escondrijos y llegan al lago los grandes gansos del norte y otros compañeros alados. Isclacerta te sugería la unión con un pasado que te pertenecía, del que provenías, pero en este lugar tú eres también un animal de paso, de estación, como esas ardillas o esos somormujos, y sin embargo el lugar también forma parte de ti, no sientes ninguna nostalgia, el lugar se ha cargado de verdad y cercanía porque Patricia está en él, y piensas que cualquier lugar sería igualmente tuyo si lo compartieses con ella.

Sujeto por la conciencia de tu amor todo se entrecruza y ordena con simultaneidad esta noche en tu recuerdo. Y aquel esfuerzo que te tenía tan nervioso, que en muchas ocasiones te hacía temer que nunca pudieses terminar la dichosa tesis, es ahora evocado como un afán casi pueril. Pues al fin la defendiste, y fuiste doctor, y pocos meses después acudiste a aquel mercado de esclavos que tan puntualmente habías conocido a través de los relatos de Marta, y mantuviste entrevistas con profesores de unas cuantas universidades que parecían tener interés en tu colaboración.

Recuerdas ahora las idas y venidas, aquel ajetreo, y luego el que le sucedió, viajes en avión, en tren y en los modestos vehículos de la Greyhound para nuevos encuentros, intervenciones públicas, capítulos sucesivos de aquella búsqueda de empleo que se te presentan como unidos por ese hilo misterioso que Patricia, con lo que más tarde ella misma tacharía de absurda ligereza, atribuía entonces a todas las acciones y movimientos de la existencia, para encontrar por fin un destino profesoral, con la posibilidad de un contrato por cinco años, en una universidad de la costa del este, junto al mar, no lejos de un aeropuerto que os enlaza en vuelos directos con Madrid, con París o con San Juan.

Como si cada paso hubiese ido desvelando la ruta prefijada que ahora forma alrededor de ti una parte de esa gran cristalización de tiempo, te ves llegando al campus donde habías de comenzar tu nueva vida, ya como profesor, acompañado de Patricia, Patty, a quien han concedido una beca en tu mismo departamento. Árboles enormes envuelven con su verdor suave unos edificios grisáceos y rojizos de corte goticista, y te vas encontrando con los rostros y las figuras de lo que han de ser tus nuevos compañeros, como los personajes ante el decorado, en un escenario, para la interpretación de una obra a cuyo elenco tú también perteneces.

A partir de aquí, la lógica de lo que va a ir ocurriendo parece responder a esas líneas secretas que enhebraban para Patricia, cada vez más Patty y menos segura de la predestinación, todos los acontecimientos del mundo, como las piezas de un collar. Hasta este centro que ocupas en el gran cuerpo cristalizado, que es también el punto más denso de esta noche, llegan inexorables los fragmentos que van completando la materia de ese pasado, con la misma coherencia que ajusta las distintas secuencias de una ficción.

Acaso sea cierto que cada vida va tejiendo su propio relato, metamorfoseando su caos particular en una apariencia de orden que, aunque no tenga sentido, nos permite al menos asumirla y quizá comprenderla. La tuya llega hasta aquí desde esos días, todavía muy cercanos, de tu primer contrato como profesor, a través de un camino que parece trazado sin incoherencia. Y te ves recorriendo con Patty los alrededores del campus a la búsqueda del lugar en que ibais a vivir.

La costa es aquí muy recortada y las pequeñas penínsulas e islotes cercanos se multiplican como los pedazos de una sola pieza rota, dispersos en un pequeño trecho. En uno de los islotes hay un conjunto de viviendas, una serie de casitas unidas, iguales, que se asoma al mar, un agua muy tranquila porque el lugar está casi al fondo de la inmensa bahía. Un puente muy largo, que mejor podría llamarse pasarela, sólida, moderna, con pilotes de hormigón y balaustrada de acero con farolas, esbelta como un objeto destinado más bien a transbordos en el espacio que en el planeta, une el islote con la tierra firme, muy cercana. Tampoco está lejos la entrada al puerto.

Estás otra vez con Patty en el lugar, el mismo que ocupas esta noche, el día que lo descubristeis, escuchando el sonido del mar que alienta suavemente bajo la opacidad de la niebla uniforme y densa. La niebla oculta la perspectiva marina pero la evidencia de la soledad silenciosa y ciega os conmueve, las viviendas, recién construidas, son atractivas, suficientes, y parecen asegurar un cobijo adecuado frente a lo que se adivina tras la niebla, como si no se quisiese ofrecer a vosotros claramente, para no deslumbraros con su majestad.

Volveréis en un día diáfano, y podréis confirmar vuestra intuición del día de la niebla, pues el lugar es muy hermoso, agreste, un escenario de quietud entre rocas y plantas, civilizado por la urbanización sin perder demasiado de su naturaleza silvestre, aislado frente a la superficie bruñida del mar que se va extendiendo a lo lejos para dejar el abrazo de la bahía, solitario, lleno del eco apagado de unas olas que han perdido ya su fuerza cuando llegan a la orilla, unos metros debajo de la pequeña terraza que se abre ante la ventana central.

El día de la ceremonia nupcial, tu madre te dirá al oído, como si te confesase un secreto, que sin duda haces una buena boda. Empiezas a comprender lo que quiso decir esos días en que tu novia y tú recorréis la zona buscando el lugar en que vais a vivir después del matrimonio. El alquiler de esta casa frente al mar es muy caro para el sueldo que vas a cobrar y la beca de Patty, pero su padre os garantiza una ayuda que va a permitiros afrontar un pago suficiente como para comprarla, en este país en que las hipotecas no son agobiantes. De manera que compraréis la casa y comenzaréis enseguida los preparativos para vuestra boda.

Tu madre te dice al oído que haces una buena boda mientras a la puerta de la catedral de Ponce, la perla del sur, torres blancas con chapiteles de plata, esperáis a la novia entre los demás invitados. Hasta tu padre viste chaqué, dice que por segunda y última vez en su vida, la otra fue cuando lo hicieron académico, pero no podía llevar chaleco blanco, y en la mañana cálida, llena de luz, mientras tu madre te susurra al oído lo de tu buena boda y ves a tu padre tan sofocado por esas ropas de gran representación, piensas de repente en el Puertorriqueño, casi cien años antes, casándose en otra catedral con su primera mujer, la hermana de tu terrible bisabuela, ante una concurrencia de gentes que acaso por primera vez en su vida se vestían con tanta elegancia.

Sientes, o eres capaz de identificar conscientemente ese sentimiento, que tú resultas el heredero más claro del Puertorriqueño y de muchas de sus aventuras, que has cruzado como él el mar y vives un avatar que él acaso podía haber vivido en el mismo lugar en que tú te encuentras si lo que hay detrás de esas cartas cruzadas con aquella señorita Hortensia es más que una simple ruptura comercial. Y mientras lo consideras llega hasta ti Hortensia, la que va a ser tu cuñada, para hacerte una broma sobre lo formal de tu atuendo y la tardanza de la novia. Y en esta cristalización blanca que te rodea observas luego la llegada de Patricia en uno de esos enormes y absurdos automóviles de nombre intraducible que para la cultura norteamericana son el equivalente de las viejas carrozas nobiliarias europeas.

Sale Patty con su vestido de larga cola blanca, un velo rodeándola como un halo, el vestido y el velo absorben de súbito todo el brillo argentino de las torres de la catedral, y esa blancura es lo que ha teñido en la noche todos los fragmentos del cristal que te rodea, ese copo enorme en que se unifican tantos momentos, convertida la rigidez cronológica en una densa sustancia hecha solo de sentimientos.

La boda. Los padres de Patty y tu madre muestran su complacencia recíproca, el gusto de su naciente relación. Tu madre está elegantísima, parece una modelo sacada de alguna revista de moda, y los miembros artistas de la familia de Patty rodean a tu padre como una fiel comitiva.

Una fiesta que a ti te parece rancia, propia de otros tiempos, como esas bodas de banqueros o aristócratas que, teñidas por alguna coloración popular, sirven de argumento para muchos magacines semanales. También a tu padre le parece que has hecho una boda estupenda, y recorrerá el jardín de la casa de sus flamantes consuegros con cierto aire de copropietario. Le has preguntado por Isclacerta y te responde que no ha vuelto a ir allí, pero que por lo que le han contado lo han reformado muy bien, ha resultado un hotelito precioso, que siempre está lleno y solo cierra en lo más crudo del invierno. Te pregunta por la casa en que vais a vivir y te promete mandarte la casa de muñecas en cuanto estéis instalados.

Él no ha vuelto a Isclacerta pero tú sí volverás. El viaje de novios será otro de los regalos del padre de Patty. Primero visitaréis París, tus abuelos franceses tienen el aspecto de los tiempos infantiles aunque con los rostros y los miembros más temblequeantes, un aire quebradizo, te miran con recelo y llegas a pensar que hasta con la sospecha de que tú eres un nieto sobrevenido ficticiamente, un nieto inventado que ha irrumpido en su jardín para alborotar esa rutina tan centenaria en meses que tiene como principales elementos de su preocupación el riego de las hortensias, el recuento de las rosas, la comida de los perros, un control exacto de todos los incidentes que, cumplidos con puntualidad, señalan el pasar de lo cotidiano. Patricia ya conoce París, pero se compenetra mucho más con la ciudad ahora que tu madre se la va descubriendo, y tú las acompañas encontrándote tan extraño como tus abuelos han debido de sentirse ante este intruso, el joven esposo que recorre las tiendas de modas a la zaga de su mujer y de su madre sintiéndose ridículo y anacrónico.

Pero en esa enorme cristalización blanquecina está sobre todo Isclacerta. De los Países Bajos, de Suiza, de Venecia, entrevistos en rápidas visitas de turista ordinario, apenas quedan el brillo del agua, un quicio en una fachada, el aleteo de las palomas, confusos paseos por salas de museos comunicadas todas ellas por un mismo deambular. Después estará Madrid, donde os acogen tu padre, de repente muy paternal y hasta patriótico, y Chon, que muestra la confianza familiar de una especie de prima cariñosa.

Son días de recorrer las viejas ciudades castellanas cercanas a Madrid que Patty nunca ha visitado antes, calles, plazas e iglesias emparentadas borrosamente con Ponce y el Viejo San Juan, comidas en cuyo sabor está el antecedente directo de muchos platos para ella reconocibles. Y por fin os vais a Isclacerta, donde tu padre ha reservado habitación para vosotros. Viajáis en su coche y en el recorrido hasta esa montaña de dos cumbres que corona la comarca le vas contando a Patricia aquel primer viaje tuyo cuando, sin haber salido nunca antes de París, ibas descubriendo la extraña meseta ondulada y reseca, las colinas con sus castillos medio desmoronados, los pueblos terrosos, los gavilanes que sobrevuelan los sembrados, a lo lejos el alto e inarmónico cuerpo de los silos.

Llegáis a Isclacerta a la hora de comer, con el sol muy alto, y la casa presenta el ceño que le hace fruncir la luz vertical, pero el aire de todo lo demás ha cambiado, la antigua explanada es ahora de cemento y al fondo, donde estaba el estanque, se extiende una terraza con parasoles de rayas amarillas y verdes. A ambos lados de la pequeña escalinata de la entrada han colocado unas farolas de tres luces que le dan aspecto de edificio urbano, y el

interior ya casi no es reconocible para ti, con una distri-
bución de espacios en que la cocina se ha hecho mucho
mayor, y la vieja sala es ahora en parte comedor y en parte salón de reposo y tertulia de los huéspedes, eliminada la
pared que la separaba del vestíbulo.

Dormís en la habitación que era la tuya cuando vi-
sitabas el lugar, que apenas ha modificado su estructura,
pues de la de la abuela han salido dos, el cuartín que le
servía de antesala ha desaparecido y en el resto del piso no
quedan apenas señales de la primitiva ordenación. Por la
tarde habías bajado con Patty camino del Pozo del Puertorriqueño por el sendero que rodea la Nariz, habías buscado el prado de los Platillos, la cueva de los Colores, pero
el monte es ya una maraña casi impenetrable. Y en la noche apacible escucharás de nuevo los suaves murmullos del
bosque como otro mar que se quisiese acompasar a vuestros sueños.

También buscas a Noelia, más tarde, en la dirección de su hermana. Este tiempo le ha acarreado grandes
dolores de huesos y unas cataratas que la tienen medio
ciega, en espera de una operación. Palpa tu cara, palpa la
cara de Patty, llora, te abraza. Ya sabes que la vendieron,
dice, ya sabes que hicieron allí un hotel o no sé qué, añade, y tú no respondes nada, y al cabo os soltáis como si una
grieta en el suelo os obligase a separaros bruscamente.

Pensabas que Patricia estaba contenta, feliz, sin
imaginar que Isclacerta y todo lo que le pertenece pudiese haberla inquietado tanto. Pero en ese enorme cristal
blanquecino que te rodea late ahora esa zozobra suya que
tú has desconocido, que Patricia nunca te confesó, parece
que a ella no la sobresalta nada, como ella dice, por algo
es de la isla del Valium, está hecha naturalmente a la serenidad, a no perder la calma, pero Isclacerta resultará para
Patricia cargada de signos nefastos, como la casa de mu-

ñecas y todo lo que tuvo origen en ese antepasado que representa la primera señal de tu existencia en el mundo.

En el denso copo, la luz de mediodía pone en los muros de Isclacerta una sombra huraña, y en los ojos lechosos de Noelia una marca de ceguera, pero ya habéis dejado todo eso atrás, ya habéis cruzado otra vez el océano, y empezáis las tareas de todo lo que debe conformar vuestros hábitos, las jornadas en la universidad, las pequeñas exploraciones para conocer los puntos de avituallamiento, los paseos y excursiones de los días festivos, el acomodo a esta casa ensimismada frente a un mar suave, a menudo cubierto por la niebla en la que retumban las sirenas de los barcos que piden entrada en el puerto, los motores de las pequeñas lanchas que salen a la pesca de la langosta, los graznidos de las gaviotas, aunque en la noche, ahora mismo, no haya ningún rumor que pueda marcar las dimensiones y los límites reales del cristal blanquecino que te envuelve.

28. El heredero

El mariscal Regúlez irrumpió en el laboratorio seguido de sus edecanes. No se encontraba satisfecho, y lo demostraba dando fuertes resoplidos y furiosos pisotones. Se acercó al doctor Matamala y le increpó con grandes voces.

«¿Se puede saber qué jueguecito se traen ustedes?»

«Ignoro a qué se refiere usted, mi general.»

«¡Sabemos que les ha llegado información que puede ser muy importante para la defensa planetaria y ustedes nos la están ocultando!»

«Les ruego que tengan mucho cuidado al moverse», dijo el doctor Matamala. «Todo acá es muy delicado y peligroso, y en alguno de esos frascos hay especímenes que podrían matarnos a todos en menos de cinco minutos.»

Entre la comitiva del general hubo una ola de nerviosos retrocesos, pero él no se amilanó.

«¡Si ustedes los sabios le están ocultando algo importante al estado mayor de la defensa planetaria, se los llevará ante un consejo de guerra! ¡Y serán fusilados sin miramientos!»

«Le ruego que se calme, mi general.»

«¡Ya lo dijo el general Villa, sorprendidos in fraganti, fusilados in calienti!»

«No estamos ocultándoles nada, y le ruego que ordene a sus hombres salir del laboratorio, para que usted y yo podamos hablar a solas.»

El mariscal titubeó, pero al fin hizo un gesto adusto a sus acompañantes, señalándoles la puerta. La comitiva del general Regúlez, después de cuadrarse, salió del laboratorio con rapidez, y también lo hizo la doctora Blázquez, obedeciendo a una seña de su jefe. El doctor Matamala llevó al mariscal hasta su despacho y le hizo sentarse. Él se sentó luego a su lado.

«Aunque todavía puede ser un poco prematuro, le voy a explicar lo que pasa, para que se tranquilice, mi general.»

«¡Pues procure ser muy convincente!»

«Le aseguro, mi general, que no sería justo acusarnos a nosotros los científicos de falta de patriotismo planetario. Lo que pasa es que ustedes, los militares y los políticos, después de haber ignorado o motejado de fantásticas nuestras advertencias sobre la posibilidad de una invasión proveniente del espacio, ahora quieren conocer los resultados de nuestras investigaciones con unas prisas que no podemos atender.»

«¿Y se puede saber por qué?»

«Muy simple: el experimento más sencillo necesita tiempo, y en el caso de estas temibles berzas hay muchos aspectos que resultan desconocidos para la ciencia actual. Hay que hacer muchas pruebas y verificarlas todas, para evitar errores que podrían traer consecuencias fatales.»

«No me venga con pendejadas. Me dijo que me explicaría lo que está pasando.»

«Voy a explicarle en qué estamos trabajando ahora mismo y cuáles son nuestras hipótesis, pero no puedo garantizarle que los resultados vayan a ser los que todos desearíamos.»

El doctor Matamala le relató al furibundo general la aventura de J. Piñeiro, su incursión en la Primera Zona Conquistada, que solamente la alianza de sabios conocía.

El veterinario no solo había salido incólume de la Zona, sino que había tenido ocasión de comprobar la mortandad de las gruesas moscardas rojizas que acompañaban permanentemente a las berzas con sus revoloteos.

«¡Pero ustedes han ocultado información de altísimo valor estratégico! ¡A ustedes hay que fusilarlos a todos!»

«No pierda la calma, mi general, déjeme que le siga hablando de esos bichitos. ¿Usted sabía que tales moscardas son el agente polinizador de esos seres?»

«¡Ya le he dicho que no me sea pendejo, doctorcito! ¡Deje la ciencia para sus colegas y a mí hábleme en puritito para-que-lo-entienda, y procure convencerme, o lo saco de aquí esposado y camino del paredón! ¿Qué diablos les pasa a esas berzotas?»

«Sin esos bichitos voladores, las berzas no pueden tener semilla, y por consiguiente no podrán reproducirse. Ahora estamos estudiando en distintos laboratorios del mundo la causa de la muerte de esas moscardas.»

«¿Es que se mueren por algo especial?»

«Aunque todavía no podemos ofrecer un diagnóstico definitivo, le puedo adelantar, para cumplir con su amable insistencia, que al parecer hay en la atmósfera de nuestro planeta algo mortífero para ellas.»

«¿Y eso sería bueno para nosotros?»

«¡Vamos, mi general, eso sería nuestra única posibilidad, a la vista del poco éxito de nuestras armas! ¡Sin esos bichitos, la especie de las berzas no podrá aclimatarse aquí! ¡Aunque lo intenten, solo sobrevivirá la primera generación! ¡Si eso es cierto, mi general, la Tierra está salvada!»

La amenaza verde llegó en el mismo cajón que contenía la casa de muñecas, entre los paquetitos que envolvían los pequeños cacharros y los muebles minúsculos. Sin duda yo había metido allí inadvertidamente la novela, y cuando apareció entre las bolsas de plástico y los burujos de papel de periódico, la figura de aquella extravagancia hortelana con vaga simetría bilateral que disparaba rayos azules sobre unos seres humanos me trajo la imagen crepuscular del piso de la Rúa do Século y los ojos miopes de Noelia tejiendo al otro lado de la mesa camilla.

Era sábado y Patty dormía aún cuando yo salí a correr un poco. En los días libres me gusta madrugar y dar corriendo unas vueltas al islote, o atravesar la pasarela y llegar hasta tierra firme para recorrer el gran parque que se alarga junto a la orilla del mar, al otro lado de la carretera. Una hora más o menos de carrera que acelera los latidos de mi corazón, me oxigena, me hace sudar, me deja perderme en mis pensamientos como aquellos baños helados en la Poza del Puertorriqueño. Regreso por fin a casa, me doy una ducha, preparo el desayuno y despierto a Patty con unos cuantos besos. Pero cuando aquella mañana volví a casa Patty no estaba, y tampoco su coche, aunque una nota sujeta en la puerta del frigorífico me avisaba de que regresaría muy pronto.

Patty no había vuelto aún cuando llegó el camión con la caja. Al principio me desorientó aquel enorme bulto del que yo era destinatario, pero pronto supe que se trataba de la casa de muñecas. Los transportistas hicieron descender el gran paquete y lo llevaron al salón. Cuando me quedé a solas sentí la alegría de haber recibido un gran regalo. Quise que fuese una sorpresa para Patty y empecé a desclavar con afán los tablones.

Al ver la casa de muñecas, tuve la impresión de que no era la misma que yo había escrutado tantas veces en la penumbra de Isclacerta. Comprendí que la luz directa sacaba a la vista todos los daños de la edad, los desconchones y mellas, el oscurecimiento del empapelado y las rayas de polvo y suciedad incrustadas entre los cuarterones de las puertas y las tablas del piso. Claro que era la misma casa de la Buli, aunque el cambio de perspectiva y de iluminación le diesen una apariencia extraña.

Me dispuse entonces a sacar con cuidado lo que guardaban los paquetitos de periódico y de plástico, sartenes hechas con un alambre y una chapa metálica, taburetes de corteza de pino, un molinillo, cuadros, la bañera y los demás sanitarios, el aparador de la sala, lleno de conchas diminutas. Entre todas las miniaturas apareció *La amenaza verde* como un pasajero insólito de aquella peculiar arca de Noé en que se había convertido al fin el objeto preferido de la Buli, el talismán que enlazaba aquellos momentos míos ante la gran bahía atlántica y los últimos días en Isclacerta.

Permanecía vagamente en mi memoria la trama disparatada, pero no recordaba haber terminado de leer la novelita. Enseguida comprendí que había llegado casi al final, pero que me faltaban los últimos capítulos, apenas una docena de páginas. Sentado en el suelo de la sala terminé de leerla, llegué al final en que las grandes berzas se alejan del astro que no resultó la tierra prometida, abandonan el sistema planetario en su lúgubre nave, el doctor Matamala y la doctora Blázquez unen sus labios en un beso amoroso, y se manifiesta por último el escepticismo del autor: *A pesar de todo, los gobernantes de la Tierra no se hicieron más razonables,* cuando llegó Patty.

Al principio me pareció que la expresión jubilosa que es la señal más clara de su persona era la respuesta a la presencia de la casa de muñecas. Luego descubriría que no era así, pero cuando entró en la sala y se quedó mirando el juguete, en su rostro había la alegría de una sorpresa grata. Luego yo habría de saber que la sorpresa no era la que ella recibía, sino la que ella llevaba reservada para mí. El caso es que se acercó a donde yo estaba, me dio un beso y se sentó a mi lado:

—¡Se parece a nuestra casa! —exclamó.

Y fui consciente de que cada uno de los edificios que, alzados uno junto al otro, componen el conjunto que se levanta en este punto del islote, presenta esa forma de la casa de muñecas, la puerta en el centro de la planta baja con una ventana a cada lado, tres ventanas en el piso primero, la fachada cerrada en lo más alto por el tejado con una claraboya en el centro de un pequeño pináculo en forma de mansarda, aunque el juguete no tiene la pequeña terracita que hay en la habitación central del primer piso de la casa real.

Le dije a Patty que había empezado a desenvolver los pequeños objetos pero que había encontrado aquella novela de mi abuelo y que me había distraído en mi labor.

—La he acabado de leer ahora. Es lo último que estuve leyendo mientras la pobre Buli se moría. No sé cómo vino a parar con todas estas cosas.

—¿Y termina bien?

Me eché a reír.

—Unas terribles berzas galácticas no consiguen invadir la Tierra, pero a los humanos no nos corresponde ningún mérito. La cosa termina bien por azares de la biología. Creo que mi abuelo no era muy optimista, como es de comprender.

Hay algunas cosas a propósito de mis ascendientes que Patty no conoce aún, pero nunca le he ocultado las cicatrices familiares del enfrentamiento de la guerra civil que acaso hayan dejado también en mí algunos residuos insospechados. Me rodeó con un brazo y le conté historias de la casa antes de que siguiéramos abriendo los paquetes que guardaban platitos, un costurero con hilos y puntillas, unas tijeritas, sombreros y ropas diminutas, una cuna.

Cuando apareció la cuna, Patty me rodeó también con el otro brazo y murmuró a mi oído que íbamos a tener un hijo. Su ausencia había tenido como destino una visita al hospital, para confirmarlo. La besé y me quedé sin palabras. Luego confesé, casi sin saber lo que decía, que me costaba hacerme a la idea. Comprendí que no me entendía y la volví a besar. La encontraba tan exultante, tan satisfecha, que su felicidad era suficiente para mí, pero la noticia me anonadó, y luego descubrí que en aquel sentimiento estaba la idea de que una parte de mi ciclo vital se había cumplido, que iba a poner en el mundo un sustituto, y que tal idea me resultaba rara, lejana, propia de un sueño o de un relato ajeno.

Durante estos meses he ido viviendo con la misma extrañeza la gravidez de Patty y todos los incidentes con que ese nuevo ser va mostrando en su cuerpo cada vez más claramente su presencia. Entonces permanecimos mucho tiempo abrazados, sin decirnos nada, llegó la hora de comer y no nos habíamos enterado de que estábamos sin desayunar, nos fuimos a almorzar a un restaurante de la ciudad y por la tarde nos asomamos a la pequeña terraza de nuestra habitación para contemplar ese mar tranquilo, el mismo que surcaban los grandes veleros balleneros, el mismo que recorría el *Pequod* cuando inició su tremenda aventura en busca de la ballena blanca.

La novelita de mi abuelo enlazaba mi casa conyugal con Isclacerta, al otro lado del océano, pero aquel lugar era también una señal que me comunicaba con mis lecturas adolescentes y hasta me hacía sentir algo de la emoción de aquellas aventuras perdidas de los intrépidos balleneros. Yo podía ser uno de ellos, que antes de zarpar recibía la noticia de que su mujer esperaba un hijo.

Por la tarde acabé de sacar todas las piezas de la casita y la trasladé a nuestro dormitorio. Monté un tinglado provisional para que pudiéramos verla desde la cama y fui ordenando con cuidado los muebles y los cacharros que la ocupaban.

—Se ve que es muy vieja —dijo Patty—. ¿No ves lo vieja que es?

Durante todos estos meses he contemplado la misma masa plácida de ese mar que parece adormilado en la bahía, a veces cubierto por la niebla como por una colcha protectora de sus sueños. La cercanía del hospital en que trabaja el médico de Patty hizo muy cómodos los reconocimientos y los controles, y la vida en nuestra casa fue transcurriendo apacible y dichosa. Yo cogí el pulso a mis alumnos, cada vez más seguro de lo que les cuento, y encontré tiempo para correr, para leer, para escribir en el ordenador esta relación y también para empezar una actividad insospechada, la de construir pequeños objetos que van completando el ajuar de la casa de muñecas.

No muy lejos de esta parte de la ciudad descubrí una tienda de miniaturas, me arriesgué a montar una estantería minúscula que venía despiezada y sin barnizar, y mi habilidad manual resultó al parecer equiparable a la de otros miembros de la familia, pues he conseguido hacer reproducciones de cerámica ibérica con miga de pan y un fonógrafo aprovechando un pedazo de aguja hipodérmica y pequeños fragmentos de madera, plástico y papel.

Un día, Patty me regaló una placa de metacrilato en que, en grandes letras doradas, pone *True Island.*

—Así se va a llamar nuestra casa —dijo Patty—. A ver si de una vez te olvidas de esa Isclacerta.

—¡Pero si yo no me acuerdo de Isclacerta! —protesté.

Sin embargo, Patty, con esa intuición suya que es otro de los dones de su encanto, tiene razón. En la paz de mi casa de recién casado, esperando nuestro primer hijo, ante el mar de la gran bahía, casi siempre tranquilo, símbolo amniótico protector del proceso, a veces venían a mí imágenes de Isclacerta y evocaciones de la Buli, de Noelia, de las historias tantas veces escuchadas. Y mientras colocaba el letrero en la puerta de nuestra vivienda pensé que acaso la fascinación por Isclacerta y sus leyendas me haya hecho buscar, sin conciencia de hacerlo, esta otra Isla Verdadera en que he venido a parar, este islote en el mar de los relatos de ballenas donde todavía pueden encontrarse fondeados los últimos veleros de tres palos supervivientes de un mundo ya indescifrable.

Claro que me acordaba de Isclacerta, y en más de una ocasión, mientras Patty, con los ojos brillantes y las mejillas sonrosadas, la respiración estremecida, tocaba en el pequeño órgano los temas románticos que tanto la conmueven, poniendo en el aire polonesas y nocturnos, se me ocurrió que mi embeleso podía ser el eco exacto del embeleso con que el Puertorriqueño escuchaba en su fonógrafo sonar las melodías a cuyo reclamo llegaban a escondidas los jóvenes de la comarca para escuchar aquella música maravillosa.

Una vez, cuando ella terminó de tocar, le dije que había tenido razón cuando nos conocimos, que todo está unido por sutiles enlaces, que acaso a mí me había tocado cumplir aquella felicidad que el Puertorriqueño no pudo alcanzar. Patty se me quedó mirando durante un rato sin decir nada, y al cabo me contestó que aquello de que todo estaba enlazado era una bobada, que lo había dicho por decir, porque yo le gustaba y quería darme razones para acercarnos más, que nada está escrito, que nosotros nos hemos conocido por puro azar, que no debemos nada a ninguna predestinación, como nuestra hija, entonces ya sabíamos que iba a ser una niña, iba a ser solamente fruto de nuestro amor, sin que ningún otro acontecimiento hubiese intervenido para originarla.

Era el momento de la noche en que Patty redacta su diario, un tiempo en que la jornada parece remansarse y dejar girando lentamente delante de nosotros todos los fragmentos más memorables, cuando ella sentada en el pequeño escritorio que le regaló la tía Carmelina y yo tumbado en la cama, más que conversar, enlazamos un monólogo de evocaciones dispersas sobre las experiencias del día que termina.

—Nunca lo dije en serio, Pablo Tomás, hablaba por hablar, hay una línea biológica, claro, unos genes, pero aparte de eso cada uno de nosotros vive por primera vez, claro que puedes tener fortuna o desdicha, pero nada más determina lo que nos suceda, olvídate de una vez por todas de aquella casa y de la vida de tu bisabuelo.

A mí me hacía reír que se lo tomase tan en serio y hasta le decía que los cambios del embarazo le habían modificado la manera de pensar, que cuando la niña naciese recuperaría sus antiguas ideas, y por provocarla un poco, siempre en broma, solía a veces insistir en que yo era el heredero afortunado del Puertorriqueño, que ella era la primera y única Soledad de mi vida, Soledad-Patricia, y que True Island era nuestro paraíso, éramos el Adán y la Eva de esta casita nuestra que parece una ampliación de la casa de muñecas erigida en nuestro dormitorio, la Isclacerta de todas las Isclacertas que en el mundo han sido.

—Una Isclacerta inició el siglo veinte y otra Isclacerta, ésta con nombre inglés, empezará el siglo veintiuno —dije.

Pero Patty se echó a llorar y me quedé desconcertado, porque no podía imaginar lo que pudiese haber habido en mis palabras que le hubiese hecho tanto daño.

—Pablito, por favor, olvida todo eso, nosotros somos únicos, y nuestra hija será también única, nueva en el mundo, olvida todo eso, por favor.

Me horrorizó tanto verla sufrir que odié mi manía de hablarle del Puertorriqueño, de Isclacerta y de todas aquellas viejas historias que yo arrastro, y le prometí que nunca jamás me referiría a ello. Sus lágrimas sabían saladas en mi boca y dejó de llorar mientras la seguía besando y acariciando.

—No es eso, Pablo Tomás, no quiero pedirte que olvides de dónde vienes, quién eres, pero tú no eres aquel hombre ni yo aquella mujer. Cada uno de nosotros vive por primera vez en el mundo. Yo quiero vivir por primera vez en el mundo y ser solo yo. Me asusta pensar que puedo estar rodeada de fantasmas.

29. Del diario de Patty

***Dear Diary, qué olvidado te tuve durante todo este tiempo, no sé si vas a perdonármelo, te llevé en la maleta pero casi no me he acordado de hablar contigo, y es que ha sido un viaje muy complicado, veo que apenas anoté «Primer día en París», «Versalles», «Chartres», la fecha y un poquito más, la pura cita del lugar que habíamos visitado aquel día, «Las góndolas, un verdadero tren de góndolas», «Ginebra, la casa de Borges», y muchas veces ni siquiera una anotación. Llegábamos tan cansados al hotel que no tenía fuerzas ni para abrir tus páginas, pero ahora estoy en casa, esta casita nuestra preciosa frente al mar, y a esta hora no voy a dejar de estar contigo ninguna noche, te lo prometo, como he venido haciendo durante tantos años, aunque Pablo Tomás se ponga celoso.

El viaje estuvo todo él muy bien, acaso visitamos demasiados lugares, a mi papá le encanta enumerar todos esos países cuando nos pregunta qué tal nos lo pasamos, parece como si disfrutase de ellos a través de nosotros, y no he querido decirle que lo mejor fueron París y Ginebra, para que no piense que hubo sitios que no merecían la pena, hasta la propia Roma se ve demasiado vieja, a mí me dan un poco de tristeza esas ruinas que parecen cadáveres a medio enterrar.

Pero lo peor de todo, querido diario, resultó esa casa que Pablo Tomás tanto quiere, un lugar que no encontré ni acogedor ni amistoso, perdido entre unos bosques oscuros, húmedos, fríos, que sientes que pueden guardar dentro unas fieras terribles que acaso van a asomar en cualquier momento.

La misma tarde que llegamos, Pablo Tomás quiso que caminase con él por el bosque para enseñarme los lugares en que él jugaba cuando era niño, pero no teníamos ni la ropa adecuada ni el calzado conveniente. Insistió tanto que me daba pena no complacerlo, y entramos en ese bosque que asusta por lo sombrío y apretado de los árboles, y al fin tuvimos que regresarnos sin haber visto casi nada de lo que él quería mostrarme, porque la maleza lo ha invadido todo, él dice que ya no quedan ovejas ni la gente se lleva la madera para cocinar ni para calentarse, solo pudo enseñarme una roca muy grande que llaman la Nariz y que sí lo parece, de niño le contaban que era la de un gigante allí enterrado y a mí me dio algo de miedo estar los dos tan solos, se oía a lo lejos cantar un pájaro muy extraño y Pablo Tomás me dijo que cuando era niño también le contaban que el canto de ese pájaro, un par de sonidos que se repiten muchas veces, indica el tiempo que falta para que se cumpla lo que le preguntes, desde la fecha de tu matrimonio a la de tu muerte, pero yo quería volver al hotel y al fin lo hicimos, porque además, como te dije, con los zapatos que llevábamos apenas se podía caminar por allí.

No me gustó el bosque y no me gustó la casa, un edificio enorme, una especie de chalet suizo deformado por el tamaño, poco gracioso, con una escalinata delante de la puerta principal que parece la barbita en la cara de un ogro. Pablo Tomás me había contado muchas cosas tristes a propósito de aquel sitio, y yo iba allí con curiosidad, pero en cuanto sentí el lugar me encontré a disgusto, me pareció que los recuerdos dolorosos lo empapaban todo, y ese árbol que para Pablo Tomás es tan sugestivo, que guarda bajo él tantos cuerpos y objetos enterrados, aunque no sé cuánto habrá de cierto en lo de los enterramientos, me pareció que era el símbolo mismo de tanta tristeza acumulada, tan solo allí, apartado de un bosque que no es de su especie, con su gran copa de hojas oscuras que lo hacen tan sombrío y desolado.

***Dear Diary, cuando nos conocimos Pablito y yo, él me contaba cosas de su bisabuelo. A mí me parecía maravilloso que el descendiente de un hombre que había vivido en Ponce tantos años antes y yo acabásemos enamorados, y quería ver en ello el final de una serie de casualidades felices, pero ahora ya no me gusta tanto pensar así y hasta no quiero que Pablito crea que existe de verdad esa cadena. Sin embargo, fíjate qué paradoja, esta casa nuestra en un lugar tan bello, frente a ese mar siempre quieto por el que sale el sol, parece que le trae a menudo el recuerdo de las historias de ese bisabuelo suyo, no sé por qué, aquel lugar está perdido en las montañas, entre bosques oscuros, y esto está lleno de luz hasta cuando la niebla lo cubre.

Pablo Tomás dice que se siente el heredero de aquel hombre y yo le pregunto pero qué has heredado tú, lo que te vayan a dar por esa casa que parece la mansión del conde Drácula, nada más tienes que ver con aquel hombre que era un aventurero, la tía Carmelina dice, pero esto no se lo voy a contar nunca a Pablito, querido diario, que su tío y él tuvieron que marcharse de Ponce porque la gente los rechazó, no supieron mantener ciertas distancias, según la tía Carmelina, en sus tiempos aquello de la esclavitud estaba todavía muy reciente y había que saber comportarse con los antiguos esclavos, pero el bisabuelo de Pablito, porque hubo de ser él, el tío ya entonces debía de tener demasiada edad, tuvo un comportamiento inconveniente con una muchacha de color, se dice que andaba como enloquecido, la llevaba a todas partes como a una dama de la mejor sociedad, una muchacha de una familia de liberados cuando así lo dispuso la ley. El asunto creó ciertos problemas sociales y hasta tuvo que intervenir el obispo, y el bisabuelo de Pablito acabó abandonando Ponce, aunque dejó en plena Vigía Hill a aquellos antiguos esclavos como propietarios de su casa, una afrenta que nadie le había perdonado y que hizo que la parte en que se alza esa casa quedase como un territorio apestado, y todavía hoy ninguna de las familias conocidas vive por aquel lado de la colina.

La tía Carmelina asegura que aquella historia le costó al bisabuelo de Pablo Tomás la mano de una de las más ricas jóvenes de entonces, aunque yo por ahí me alegro infinitamente, porque esa señorita era de los antepasados de mi familia, querido diario, y si el bisabuelo de Pablito se llega a haber casado con ella quizá las cosas no hubiesen sido como son, y tal vez Pablo Tomás no existiría, o yo misma, o habría una única persona, no sé si hombre o mujer, en que él y yo hubiésemos venido a resumirnos, o sea, que cógelo suave, querido diario, mejor que las cosas hayan sido así como son, y que ese bisabuelo al que Pablito llama el Puertorriqueño se hubiese ido al Viejo San Juan y después hubiese regresado a España, para engendrar allí su propia descendencia.

Sin embargo, a mí no me gusta que Pablo Tomás lo recuerde tanto, hoy mismo cuando dijo que podíamos ponerle a esta casa nuestra un nombre, y que por qué no llamarle Isclacerta, como aquella de la familia Monster que levantó su bisabuelo en aquellas montañas españolas, yo repliqué no, mi amor, déjame que yo le ponga el nombre, y después de pensarlo decidí que la casa se va a llamar True Island, no sé si quiere decir exactamente lo mismo que, según me contó Pablito que le dijo esa novia que tuvo, significa Isclacerta, pero sin duda True Island es otro nombre diferente, y ya no arrastra nada de aquel tiempo, ni de aquellas montañas oscuras, ni de aquel bisabuelo extraño y con tan mala suerte, que todo hay que decirlo, y está en el idioma principal de este país en que vivimos, sin fantasmas ni deudas con el pasado.

Hoy encontré una tienda en Market Street donde hacen carteles para oficinas y despachos y se lo encargué, les expliqué que quería ponerlo en la puerta de mi casa y les pareció un nombre muy bonito y una idea muy divertida, y me lo van a tener listo enseguida.

***Dear Diary, siempre dicen que los peros del matrimonio son eso de tener que adaptarse cada uno a la vida del otro, para hacer una vida distinta que es de dos. Las cosas no van mal entre Pablito y yo, todo lo contrario, él es bastante ordenado y hasta tiene paciencia para ordenar lo que yo descoloco. Acaso lo más nuevo en esto de la vida matrimonial es tener que conseguir un ritmo de tiempo que sea el mismo para los dos. Pensamos que el tiempo es igual para todos pero cada uno tiene el suyo propio, y un matrimonio, una pareja que haga vida en común, tiene que ajustar los dos relojes y conseguir una sola hora, y yo creo que eso es lo más difícil de todo, más allá del cariño que se puedan tener.

A mí lo que me preocupa es que el reloj de Pablo Tomás no marque las horas de este tiempo, sino de otros tiempos que ya no existen, que en muchas ocasiones se ponga a recordar esas historias que no son suyas y que me interesaban cuando éramos novios, pero que ahora ya no me parecen divertidas sino lamentables. También a veces se pone a decir cosas absurdas, que en realidad hubo en su vida un Pablo Tomás falso, que el verdadero estuvo secuestrado por las hadas, y así, y todo viene de aquella vieja casa llena de malos recuerdos.

Tampoco creo que sea bueno que ponga tanto interés en mantener las costumbres de su casa, de su familia, de su país, claro que a mí me gustan las comidas de mi isla, y que las echo de menos muchas veces, sobre todo cuando sé que es fiesta allá y que están preparando en la cocina algo bien rico para comer, pero yo le digo que ya estamos aquí para vivir muchos años, quién sabe si toda la vida, y que él, sobre todo él, pues yo soy ciudadana norteamericana, tiene que acostumbrarse a las comidas y al modo de vida de acá, dejar su orígenes para las vacaciones, y además muchas cosas de la cocina norteamericana son bien sabrosas, muchas cocinas se han mezclado para producirla, y ese sentido práctico que hay acá es bien wilson, quiero decir que es bien buena cosa.

Algunas veces, como esta tarde, hablo por teléfono con su mamá y le digo que Pablo Tomás no comprende que no estamos en Europa, se lo digo en broma, pero su mamá luego habla con él y algo debe de reprocharle cuando Pablo Tomás me mira con tamaños ojos y le dice que lo sabe muy bien, y luego me ha preguntado que qué le he dicho a su mamá y yo le he contestado que nada, y le he dado muchos besos, porque lo quiero, Dear Diary, estoy tan enamorada de él como el día del flechazo, cuando mi hermana Hortensia me lo presentó y me dio una envidia grandísima porque el muchacho me había entrado por los ojos al primer vistazo, lo quiero, nos queremos, y te voy a decir una cosa que todavía no le he dicho a nadie, ni siquiera a Pablito, y es que quizá haya señales, ya tú me entiendes, quizá haya señales, pero pronto saldremos de dudas.

***Dear Diary, como hoy ha sido doce, la misma fecha de nuestra boda, he llegado a casa con el cartelito que dice True Island en letras doradas sobre fondo transparente, y Pablito se ha llevado una gran sorpresa, y desde el primer momento le ha parecido muy bien, y lo ha colocado en la puerta de entrada. Me ha preguntado que cómo se me ocurrió y yo le dije si no significaba True Island lo mismo que Isclacerta, y movía la cabeza como si estuviese haciendo cálculos mentales y deduciendo conclusiones asombrosas, pues claro que sí, me decía, eres inteligentísima y te quiero mucho, pero yo sé, Dear Diary, que True Island no es lo mismo que Isclacerta, y que acabará haciendo que Pablito deje de pensar tanto en todo aquello, porque un nombre nuevo puede darle una forma nueva a lo que nombra.

***Dear Diary, qué alegría, hoy tengo que marcar esta fecha con letras muy brillantes, ya te dije hace días que quizá hubiese señales, y me hicieron unas pruebas, y los resultados estaban esta mañana pero yo quería darle una sorpresa a Pablito, y aproveché el rato en que él sale a correr para acercarme al hospital, y la enfermera me dio el sobre y vi enseguida que era positivo, y ya tengo consulta para el próximo martes. Cuando regresé a casa me encontré con que el papá de Pablito nos ha enviado la famosa casa de muñecas. Yo estoy tan contenta que aún ni le he echado una mirada detenida a la antigualla, y hasta le ayudé a Pablito a ordenar las cositas pensando en cómo decírselo, y cuando no pude aguantarme más se lo solté, y él se quedó al principio asombrado, no era capaz de hablar, sin duda de la emoción que sentía, y enseguida me abrazó muy fuerte, me llenó de besos, tan contento como yo. Soy muy feliz.

***Dear Diary, sigo sin tener molestias pero quiero contarte hoy algo que no te había contado antes. Ya te dije que cuando llegó la casa de muñecas yo estaba tan feliz con la noticia de que iba a tener un hijo que no le di importancia. Pablito me consultó para instalar la casa en nuestra alcoba y yo le dije que hiciese lo que quisiese. No te imaginas lo mucho que trabajó para hacer una peana de madera, que forró con una tela, y encima dispuso la casa, enfrente justo de nuestra cama, a un lado de la ventana.

No te había contado antes que esa casa, por la pintura que tiene, aunque ya esté muy destartalada y llena de arañazos, el óleo un poco apastelado con que antes lacaban la madera, parece que refleja un poco la luz, por poca que haya, y en lo oscuro brilla un poquito, como si estuviese pintada con un barniz algo fosforescente.

Pocas noches después de tenerla allí puesta comencé a fijarme en el resplandor, y sin querer pensaba en todo lo que le había sucedido a la casa, tal como me lo había relatado Pablo Tomás, el viaje de novios en que su bisabuelo se la regaló a su primera mujer, las horas que ella le había dedicado, pienso yo que a falta de mejor entretenimiento, en aquel lugar tan abandonado entre los bosques, y luego las aventuras de la casita en manos de la abuela de Pablito, hasta quedar otra vez puesta en la casa de las montañas y servir de diversión en aquellos inviernos espantosos para sus abuelos.

Pensaba en los infortunios que habían ido sucediendo ante el juguete, y cuando aquella noche me quedé al fin dormida tuve mi primer sueño con ella, un sueño muy breve pero difícil de recordar, la casa de muñecas era mi casa de Ponce, yo era niña y estaba sola, no había nadie en la casa, ni siquiera Josefita, debía de estar en el jardín con mi hermana y yo salía al jardín y estaba también solitario, y me pareció que me llamaban desde lejos pero no era capaz de identificar la voz ni de entender bien lo que decía, y yo me sentía muy angustiada en aquella soledad, al escuchar aquella voz extraña que no comprendía.

Ése fue mi primer sueño con la dichosa casa de muñecas, querido diario, y te lo cuento hoy porque se ha vuelto a repetir, yo no sé si su brillo suave en lo oscuro hace que perciba su forma incluso con los ojos cerrados, pero otra vez he soñado que estaba sola entre los mueblitos y que alguien a quien no he podido identificar me llamaba de lejos, me decía algo que yo no podía entender desde algún punto de la colina, también vacía y solitaria, y que yo me sentía muy inquieta.

***Dear Diary, lo peor de la casita de muñecas es que Pablito, cuando está en casa, ya casi sólo emplea en ella todo su tiempo. Se sienta en el escritorio de la sala y, mientras yo toco algo de música o veo la televisión o repaso mis trabajos de la universidad, él dispone sus tarritos de pintura, sus pinceles, sus pequeñas herramientas, y se pone a trabajar en alguna miniatura como si fuese el trabajo más importante de su vida. Claro que a veces también repasa sus trabajos de la universidad, los que lleva en la cartera negra, y otras veces escribe en la computadora esa crónica de Isclacerta, como él la llama, querido diario, que me parece que le convendría dejar de escribir de una vez, porque es como seguir dándole vueltas y vueltas a lo mismo, pero la mayor parte del tiempo se lo pasa entretenido haciendo cositas para la casa de muñecas, que es otra manera de seguir atado a aquellos asuntos tan tristes.

Hoy le dije que me parecía enfermiza su relación con todo ello, acaso fui un poco cruel, y se extrañó muchísimo. Le dije que tenía que vivir su tiempo, que lo que vivieron su bisabuelo y sus abuelos solo les perteneció a ellos, que empeñarse en mantener la misma onda no podía ser sano, y él me contestó con mucho cariño, me dijo que formamos parte de lo que nos ha precedido, que para bien o para mal somos sus herederos.

Querido diario, yo no estoy nada de acuerdo con eso, y le dije que las últimas teorías físicas tampoco, el espacio-tiempo es una dimensión que está ahí, que no pasa, somos nosotros los que pasamos, el bisabuelo de Pablito pasó, sus abuelos pasaron, consumieron su tiempo, y él ha de consumir el suyo sin sentirse ni obligado ni comprometido por lo que lo antecedió, pero se echó a reír, me contestó que yo tengo la suerte de no tener detrás una historia tan larga y tan triste como la suya, y con esto pareció quedarse tan tranquilo, convencido de tener razón.

***Dear Diary, después de la charla que ayer tuvimos Pablito y yo me quedé muy incómoda y tardé bastante en dormir, con los ojos fijos en el brillo leve de la casa de muñecas. Ya sé que a ti no te parece que mis quejas sean absurdas, ya sé que tú conoces bien lo que pienso de esa casa de muñecas y de esa manía de Pablito de querer vivir con ella y sus recuerdos como si formasen parte de esta vida suya y mía de ahora. Tardé en dormir, como te digo, y al fin tuve un sueño horroroso, que se me olvidó nada más despertar pero que era horroroso, repito, horroroso porque también estaba en él mi bebé, recién nacido, aunque no pueda recordar el argumento ni por qué me afectó tanto.

Estoy segura de que era un sueño en la casa de muñecas, porque cuando conseguí salir de la pesadilla, su bulto delante de la cama me pareció la abertura misma de la que había logrado escapar para despertar al fin, y di muchas voces, lloraba a gritos, pero me encontré rodeada por los brazos de Pablito, que me preguntaba muy amoroso y asustado qué me ocurría, en qué cosa terrible estaba yo soñando, y yo le dije que no quería que esa casa de muñecas siga en nuestro dormitorio, que no quiero verla nunca más, que por favor la quite de ahí, que me da malos sueños, que está saturada de momentos dolorosos y malos augurios.

Él me dijo a todo que sí, y hoy por la mañana, mientras tomábamos el desayuno, me ha preguntado que qué tal me encontraba, y que si era verdad que no quiero tener más para nada en el cuarto la casa de muñecas, y yo he sentido que mis miedos de la noche son tontos si se comparan con la importancia que Pablito le da a ese juguete, que lo ve y lo siente como un talismán, y le he contestado que le quiero mucho, que estoy enamoradísima de él, que puede tener en nuestro dormitorio lo que le dé la gana, y me he prometido a mí misma intentar no mirar más esas ventanitas, esa fachada de color desvaído, esos pequeños objetos ajados, como me he prometido no preocuparme más de sus recuerdos, dejar que se entretenga lo que quiera evocando a su bisabuelo y a toda esa gente tan triste de la que proviene, a mí qué más me da, yo estoy casada con él y no con ellos, no voy a amargarme nada más por eso, me lo prometo, te lo prometo a ti, querido diario, y Pablito me besaba muy amoroso, y nos quisimos mucho, mucho.

30. Vuelta a empezar

El sonido del helicóptero se alejó y entre la niebla, que también se había apoderado de lo que quedaba de la hoguera, junto a la luz blanquecina del automóvil, comprendiste que aquello tan sencillo, la niebla, el ruido del helicóptero, el resto de la hoguera, las luces del coche, eran la realidad, una cosa nada complicada, hecha de pequeños fragmentos casuales que acaban encajando de modo natural aunque pudiera parecer imposible, nada misteriosa, y desde luego construida con una materia que te aseguraba que no ibas a despertarte para encontrar a Patty a tu lado respirando con suavidad, y frente a la cama esos brillos leves en que la costumbre puede descifrar algunas ventanas de la casa de muñecas, porque estabas despierto, y alrededor de ti permanecía esa niebla tan espesa como una nube y tan cargada de agua que había empapado tus ropas, el frío te agarrotaba ya los brazos y las piernas y sobre todo aquello no era un sueño porque no sentías miedo ni congoja, sino ese dolor también sencillo, inconfundible, carente de retórica, que solo persiste en la seguridad de la vigilia.

El sonido cada vez menos audible del helicóptero y las brasas de la hoguera eran los datos finales de todo lo que significaba aquel dolor. La niebla ya había estado extendida, cubriéndolo todo, desde las primeras horas de la mañana, y nunca había dejado que el día aclarase. Iba a ser un domingo raro, de encierro hogareño, y después de comprobar la causa de la penumbra, que no se correspondía con la hora, dejaste a Patty dormida y bajaste a preparar el desayuno, sin decidirte todavía a salir a correr.

Desde dentro de la casa, en la pobre claridad que dejaban pasar los cristales de las ventanas, se podía sentir la niebla como un vacío que ponía el lugar más silencioso que de costumbre, haciendo menos sonoras las sirenas de los barcos, que parecían los mugidos lejanos de un rebaño disperso y desorientado. La niebla se había apoderado del día y te impregnaba también a ti con su poder como para hacer que las cosas se apagasen y perdiesen su orientación y su certeza.

La niebla parecía reflejarse también en Patty cuando se levantó, con aire de sueño, más ausente que otras mañanas, y tú la besaste, le preguntaste si estaba bien, disimulando el desánimo que la opacidad de la niebla había conseguido despertar en ti.

Claro que estoy bien, mi amor, te contestó, devolviéndote los besos, y colocaste tu mano sobre su vientre para acariciar a la pequeña Patricia que allí dentro vivía sus primeros sueños, y le dijiste que creías que os esperaba un largo día encerrados, pues aquella mañana no se veía a dos pasos. Pero no os iba a faltar nada de nada, añadiste, e intentabas sacudir el desaliento que se había infiltrado en ti imaginando cómo rellenar con actividades culinarias, música de ópera y algún vídeo de las viejas películas admiradas las horas oscuras que iban a dar forma al día.

Ya a las cuatro de la tarde casi no había luz. La niebla era aún más espesa que en las primeras horas de la jornada y formaba pegada a las ventanas una pared grisácea. Patty se había acostado otra vez, y aunque no dijo nada te había parecido que no se encontraba del todo bien.

Transcurrió un largo tiempo en que el silencio de la casa era el eco espeso y mudo del silencio de la niebla, y tú decidiste aprovechar ese tiempo para seguir escribiendo esta crónica. Pero de repente te había sobresaltado un sonido insólito, nunca escuchado antes con aquella violenta urgencia, una sirena muy cercana, el aviso de un barco que se repitió varias veces como un berrido desesperado, y enseguida resonó un estrépito gigantesco, una explosión atronadora.

Patty gritó y te llamaba desde la habitación, y subiste para tranquilizarla, porque la casa estaba bien, debía de haber sucedido algo afuera, acaso una colisión de barcos en el mar, le prometiste a Patty que regresarías enseguida y saliste a la niebla.

Ni siquiera la calle era visible, apenas la acera bajo tus pies marcaba una claridad muy leve, las farolas, encendidas a pesar de la hora, eran débiles cuajarones lechosos sin fuerza para nada más que mostrar levemente su presencia. Seguiste casi a tientas la dirección del puente, de donde procedía el resonar de nuevos crujidos y gritos humanos. Otros bultos de gente vecina llegaron hasta allí y al cabo supiste que un gran barco desorientado por la niebla acababa de abordar la pasarela. Entre la montaña de niebla gris oscura se podía atisbar el cuerpo más negruzco del navío, y seguiste la barandilla del puente hasta el punto en que tanto ella como el propio firme de la carretera habían sido violentamente destruidos.

Sentiste entonces lo funesto de esa niebla casi líquida, que seguía ciñéndose a todas las cosas, que mojaba tu ropa, y regresaste a casa lo más rápido que aquel caminar a tientas te permitió, a trompicones entre los obstáculos inesperados que parecían haber brotado de repente en el paraje cotidiano, bocas de riego, pequeñas vallas, faroles de jardín.

Regresaste a casa para oír los gritos de Patty que te llamaba llorando, que acaso no había dejado de llamarte durante el tiempo en que habías estado ausente para comprobar el abordaje desastroso. Entonces fue cuando Patty te confesó que no se encontraba bien, que había creído sentir algunas molestias aquella mañana pero que las molestias no se habían calmado, eran ya dolores fuertes, y pudiste comprobar que bajo su cuerpo la cama estaba manchada de sangre.

Habíais elegido una casa frente al mar apacible de la bahía, en un islote comunicado con la costa por una buena carretera que cruzaba un puente moderno, con un centro comercial a dos millas y un hospital no mucho más apartado, y comprendiste que tenías que mantener la calma entre aquella niebla destructora, que no pertenecía a los sueños aunque no fuera difícil imaginarlo, que parecía haber sido arrojada sobre vosotros para producir el azar de aquel accidente y demostrar que todas tus seguridades y cautelas podían ser aplastadas como la mano, con un pequeño esfuerzo, destruye los mueblecitos y los cacharros de una casa de muñecas.

Telefoneaste al hospital y explicaste lo que había sucedido, aquel aparatoso encontronazo de un barco con el puente. No podías llevar a Patty al hospital, porque la carretera estaba destruida, pero ella necesitaba ayuda de los médicos, perdía sangre, se quejaba de fuertes dolores.

La voz de la persona que te atendía era amistosa, reflejaba el tono de tu preocupación. Tomó tus números y te pidió que esperases, y no tardó mucho en llamarte para decirte, ahora con un tono contrito que seguía alentando tu ansiedad y tu miedo, que el helicóptero no podía salir, que no había posibilidad de ver nada para las maniobras. Pero tú le manifestaste más claramente tu angustia, los quejidos de Patty resonaban detrás de tu voz como la certificación fiel de tu zozobra, le explicaste que vivías muy cerca, el puente, el islote, la urbanización eran suficientemente conocidas.

Sin perder nada de su simpatía, la voz dijo que seguiría consultando, y volvió a llamarte al rato para informarte de que, si las condiciones continuaban así, el helicóptero no tenía ninguna seguridad para volar. Pero insististe tanto, tus súplicas eran tan penosas, que le pasó el teléfono a otra persona, algún facultativo que te pidió datos muy concretos sobre las condiciones en que se encontraba Patty, una minuciosa descripción de su aspecto físico y de la hemorragia, antes de indicarte que le pasases el teléfono a ella y hacerle al parecer nuevas preguntas sobre sus condiciones y dolores.

Patty hablaba entre lágrimas y quejas, y tú le arrebataste el teléfono y empezaste a decirle a tu interlocutor, una mujer de voz profesional, que Patty podía estar muriéndose, que era necesario que vinieran a por ella. Otra vez te dijeron que esperases, y después de colgar se apoderó de ti la idea de que estabas empezando a vivir lo mismo que había vivido el Puertorriqueño durante aquella nevada que hacía imposible su regreso a la casa en que la primera Soledad había quedado atrapada entre los dolores de un parto también difícil. La evocación hacía más lacerante tu angustia, al percibir la verdadera dimensión de esos dolores que, cuando son solo relato, apenas nos producen la ilusión de la congoja. Tu sufrimiento era real como había sido real el dolor del Puertorriqueño, tu impotencia era igual a la suya frente a lo que no tenía remedio, tu angustia te parecía la repetición de una angustia ya sufrida por ti, y te sentías atrapado en una misteriosa rueda.

Llamaron nuevamente del hospital. Esta vez ya no era la amable recepcionista ni la meticulosa doctora, sino una voz varonil que te pedía la localización exacta de la casa y quería saber si tenías focos potentes para señalar el lugar en que se encontraba, para iluminar la calle frente a la fachada. Al conocer que no, te dijo que podrías alumbrar el sitio con los focos de tu coche, que llamases a los vecinos para que hiciesen lo mismo con los suyos, que encendieses la mayor hoguera que te fuese posible. Vamos a intentar recoger a su esposa, si somos capaces de localizar el lugar. Estaremos ahí en quince o veinte minutos, añadió.

Vamos a salir de ésta, Patty, aguanta todo lo que puedas, le dijiste a tu mujer, sintiendo el alivio de poder entregarte a una actividad exaltada, vertiginosa. Sacaste vuestros coches y los dejaste alumbrando delante de la casa, y conseguiste encontrar a otros tres vecinos que se comprometieron a ayudarte con sus propios vehículos. Buscaste entonces cajas en el sótano y las amontonaste sobre periódicos y cartones, inaugurando un fuego que te pusiste a alimentar con cuantos objetos pudieran ayudarlo a crecer, las sillas de la cocina, los sillones de la sala, las mesas.

El fuego iba ganando en intensidad, los vecinos, dispuestos ya sus coches para que iluminasen la misma zona de la calle, acarreaban también materiales que pudieran arder. Las llamas se alzaban altas, formando un reverbero rojizo junto a la blanca señal geométrica encajada en la niebla por los faros de los autos, cuando se empezó a oír el sonido del helicóptero, y poco tiempo después, aunque invisible, estaba ya sobre vosotros. Una voz te dijo por teléfono que podían distinguir vuestra iluminación, y que iban a intentar recoger a Patty. De la espesa opacidad que formaba una gran panza celeste y cercana empezó a descender un bulto humano, y junto a él el armazón de una camilla.

Subiste con el hombre a la habitación para poner en la camilla a Patty, que os miraba con ojos asustados, y le ayudaste a sujetarla con las anchas correas. El enfermero estaba de espaldas a ti y en su postura te pareció reencontrar la figura de aquel hombre que daba de comer a los peces en las escalinatas acuáticas de la Praça do Comércio, y tuviste una intensa sensación de fatalidad, como si estuvieses contemplando la misma imagen del misterioso pescador, llena de un aciago sentido. Pero desechaste con decisión esos augurios y ayudaste al enfermero, que, con rapidez, después de sacar a Patty sujeta a la camilla, enganchó al arnés uno de los aparejos que colgaban del cielo y ascendió hasta desaparecer. Enseguida fue izada la camilla en que Patty estaba tendida, su imagen se borró y casi al mismo tiempo el sonido fue alejándose, mientras tú sentías todo el tiempo vivido desde el paseo en Lisboa hasta aquel mismo momento convertido en la misma masa blanquecina de la niebla, cuajado en un inextricable cúmulo de sentimientos.

Sin decir nada, los vecinos retiraron sus automóviles y quedaste tú durante mucho tiempo junto a la hoguera de llamas ya pequeñas, cerca también de los faros de los coches, y esa imagen de la niebla apoderándose del fuego cada vez más escaso de la hoguera, la conciencia de ser el centro de un gigantesco espesor blancuzco, quedaba en ti mientras te disponías a esperar, intentando transformar con amargura el dolor en firmeza.

A partir de entonces el reloj ha sido la señal misma de la realidad. A las siete y media has llamado al hospital y la recepcionista te ha dicho que tienen a Patty en el quirófano, que te avisarán de lo que resulte. La casa está tan solitaria que parece que la niebla se ha apoderado también de ella.

A las ocho menos cuarto llaman al teléfono y te abalanzas hacia él, pero es Hortensia, que telefonea para saber cómo van las cosas, siguiendo su costumbre de los domingos. Al principio no puedes hablar y casi te echas a llorar, luego le dices que Patty está mal, que se la han llevado en un helicóptero al hospital, que un barco ha destruido el puente, que estás incomunicado, fragmentos poco coherentes que dejan a Hortensia sin respuesta.

Subes luego a la habitación para descubrir el hueco de Patty en la cama. Su diario sobre el escritorio de la tía Carmelina es como una señal verdadera y cercana de su presencia y, aunque nunca lo has leído, esta vez lo hojeas como si la acariciases a ella, y lees las últimas anotaciones como si estuvieses escuchando su voz.

Al principio apenas eres consciente de lo que lees, pero enseguida descubres el aborrecimiento de Patty hacia esa casa de muñecas que parece un altar religioso presidiendo vuestra alcoba. Una congoja enorme se apodera de ti, porque mientras buscabas material que pudiese alimentar la hoguera te rondó la idea de utilizar también la casa de muñecas, pero la habías rechazado al instante, como si esta casita estuviese destinada a la supervivencia incluso por encima de la propia Patty y de vuestra hija, y de repente te sientes horrorizado, lleno de vergüenza, recuerdas aquella pulsera de la bisabuela Soledad que la Buli había heredado y que le había entregado a la gente de Franco como un voto propiciatorio de la vida del abuelo Alberto, y comprendes que frente a tu egoísmo se alza aquella renuncia como la de Patty a pedirte que sacases del dormitorio el armatoste que tanto la disgustaba.

El dolor, la rabia, la vergüenza, se han transformado por fin en una forma de determinación, y bajas al sótano a por bolsas y un martillo, regresas a la alcoba y guardas en las bolsas todos los mueblecitos y los cacharros de la casita, y luego, con golpes precisos que son también una manera de golpearte a ti mismo, vas destrozando la casita, convirtiendo sus batientes y sus muros y su tejado en astillas, destruyendo con cuidado cada una de las puertas, las ventanas, las escaleras.

A las nueve llaman del hospital para decirte escuetamente que la intervención ha terminado y que Patty se encuentra en observación en la unidad de urgencia. La enfermera no puede decirte nada más. Sales a la calle para buscar un contenedor de basura y tirar en él los restos de la casa de muñecas y las bolsas que contienen su ajuar, después de aplastarlas.

Parece que la niebla es menos espesa, y de la hoguera ya no queda ninguna brasa, aunque su mancha oscura resalta en mitad de la calzada. Sientes rodearte la blancura neblinosa como si en ella cuajasen tus recuerdos convertidos en un denso cristal de tiempo. Regresas a casa y, como la visibilidad es ya un poco mayor, antes de entrar descubres la fachada, tan parecida a la de la casa de muñecas, la luz en vuestra alcoba como si Patty permaneciera allí.

Y estás contemplando ese cartel que Patty encargó para intentar conjurar la mala influencia de Isclacerta, cuando suenan en la calle pasos, son dos hombres uniformados, gorras de plato y chubasqueros oscuros, insólitos en el lugar, y enseguida sabes que una patrullera ha llegado al embarcadero y que quieren saber si alguien de la urbanización necesita ayuda.

Deseo verlo así, con esa distancia de la segunda persona, para comprenderme mejor aquella noche, mientras la niebla se alzaba y yo cruzaba en la patrullera el mar bajo la pasarela destrozada, camino del hospital.

Ahora quiero pensar que ningún destino está escrito, que no es verdad que exista el pecado original, que cada uno de nosotros tiene su propio tiempo. Quiero pensarlo y convencerme de que Isclacerta ya no existe, como no existe tampoco aquel niño que escuchaba a mi padre, a Noelia, a la Buli, hablar del Puertorriqueño, de mi abuelo, de las viejas derrotas, frente a la casa de muñecas, junto al castaño, bajo el arbolado del bosque. Quiero pensarlo con toda la firmeza de mi voluntad.

Vivo mi tiempo en esta casa frente al mar, Patty me contempla sonriendo, la pequeña Patricia chapurrea sus primeras palabras, a veces otra oleada de niebla inmensa como aquélla se apodera de la bahía, pero han instalado unas señales acústicas que marcan con toda precisión la entrada del puerto.

Patty ha querido que le regale una casa de muñecas nueva, para que estrenemos en ella nuestras propias historias y nuestros propios fantasmas, dice, y que la instale donde estuvo la otra, justo delante de nuestra cama, a los pies, junto a la ventana, y empleo bastante tiempo de mis horas libres en ir construyendo los mueblecitos y los cacharritos de su ajuar.

Ya formo parte de este lugar con la seguridad de los fundadores, de los primeros habitantes. El cartero, un hombre alegre de origen peruano, ha acabado llamándome Mister Madrid, y difunde mi nombre entre la vecindad. He descubierto que un baño rápido en esas aguas que palpitan frente a la casa me ayuda a pensar mejor, y me zambullo allí muchos días, mientras los vecinos, ahora que es otoño, piensan que me he vuelto loco. True Island.

Índice

Este libro
se terminó de imprimir
en los Talleres Gráficos
de Mateu Cromo, S. A.
Pinto, Madrid (España)
en el mes de febrero de 2003